现当代美国少年小说类型研究

张颖 等 著

吉林大学出版社

图书在版编目（CIP）数据

现当代美国少年小说类型研究／张颖等著. —长春：吉林大学
出版社，2018.8
ISBN 978－7－5692－2932－5

Ⅰ.①现… Ⅱ.①张… Ⅲ.①儿童小说—小说研究—美国—现代
Ⅳ.①I712.078

中国版本图书馆 CIP 数据核字（2018）第 200879 号

书　　名　现当代美国少年小说类型研究
　　　　　XIAN－DANGDAI MEIGUO SHAONIAN XIAOSHUO LEIXING YANJIU

作　　者　张颖等　著
策划编辑　刘子贵
责任编辑　李卓彦
责任校对　刘子贵
装帧设计　创意广告
出版发行　吉林大学出版社
社　　址　长春市人民大街4059 号
邮政编码　130021
发行电话　0431－89580028/29/21
网　　址　http：//www. jlup. com. cn
电子邮箱　jdcbs@ jlu. edu. cn
印　　刷　吉广控股有限公司
开　　本　 787mm×1092mm　1/16
印　　张　19
字　　数　325 千字
版　　次　2018 年8 月　第1 版
印　　次　2018 年8 月　第1 次
书　　号　ISBN 978－7－5692－2932－5
定　　价　76. 00 元

本书执笔人具体分工如下：

张　颖：绪论、第一、二、三章、结语以及附录；

祝　贺：第四章的第一节和第二节（一）；

嵇让平：第五章；

聂爱萍：第四章第二节（二）、第六章；

宋薇薇：第七章；

崔　丹：第八章；

国际安徒生儿童文学奖美国获奖作家

司各特·奥台尔（Scott O'Dell）

葆拉·福克斯（Paula Fox）

弗吉尼亚·汉密尔顿（Virginia Hamilton）

凯塞琳·帕特森（Katherine Paterson）

门德特·德琼（Meindert De Jong）

莫里斯·桑达克（Maurice Sendak）

绪　论

第一节　研究背景、对象与意义

美国少年文学是美国文学中的一个日益重要的组成部分，自从 20 世纪 30 年代成为独立文学类别以来一直蓬勃发展，其创作在题材、体裁上都呈现多元化的趋势，出版数量增多，研究方面也愈来愈受关注。

在出版方面，目前美国每年儿童文学出版物达五千余种，其中一半为与少年文学相关的书籍。用于奖励优秀儿童文学作品的纽伯瑞（Newbery）奖中有专为少年文学作品设立的奖项，另外从 1996 年起，美国国家图书奖也开始设立青少年文学奖项。在研究方面，美国国内对其少年文学的学术研究园地日益拓展，研究的理论深度逐步显现。美国现代语言协会于 1969 年举行了第一次关于儿童文学的研讨会（此处及以下所指均为广义上的儿童文学，其中包括少年文学）。1973 年，美国儿童文学协会成立，定期举办相关研讨会议。而儿童文学学术刊物《儿童文学》、《狮子与独角兽》、《儿童文学学会季刊》自 20 世纪 70 年代陆续创刊以来以日臻成熟的学术面貌参与到美国儿童文学学术事业的拓展之中。专门研究美国少年文学、作品及作家的专著也频频出版。综述类最著名的有道诺尔森（Donelson）和尼尔森（Nilsen）的《当今少年文学》（*Literature for Today's Young Adults*）、柯尔（Cole）的《21 世纪的少年文学》（*Young Adult Literature in the 21st Century*）以及汤姆林森（Tomlinson）和林奇－布朗（Lynch－Brown）所著《少年文学的要素》（*Essentials of Young Adult Literature*）；专门研究作家及其作品的有美国特威恩出版社（Twayne Publishers）出版的系列著作，例如，《呈现 S. E. 辛顿》（*Presenting S. E. Hinton*）《呈现保罗·金代尔》（*Presenting Paul Zindel*）等等，这一系列包括了许多美国 20 世纪最著名的少年文学作家；还有的专著从某一角度研究少年文学，如，从文学批评角度解读少年文学作品的《解读少年文学》（*Interpreting Young Adult Literature*）、从心理学角度切入少年文学的《冲突与联系：少年文学中的心理》（*Conflict and Connection：The Psychology of Young Adult Literature*）以及与教学相关的《阅读他们的世界：教学中的少年小说》（*Reading Their World：The Young Adult Novel in the Classroom*），等等。而且，从1969 年开始，美国一些大学的英语系开始开设面对本科生的儿童文学课程，20 世纪 80 年代中期以后，在研究生、博士生教学中开始开设类似课程。

美国少年小说是美国少年文学的一种表现形式，是美国少年文学中一个重要的组成部分，它是在美国这一特定的社会、文化背景中创作的以少年读者为对象，表现其生活、学习、成长等方面题材的小说形式的文学作品。它类型多样，既有一般少年小说的特征，又有鲜明的国别特色。美国少年小说在美国少年文学中占有比例最大，也最能体现美国少年文学的独有特色。

美国少年小说较早可追溯到 19 世纪 60 年代奥尔科特的自传体小说《小妇人》，而其所属的美国少年文学作为一种独立的文学类别则始于 20 世纪 20 年代，作为一种独立的图书类型大量出版发行则始于 20 世纪 30 年代。20 世纪上半叶美国少年小说以说教为主，以成长、历险小说为主，情节简单，环境单一，创作忌讳颇多。20 世纪 60 年代以后美国少年小说的创作范围明显拓宽，创作倾向也从浪漫转为写实，美国社会现实的各方面在其少年小说中均有反映，如多种族多文化的人物塑造，出现了新现实主义小说、少数族裔小说等新类型。随着美国进入后工业化社会，以及人们对少年问题的日益关注，20 世纪后 30 年来美国少年小说更在创作、普及和规模方面取得了长足进展，呈现出一派繁荣景象。与美国少年小说相关的主要研究方向集中在以下方面：对著名少年小说作家及其作品的研究；对一些类型作品，如幻想小说（fantasy）的综述性研究；对少年小说单一及关联文本的深度解读等。

自我国改革开放以来，越来越多的美国少年小说被译介到中国，受到中国青少年读者欢迎。进入 20 世纪 80、90 年代之后，美国少年文学作品的引入进入了一个高潮，其中大部分为少年小说，如《世界儿童小说名著文库》丛书及上海少年儿童出版社的"'大吃一惊'惊险魔幻小说系列"等。21 世纪初，多部受到好评的美国少年小说都进行了重译和再版，如纽伯瑞儿童文学奖系列小说被再版、重译和扩充，成长小说也颇受欢迎，但是趣味化、流行化的魔幻、奇幻、惊悚类美国少年小说仍然占很大比重。

国内对美国少年文学的研究者日益增多，研究范围增加，研究程度日渐深入。通过中国期刊网、中国国家图书馆网和历年美国少年文学研究积累的材料，我们搜索到 1985 年以来与美国少年小说直接相关学术著作 2 部，相关论文数十篇，关于美国少年小说研究的论文数量呈跳跃式上升态势。但是我国对美国少年小说的研究还远没有形成规模和系统，迄今为止还没有一部关于现当代美国少年小说研究的专著出版。相关著作中金燕玉所著《美国儿童文学初探》是对美国儿童文学的整体论述，其中介绍了几部重要美国少年小说，另外首都师范大学王小萍教授主持的"美国纽伯瑞金奖青少年文学作品研究"项目组于 2009 年出版同名专著，介绍并评论了美国纽伯瑞金奖青少年文学作品中的 33 部，虽主要为少年小说，但并没有涉及现当代美国少年小说的类型及特征，而且没有包括纽伯瑞获奖作品以外的一些重要少年小说。因此，美国少年小说的研究空间还很大。

因此，本著作以现当代美国少年小说为研究对象。一般认为，现当代美国少年小说始于莫瑞·黛丽（Maureen Daly）的《第十七个夏季》（Seventeenth Summer，1942），成熟于 20 世纪 60 年代后期，以三本新现实主义小说为代表，它们分别是：辛顿（S. E. Hinton）的《局外人》（The Outsiders，1967）、金代尔（Zindel）的《猪人》（The Pigman，1968）以及力普赛特（Lipsyte）的《对手》（The Contender，1967）。据此，本书将以 20 世纪 40 年代后的美国少年小说为主要研究素材，梳理现当代美国少年小说的发展脉络，探讨美国少年小说作为一个整体所具有的主要特征；划分现当代美国少年小说类型，总结分析各类型的主要特征，同时也将对各种类型的代表作品进行个案分析，以实现对现当代各类型美国少年小说的系统研究。

本研究的理论意义在于通过对现当代美国少年小说的整体发展、各个类型源起、发展、特点及影响的研究，透视现当代美国少年小说的发展脉络，揭示各类型少年小说创作规律与成因，从而帮助我们建立一个现当代美国少年小说的研究框架，指导具体文本分析与研究。本研究还具有现实意义。我国社会处于快速发展时期，全球化环境下的新发展带来的社会变化使中国青少年成长过程出现新现象和新问题，而部分现象和问题是美国青少年已经或正在经历，并且反映在美国少年小说中的。本书的研究将揭示美国各类型少年小说中对青少年道德建设和价值观形成具有积极作用的方面，为我国青少年健康成长提供可资借鉴的精神资源。另外，目前我国对美国少年小说的译介一直蓬勃发展，但时效性和类型多样化方面尚有不足，本著作的研究成果将为美国少年小说的译介提供指导性意见，使更多优秀美国少年小说与国内青少年读者见面。同时本书的研究成果还可以丰富各高校此方面教学内容，扩展其美国少年小说的研究视野。

第二节　现当代美国少年小说国内接受与研究现状

　　首都师大吴继路教授在《少年文学论稿中》中指出：广义儿童文学宜划分为三个部类：幼儿文学，对象为0～6岁，联系学龄前教育；儿童文学，对象为7～12岁，联系小学教育；少年文学，对象为13～18岁，联系中学教育。① 美国少年文学专家道诺森和尼尔森（Donelson，Nilsen）在其著作《当今少年文学》（*Literature for Today's Young Adults*）中确定的少年文学读者对象年龄比较宽松，在12至20岁之间："说到少年文学，我们指的是年龄大约在12至20岁之间的读者选择阅读的东西"。②综上所述，我们不难看出，少年文学有其年龄的定位，其读者兴趣及接受能力（心理和认知）的定位以及艺术特点方面的定位。

　　北师大浦漫汀教授在《儿童文学教程》中强调：少年文学即少年期文学，它应具有以下几个特点：（1）主题丰富又常具有多义性，题材宽泛又有较为深刻的内涵；（2）无论是少年还是成人形象都写得较有深度、力度，性格丰满，趋于立体化；（3）情节或鲜明完美，或淡到欲无，都可以赢得它的特定读者的喜爱；（4）在表现手法、艺术风格方面也趋于多样化。③ 浦先生所说少年文学的特点，在准确的意义上，应该就是对少年小说的特点的总结。

　　改革开放以来，越来越多的美国少年文学作品被译介到中国，对中国青少年读者产生了积极的影响，而这些引进的作品中，美国少年小说占有最大比例。

一、美国少年小说在中国的出版状况及特点

　　美国的少年文学，自20世纪30年代作为独立的文学类别出现以来蓬勃发展，受到了包括中国在内的全世界的关注。但是真正谈到中国对美国少年文学作品的引入就要半个多世纪以后了。而且，中国对美国少年文学作品的引入基本上是指对美国少年小说的译介。

　　20世纪20年代至50年代，由于政治的因素，俄苏儿童文学作品的译介

---

①吴继路.《少年文学论稿》. 北京：首都师范大学出版社，1994：30.

②Kenneth L. Donelson and Allen P. Nilson, *Literature for Today's Young Adults*（8th edition），New York：Longman，2008：1.

③浦漫汀.《儿童文学教程》. 济南：山东文艺出版社，2000：24—27.

占统治地位，据北京国家图书馆所藏，1949 年以后出版的外国儿童文学出版
书目统计 50 年代我国出版的美国儿童文学单行本数量情况是：……美国：童
话 2 种，小说 3 种，诗歌无，计 5 种；……这与当时俄苏及东欧儿童文学汉译
作品的铺天盖地之势形成鲜明对照。① 20 世纪 60、70 年代，由于"文化大革
命"和"防修反修"的影响，中国对美国少年文学作品的引入几乎陷于停顿，
据笔者掌握的资料，这个时期可考的仅有的两部美国少年小说译本《夏洛的
网》和《绿野仙踪》都出版于 1979 年，接近 20 世纪 70 年代末 80 年代初。
直到进入改革开放的 20 世纪 80、90 年代，对美国少年文学作品的译介才形
成热潮。进入 20 世纪 80、90 年代之后，随着改革开放的开展和深入，中国
与西方各国的交流都恢复了生机。西方少年文学作品的翻译与介绍也再一次
形成了热潮，美国少年文学作品在这一阶段的引入进入了一个高潮，数量大
大增加，如：1982 年新蕾出版社出版的由北京师范大学中文系儿童文学教研
室策划，张美妮、浦漫汀等主编的《世界儿童小说名著文库》丛书，第 5、6
卷主要为美国作品，有马克·吐温的《汤姆·索亚历险记》，阿莱汉姆的《莫
吐儿》(*Adventures of Mottel*)，槐尔特（又译怀德）的《大草原上的小房子》，
伯内特的《秘密花园》，沃克的《纽约少年》(*City Boy*：*The Adventures of Her-
bie Bookbinder*)，狄杨的《校舍上的车轮》(*The Wheel on the School*)，以及杰
克·伦敦、奥台尔的短篇，以及 1989 年新蕾出版社出版的由北京师范大学中
文系儿童文学教研室策划，张美妮、浦漫汀等主编的《世界童话名著文库》
丛书，包括美国鲍姆的《绿野仙踪》(*Wizard of Oz*) 和 E. B. 怀特的《夏洛
的网》(*Charlotte's Web*)。这里我们不难看出，这两套丛书所引进的美国少年
文学作品主要是小说。系列化作品译介在 20 世纪 90 年代初露锋芒，译介形
式的增加也是我国 20 世纪八九十年代加大西方少年文学作品引入的必然要
求，并为今后作品的进一步引入提供了更加广阔的空间。系列化的美国少年
文学作品逐渐成为了与单本作品并行的译介形式。1997 年中国妇女出版社出
版的莱曼·弗兰克·鲍姆的《奥茨国童话》(1、2、3、4) 是笔者所掌握的
资料当中较早的系列化的作品，这也是引进的比较成功的系列化作品之一，
在 21 世纪之初又有了扩充和再版。1998 年新蕾出版社所推出的纽伯瑞 (New-
bery) 儿童文学奖系列也是比较成功的一个系列，几乎将所流行的畅销的美国
少年文学作品都囊括其中，并且也在之后数次再版。而系列化作品译介的主
打作品也是小说。

---

①王泉根．20 世纪下半叶中外儿童文学交流综论．《涪陵师范学院学报》，2004 (3)：30.

因此，我们可以说目前中国少儿图书市场对美国少年文学的引进基本上是对美国少年小说的引进。

纵观美国少年小说在我国的出版引进状况，我们可以发现以下几个特征。

第一，美国少年小说的引入由单本的译介向系统化、系列化扩展。改革开放后的 20 世纪八九十年代是中国重新打开大门面向世界的新起点，美国少年小说也在这个时候又有了进入中国的契机。单本作品的译介仍然在美国少年小说的引入中占据主导地位，一方面因为单本的作品内容集中，相对的流传比较广；另一方面，单本作品的篇幅易于掌握，接受起来也比较容易。从 20 世纪 80 年代初期开始，整个 80 年代几乎每一年都有美国少年小说单本译介作品的推出；而在九十年代，相对的数量和频率有所下降，但是仍然推出了诸如《麦田里的守望者》等广受欢迎的作品。单本译介作品的推出一直是美国少年小说引入中国的主导形式，从八九十年代起向系统化和系列化扩展。前面提到的 1982 年新蕾出版社出版的《世界儿童小说名著文库》丛书就是系统化出版的例子。这个时期的系统化作品译介具有显著的多元化的特点，题材广泛，体裁多样的美国少年小说大量进入中国读者的视线。而系列化作品译介在 90 年代初露锋芒，系列化的美国少年小说作品逐渐成为了与单本作品并行的译介形式。系列化作品的出版有不同形式，一种是一位作家的多部作品形成系列，如：1997 年中国妇女出版社出版的莱曼·弗兰克·鲍姆的《奥茨国童话》（1、2、3、4）是笔者所掌握的资料当中较早的系列化的作品，这也是引进的比较成功的系列化作品之一，在 21 世纪之初又有了扩充和再版。又如：1999 年学苑出版社出版的纳波利的《接剑》（*On Guard*）等六本小说。另一种是多位作家的多部作品形成系列，如：1998 年新蕾出版社所推出的纽伯瑞儿童文学奖系列将多部流行畅销的美国少年文学获奖作品都囊括其中。译介形式的增加体现了我国对美国少年小说的引入力度，同时也为今后这一类作品的进一步引入提供了更加广阔的空间。

第二，美国少年小说的引入以经典作品的译介为侧重点。由于 20 世纪六七十年代的停滞，20 世纪八九十年代对美国少年小说的译介缺乏指导性和创新性，因此八九十年代美国少年小说的译介虽然数量有所增加，但是在作品的选择上，仍然与前期引入的作品一样，以经典作品为主。最值得一提的即为马克·吐温的作品。人民文学出版社和江西人民出版社分别在 1983 年和 1984 年引进了《汤姆·索亚历险记》，江西人民出版社同时还引进了《哈克贝利·费恩历险记》和《王子与贫儿》，1983 年湖南少年儿童出版社还引进了《汤姆·索亚出国旅行记》。除了马克·吐温的作品，还有一些一直以来被奉为少年文学经典的作品，上海少年儿童出版社 1983 年出版的《大草原上的小房子》和 1985 年出版的《黑珍珠》，1986 年新蕾出版社出版的《秘密花园》等。同时，纽伯瑞儿童文学奖系列里囊括了相当多的近现代的经典作品，包括有乔治·塞尔登的《时代广场的蟋蟀》（*The Cricket in Times Square*），贝特·格林的《贝丝丫头》（*Philip Hall Likes Me, I Reckon Maybe*），贝芙莉·克莱瑞的《亲爱的汉修先生》（*Dear Mr Henshaw*）以及道奇的《银冰鞋》（*The Silver Skates*）等。

第三，同一部作品有多个出版社同时出版，或同一部作品反复再版，或系列丛书再版，再版的同时又有新的作品加入到系列丛书中来。已出版的作品因为已经取得了中国少儿图书市场上的成功，所以受到众多出版社的青睐。因此就出现了几家出版社争相出版同一部作品的局面。如：除上面提到的人民文学出版社和江西人民出版社分别在 1983 年和 1984 年出版了《汤姆·索亚历险记》，2005 年安徽科学技术出版社出版了《波莉安娜》（*Pollyanna*），北京科学技术出版社在 2010 年又出版了同一本书。反复再版的图书如伯内特的《秘密花园》。系列丛书再版的例子也有许多。前面提到的 1998 年新蕾出版社所推出的纽伯瑞儿童文学奖系列，在 2006 年重译再版时又加入了《浪漫鼠》（*The Tale of Despereaux*）等。目前，已有包括新蕾在内的十余家出版社出版了 44 本纽伯瑞儿童文学奖金奖作品。接力出版社 2002 年出版了斯坦的《鸡皮疙瘩》系列，2006 年在此基础上又加上了《给你一身鸡皮疙瘩》（*Give Yourself Goosebumps*）。这种现象的产生恐怕和出版社追求稳妥和利润有关，因为经历了图书市场考验的图书在内容和销售上都不会有大问题出现。

第四，图书选择上体现了可读性和成长性。引入的美国少年小说故事性比较强，易于引起读者的兴趣。在 20 世纪 80、90 年代掀起的美国少年小说译介热潮中引进的作品故事性强，情节引人入胜，受到了读者的欢迎。以马克·吐温作品为代表的历险故事是类别之一。除了马克·吐温的系列作品，还有玛·金·罗琳斯的《一岁的小鹿》（*The Yearling*），反映的是佛罗里达州的拓荒者与大自然的斗争；P. 福克斯的讲述少年杰西在"月光号"船上和海上的冒险故事的《月光号的沉没》（*The Slave Dancer*）以及奥台儿的关于一个小女孩独自探险生存的《蓝色的海豚岛》（*Island of Blue Dolphins*）等等。由于少年读者喜爱动物的天性，动物故事成为这一时期译介故事的又一重要类别。如斯坦贝克的《小红马》（*The Red Pony*）关注的正是人与动物之间的情感。成长性是图书选择的另一个标准。由于少年正处于从童年向成年过渡的阶段，成长就成为出版商和少年读者共同关注的主题。弗朗西斯·霍奇森·

伯内特的《小公主》（*Little Princess*），斯皮尔的《黑鸟水塘的女巫》（*The Witch of the Blackbird Pond*），费希尔的《理解贝茜》（*Understood Betsy*），波特的《波莉安娜》（*Pollyanna*）等等都是在展示一个主人公长大的过程，如何面对困难，解决问题，走向成熟。

第五，图书的出版趋向不同题材、不同类型的小说。在题材方面，上面提到的成长故事占有很大比例；除此之外，还有涉及校园生活的，如"闹腾学校"校园系列（*Rotten School* series），涉及乡村生活的《老土的女孩儿》（*An Old Fashioned Girl*），生存主题的小说，如《手斧男孩》（*Hatchet*），《一个人的冬天》（*Brian's Winter*）和《冒险河》（*The River*）。在类型方面，现实主义小说所占比例最大，另外还有幻想与科幻小说，如《地海巫师》（*A Wizard of Earthsea*），书信体小说《写给我天堂里的妹妹》（*Wenny Has Wings*），甚至还有流行小说，如惊悚小说。

综上所述，我们不难看出，从20世纪80、90年代美国少年小说的译介掀起高潮，直至现在的21世纪初期，美国少年小说的译介一直蓬勃发展，无论是数量、质量都有了大大的提高。但是，在题材的选择上，美国少年小说的译介还具有一定的保守性，诸如涉及社会流行问题的作品在中国的引入还不够广泛；另外，在时效性方面，最新美国少年小说的译介相对滞后。一些反复出版的美国少年小说并不在现当代之列，如《汤姆索亚历险记》，或被认为不属于严格意义上的少年小说，如《秘密花园》，等等。随着中美交流与合作的进一步深入，我们相信，美国少年文学在中国的接受状况将会不断改善，未来将会有越来越多的优秀的现当代美国少年小说进入中国。

二、美国少年小说在中国的教学与研究状况

相对美国少年文学繁荣的出版现状，美国少年文学在中国的教学与研究状况略显滞后。

首先，教学方面。先来了解几个事实。儿童文学课程多在师范院校开设，一般是在中文系和教育系的学前教育和小教专业开设。美国少年文学课程一般不独立存在，只是作为外国儿童文学课程的一部分来讲授。教学使用汉语，文本是汉语的译著。起初，在师范院校的英语专业是没有美国少年文学这样一门课程的。1991年东北师大外语学院杨贵生教授撰文"英美儿童文学——我国师范院校英语专业应填补的空白"（《外语教学与研究》，1991－3），呼吁在师范院校开设英美儿童文学专业课，并加强此方面的教学研究。从此之后，陆续有一些师范院校英语系开设了英美少儿文学课。开课较早并且坚持

时间比较长的有东北师大外语学院英语系，在本科和研究生两个层次分别开设了"英语少儿文学选读"和"英美少儿文学"两门课，并在研究生中增设了英美少儿文学研究方向，目前已有多名研究生撰写了美国少儿文学研究的论文。另一所学校是首都师范大学，其英语系王小萍老师为本科生开设了"美国少年文学选读""少年文学——阅读与讨论"，为研究生开设了"英语少年文学阅读教法"。杭州师范大学外语学院冯昕老师开设的是一门选修课"英美少儿文学选读"。可见，在英语系用英语开设美国少儿文学课程的师范院校实在是屈指可数。而且，这些课程所涉的美国少年文学部分几乎无一例外地以美国少年小说为研究对象。

其次，科研方面。在美国少儿文学研究方面，有几个名字是我们应该记住的，他们是这个领域的先行者。从研究成果看，较早涉猎美国少年文学研究的重要学者主要有张美妮（北京师范大学，已过世，主编有《世界儿童文学名著大典》（中国卷、外国卷）等多种作品），韦苇（浙江师范大学，主要侧重西欧各国儿童文学史与童话史及作品研究，其中包括美国部分），金燕玉（江苏社科院文学所，著有专著《美国儿童文学初探》（长沙：湖南少年儿童出版社，1996)），该著作分为从依赖到独立，百年繁花似锦，当代的发展三大部分，介绍了美国儿童文学的发展历史，重要儿童文学作家、作品及流派，对少年文学也有所介绍，如新现实主义少年小说、历史题材少年文学作品、科幻作品等。

20 世纪 90 年代以来，随着译介到中国来的美国少年文学作品数量的增多和国际交流的增加，国内对美国少年文学研究的关注度日益增加，研究角度和深度也更加丰富和深入，论述文章日渐增多。

第一，从 1985 年以来已发表的论文看。几年来，笔者一直在 CNKI 上关注中国对美国少年文学的研究。几年的搜索情况大致如下。

2008 年初，在中国期刊网上检索美国少年文学研究方面的论文，得到的结果如下：以"美国少年文学"为关键词，得到的记录结果为 20 篇论文，其中直接相关者为 12 篇；关键词为"美国少年小说"，共有记录 20 条，相关者为 5 条；关键词为"美国青少年文学"，共有记录 12 条，相关者为 11 条；关键词为"美国青少年小说"，共有记录 21 条，相关者 10 条；关键词为其他，如"美国儿童文学""欧美儿童文学"等，共得到记录 25 条，相关者 15 条。

2009 年 10 月，通过中国期刊网、中国国家图书馆网和历年我院美国少年文学研究积累的材料，我们搜索到 1985 年以来相关论文 73 篇，相关学术著作 1 部，尽管搜集整理当中可能有个别遗漏，但从统计数据当中还是能够看出美国少年文学研究在我国的发展和特点。从每五年发表的论文数量统计，关于美国少年文学研究的论文数量呈跳跃式上升态势，1985 年至 1989 年 1 篇，1990 年至 1994 年 3 篇，1995 年至 1999 年 11 篇，2000 年至 2004 年 23 篇，2005 年至 2009 年 35 篇。这说明越来越多的研究者致力于研究这一领域，也说明经过十几年的探索和积累，美国少年文学研究取得了长足的进展。

2015 年初，通过 CNKI 与百度学术检索，我们检索到的发表于 2009 年 10 月之后的论文有 30 余篇，如下表：

序号	篇　名	作者	刊物及发表时间
1	读纽伯瑞金奖作品 探究美国儿童文学	谢春林	武汉冶金管理干部学院学报,2011(1)
2	利用美国青少年文学促进英语阅读	裴丽	佳木斯教育学院学报,2011(4)
3	从获奖图书看当今英语青少年图书的动向	张颖	中国出版,2009(12)
4	社会事实下的局外人——《局外人》的社会学解读	张颖;伍婷婷	长春市委党校学报,2009(6)
5	论女性主义文学视域下英美少儿小说研究	崔丹;张颖	长春理工大学学报(社会科学版),2011(1)
6	《秘密花园》中的哥特元素	苏芳;毕会英	安徽文学(下半月),2010(11)
7	美国少年历史小说题材创作	祝贺	外国问题研究,2012(2)
8	新现实主义小说与《局外人》	聂爱萍	外国问题研究,2010(2)
9	生命的赞歌——浅析《夏洛的网》的主题	刘婧	剑南文学(经典教苑),2012(1)
10	论《英雄不过是三明治》的叙事特色	宋晓茹	长春理工大学学报(社会科学版),
11	存在与成长:从迷惘到自由	张颖;聂爱萍	英美文学论丛,2012(秋－17)
12	20 世纪 60 年代以来的美国青少年小说概述	单建国;张颖	广西社会科学,2012(12)
13	美国少年文学在中国的出版与研究	张颖;祝贺;宋薇薇	东北师范大学人文学院学报,2010(10)
14	《秘密花园》中的自然、人与社会	祝贺;张颖	东北师大学报,2013(2)

序号	篇　名	作者	刊物及发表时间
15	论美国纽伯瑞儿童文学奖	刘景平	昆明学院学报,2014(04)
16	现当代美国少年小说在中国的接受与研究	张颖	广西社会科学,2013(5)
17	论《秘密花园》中哥特式风格的体现及作用	张颖;金爽	安徽理工大学学报(社会科学版),2013(1)
18	现代美国少年浪漫爱情小说的"性"主题研究——以朱迪·布鲁姆的《永远》为例	崔丹;张颖	长春大学学报,2014(9)
19	20世纪上半叶美国儿童文学的译介	应承霏;陈秀	浙江外国语学院学报,2013(3)
20	论美国少年小说的亲子关系主题	陈媛媛	前沿,2012(5)
21	认同危机中的挑战——论当代美国校园小说对少年主体性的建构	谈凤霞	当代外国文学,2013(3)
22	反乌托邦小说:美国青少年文学的新宠	Kennedy Petersen	《英语学习》2013年(12)
23	二战后美国少数族裔成长小说发展概述	夏宗凤	佳木斯大学社会科学学报,2014,32(1)
24	论爱尔杰小说主题的变迁	高虹	短篇小说:原创版,2014(8)
25	走向成熟的心灵之旅——路易斯·萨奇尔小说《洞》的成长主题探析	张娟	湖北第二师范学院学报,2014(9)
26	小说《对手》的多层主题分析	刘畅	华章,2014(22)
27	论小说《对手》中"洞穴"的象征意义	刘畅	青年文学家,2014(23)
28	心灵在大自然中成长——介绍伯内特的小说《秘密花园》	王梦圆,刘国枝,胡雪飞	中学生阅读初中版,2014(1)
29	《局外人》中的青少年话语及其隐喻	芮渝萍	外国语文,2012(4)
30	美国现当代少年浪漫爱情小说的发展及其对青少年的影响研究	崔丹;张颖	东北师范大学人文学院学报,2014(2)

序号	篇　名	作者	刊物及发表时间
31	西洋镜:中国元素在美国青少年文学中的投射	吴永安	北京师范大学学报,2011(4)
32	无知与存在　觉醒与自由	周本香	北方文学,2014(5)
33	《巧克力战争》中的成长冲突	朱立明 郭英凯	长春教育学院学报,2011(10)
34	美国当代现实主义青少年文学作品中的主题研究	吴芳	青年文学家 2012(4)
35	《祝福动物与孩子》中的青少年成长之旅	陈晓菊 芮渝萍	宁波大学学报,2013(2)
36	经验中的"小妇人"	耿敬北	山花,2012(1)

这些成果中直接以现当代美国少年小说研究为主题的论文约占一半。其余论文或研究对象非现当代美国少年小说,或以美国少儿文学为出发点探讨阅读等其他主题,或现当代美国少年小说研究仅为论文中的一部分。

通过对这些论文研究内容的分析,我们可以大致将其研究范围归为四个方面,即综述、发展史研究、作家作品研究、少年文学在教学中的应用研究。

综述类论文主要是对美国少年文学进行整体性介绍与评论,或就某一个方面进行介绍与评论。此类论文约占总调查相关论文的 30%。如《当代美国少年文学的基本特征》(杨贵生)中指出多元现象和开放姿态是当代美国少年文学的最显著特征。其他此类论文还从多元文化、阶段特点、美国少年文学成长主题等方面对美国少年文学进行研究,这些论文发表的时间主要集中在1996 至 2012 年之间,说明研究者们意图对美国少年文学有一个整体的把握,建立一个美国少年文学研究框架。同时其另一特征是研究的方面呈现细化的趋势,如从早期对美国少年文学特征的分析到关注其中体现的母女关系的和谐与对立,也出现了跨文化研究的论文,如中美少年文学对比研究(张颖、孟宪华《从中美少年小说中成人形象看中美文化差异》)等。

发展史研究类论文主要对美国少年文学的发展进行研究,包括对其发展源头的考察(林长路《英、美儿童文学的昨天和今天》)。以及对美国 20 世纪少年文学发展进行回顾(张颖《20 世纪美国少年文学回顾》)。也有对美国少年文学发展中某一特定阶段进行梳理,如《二战前后美国少年小说的转折》(赵沛林)。直接关注现当代美国少年小说的论文 2 篇(祝贺《美国少年历史小说题材创作》和单建国、张颖《20 世纪 60 年代以来的美国青少年小说概述》）。

　　关于美国少年文学作家、作品的研究论文约占所搜集相关论文总数的60%。这一部分的研究最具体，可以对一位作家进行总体评价，也可以对其一部或数部作品进行分析评论。此类论文整体特点为：（1）经典作品被反复研究，如马克·吐温的青少年题材作品等。（2）对美国少年文学作品分析的手法从传统角度分析主题、人物、写作技巧，逐渐发展到采用某种批评理论解析作品，如生态文学、解构主义、女权主义、叙事视角、浪漫主义，文化批评等，还有的论文结合青少年发展心理学、社会学等跨学科理论进行评论。（3）越来越多的较新优秀获奖美国少年文学作品被评介，如 1999 年至 2002 年《英语沙龙》系列介绍和节选片段刊登的美国优秀获奖少年文学作品，这对引进出版更多更好的美国少年文学作品起到了推进作用。这些论文的主体为美国少年小说研究，其中不乏对现当代美国少年小说的研究，如《龙翼》《狼群中的朱莉》《黑色棉花田》（也译为《滚滚雷声，听我呼喊》）《局外人》《巧克力战争》《英雄不过是三明治》，等等。

　　研究少年文学在教学中应用的论文较少，只有几篇。涉及美国少年文学作品的论文包括：《英美儿童文学——我国师范院校英语专业应填补的空白》（杨贵生），《基于生本教育理念的英美少年文学赏析课》（祁静、张颖）和《英美少儿文学在中学文化观教育中的运用》（张颖）。

　　第二，从中华人民共和国成立以来（1951 年至 2012 年）出版的涉及西方儿童文学研究的专著看。涉及西方儿童文学（包括少年文学）方方面面的专著共有 50 余部，在这 50 余部著作中，大部分只是涉及美国少儿文学，而真正专注于美国少儿文学研究的只有 4 部，分别为金燕玉著《美国儿童文学初探》，芮渝萍著《美国成长小说研究》，易乐湘著《马克·吐温青少年小说主题研究》，王小萍著《美国纽伯瑞金奖青少年文学作品研究》。其中真正以现当代美国少年小说为研究对象的只有《美国纽伯瑞金奖青少年文学作品研究》一部。《美国儿童文学初探》，如前所述，主要介绍美国儿童文学的发展历史，重要儿童文学作家、作品及流派，而美国少年小说，如新现实主义少年小说、历史题材少年小说、科幻小说等，只是其中一部分。《美国成长小说研究》是从成长小说角度进行研究，研究对象主要为美国成人文学作品，美国少年小说只略有涉及。《马克·吐温青少年小说主题研究》的研究对象则为 19 世纪作品。[①] 另外，还有一部国际研讨会论文集《青少年成长的文学探索》（芮渝

[①] http://www.douban.com/note/162088114/retrieved 2011－07－18 23：26：57.

萍、范谊主编）要在这里提及，因为其中一些论文涉及了美国少年小说的研究。

第三，从研究生论文的选题看。美国少年文学研究的另一个喜人现象是以美国少年文学为研究对象的研究生论文逐年增多。仅以长春市东北师大外语学院为例，自 2000 年以来，研究美国少儿文学的硕士论文已达 40 余篇。研究对象涉及不同时期的不同作品，研究方法也各不相同，有传统研究，如：《论〈通向特拉比西亚的桥〉中象征对成长主题的凸显》《历险中的成长：〈狼群中的朱莉〉之主题解析》；有运用文学批评理论的研究，如：《架起两个世界的桥梁——对〈龙翼〉的文化解读》《人·自然·生态——析〈狼群中的朱莉〉的生态思想》《开裂的社区 虚构的同一：〈给予者〉的解构主义解读》；还有一些跨领域研究的论文，将文学研究同心理学、教育学、社会学等领域相结合，如：《论〈温柔的手〉中巴蒂的情感自主性》《〈夏洛的网〉作为儿童文学的审美功能》《从涂尔干的社会事实因果律原理分析〈局外人〉》，等等。这些论文的研究对象多为现当代美国少年小说。

浙江师大方卫平、赵霞两位老师曾撰文描述国外当代英美儿童文学研究的特征。其中有两点值得我们注意。一个是从心理学、社会学、女性主义、精神分析等不同研究进路切入儿童文学研究；二是对单一作品的细致解读与关联文本的系统研究。① 我们欣喜地看到，中国的美国少年文学研究在这两方面并没有落后于国外的研究。

第四，从科研课题看。相比较而言，美国少儿文学研究项目尚且不多。首先以最权威的国家社科项目为例。笔者从全国哲学社会科学规划办公室网站上搜索了从 2006 年至 2012 年获批立项的国家社科外国文学项目，共 368项。其中与西方少儿文学相关的项目共 4 项，分别为 2008 年舒伟老师主持的"现当代英国童话小说研究"、2010 年王晓兰老师主持的"英国儿童小说研究"、2011 年胡丽娜老师主持的"西方儿童文学的中国化与中国现代儿童文学"以及本课题组的"现当代美国少年小说类型研究"。看得出来，同现当代美国少年小说相关的只有一项。目前，全国各级科研项目中同美国少年文学研究相关的项目并不多。笔者所掌握的其他项目信息如下：东北师大杨贵生教授 1993 年主持的教育部社科八五规划项目"20 世纪英美少年文学研究"课题组成员发表了系列论文，其中关于美国少年文学的有《当代美国少年文学的基本特征》《为了无形的疆域——美国少年文学的民族标准论争述评》

---

① 方卫平、赵霞. 当代英美儿童文学研究的学术发展进程及趋势.《中国社会科学报》，2010 年 7月 8 日（13 版）。

《美国少年小说的多元现象》《二战前后美国少年小说的转折》《从一份获奖书单看70年代初美国少年文学的几个特点》等。这些论文的研究对象基本是现当代美国少年小说。东北师大张颖2003年主持的吉林省社科基金项目"世纪之交的英美儿童文学"。课题组也发表了若干论文，其中关于现当代美国少年小说的有《论辛顿新现实主义杰作中的浪漫主义色彩》《论〈猪人〉系列的叙述视角》《为了生存的尊严》，等等。首都师大王小萍教授2006年主持的北京市教委资助项目"美国纽伯瑞金奖青少年文学作品研究"，2010年课题组出版了同名的专著，书中介绍并评论了33部美国纽伯瑞金奖青少年文学作品，主要是小说。东北师大杨杰副教授2007年主持了吉林省教育厅十一五社科研究项目"美国少年文学中问题小说研究"，该课题以现当代美国少年小说中的一个方面"问题小说"为研究对象。教育部人文社科项目方面，有南京大学谈凤霞副教授主持的"中英儿童文学比较研究"（2010）以及宁波大学芮渝萍教授主持的"当代美国青少年文学研究"（2011）。夏宗凤在2013年主持了辽宁省教育厅人文社科项目"多元文化格局中的族裔喧哗"。还有几项校级项目，一是宁波大学芮渝萍教授主持的"美国青少年文学研究"，另一个是杭州师范大学冯昕主持的"英美少儿文学在英语课堂中的应用"，还有就是隋红升主持的浙江大学"曙光"项目"美国少年文学研究"以及夏宗凤主持的2013年大连外国语学院项目"当代美国少数族裔成长小说研究"。

尽管对美国少年文学的研究呈上升趋势，但是还远没有形成规模和系统；但是从以上几个方面我们应该可以看到，这些研究多集中在美国少年小说方面，其中对现当代美国少年小说的个案研究占有最大比例。

三、美国少年小说引进与研究中的不足

尽管近年对美国少年小说的引进与研究有了长足的进步，但研究和出版引进中的不足也是显而易见的。主要有以下几点。

一是对美国少年文学研究重视不够。在许多人眼里，对美国少年小说的研究是"小儿科"，远不如对美国成人文学的研究重要。近几年国家社科基金课题的立项就间接反映了这一点。在2008、2009、2010年国家社科基金课题指南中均没有列入外国儿童文学研究。2006年以来仅有一项美国少年小说研究的课题获得立项，即：2011年"现当代美国少年小说类型研究"。而且，愿意刊登美国少年文学研究论文的刊物不多，导致这方面的研究成果难以发表。

二是同美国文学研究的其他领域相比，从事美国少年小说研究的队伍较

弱，基本处于单枪匹马的状态。根据我们有限的了解，在高校英语系一直坚持这一方面研究的只有东北师大、首都师大和宁波大学的几位教师。研究力量的不足导致研究不够系统、深入。

三是在美国少年小说的引进方面有出版与研究的矛盾存在。译介出版的作品趋向流行化、商业化，而研究者更需要的是经典化、精品化的作品。举例说，1999年学苑出版社出版了纳波利的《接剑》（*On Guard*）等六本小说，而这六本小说，据爱荷华州立大学少儿文学研究专家耐迪博士说，并不是纳波利的代表作品。因此，如何将对美国少年小说的研究与对其出版引进结合起来，既可以将更多、更好的作品介绍给我国青少年读者，又能满足研究者的需求，是出版机构与研究者应当关注的一个话题。

第三节　研究方法与本书结构

本书将概述与个案分析相结合。

首先，本书将对现当代美国少年小说的发展与特征进行概括：梳理现当代美国少年小说的发展脉络，划分现当代美国少年小说类型，总结分析各类型的主要特征，以实现对现当代美国各类型少年小说的整体把握。这里将首先采用文献法，检索国内外图书馆目录，期刊目录，及相关网络资源，搜集整理和分析国内外相关研究论文和著作，并对这些国内外对现当代美国少年小说的研究成果进入深入研究，并在此基础上采用归纳法概括总结现当代美国少年小说的整体状况。

其次，本书将对现当代美国少年小说各类型中重要代表作品进行评介，如新现实主义作品《局外人》《巧克力战争》，历史小说《龙翼》，科幻小说《时间皱褶》，多元文化小说《英雄不过是三明治》等，除介绍各作品所具有的各类型少年小说的典型性外，还将从适合的文学批评角度对其进行分析，展现其深层内涵。这里将主要采用文本细读的研究方法，在大量阅读现当代美国少年小说以及研究文献的基础上对最具代表性的小说文本进行个案研究。

少儿文学关注少儿成长，表现少儿成长，是有助于少儿成长的文学。中外少儿文学发生和发展史都证明了这样一个事实：少儿文学从诞生之日起就与少儿教育有着天然的血缘关系。那么，作为少儿文学一部分的少年小说也必然负有教育少年的使命。因此，本书也将审视各种类型现当代美国少年小说中的道德伦理意义，从各类小说中看作家要传递的道德观及价值观，特别是美国的道德观与价值观，以及其中对青少年价值观形成具有积极作用的机制。

本书主体主要分为九个部分：

第一章为美国少年小说的界定及发展轨迹。在这一章里要界定少年、少年小说以及美国少年小说，同时对美国少年小说的发展作概括性介绍。

第二章为现当代美国少年小说的特征与类型。在这一章里，首先要对现当代美国少年小说的主要特征做一总结，然后在归纳不同学者观点的基础上，探讨现当代美国少年小说的类型并对不同类型作简要介绍。

第三章为直面人生：美国新现实主义少年小说。笔者认为，同其他英语国家少年小说相比，现当代美国少年小说的不同就在于现实主义在创作中占有更大的比重。因此，本章专门论述新现实主义少年小说。首先界定新现实主义少年小说并介绍新现实主义少年小说的发展原因、特点及主题，然后对有代表性的新现实主义小说作品进行个案分析。

第四章为超越时间：美国少年历史小说。在这一部分中，首先界定少年历史小说，为现当代美国少年历史小说分类，简述其发展，并结合代表性作品分析其特征。

第五章为超越文化：美国少数族裔少年小说。这一章的研究中心为少数族裔少年小说。在这一部分中，美国主要少数族裔的少年小说——其定义、发展、特征、意义及个案分析将是研究对象。

第六章为想象的魅力：美国少年幻想小说与科幻小说。本章将涉及两个类型。科幻小说部分首先介绍其定义，随后介绍其在美国少年文学中的发展进程和趋势，总结其写作特点和要素，最后进行文本赏析。幻想小说部分首先定义幻想小说；随后简介美国少年幻想小说的发展概况；针对美国常见的几类幻想小说详细阐述，并在此基础上进行文本赏析。

第七章为成功的感觉：美国少年历险小说。本章在论述历险故事的定义、特点与主题基础上对有代表性的历险小说进行个案分析。

第八章为情感的成长：美国少年爱情小说。首先对少年爱情小说进行界定，论述其发展，探讨经典爱情故事与当代爱情小说之异同，然后就有代表性的经典爱情故事和当代爱情小说分别进行个案分析。

结论部分将总结全书，包括美国成人文学对少年文学的影响，并指出现当代美国少年小说对我国少年儿童的道德成长以及我国少儿图书的引进与创作所具有的借鉴意义。

绪论主要参考文献

1. Arnett, Jeffrey J. *Adolescence and Emerging Adulthood.* Upper Saddle River: Prentice - Hall, Inc. 2001.

2. Eccleshare, Julia. Teenage Fiction: Realism, Romances, Contemporary Problem Novels. Hunt, Peter (ed.) *International Companion Encyclopedia of Children's Literature.* London: Routledge, 1996.

3. Kenneth L. Donelson and Allen P. Nilson, *Literature for Today's Young Adults* (8th edition), New York: Longman, 2008.

4. 方卫平、赵霞. 当代英美儿童文学研究的学术发展进程及趋势. 中国社会科学报, 2010 年 7 月 8 日 (13 版).

5. 浦漫汀. 儿童文学教程. 济南：山东文艺出版社, 2000.

6. 王泉根. 20 世纪下半叶中外儿童文学交流综论. 涪陵师范学院学报, 2004 (3).

7. 吴继路. 少年文学论稿. 北京：首都师范大学出版社, 1994.

8. http://www.douban.com/note/162088114/retrieved 2011 - 07 - 18 23: 26: 57.

第一章　美国少年小说的界定及发展轨迹

第一节　少年：人生的独立阶段

对于"少年"一词的含义，古今中外有着许多大同小异的释义。在古代中国，少年指青年男子，与老年相对。例如，唐代诗人高适的《邯郸少年行》中就有这样的诗句："且与少年饮美酒，往来射猎西山头。"而在现代中国，少年则指介于童年与青年之间的年纪以及这样年纪的人。如艾青在其《艾青诗选》"自序二"中提到："从少年时代起，我从美术中寻求安慰。"

对于"少年"，辞典有着如下的解释：1.《大英简明百科》的定义：青春期与成人期之间的过渡时期（约 12～20 岁）。2.《社会学辞典》的定义：生命历程中介乎童年和成年之间的阶段，其标志是性征出现，但还未达到完全的成年地位或还未完全脱离出生或生长的家庭。3. 台湾地区出版《张氏心理学辞典》的定义：由青春期开始到身心渐臻于成熟的发展阶段；女性约自12 岁到 21 岁之间，男性约自 13 岁到 22 岁之间。

中外专家学者们将"少年"定义为：1. 儿童期和成人期之间的过渡，下限是以个体性器官的成熟为依据，上限是心智和社会发展成熟为止。一般是介于 11～21 岁之间（台湾地区翁宝美，2007）。2. 少年是第二个十年转折期，在此时期中，个人的生理、心理与社会特质由儿童转变为成人（美国 Lerner，2002）。[1] 3. 儿童、少年均指未成年人，而"儿童"常指未成年人的前段，"少年"则常指后段。我们把 13 岁～18 岁作为少年阶段，这是典型的过渡年龄阶段（吴继路，1994）。[2]

英文中的"少年"一词也有多个表达法，最常见的有以下几词：teenag-

---

①转引自 http：//www. cyut. edu. tw/～rtchang/Adolescence/2011－8－22.

②吴继路：《少年文学论稿》，北京：首都师大出版社，1994：7－9.

er, young adult 和 adolescent。这几个词在通常情况下是可以通用的。但细究起来，这几个词也各有自己的侧重点。teenager 的英文解释为："a young person in his or her teens"，即"十几岁的少年"，由此可见，该词主要强调的是年龄在 13~19 岁之间的人，该词的中心主要是年龄的概念；young adult 侧重的是居于童年与成年之间的人，"young"是说他们还保留着儿童的某些特点，但已不完全是儿童；"adult"指出他们正在向成年过渡，但在许多方面还达不到成年人的成熟，因此是"未成年人"的意思；adolescent 与 adolescence 的英文释义分别为：后者指"the time of life when the growth from childhood to manhood or womanhood occurs, generally the period from about 13 to 23 years of age"（少年时期），前者则是"boy or girl growing up"（少年）。从词源学上看，这两个词均源自于拉丁文 adolescere 一词，含义是"长大"，因此 adolescent 主要指处于从童年向成年过渡这一时期的、年龄大约在 11 至 21 之间的年轻人，他们进入了青春期，但还没有达到完全的成熟，其中心概念是"成长"。

在西方文化史中，"少年"这一概念的存在可追溯到古希腊时期（公元前四至五世纪）。柏拉图和亚里士多德把从出生到成年这段时间分为三个阶段：婴儿期（infancy：0~7 岁）、儿童期（childhood：7~14 岁）和少年期（adolescence：14~21 岁）。[1] 早在 1802 年，英国儿童文学作家、批评家莎拉·翠墨（Sarah Trimmer）也曾提出将少年作为一个独立的群体进行教育，她将这个群体的年龄段规定为 14~21 岁。[2]

但是，在 20 世纪初，"少年"才正式成为一个固定的表达方法，形容处于从童年向成年过渡的、十几岁的孩子。这里另一位值得一提的学者是美国的斯坦利·豪尔（G. Stanley Hall, 1844-1924）。为西方学术界广为接受的一种观点是，斯坦利·豪尔是从心理学角度最先将少年定义为人生独立阶段的学者。豪尔是美国第一位心理学博士，是美国心理学会的创始人，还是克拉克大学的首任校长。在其被视为里程碑的著作《少年阶段——其心理及其同生理学、人类学、社会学、性别、罪行、宗教和教育的关系》（*Adolescence: Its Psychology and Its Relations to Physiology, Anthropology, Sociology, Sex, Crime, Religion, and Education*, 1904）中，他首次将少年同童年和成年区分开来，将其视为人生一个独立阶段，他也因此被称为"少年阶段之父"（Fa-

---

①Arnett, Jeffrey J. *Adolescence and Emerging Adulthood*. Upper Saddle River: Prentice - Hall, Inc. 2001: 6.

②Eccleshare, Julia. Teenage Fiction: Realism, Romances, Contemporary Problem Novels. Hunt, Peter (ed.) *International Companion Encyclopedia of Children's Literature*. London: Routledge, 1996: 389.

ther of adolescence）。豪尔认为人的发展经历五个阶段：婴儿期（infancy：0 ~ 4 岁）、儿童期（childhood：4 ~ 8 岁）、少年初期（youth：8 ~ 12 岁）、少年期（adolescence：12 ~ 20 左右）和成年期（maturity）。

1890 年至 1920 年这段时间在西方被称为"少年时代"（Age of Adolescence），因为在此期间发生的许多事件促进了现代"少年"概念的确立，如，制定了限制童工的法律，规定了少年儿童必须接受中等教育，确立了对少年进行研究的学术领域，等等。在这种背景下，布罗斯（Blos）又进一步研究了少年这一阶段，他将少年期分为五个层次：隐伏期（latency），性冲动产生了；少年初期（early adolescence），同伴关系得到加强；少年期（adolescence），情窦初开，可能会有初恋发生；少年后期（late adolescence），自我认同感产生；后少年期（post adolescence），开始接受成人角色。①

综上所述，"少年"首先是一个年龄的概念，指年龄大约在 11 至 21 岁之间的年轻人；"少年"又是一个生理学概念，其年龄特征首先表现在生理方面。生理方面的最显著表现是体魄的强健和性发育的开始。在这一时期，少年进入了青春期，身体开始发生变化：肌肉逐步发达，骨化逐渐完成，体力开始增强，身高体重迅速增长。同时，第二性征出现——男孩喉结突起，声音变粗，胡须开始出现；女孩胸部鼓突，臀部丰满，声音变细，等等。因此有科学家认为，从生理学角度，性的成熟过程就是儿童发育为成人的过程，也就是少年成长的过程。

"少年"还是一个心理学概念。它侧重于少年心理成熟的过程。在这一过程中，少年的个性逐步形成，精神逐步向上，心智逐步成熟。少年在心理上的发展体现在多个方面。例如，成人感的产生，主要表现在他们热衷于掌握成人的行为标准，尽快使自己向成人过渡。又如，自我意识的发展。少年具有自我肯定的愿望，开始对认识"自我"表现出兴趣，开始关心自己的形象。还有自尊心的发展，这也是少年个性发展的一个重要方面。② 他们"内心情感逐渐变得丰富复杂，对客观世界的认知能力增强，兴趣与视野大为拓展，开始逐渐形成属于自己的性格和个性倾向，特别是在感性、直观的儿童思维的基础上逐渐形成了抽象的理性思维，在心理上强烈要求独立性"；但是同时，他们的"心理尚未稳定和成熟，在心理与生理、情感与理性、理想与追求等

①Ogena, Nimfa B. A Development Concept of Adolescence: The Case of Adolescents in the Philippines. *Philippine Population Review*, 2004（1）: pp. 2 - 3. 转引自 http://www. gdnet. org/CMS/cvs/166265426_ Nimfa_ Ogena. doc/2012 - 1 - 30.

②许政援等：《儿童发展心理学》，长春：吉林教育出版社，1987：390—394.

方面都处于易冲动和不稳定的状态，常常表现为与成人世界的对立与叛逆"。①

"少年"还是一个社会学概念。从社会学角度看，少年是从依赖成人的童年向独立负责的成人过渡。这一时期自青春期始，至初步达到社会承认的成熟度止。因此，少年的成长也是少年"社会化"的过程，也就是说，少年在成长中逐渐完成从生物意义上的人向社会意义上的人的转变。他们的身份从原来作为社会附庸的儿童逐渐转变为作为社会主体的公民。他们开始关注社会生活，有了强烈的参与意识和使命感。他们渴望参与各种社会活动，并在社会活动中实现自己的价值。他们逐渐建立了自己的理想、价值观和人生的目标。他们产生了"成人感"，他们开始脱离父母追求独立，但仍欠缺一种明确的社会角色定位。当少年具备了独立处理社会与生活中的问题，同时又为社会所认可时，他就进入了成年期。

"少年"也可以是一个文化学概念。少年是文化传承的重要载体。少年的成人化、社会化过程也是少年获取文化的过程，这一过程体现在代际间知识、习俗、价值的传递、学习及沟通中。阿奈特（Jeffrey J. Arnett）在其著作《少年期与即将到来的成年》（*Adolescence and Emerging Adulthood*）中列举了两位来自不同文化的少女的生活。一位是来自墨西哥的 16 岁的康奇塔。天还未放亮，她就已经工作了两个小时烤煎饼了。她每天最大的乐趣是下午到集市上卖煎饼。而同样是在清晨，在美国伊利诺郊区的一座房子里，14 岁的朱迪则站在卧室里的镜子前，反复挑选试穿上学要穿的衣服。由此可见，不同的文化对少年有着不同的期待，不同的文化可能铸就少年不同的生活和价值观。文化在少年的成长中有着不可低估的影响。

第二节 少年文学、少年小说与美国少年小说

一、少年文学

要界定少年文学，我们首先要从儿童文学谈起。先来看看国内儿童文学领域专家们对儿童文学的定义。

蒋风：儿童文学是根据教育儿童的需要，专为广大少年儿童创作或改编，适合他们阅读，能为少年儿童所理解和乐于接受的文学作品。

---

①周晓波：《少年儿童文学》，北京：高等教育出版社，2010：9—10.

浦漫汀：儿童文学即适合于各年龄阶段儿童的心理特点、审美要求以及接受能力的，有助于他们健康成长的文学。①

王泉根：儿童文学，或称少年儿童文学，是以18岁以下的儿童为本位，具有契合儿童审美意识与发展心理艺术特征的，有益于儿童精神生命健康成长的文学。这一特殊文学内部，因读者年龄的差异性特征，而又具体分为幼年文学、童年文学、少年文学三个层次。②

吴继路：现代意义的"儿童文学"，即未成年人文学，……以当代生理学、心理学对未成年人年龄阶段的划分为依据，结合文学艺术影响作用的特殊性，为未成年人的文学宜划分为三个部类：

幼儿文学：对象为0~6岁，联系学前教育

儿童文学：对象为7~12岁，联系小学教育

少年文学：对象为13~18岁，联系中学教育。③

在英语中，儿童文学（children's literature）有广义和狭义之分。广义的儿童文学指为各年龄段所有未成年人（少年儿童）创作的文学作品，包括幼儿文学（pre - school children's literature）、儿童文学（children's literature）和少年文学（young adult literature）。而狭义的儿童文学则指专为小学段的儿童读者创作的文学作品。

综上所述，我们似乎可以得出这样的结论：从广义的角度看，儿童文学可被视为独立于成人文学的一个大部类，而少年文学则是广义儿童文学中一个独立的分支。那么，少年文学的具体定义又是什么呢？

美国学者汤姆林森（Tomlinson）和林奇 – 布朗（Lynch - Brown）在其著作《少年文学的要素》（*Essentials of Young Adult Literature*，2007）中指出：少年文学是为11 - 18岁的少年创作的，在图书市场上被出版商标注为"少年"的文学作品。少年文学包括所有传统文类——从现实主义小说到诗歌。④ 也有学者将少年文学直接定义为介于狭义儿童文学和成人文学之间的文学。美国少儿文学界知名学者道诺尔森（Donelson）和尼尔森（Nilsen）在其著名的《当今少年文学》（*Literature for Today's Young Adults*，1997）一书中如此定义

①转引自朱自强：《儿童文学概论》，北京：高等教育出版社，2009：20.

②王泉根主编：《儿童文学教程》，北京：北京师范大学出版社，2009：7.

③吴继路：《少年文学论稿》，北京：首都师大出版社，1994：29—31.

④Tomlinson，C. M. & Lynch - Brown，Carol. *Essentials of Young Adult Literature*，Boston：Pearson Education，Inc.，2007：4.

少年文学：少年文学是年龄约在 12 – 20 岁之间的读者选择阅读的任何作品。①

中国学者王泉根教授对少年文学的定义是："少年文学是为十二三岁到十七八岁的少年（中学阶段）服务的文学。……少年文学的主要文体为少年小说、少年诗、寓言、散文、报告文学等。"②

那么，现在我们可以定义少年文学为：少年文学是为年龄大约在 11～18 岁之间的少年读者创作和改编的，适合他们阅读并接受的，具有独特艺术特点的各类文学作品的总称。既然少年文学是服务于少年读者的，那么它就必然要展现少年所关注的问题：生理成长中的困惑与惊喜、心理成长中的问题与自我意识的产生、在社会化过程与文化熏陶中的成长，等等。而少年文学的目的不仅在于帮助少年读者解决他们在成长中的困惑，还在于向他们传达正确的价值观和道德观，帮助他们顺利完成从儿童向成人的过渡以及从生物意义上的人向社会意义上的人的过渡。

二、少年小说

吴继路先生曾说，小说在文学领域内历来是审美功能最充分的一门语言艺术品类，也是文学中影响最普遍，接受最便易，读者群体最庞大的体裁形式，因为小说最具有展露和透视人的心灵世界的艺术优势，同时又能以最大容量，最广阔艺术空间多侧面地展示社会人生图景。从少年文学视角观察，少年小说也占有主体地位，在各类体裁形式中成为大宗。③

王泉根教授也认为少年小说是少年文学中最为重要，最受少年欢迎的文学体裁。王泉根教授还进一步分析了原因。首先，小说所表现的人物内心变化吸引着少年读者，同时也帮助他们了解自己认识他人。其次，小说中的社会文化背景能够满足少年读者的需求，加深他们对外部世界的认识。再次，小说中的人物对成长中的少年有榜样的作用，同时也可以成为他们在处理实际问题时的参考对象，帮助他们调整思维，从不同的角度进行思考。最后，小说的叙事功能能够使少年读者获得极大的阅读乐趣。④

对少年小说的艺术特点，专家学者们多从人物、内容、主题、文体等方面加以总结。浦漫汀教授认为少年小说应具有的艺术特点为：第一，主题丰

---

①Donelson, K. L. & Nilsen, A. P. *Literature for Today's Young Adults* (5th Edition), New York：Addison – Wesley Educational Publishers Inc., 1997：6.

②王泉根主编：《儿童文学教程》，北京：北京师范大学出版社，2009：13.

③吴继路：《少年文学论稿》，北京：首都师大出版社，1994：67—68.

④王泉根主编：《儿童文学教程》，北京：北京师范大学出版社，2009：206—208.

富又常有多义性，题材宽泛又有较为深刻的内涵；第二，无论是少年还是成人形象都写得较有深度、力度，性格丰满，趋于立体化；第三，情节或鲜明完美，或淡到欲无，都可以赢得少年读者的喜爱；第四，在表现手法、艺术风格方面也趋于多样化。①

纵观各位专家学者的观点，我们可以总结出少年小说的艺术特点如下。在人物方面，少年小说虽不排斥成人形象的塑造，但主要以少年形象的塑造为主，主人公多为少男少女。在小说情节和内容方面，少年小说的故事情节曲折生动，主线突出，进展迅速。小说内容同少年读者的生活息息相关，展现他们在现实生活中遭遇的各种问题，具有鲜明的现实性和针对性。在主题方面，少年小说的主题丰富，但大多展现少年主人公的成长。在文体及语言方面，少年小说的文体及语言不乏多样性和个性化，但基本要求是健康、准确、形象、生动。

对于少年小说的功能，吴继路先生用了三个词来概括。第一个词是"理解"，少年小说引导少年读者从人物形象中，从生活情境中获得理解自身、他人及世界的机会。第二个词是"释放"，作品的境界有助于少年读者释放苦闷，达到心理平衡。第三个词是"净化"，少年小说努力追求的艺术功能就是帮助少年读者通向心灵的净化和升华。② 另外，江国平还谈到了少年小说的四个教育功能。他认为少年小说可以培养少年对家庭、学校和社会的顺应能力，对家庭的归属感和责任感，对社会发展的信心以及对整个生态环境的热爱。③

三、美国少年小说

文学作品产生于特定的历史时期、社会背景和文化环境中，少年小说也不例外。美国少年小说是在美国这一特定的社会、文化背景中创作的，以少年读者为主要阅读对象，主要表现美国少年生活、学习、成长等方面题材的小说作品。它既有一般少年小说的特征，又有鲜明的国别特色。

首先，我们来看看美国少年小说如何区别于美国儿童小说。我们以爱尔温·布鲁克斯·怀特（E. B. White）1952 年创作的儿童小说《夏洛的网》（*Charlotte's Web*）和罗伯特·牛顿（Robert Newton）1972 年创作的少年小说《猪不会死的日子》（*A Day No Pigs Would Die*）为比较对象。《夏洛的网》讲述的是被女孩芬从爸爸斧下救出的小猪威伯在蜘蛛夏洛的帮助下在集市比赛

---

①浦漫汀：《儿童文学教程》，济南：山东文艺出版社，2000：24—27.
②吴继路：《少年文学论稿》，北京：首都师大出版社，1994：76—81.
③江国平：浅谈"少年小说"的教育功能，抚州日报，2009－06－06（3）.

中获胜，从此获准永远舒适地活下去。在《猪不会死的日子》中，少年主人公罗伯特帮助邻居家的母牛产犊，作为感谢，邻居送给他一只小猪品基。品基也在集市比赛中获胜并赢得一条勋带。但是，由于家庭生活困难，父亲和罗伯特不得不杀掉品基作为家中的食物。

虽然，两部小说都涉及一只小猪，两只小猪都在集市比赛中获胜并赢得一条勋带。但仔细阅读这两部小说，我们会发现它们之间的诸多不同。《夏洛的网》讲述的是蜘蛛夏洛为救小猪威伯付出了巨大的努力，最后力竭而死。小说以幻想小说的形式展现了一只蜘蛛和一头小猪之间的友谊。翻开小说，首先吸引读者眼球的是一幅幅生动的图画，这些图画帮助小读者更好地理解小说内容。这也是美国儿童小说的特点之一——依赖视觉形象表述故事内容。小说的视角是全知第三人称。小说中虽也有儿童形象，如 8 岁女孩芬，但小说的主人公是动物，而非人物。小说的基调是乐观的，虽然夏洛死掉了，但她的孩子们在小猪威伯的帮助下顺利回到了谷仓，并在那里出生成长。

《猪不会死的日子》则是一本现实主义小说，小说的主人公是 12 岁的罗伯特。小说以第一人称视角由罗伯特自己讲述故事。小说的基调也是乐观的，因为罗伯特长大了；但同时，小说的悲剧色彩也远远浓于《夏洛的网》，因为罗伯特深爱的父亲去世了，他喜爱的，唯一属于他的财产——小猪品基——被屠宰了，成为了家人的食物。在作出屠宰小猪的决定后，罗伯特和父亲有以下一段对话：

"噢，爸爸，我的心都碎了。"

"我也是，"爸爸说。"但是我欣慰的是你长大了。"

……

"孩子，这就是做一个成年人意味着什么。那就是做该做的事情。"[1]

这段对话点出了小说的主题，即：承担责任，走向成熟。小说展现了罗伯特的成长，因为他最终做出了一个男子汉的选择，在自己的小猪和家庭的生存之间他选择了责任。

从这两本小说的比较，我们不难看出，美国少年小说和美国儿童小说最大的不同在于：少年小说着重描写少年主人公的成长；而且，作家也不再刻意回避小说中的悲剧色彩，因为少年读者需要知道生活并不总是美丽的。

有的作家在创作小说时采用了少年作为小说中的人物，甚至是叙述者，但其创作的目的却是为了成年读者。那么，这样的小说又如何区别于少年小

---

①Peck, R. *A Day No Pigs Would Die.* New York：Random House, 1972：139.

说呢？让我们再做一个比较。我们比较的两本书是 M. E. 柯尔（M. E. Kerr）1978 年创作的《温柔的手》（*Gentlehands*）和莱瑞·沃特森（Larry Watson）1993 年创作的《蒙大拿，1948》（*Montana*，*1948*）。在《温柔的手》中，16 岁的少年巴蒂来自一个普通的警察家庭。他喜欢上了一位来自上流社会的少女斯凯。出于虚荣，他把斯凯带到了他生活优越，多才多艺的外祖父家里，尽管他外祖父多年来同他们家从不来往。后来，一个偶然的机会让巴蒂知道了他的外祖父是被通缉的纳粹罪犯。在《蒙大拿，1948》中，12 岁的少年大卫的父亲也是一位警察，他的叔叔是当地潇洒英俊的著名医生。就是这位"受人尊重"的医生却被发现是强奸、杀害一位印第安女仆的罪犯。

　　表面上看，两部小说的确很相似。两部小说讲述的都是家庭中一位"受人尊重"的成员却是罪犯的故事。两部小说都是第一人称叙述，叙述者都是少年。但细究起来，两本书却大不一样。《温柔的手》中的巴蒂是真正的主人公，小说中的冲突围绕他展开。他经历了一个少年在正义与邪恶之间的犹豫和选择，最终他选择了正义。巴蒂是故事的中心，而不仅仅是叙述者，更不是旁观者。没有巴蒂，就没有故事。而《蒙大拿，1948》中的大卫仅仅是一位叙述者，讲述他父亲的故事。在正义与邪恶之间做选择的是他父亲，而他只是一位旁观者。即使换一位叙述者，故事照样存在。从这些不同之处，我们可以判断，《温柔的手》是一部典型的少年小说，而《蒙大拿，1948》则是一部以少年为叙述者的成人小说。

　　综上所述，我们也可以得出这样的结论：美国少年小说始终以少年为主人公，而成年人只是其中的配角。小说从少年的视角出发，故事情节紧紧围绕少年主人公展开，描写其成长过程。小说不一定是大团圆结局，但少年主人公一定获得某种意义上的成长。

　　美国少年小说的主题与题材都反映少年的成长与生活。美国少年小说的主题多与少年主人公的成长相关。如前所说，《猪不会死的日子》中的主人公罗伯特是在家庭责任和个人宠物之间选择了责任而成长，而《温柔的手》中的巴蒂则是在正义与亲情之间选择了正义而成长。少年主人公的成长是多种多样的。《狼群中的朱莉》（*Julie of the Wolves*，1972）中，爱斯基摩女孩朱莉在冻原上独自与一群狼为伍，与它们交友，爱上了它们，并决心保护它们。朱莉的生态意识就是她成长的表现。《数星星》（*Number the Stars*，1990）中的少女安玛丽在二战期间协助父母、叔叔等成年人帮助犹太人逃脱纳粹的迫害和屠杀。她冷静面对纳粹军人，顺利完成了自己的任务——这就是她的成长过程。《回家》（*Homecoming*，1981）中的少女黛西的成长完成于旅途中。她的父母因不同原因抛弃了她和三个弟妹。在这种情况下，她只好带着他们踏上寻找外祖母的旅程。在旅途中，她学会生存，学会处理各种突如其来的问题，逐渐成熟起来。少年人物的成长背景不仅仅局限于一次旅行或一个事件，也可能以家庭生活或学校生活为背景，主人公的成长也可以贯穿在日常生活琐事当中。

同主题与题材一样，少年小说的语言也必须贴近少年在实际生活中使用的语言。有批评家认为，塞林格的《麦田里的守望者》对美国少年小说影响巨大。其影响主要体现在两个方面：一是它引领美国少年小说走上了现实主义的道路；二是它在某种意义上决定了美国少年小说的语言风格。优秀的现当代美国少年小说采用的是少年在实际生活中的语言，反映的是少年真实的说话方式。

另外，美国少年小说一般篇幅较短，小说长度多在 200 页左右，一般不超过 300 页。

关于现当代美国少年小说中的一些必要元素，作家和批评家们有着大同小异的观点。

例如，按照美国著名少年小说家金代尔的观点，美国少年小说应体现以下方面：

1. 故事情节应该同学校环境相关，因为这是在少年生活中占据大部分时间的地方。

2. 父母应该在幕后，因为少年喜欢在他们自己和监护人之间拉开距离。

3. 故事应该由少年人物自己讲述，或者至少从他们的角度。

4. 语言和对话应该使用当代语言，但不一定是太流行的。

5. 浪漫爱情或者是年轻人对爱情的笨拙尝试可以融入到故事中。

6. 虚假与虚伪是一定要杜绝的。

7. 少年有时喜欢恶作剧或反抗，因为他们讨厌被成人世界所主宰。

8. 快节奏的情节和故事中的悬念是必须的。

9. 可以适当地使用图画等视觉因素，因为这些打破常规印刷形式的方式可以模拟少年的交流方式。

10. 故事应当简练、简短。①

这十点同时也是金代尔创作少年小说时所遵循的原则。

爱荷华州立大学耐迪（Niday）教授认为有十条要素使现当代美国少年小

①Forman，J. *Presenting Paul Zindel.* Boston：Twayne Publishers, 1988：13 – 14.

说区别于其他文学类型。这十条要素如下：

1. 少年主人公；2. 第一人称叙述；3. 成年人物隐于幕后；4. 人物不宜过多；5. 小说中时间跨度不宜过长，故事发生的背景应为少年读者所熟悉；6. 当下使用的语言，包括俚语；7. 对相貌及服装的细节描写；8. 正面的结论；9. 故事情节尽量单一，较少分支；10. 小说长度尽量限制在 125 至 250 页。[①]

《21 世纪的少年文学》的作者柯尔总结了多名专家的意见后，认为 21 世纪美国少年小说应包括以下要素：

1. 主人公应为少年；

2. 小说中的事件应围绕少年主人公以及他/她为解决各种冲突所作出的努力。

3. 故事从少年的视角出发，以少年的口吻讲述。

4. 少年作家为少年读者所创作。

5. 在图书市场上以少年读者为销售对象。

6. 少年小说不同于儿童小说，未必有大团圆的结尾。

7. 父母或缺席或与少年人物处于冲突之中。

8. 主题与成长相关。

9. 小说一般不超过 300 页，多为 200 页左右。[②]

柯尔认为第七、八两条同时还是 20 世纪后期"少年问题小说"的特点。我们认为第四条不能概括所有为少年读者创作的作家，尽管有的作家，如辛顿，在创作第一本小说时的确是少女。从柯尔对 21 世纪美国少年小说的总结，我们可以看到 21 世纪美国少年小说同 20 世纪美国少年小说的区别并不明显。由此我们可以得出这样的结论：现当代美国少年小说对小说主人公、故事背景、成年人物的位置、语言及篇幅长短有着基本相同的要求。

第三节　美国少年小说的发展轨迹

很难说哪一部小说是美国少年小说中的第一本，而且，即使读者为少年

---

①Dunlevy – Scheerer, H. What Are the Defining Characteristics of Young Adult Literature? http：//www. associatedcontent. com/article/2158371/what_ are_ the_ difining_ characteristics. html？cat = 38/2011 – 8 – 24.

②Cole, P. B. *Young Adult Literature in the 21st Century*. Boston：McGraw – Hill Higher Education，2009：49.

的小说一开始也未被称为少年小说。少年文学作为文类是 20 世纪 30 年代的事情。

很长时间以来，美国社会一直倚重书籍向孩子们传递社会价值观、宗教观、道德观，等等，因此，为孩子们出版的读物反映着时代的行为标准、道德标准，以及对性别角色的期待，从中我们可以发现在不同历史时期成年人对少年教育的侧重点以及人们教育观的发展变化。

除此之外，通过不同时期少年所读小说形式的变化，我们可以对美国少年小说的发展得窥一斑。因此，探索美国少年小说发展的轨迹对于我们了解现当代美国少年小说大有裨益。

一、1800—1900：美国少年小说的萌芽阶段

19 世纪之前为年轻读者出版的读物可以说完全是以教育为主旨的，而且多强调赤裸裸的宗教教育。比较知名的有约翰·科顿（John Cotton 1585—1652）的《波士顿婴儿的精神滋养》（*Spiritual Milk for Boston Babes*，1646），它被视为美国第一本儿童读物，在 17 世纪，该书再版达九次之多。该作品的作者为牧师，作品的目的是宗教教育，以问答形式向儿童灌输宗教拯救的思想。另一本值得一提的是科顿·马瑟（Cotton Mather 1663—1728）的《新英格兰儿童标志》（*A Token for the Children of New England*，1700），这本读物的宗教色彩更为浓重，它向少年宣扬为宗教献身的精神。19 世纪之前还有一本不同于上两本读物的作品——《儿童的新礼物》（*A New Gift for Children*，1750，作者不详），它被称为当时第一本世俗儿童故事书，其理念是将儿童看作学习者。[①]

从 18 世纪末开始，这种完全以教育儿童为目的出版倾向有了改变。谈到这种变化，就不得不谈起两个人。一位是英国哲学家约翰·洛克（John Locke 1632—1704），另一位是被称为"儿童文学之父"的英国出版商约翰·纽伯瑞（John Newbery 1713—1767）。前者的"儿童白板说"及教育理念影响了纽伯瑞。为纪念纽伯瑞在儿童文学出版领域的贡献，美国在 1922 年建立了以他命名的少儿文学奖。他对儿童文学出版的特殊贡献在于他所出版的图书首先以愉悦和娱乐为目的，其次才是教育。纽伯瑞崇尚"快乐至上"的儿童教育观

---

①Hunt，P.（ed.）*International Companion Encyclopedia of Children's Literature*. London and New York：Routledge，1996：873.

念，他认为，当道德说教以娱乐的形式展示给儿童时，儿童才能更好地接受。[1]于是，19世纪出版的少儿图书具有了更多的故事性、娱乐性和可读性。

19世纪出版的美国少儿图书有以下三个主打类型。

1. 家庭小说（domestic fiction）。家庭小说指的是19世纪中叶在女性读者，包括女孩子中间非常流行的一种小说形式，因其读者群的缘故，它也被称为"女性小说"（women's fiction）。苏珊·沃纳（Susan Warner）的《广大的世界》（*The Wide, Wide World*, 1850）被视为第一部有影响的家庭小说。

家庭小说的故事情节一般围绕女主人公展开。这个女孩一般是个孤儿，因父母双亡被送到亲戚或朋友家。在那里她遇见一个有人格或道德缺陷的男人。在他们的交往中，她逐渐感动并改造了他，最终同他开始了幸福的婚姻生活。除了相似的情节模式，女主人公也大同小异。她在别人的家里，特别是遇见了"坏男人"之后，一般有过一段痛苦的经历；她努力在社会对女性的要求及自我的发展中寻求平衡。小说使用"让人流泪的语言"（language of tears），以激起读者对人物的同情。

一些女性教育者们对这类小说颇有微词，她们认为：家庭小说强调了性别的不同，鼓励女孩子把追求幸福的婚姻作为改变自己命运的最好途径；同时主张女孩子要保持传统女性美德，即：具有自我牺牲以及隐忍的精神。

2. 廉价小说（dime novel）。廉价小说指的是在美国流行于约1850至1920年间，最初售价10美分，情节有趣但无文学价值的纸面小说。据称这类小说在1860年出版商比德尔兄弟（Erastus and Irwin Beadle）再版了斯蒂芬（Stephen）的小说《玛拉斯卡，白人猎手的印第安妻子》（*Malaeska, the Indian Wife of the White Hunter*）之后开始流行。这种小说开始是以小册子的形式出版，形式简陋，而比德尔兄弟将其变为书的形式。因为它塑造了一些新的主人公形象，也因为其情节使读者产生阅读兴奋，所以拥有了更多的读者。据数据统计，在五年间，比德尔出版的廉价小说售出四百多万本。流行之后，它开始为大量的男性少年读者所喜爱，因此被视为男孩子的书。它在某种意义上可以被称为当今少年小说平装本的"先驱"。

廉价小说的特点是动感强烈，充满令人紧张的情节，符合男孩子的口味。它包括了多种通俗小说形式，如：西部小说（westerns）、侦探小说（detective story）、科幻小说、历险小说、体育小说（sports novel），等等。

---

[1] Murray, G. S. *American children's Literature and the Construction of Childhood*. New York: Twayne Publishers, 1998: 15, 17.

3. 系列小说（series novels）。系列小说"是由彼此相互独立而又有一定内在联系的许多部小说构成的一个小说系列。系列小说中的任何一部都具备一般小说的完整性，在环境、人物、情节、结构上有较强的独立性，同时各篇之间又互相参照，互为补充，在时空顺序上相并列或相连续。"① 但作为美国少年小说的一种，它指的是从19世纪90年代开始流行，到1905年前后达到顶峰，在20世纪持续发展的一种小说系列。其阅读群体不分性别。系列小说在20世纪也很流行，经典的有槐尔特的小木屋系列，通俗的有20世纪80年代的少年爱情系列丛书，如"野火""甜梦""初恋"，等等。

系列小说有比较固定的情节发展套路，人物特点也规定得比较明确，有固定的文体模式，以适应出版需要，吸引更多的少年读者。系列小说也有不同种类，这里着重介绍三种。

一是寄宿学校小说。在故事中，少年主人公通过努力改善了学校环境，成为足智多谋，同时又有坚强决心的榜样。这类小说刻画并体现了美国19世纪下半叶"镀金时代"男性人物的特征：充满活力、聪明能干、具有主观能动性及创业精神。

二是体育小说。在这类小说中，故事一开始，主人公就处于被人欺负的困境中。但在其最好的朋友的指导帮助下，他逐渐建立了新的自我形象，增强了体力，提高了能力，最后在关键的比赛中力挽狂澜，确立了自己的地位。体育小说中张扬的是勇气、坚持、领导能力，这些不仅在体育赛场上，就是在生活中，也是制胜的必要品质。

三是历险小说。历险小说以各种不寻常的冒险事件为中心线索，主人公往往有不同寻常的经历、遭遇和挫折，最后走向成熟。历险小说很好地体现了19世纪美国人开拓冒险精神。在19世纪，历险小说的最高成就当属马克·吐温的《汤姆·索亚历险记》（*The Adventures of Tom Sawyer*）和《哈克贝利·费恩历险记》（*The Adventures of Huckleberry Finn*）。

在19世纪，尽管为少年读者创作的小说还没有成为独立类别，但是有一些作家还是被公认为是少年小说创作的先驱式人物。首先我们要提到的就是路易莎·梅·奥尔科特（Louisa May Alcott，1832—1888）。其代表作《小妇人》（*Little Women：or Meg，Jo，Beth and Amy*，1868）被视为第一部美国少年小说。②

奥尔科特出生在宾夕法尼亚州，但她的一生却是在靠近马萨诸塞州的康

①百度百科，http：//baike. baidu. com/view/2594854. htm？fr = aladdin/ retrieved 2014 - 8 - 14.
②Cart，Michael. *From Romance to Realism*. New York：HarperCollins Publishers，1996：4.

科特城度过的。她自小受当作家和教师的父亲的影响。在父亲的熏陶下，她很早就对写作产生了兴趣。为了帮助维持贫穷的家庭，路易莎在成为专业作家之前不得不靠做女佣、家庭老师和裁缝挣钱。路易莎·奥尔科特文学生涯的巅峰是从小说《小妇人》出版后开始的，这是一部半自传式的作品，描述她与姊妹儿童时代居住在马萨诸塞州的生活。小说创作的起因是，1868年，一位出版商建议她写一部关于"女孩子的书"，于是她便根据孩提的记忆写成《小妇人》。作家把自己描写成乔·马奇，她的姐妹安娜、亚碧、伊丽莎白便分别成为玛格丽特、艾美、贝思。书中的许多故事取材于作家的现实生活，尽管在现实生活中，奥尔科特一家经济状况远不如她笔下的马奇一家。出乎作者意料的是《小妇人》打动了无数美国读者，尤其是女性读者的心弦。①

《小妇人》生动地描写了一个美国家庭马奇家四姐妹的成长过程。南北战争时父亲常年随军在外，她们伴着慈爱的母亲生活在小城镇。小说以家庭生活为描写对象，以家庭成员的感情纠葛为线索，描写了马奇一家的天伦之爱。马奇家的四姐妹中，无论是为了爱情甘于贫困的梅格，还是通过自己奋斗成为作家的乔，以及坦然面对死亡的贝思和以扶弱为己任的艾美，虽然她们的理想和命运都不尽相同，但是她们都具有自强自立的共同特点。小说反映了她们对家庭的眷恋；对爱的忠诚以及对亲情的渴望。《小妇人》是少年文学中的经典作品，全书贯穿了善良仁爱、对道德完美的追求，歌颂了家庭的伦理观念和邻里间的助人为乐的精神。《小妇人》出版后获得了巨大的成功，成为公认的美国名著，100多年以来，一直受到热烈的欢迎。美国图书协会、美国教育协会两会代表选出100种乡村小学的必备书，其中精选25种，《小妇人》列居25种的榜首，世界上已有数十种不同语言的译本，包括中文译本。究其成功的原因，主要由于作家在作品中宣扬美好品质，提倡善良、忠诚、无私、慷慨、尊严、宽容、坚韧、勇敢等人类美德。同时，作家注重表现女性意识，书中描写的种种情感体验和生活经历，都曾经、正在并将要发生在每一个少女走向成熟的过程之中。所有这些，都赋予了这本书超越时代和国度的生命力。②

另一位值得一提的作家是霍雷肖·阿尔杰（Horatio Alger, Jr, 1832—1899）。阿尔杰是19世纪美国的一位高产作家，因其创作的逾百本少年小说而知名。他出生于马萨诸塞州的切尔西（Chelsea），父亲是一位保守的论教派

①百度百科，http：//baike. baidu. com/view/374905. htm? fr = aladdin / retrieved 2014 - 8 - 14.

②百度百科，http：//baike. baidu. com/subview/28557/5043957. htm? from_ id = 10682092&type = syn&fromtitle = Little + Women&fr = aladdin / retrieved 2014 - 8 - 14.

牧师。阿尔杰哈佛大学毕业后，又取得神学学位。在大学时期，他就已经开始创作短篇小说、诗歌等。他从 19 世纪 60 年代开始为少年读者，主要是男性少年读者创作，其小说被形容为描写男孩"从穷到富"（rags – to – riches）的神话。书中的男主人公开始时是穷孩子，经过努力，由穷困成为受人尊敬的中产阶级。《衣衫褴褛的狄克》（*Ragged Dick*，1868）是其代表作。它是其《狄克》系列小说中最著名的一本。它讲述了 14 岁的狄克的故事，狄克通过不断改善自己，最终赢得了他人的尊重，也改善了自己的生活状况。

为什么阿尔杰的小说如此受欢迎？原因恐怕主要有以下两点。首先是小说所传达的道德信息。小说中的少男主人公都诚实、热情、值得信任，努力改善自己，最终赢得人们的尊重。这些道德品质是美国一直提倡的。因此，小说的教育意义不言而喻。其次，阿尔杰生活的时代正是美国由农业国向工业国转变的时期。男孩子可能选择去城市发展。阿尔杰的小说都是以城市为背景，因此对于选择去城市发展的男孩子们具有一定的指导意义。莫瑞教授这样总结以上两个原因：阿尔杰小说以城市为背景，尽管在这一点上他的小说有些背离在他之前的美国儿童文学传统，他选择传递的道德观却没有背离美国儿童文学的道德传统。① 也就是说，阿尔杰小说中随时代变化的是小说的背景，不变的是美国的道德传统。

第三位值得一提的作家是玛丽·梅普斯·道奇（Mary Mapes Dodge，1831—1905），其《银冰鞋》（*Hans Brinker, or The Silver Skates*，1865）为她带来声誉。道奇出生在纽约，幼时接受了很好的教育。后来与律师道奇结婚。丈夫去世后她开始做编辑并写作。《银冰鞋》在其作者在世时就已经有上百个版本，使她在儿童文学史上占据了一席之地。

《银冰鞋》以荷兰为背景，写的是 15 岁的男孩汉斯的故事。他通过自己的努力，帮助受伤的父亲得到救治并苏醒，为妹妹换来一双真正的冰鞋，使她赢得了滑冰比赛，而他自己也收获了其他孩子的尊重。该小说据称是第一部以体育为题材的美国少年小说。

在美国，许多为成年人创作的作家也为少年儿童创作了永恒的少儿文学作品。例如，在 19 世纪浪漫主义时期有霍桑，20 世纪当代文学中有辛格，不一而足。最后要提的这位作家也是为成人创作的美国文学大师。他就是美国现实主义文学的奠基人之一、19 世纪乡土文学的代表作家——马克·吐温。马克·吐温为年轻读者创作的小说主要有《王子与贫儿》《汤姆·索亚历险

①Murray, G. S. *American children's Literature and the Construction of Childhood*. New York：Twayne Publishers, 1998：72.

记》和《哈克贝利·费恩历险记》，后两部，如前所说，被视为 19 世纪少年系列小说的最高成就。韦苇教授认为，这两部作品加快了美国儿童文学的进程。

马克·吐温（1835—1910），原名塞缪尔·朗赫恩·克莱门斯（Samuel Langhorne Clemens），在密苏里州的汉尼拔长大，这个小镇也因此成为《汤姆·索亚历险记》和《哈克贝利·费恩历险记》两部小说的背景地。他小时候读书并不多，成名之前做过各种工作，如：报童、印刷厂学徒、水手、记者，等等。这些生活经历为他日后的创作打下了基础。《哈克贝利·费恩历险记》是其代表作。这部作品写的是少年，但却不仅仅是一部为少年创作的小说。其深刻的思想内涵使其成为美国文学的经典。

马克·吐温笔下的少年是所谓的"坏孩子"，他们聪明但淘气，爱幻想又爱恶作剧。但实际上，他们是有正义感的孩子，他们只是对成人世界的虚伪看不惯。他们是真实的人物，他们具有生机勃勃的儿童性格以及追求新奇冒险的儿童心理，他们有缺点也有优点。正因为如此，马克·吐温被视为世界儿童文学史上第一位多侧面、立体地表现儿童性格的作家，率先为世界儿童文学提供了圆形少年人物形象。[1] 特别是《哈克贝利·费恩历险记》，据说在清晰地描写少年的思想这一方面，文学史上鲜有作品能够望其项背。

19 世纪，特别是 19 世纪下半叶，美国少儿小说绽放出自己的精彩，产生了一些在世界少儿文坛上知名的小说，为美国少年小说的确立与进一步发展奠定了坚实的基础。

二、1900—1960：美国少年小说的确立与发展

美国少年文学评论家卡特（Cart）认为，在英国维多利亚时代，"儿童时期"被划分为人生的一个独立阶段，而"少年时期"的确立则是发生在 20 世纪初美国的事情了。[2] 1904 年，美国第一位心理学博士斯坦利·豪尔在其著作《少年阶段——其心理及其同生理学、人类学、社会学、性别、罪行、宗教和教育的关系》中首次将"少年时期"确立为人生的一个独立阶段，一般从 12 岁始至 20 岁止，是从儿童向成年人过渡的时期。少年在这一时期有着不同于儿童又有别于成年人的生理、心理及精神特征和需求。为满足这些需求，美国少年小说应运而生。

如前所述，在"少年"这一阶段被确立之前，美国已经出版了读者为少

①韦苇：《西方儿童文学史》，武汉：湖北少年儿童出版社，1994：373.
②Cart, Michael. *From Romance to Realism*. New York：HarperCollins Publishers, 1996：3.

年的小说。但是直到 20 世纪 30 年代，以少年小说为主体的美国少年文学才成为一种独立的文学类别。英国批评家汤森德（Townsend）曾说，少年小说是美国的特产。

谈到美国少年小说的确立，一位作家及其小说首先进入我们的脑海——海伦·波伊斯顿（Helen Boylston，1895－1984）及其小说《苏·巴顿：见习护士》（*Sue Barton*，*Student Nurse*，1936）。当出版商接到这部书稿时，他们惊奇地发现：这个有趣的故事是个"四不像"：对于儿童读者来说，它过于成熟；而对于成年读者，它又过于简单。最终他们决定出版这部书，并将其称为"现代少年故事的黎明"。《苏·巴顿：见习护士》是最受读者欢迎的美国少年小说之一，但该书更重要的意义在于它代表着美国少年小说的确立。

波伊斯顿出生在新罕布什尔州。她在波士顿西蒙斯学院学习了一年，1915 年作为护士从麻省综合医院毕业。之后一直从事护士职业，包括在一战中做战地护士，在欧洲当红十字会护士，等等。这段职业经历无疑为其日后的创作提供了极真实的素材。她一共创作了七本与苏·巴顿相关的小说，《苏·巴顿：见习护士》是其中第一本。

在《苏·巴顿：见习护士》中，苏是一个接受护士训练的少女。在接受训练的过程中，她结识了朋友，遇见了她未来的丈夫，有过险境，救过轻生的病人。故事情节比较有趣。从《苏·巴顿：见习护士》我们可以看到美国少年小说的雏形。故事的许多细节源自作家的生活经历，因此小说具有真实的情节；人物是模式化的，而且人物所卷入的冲突也是套路式的；小说采用第三人称叙述故事，字里行间透露出作家对小说素材及人物的控制与操纵。

和波伊斯顿同期的少年小说作家还有霍华德·皮斯（Howard Pease，1894—1974）和约翰·突尼斯（John Roberts Tunis，1889—1975）。卡特认为，这三位作家都可以称为美国少年小说的创始作家。

皮斯专攻男孩子的历险小说。卡特认为，作为少年小说家，皮斯实际上比波伊斯顿要好得多，而且他出版第一部小说的时间也比波伊斯顿早——1926 年他就出版了《文身的男人》（*The Tattooed Man*，1926）。1939 年对1500 名加州大学生的调查表明皮斯是他们最喜欢的作家。[①] 皮斯的历险小说多数是关于年轻的主人公托德·莫兰（Tod Moran）在海上的历险。

皮斯生活在加州的旧金山，毕业于斯坦福大学。一战中曾在欧洲美国商船队中服役，这段经历为其提供了写作素材，因此他的创作显得十分真实。

---

①Cart，Michael. *From Romance to Realism*. New York：HarperCollins Publishers，1996：15.

1946 年，他荣获了儿童图书奖（Children's Book Award）。

约翰·突尼斯被称为"现代体育故事的创始人"。[①] 突尼斯毕业于哈佛大学，在校期间，他就爱好体育，例如，网球、田径，等等。一战服役后他成为《纽约邮报》体育专栏作家，同时从事自由创作。他的第一本少年小说《铁腕公爵》（The Iron Duke）发表于 1938 年。其体育小说涉及多项体育运动，包括：篮球、田径、女子网球，等等。在某种意义上，突尼斯的体育小说是对传统体育小说的革命。过去的体育小说仅仅描写体育项目，而且人物多是格式化的。而突尼斯的体育小说不仅描写体育，更是探讨了社会问题和少年成长中的压力及需要面对的挑战。从此少年体育小说不仅仅是廉价杂志小说，而是严肃的文学了。

如果说波伊斯顿的《苏·巴顿：见习护士》代表着美国少年小说的明确确立，那么，莫瑞·黛丽（Maureen Daly）的《第十七个夏季》（Seventeenth Summer，1942）则代表着现当代美国少年小说的诞生。

莫瑞·黛丽（1921—2006）出生在爱尔兰，后全家随父亲移民美国，她在美国威斯康星州长大。她曾以短篇小说荣获欧·亨利奖，是《时代杂志》所称"著名的黛丽三姐妹"之一。但使她在美国少年文坛上青史留名的还是《第十七个夏季》。当她创作该小说时，她还不满 20 岁，是一个高中生。小说是 17 岁少女安吉和高中篮球明星杰克的故事。他们在暑假中相爱。但暑假结束时，安吉要去上大学，而杰克也要去俄克拉荷马帮助叔叔做生意。小说以两人真诚的告别结束。

许多评论家认为《第十七个夏季》是现当代美国少年小说的开始，主要原因如下：其一，它真实地描述了少年面对的生活问题。该书写的是少女主人公的初恋，少年处于情窦初开的年龄，因此爱情是他们进入成人世界前最好奇、最关注的问题之一，所以同他们的生活息息相关。其二，它在情感上和少年读者十分贴近。该书写作时，作家尚不足 20 岁，作品中的人物、背景都有作家生活的影子，颇似自传，给少年读者一种新鲜感。而且，小说采用的是第一人称视角，由女主人公安吉讲述故事，使读者能够与她的经历认同。后来，第一人称视角成为美国少年小说的一个重要特征。

除以上提到的波伊斯顿的少女职业小说，皮斯的男孩历险故事，突尼斯的少年体育小说以及黛丽的少年浪漫爱情故事，还有一类小说值得我们注意，那就是始于 19 世纪，在 20 世纪持续发展的少年系列小说。

①维基百科，http：//en. wikipedia. org/wiki/John_ R. _ Tunis/ retrieved 2014 - 8 - 29.

提到少年系列小说，首先要谈谈劳拉·槐尔特（Laura Elizabeth Ingalls Wilder，1867—1957）。其"小木屋系列"堪称美国少年系列小说的经典。该系列共包括九本小说，发表时间在 1932 至 1943 年间。

槐尔特出生于威斯康星州，一生做过多种职业，直到六十多岁才真正开始创作。其"小木屋系列"是基于作家的亲身经历创作的。小说描写了女主人公劳拉全家在 19 世纪后期的拓荒故事。小说采用第三人称视角，以劳拉为主要人物贯穿各部小说。

这一系列不仅赞扬了美国拓荒者勤劳坚韧、善良诚实的品德，同时也展现了美国 19 世纪 70 至 80 年代的拓荒历史。这些小说自首次出版后不断再版，一直为广大读者所喜爱，1974 年还被拍成电视剧播映。1954 年，美国图书馆协会（American Library Association）建立了以槐尔特命名的作家终身成就奖，并将此奖首次颁发给了槐尔特。

在通俗系列小说领域，侦探系列是一大亮点。最受女孩欢迎的当属从 1930 年开始出版的《神探南茜》（Nancy Drew）系列。据称，如果一个中学女生没有读过任何一本《神探南茜》，她就会受到同学们的鄙视。由此可见其流行程度。而且《神探南茜》还有电影版和电视版。

《神探南茜》是由不同作家按照出版社规定的模式代写，因此其情节基本是模式化的，很少变化。《神探南茜》如此受女孩子的欢迎主要因为其人物——南茜。这是一个 16 岁的中学女生。她十分聪明，有时其律师父亲也需要征求她的意见。她像其他女孩子一样喜欢穿时髦的衣服，在晚会和舞会上将自己打扮得光彩照人。她家境优渥，不用做家务，有自己的敞篷汽车。她还有自己不同于一般女孩的特点：很强的逻辑思维能力、体育特长、不屈不挠的精神，熟练的车技，等等。而这些在当时被视为是男孩子所具有的特点。除此之外，作为人物，南茜不断变化，以适应变化的美国社会和文化，真可谓"与时俱进"。

如果说《神探南茜》是为女孩子们创作的，那么《哈代家的男孩子》（The Hardy Boys）就是男孩子的小说。这一系列同样是由不同作家代写，他们按照出版社规定的模式以简单的文体创作小说。哈代家的两个男孩子弗兰克和乔共同经历了一系列的侦探历险。

这一系列最初出版于 1927 年，因为其成功，出版商才决定为女孩子们专门出版一个系列，这才有了《神探南茜》。该系列的成功也许可以用一些数字来展示：该系列的第一本小说《塔中宝藏》的销售量是 10 万册，到 1929 年，该系列共售出十一万五千册，2008 年的销售量超过了百万。对于其成功的原因，评论家们有不同的解释。一是该系列可以给读者提供如愿以偿的满足。哈代家的男孩子们过着平常的生活，这使读者易于认同。当他们探索谜案时，又给了读者摆脱平凡世俗生活的机会。而且这两个男孩子充满男性气概，是男孩子们的榜样。也有人说，该系列的成功是因为男孩子们的历险给读者传递正面的信息：这个世界尽管难于把握，但善终归要战胜恶；如果我们都尽力互相帮助，再难解决的问题也会迎刃而解。[①]

说到这两个成功的少年侦探系列小说，就不能不提其出版商——斯特拉特梅尔辛迪加出版集团（The Stratemeyer Syndicate）。该出版集团是美国第一个专门为年轻读者出书的出版商，他们出版的通俗少年系列小说推动了美国少年小说的市场化。

从美国少年小说的确立到 20 世纪 60 年代后期新现实主义少年小说的兴起，美国少年小说在类型上有了长足的发展。卡尔森（Carlsen）将这一时期出版的最好少年小说分为十类：1. 体育运动故事；2. 动物故事；3. 往昔的故事；4. 科幻小说；5. 关于他国文化的小说；6. 男孩与汽车的故事；7. 历险故事；8. 疑案侦探小说；9. 职业小说；10. 关于道德困境的小说。[②]

在这一时期，有几个事件在美国少年小说发展史上值得一提。第一件事是纽伯瑞奖项（Newbery Medal）的建立。该奖项 1922 年由美国图书馆协会的分支——美国图书馆儿童服务协会创立，一年颁发一次，用于奖励上一年度出版的优秀英语少儿作品。开始时是金奖一部，后来到了 1938 年，又加上了银奖若干部。尽管该奖项奖励的是少年小说和儿童小说，但从获奖书单上看，少年小说还是占有非常大的比例。因此可以说，该奖项的建立极大地促进了优秀少年小说的创作。

第二件事情是平装本小说的出现。对于一些年轻读者来说，平装本小说似乎一直存在，但实际上平装本小说真正进入市场是 20 世纪 30 年代末的事情。1938 年，口袋书出版公司（Pocket Book）尝试邮购书业务，因此出版了赛珍珠的《大地》作为样书，该书就以平装本出版。几个月后，该公司又以同样的形式出版了另外十本书。随后其他一些知名出版公司也开始出版平装书。到 1951 年，平装本小说的年销售量已达到两亿三千万册。到 20 世纪 60 年代中后期，特别是各种少年浪漫爱情小说以系列书形式出版的时候，平装本小说开始进入少年小说市场并成为少年读者生活的一部分。平装本少年小说的意义容后再谈。

---

①维基百科，http：//en. wikipedia. org/wiki/The_ Hardy_ Boys/ retrieved 2014 - 9 - 2.

②Cart, Michael. *From Romance to Realism*. New York：HarperCollins Publishers, 1996：30.

第三件事情是塞林格《麦田守望者》的出版。塞林格用第一人称叙述，采用现实主义的笔调，生动细致地描写了一个名叫霍尔顿的十六岁少年日常生活所经历的点点滴滴。全书用青少年的口吻平铺直叙，使用了大量的口语和俚语，语言生动活泼，真实可信，达到了如闻其声、如见其人的效果，更加增强了小说的现实主义色彩。此前，美国儿童文学被认为是跟在一直发展得很好的英国儿童文学后面亦步亦趋。有评论家认为，塞林格的小说出版之后，美国儿童文学，特别是美国少年小说，才找到了自己独特的发展方向，即：现实主义。从此以后，现实主义成为美国少年小说的创作主流。

纵观这一时期的美国少年小说，我们可以发现以下几个特点：1. 多数少年小说强调中产阶级白人的价值观；2. 作品背景多为中产阶级生活环境，或白人居住区；3. 故事情节简单，人物单纯，有时是模式化的；4. 许多题材是受到禁忌的，因此小说中描写的少年所面对的问题多是肤浅的，表面的；5. 语言是规范的，有时让人感到远离生活，甚至是过时的；6. 结尾几乎都是大团圆式的幸福结局。

尽管这一时期的美国少年小说存在着一些令人遗憾的不足，但它毕竟为后来美国少年小说的成熟铺平了道路。

三、1960—2000：美国少年小说的成熟期

历史的车轮走进了 20 世纪 60 年代。美国的社会与文化发生了深刻的变化。50 年代的沉寂宁静、和谐一致不见了，取而代之的是校园里的反战浪潮、城市贫民窟的暴乱、各种运动，如：民权运动、女权运动、反文化运动等等。一连串的政治暗杀事件更是加剧了社会的动荡不安。大众传媒的普及将各种各样的社会问题大面积地暴露在少年面前。各种少年问题也变得日益严重了：少女怀孕、少年犯罪、酗酒吸毒、自杀自虐，等等。在这种情况下，少年小说显然无法像从前那样一味展示美好世界。少年小说家们的态度也随之改变。他们认为，少年小说的一个新任务是教会少年在一个不那么美好的世界里生存。态度的改变带来了创作方式的改变：新现实主义文学（New Realism）应运而生。

卡特认为，美国少年文学真正成熟是在 20 世纪 60 年代后期，其标志就是新现实主义的兴起，代表作品是辛顿（S. E. Hinton）的《局外人》（*The Outsiders*, 1967）、金代尔（Zindel）的《猪人》（*The Pigman*, 1968）以及力

普赛特（Lipsyte）的《对手》（*The Contender*，1967）。① 美国少年新现实主义
小说"集中描写不幸的事件或生活经历，如一场事故、严重疾病、家庭问题、
身体受伤致残、社会压力、吸毒或酗酒等。"② 由于这些都是当代美国少年生
活中所面对或经历的现实问题，所以新现实主义小说又称"问题小说"。同
20 世纪 60 年代之前的少年小说相比，新现实主义小说在内容、形式、人物、
背景及语言方面均有不同。尽管新现实主义小说以描写社会问题为中心，却
也不乏兴奋、浪漫和乐观的因素。一位少儿图书编辑认为，少年小说既应抓
住当今少年所面对的问题，又不应失去其愉悦效应。美国新现实主义少年小
说深深扎根于 19 世纪美国现实主义的文学传统及其乐观精神，相信人有能力
以善战胜恶。这一乐观精神给新现实主义小说中描写的阴沉灰暗的社会现实
涂上了一抹亮色，给少年读者沉重的心灵带来一丝轻松，也给他们的未来留
下了希望。

　　S·E·辛顿是当代美国少年文坛最重要的作家之一。她为少年读者创作
的作品——《局外人》、《此时非彼时》（*That Was Then, This Is Now*，1971）、
《打群仗》（*Rumble Fish*，1975）、《泰克斯》（*Tex*，1979），等等奠定了她作为
美国新现实主义小说代表作家的地位。1988 年，她获得了美国图书馆协会颁
发的作者成就奖。

　　辛顿的成名作《局外人》被誉为美国少年新现实主义小说的开拓性作品。
小说描写了两群社会地位完全不同的少年之间的纠葛。住在贫民窟被称为
"油头"的孩子们和住在富人区被称为"社会人士"的孩子们一直势不两立：
他们打群架，甚至杀人。该小说从题材、语言、人物等方面均打破了以往少
年小说的局限。但是，尽管这是一部典型的新现实主义小说，作者还是融入
了浪漫主义色彩。小说的浪漫主义色彩首先表现在主题上。小说中最重要的
主题是保持美好，反映了少年对美好事物的渴望与追求，这正是理想主义的
体现。其次，辛顿笔下的主人公们尽管是野孩子，但他们却具有浪漫主义人
物的典型特征——勇敢、侠义、向往纯真和美好。再次，其小说的艺术手法
也带有浪漫主义色彩，例如，象征的使用，等等。

　　保罗·金代尔是普利策文学奖获得者，自 20 世纪 60 年代以来一直致力
于少年小说的创作，而且作品颇丰。在其数篇力作中，《猪人》最为著名，先
后被评为 1960 - 1974 年间出版的少年文学作品"最中之最"，1968 年度"最

---

　　①Cart, Michael. *From Romance to Realism*. New York：HarperCollins Publishers, 1996：39.

　　②Donelson, K. L. & Nilsen, A. P. *Literature for Today's Young Adults* (5th Edition), New York：Addi-son - Wesley Educational Publishers Inc., 1997：101.

佳少年文学作品”及 1969 年“波士顿全国号角图书奖”。该书也获得了评论家的赞誉：“保罗·金代尔的《猪人》犹如旋风刮进了少年文学文坛中，因为他一改过去少年文学的文风，创立了全新的少年文学类型。”①

小说《猪人》采用倒叙手法，通过男女主人公——十几岁的高中生约翰和罗琳的视角，叙述了他们所经历的一场人生悲欢离合。由于他们的失误，导致他们的新朋友，他们称为“猪人”的老人离世。该小说是典型的成长小说。约翰和罗琳在经历了与老人的生离死别之后，突然产生顿悟，由不谙人事、不负责任的顽童成长为敢于承担责任的青年。该小说的主要创新之处在于其叙事手法的运用。首先，小说采用了第一人称视角。故事以少年口吻讲述自己，回顾过去，不仅真实亲切，而且，现在的“我”和过去的“我”交替出现，主人公的顿悟和成长可以更好地表现出来。其次，小说采用了双视角，由约翰和罗琳两人交替讲述。两人的叙述互为弥补，避免了单一叙述者的主观性。再次，作者启用了“不可靠的叙述者”。两位主人公的叙述从开始的不可靠向最终的可靠过渡，不可靠的叙述者是幼稚的，而后来的可靠叙述则说明了他们的成长。

罗伯特·力普赛特这样总结自己的写作生涯：“我总是拥有两种写作生涯，一个是记者，一个是小说家。我热爱这两种写作，它们互为补充。”② 力普赛特作品数量很多，种类也很多，包括少年小说，少年短篇小说，非小说类少年作品以及为成年人创作的作品。《对手》是其第一部少年小说。

《对手》是一部少年成长小说。它讲述了十七岁的黑人少年阿尔弗莱德·布鲁克斯的成长经历。在本应上学的年纪，他出来“混世界”。他想成为拳击手。在经过了艰难而无趣的训练以及几次训练中的拳击比赛后，他决定退出，但他获得了信心：他知道他可以成为一个拳击手，但他决定先去完成学业。小说中的主题都涉及少年成长问题，如：自我改善、追寻梦想、友谊、责任，等等。另外，该小说以黑人少年为主人公，打破了传统少年小说中中产阶级白人少年主人公的“垄断”。

也有研究者称新现实主义小说为“问题小说”。但帕蒂·坎贝尔（Patty Campbell）认为，兴起于 20 世纪 70 年代初期的“问题小说”不同于现实主义小说。它们以问题为中心，描写那些吸毒、自杀、遗弃等严重问题，它们很受少年读者欢迎，却受到了专业评论家们批评，因为问题的描写削弱了人物

---

①Forman, Jack J. *Presenting Paul Zindel*. Boston: Twayne Publishers, 1988: 14.
②http://www.robertlipsyte.com/bio.htm / retrieved 2014 - 9 - 18.

刻画等艺术技巧。①

　　这一阶段美国少年小说发展的另一现象是浪漫传奇的"卷土重来"。"浪漫传奇"主要指少年爱情小说和历险小说。早在 20 世纪四五十年代，浪漫传奇曾经占领过美国少年小说市场，如，莫瑞·黛丽的《第十七个夏季》就是典型的浪漫爱情故事，而历险小说也在当时出版的最好的十类小说之列。新现实主义小说兴起之后，浪漫传奇步入低谷。但是到了 20 世纪 80 年代，浪漫传奇又重新登上美国少年小说的舞台。道诺尔森（Donelson）和尼尔森（Nilsen）这样解释这种现象："浪漫传奇对于问题小说中令人压抑的现实主义起到一种平衡作用。它们有着美满的结局；故事讲述者可以适当地夸张，使故事比真实生活更有趣。故事一般包含着某种追求，主人公经历了某些怀疑，经受了几次考验，但最终他/她成功了。"② 少年浪漫传奇给少年读者提供了心理上的满足感，而且浪漫传奇的情节不复杂，阅读也相对容易，所以成为了少年读者所喜爱的闲暇读物。

　　在这一阶段，文学艺术的商业化倾向在少年小说出版中开始显现，最明显的例子就是少年浪漫爱情系列丛书。这类丛书，如："野火""甜梦""初恋"等等，在少年图书市场上的成功可以用"令人瞠目"来形容。究其成功的原因，出版商如此解释："少年们多年来大量阅读的书籍都是关于生活中不幸的一面，如离婚、婚外孕、酗酒、精神疾病以及虐待孩子等，他们现在似乎想了解同他们日常生活更贴近的事情。"③ 这类丛书均以平装本的形式印刷，标志着少年小说一种新的装帧形式的出现。从此，无论经典小说还是通俗小说都可以采用平装本形式，大大降低了成本，使更多的少年读者有能力购买；同时它还改变了少年小说的销售方式，少年小说直接进入超市或图书连锁店进行销售，因此得以直接面对少年读者。今天，美国少年图书出版已经成为一种文化产业，平装本少年小说的流行也许是促进因素之一。

　　20 世纪 80、90 年代流行的平装本少年通俗小说形式还有少年惊悚小说，以 1985 年出版的克里斯多佛·派克（Christopher Pike）的作品《睡衣晚会》（Slumber Party）为开端，至后来的《鸡皮疙瘩》系列。

　　这一阶段的美国少年小说呈多样性发展，主要表现在题材、体裁和文化

---

①Cole, P. B. *Young Adult Literature in the 21st Century*. Boston：McGraw - Hill Higher Education，2009：51 - 52.

②Donelson, K. L. & Nilsen, A. P. *Literature for Today's Young Adults* (5th Edition)，New York：Addison - Wesley Educational Publishers Inc.，1997：141.

③Cart, Michael. *From Romance to Realism*. New York：HarperCollins Publishers, 1996：99.

多元几个方面。

1. 题材多样化。自从《局外人》打破了美国少年小说在题材上的禁忌以来，美国少年小说的题材从过去的体育、舞会、初恋等走向了多样化发展。当今美国社会问题是少年小说中最常见的题材。例如，对孩子影响最大的家庭问题，在美国，约有 20% 的孩子生活在单亲家庭，所以就有了描写单亲家庭的小说，如《妈妈，狼人和我》（*Mom, the Wolf Man and Me*, 1972）。还有美国社会的一些热点问题也出现在少年小说中。如，关于艾滋病的《夜风筝》（*Night Kites*, 1987）、讲述少年吸毒的《英雄不过是三明治》（*A Hero Ain't Nothin' but a Sandwich*, 1973）、描写少女怀孕堕胎的《我的爱人，我的汉堡包》（*My Darling, My Hamburger*, 1969），等等。少年小说家关注社会问题的用意是帮助少年了解社会正视现实。历史题材也受到少年小说家的青睐。如，关于黑人历史的《黑色棉花田》（*Roll of Thunder, Hear My Cry*, 1976），华人历史的《龙翼》（*Dragonwings*, 1975），关于纳粹对犹太人大屠杀的《数星星》（*Number the Stars*, 1989），等等。

2. 体裁多样化。美国少年小说不仅有现实主义小说和浪漫传奇，还有科幻小说，如《时间皱褶》（*A Wrinkle in Time*, 1962），幻想小说，如《地海的术士》（*A Wizard of Earthsea*, 1968），动物故事，等等。

3. 文化多元化。过去，在素有"熔炉"之称的美国，少年小说多以富裕白人中产阶级少年为主人公而较少描写少数民族的少年，以致汤普森（Thompson）和伍达德（Woodard）说："许多作品的一个局限是它们将重点、认同效应及现实意义定位在中产阶级孩子上。对于许多黑人孩子来说，书中描写的环境远离他们的直接经历"，[1] 因为 20 世纪 60 年代之前，美国少年小说中几乎没有黑人少年的形象。但是，美国的人口构成发生了变化，移民的比例在增加，这些移民带来了自己的文化和价值观。这种形势在美国少年小说的创作中必然有体现。因此，从 20 世纪 70 年代开始，描写其他族裔少年的小说纷纷出现。如：前面提到的《黑色棉花田》和《龙翼》分别以黑人少女和华裔少年为主人公，展现了他们的生活、信念、尊严和追求。《狼群中的朱莉》（*Julie of the Wolves*, 1972）则是一位爱斯基摩女孩的故事。《月光下的歌谣》关注印第安女孩回归家园的历程。描写不同文化、不同种族的小说有助于扩大少年视野，克服狭隘意识。

这一阶段也是优秀作家辈出的阶段。限于篇幅，这里只介绍以下几位。

---

①Lesnik – Oberstein, K. Defining Children's Literature and Childhood, in Hunt, P. （ed） *International Companion Encyclopedia of Children's literature*. London：Routledge, 1996：17.

第一位是司各特·奥台尔（Scott O'Dell，1898—1989）。他是一位多产作家，一生为少儿读者创作了26部小说。同时他所获奖项也较多，最重要的奖项是他1972年获得的国际安徒生奖，这是世界文坛给予少儿文学作家的最高奖励，在某种意义上，相当于成人文学的诺贝尔奖。他擅长历史小说创作，如《月光下的歌谣》，并于1981年创建了奥台尔历史小说奖，用于奖励背景为美洲，用英语创作并且在美国出版的历史小说。

他最著名的小说是1960年出版的《蓝色海豚岛》（*Island of the Blue Dolphins*），该小说荣获1961年纽伯瑞金奖，被评为"1776年以来最伟大的10部儿童文学作品"之一。《蓝色海豚岛》描写一位印第安姑娘卡拉娜在其部族离岛后独自一人在岛上生活的经历。有人称卡拉娜为现代版女鲁滨孙。小说赞扬了卡拉娜坚韧不拔、永不放弃的精神以及非凡的智慧和勇气，为她唱响了一曲赞歌。同时从卡拉娜同动物及自然界的和谐相处，我们可以体会到一种生态意识。在岛上独居的日子里，为了生存，她征服自然；满足了生存需要之后，她开始和自然，包括动物，和谐相处。这也正是现代人需要遵循的原则。

另一位作家是罗伯特·考米尔（Robert Cormier，1925—2000）。在康妮·吉特罗（Connie Zitlow）所列20本现当代经典美国少年小说中有两本为考米尔所创作——《巧克力战争》（The Chocolate War）和《我是奶酪》（I Am the Cheese）。[①]其小说关注的主题包括暴力、精神问题、背叛、报复等等，其主人公也往往是冲突中的失败者。

考米尔公认的代表作是出版于1974年的《巧克力战争》，该小说于1988年改编为电影。

小说的背景是一所天主教男校——三一学校。学生杰瑞开始时因为学生组织"守夜"的指使而拒绝老师"里昂兄弟"出售巧克力的任务。十天期满后，杰瑞决定继续拒绝出售巧克力。

由于他挑战了老师和"守夜"的权威，杰瑞受到了老师"里昂兄弟"和"守夜"的双重迫害。小说出版后评论家们从不同角度对其进行了评论。有评论认为这是所有少年小说中最好的一部，但它同时也被一些机构视为禁书。该书出版后即被美国图书馆协会评为当年最好的少年图书，被纽约时报评为当年的杰出图书。

从多元文化角度，米尔德丽德·泰勒（Mildred Taylor，1943—）是一位

---

①Cole，P. B. *Young Adult Literature in the 21st Century*. Boston：McGraw - Hill Higher Education，2009：51 - 52.

十分值得介绍的作家。她是一位非裔女性作家，在其小说中描写非裔美国人为生存、尊严、平等而做出的抗争。其代表作《黑色棉花田》获得包括美国纽伯瑞金奖（Newbery Medal）在内的五项大奖。其《土地》（The Land，2001）获得了奥台尔历史小说奖（Scott O'Dell Award for Historical Fiction），被美国图书馆协会评为当年最好的少年图书，还于2002年获得了专门奖励少数族裔少年小说的考瑞塔·司各特·金图书奖（Coretta Scott King Award）。

泰勒最为人熟知的小说当属《黑色棉花田》，是其"洛根系列"中的一本。小说描写了凯西·洛根在美国南方的经历：上学用的是别人用过的破旧不堪的课本，买东西时明明排着队却得不到服务，等等。小说同时也展现了洛根一家，包括凯西，为争取生存的尊严，为保护自己的土地而作出的抗争。

另一位少数族裔作家是华裔美国人谢添祥（Laurence Yep，1948—）。他出生于美国，却常常纠结于华裔文化同美国主流文化的不同。因此，在其创作中，他常常探讨这一问题，并认为人类追求的境界应该是保持本民族文化的特色，同异民族文化平等交流，进而达到人与人的和谐相处。这一观点在其小说《龙翼》中得到了很好的表达。他是一位多产作家，并于2005年获得考瑞塔·司各特·金图书奖。

他最著名的小说是美国少年历史小说《龙翼》，该小说获纽伯瑞银奖。小说通过叙述视角、场景、人物塑造等艺术手段描写了以一对华人父子为主要人物的华人早期移民克服困难，最终实现飞行梦想的故事，从而忠实再现了20世纪初美国华人移民艰苦奋斗的经历，补写了一段美国历史中一度缺失的历史；同时也为华人移民后代了解先辈的历史，为美国这一多民族移民的国家处理各民族的关系提供了生动且真实的素材。

从幻想文学的角度，首先我们要介绍厄休拉·勒奎恩（Ursula Le Guin，1929 - ）。从其作品看，她主要是一位幻想小说和科幻小说作家，创作小说多部，获奖多次，包括美国国家图书奖、纽伯瑞银奖、世界奇幻小说奖，等等。

她最有名的作品是《地海》系列（Earthsea series），有评论说：《地海》系列可与J·R·R·托尔金的《魔戒三部曲》或C·S·路易斯的《纳尼亚传奇》相提并论。该系列共包括六本小说，分别为：《地海巫师》（A Wizard of Earthsea，1968）《地海古墓》（The Tombs of Atuan，1971，Newbery Silver Medal Award）《地海彼岸》（The Farthest Shore，1972，National Book Award）地海孤雏》（Tehanu：The Last Book of Earthsea，1990，Nebula Award and Locus Fantasy Award）《地海故事集》（Tales from Earthsea，2001）《地海奇风》（The Other Wind，2001，World Fantasy Award，2002）。她创作幻想与科幻小说的目的是探

索社会与心理特性以及更广阔的文化与社会结构。她的创作经常涉及社会学、人类学、心理学。她同时关注不同文化、不同文明之间的碰撞。

另一位值得介绍的作家是露易丝·洛瑞（Lois Lowry, 1937—）。她也是一位高产作家，为年轻读者创作了30余部作品。她两次获得纽伯瑞金奖：1990年的《数星星》和1994年的《记忆传授者》；2000年她入围国际安徒生奖决赛，并于2004年再度成为该奖项的美国提名者。她创作科幻小说，如《记忆传授者》，但她的创作并不局限于科幻小说，如《数星星》。

《记忆传授者》是以社会科学为基础的软科幻小说。在该小说中，作者以独特的手法向读者呈现了一个乌托邦式近乎完美的社区——同一性社区。社区的一切都被计划着、安排着、规范着，社区居民似乎过着无忧无虑的完美生活。但事实上，这是一个伪乌托邦世界。随着记忆接受者琼纳斯的觉醒，他逐渐认识到这种生活剥夺了人们的自由，使人们生活在约束与监控中——不能有选择的权利，不能有言论的自由，也不能有个人意志。在全球化的今天，洛瑞的小说无疑会对少年读者起到警示作用。

洛瑞的另一部纽伯瑞金奖获奖小说《数星星》是一部少年历史小说，讲的是二战期间一个犹太家庭在人们的帮助下从哥本哈根逃离纳粹迫害的故事。小说以10岁女孩安玛丽为主人公，她在帮助犹太人的过程中变得勇敢、机智，因此小说也是安玛丽的成长故事。

在这一领域，还有一位著名科幻小说家玛德琳·英格（Madeleine L'Engle, 1918—2007）。其科幻小说《时间皱褶》（*A Wrinkle in Time*, 1962）也是一部纽伯瑞金奖获奖小说。该书的知名度也许可以从一件小轶事得见一斑。在热门科幻冒险电影《星际穿越》中，在人物墨菲的书架上，《时间皱褶》占据着一个醒目的位置。

英格创作诗歌、散文，但她主要以其创作的少年科幻小说而知名。除了前面提到的代表作《时间皱褶》，其续集之一《倾斜的星球》（*A Swiftly Tilting Planet*, 1978）获得了国家图书奖。她的小说反映出她对基督教的信仰以及对现代科学的兴趣。2004年，她荣获国家人文奖章（The National Humanities Medal）。

《时间皱褶》的故事梗概如下：麦格的父亲是个科学家，在研究五维空间的时候失踪了。于是麦格和弟弟以及其他小伙伴出发去未知空间寻找父亲。小说涉及四次元立方体（Tesseract concept）等科学概念。小说的大主题仍然是善战胜恶，光明战胜黑暗。

从创作手段的创新看，爱丽丝·奇尔德瑞斯（Alice Childress, 1916—

1994）不可不提。其小说《英雄不过是三明治》（*A Hero Ain't Nothin' but a Sandwich*，1973）获 1975 年 ALA 最佳少年小说称号，并于 1978 年被拍成同名电影。奇尔德瑞斯是一名非裔美国女作家，第一位"奥比奖"（Obie A-ward，戏剧奖项）女性获得者。她多才多艺，在戏剧和小说，包括少年小说，方面均有建树。

《英雄不过是三明治》讲述的是一个 13 岁黑人男孩吸毒以及家人和其他人对此事的反应。该小说最具特色的是其叙事方式。这部小说采用的是以少年主人公本杰第一人称叙述为主的"多人第一人称视角"，由 22 段内心独白构成。本杰作为少年主人公是一个不可靠的叙述者，在这种情况下，其他人的叙述弥补了本杰不可靠的叙述，使读者参与其中，从多人的叙述中得出自己的结论，做出自己的判断。

总之，这一阶段是现当代美国少年小说飞速发展的阶段，可以形容为百花齐放，百家争鸣。美国少年小说的飞速发展也引起了整个美国文坛的注意，美国国家图书奖（National Book Award）因此在 1996 年专门增加了"青少年文学"一项。除以上介绍的作家，知名作家还有理查德·派克（Richard Peck）、诺玛·科林（Norma Klein）、M. E. 科尔（M. E. Kerr）、哈里·梅泽（Harry Mazer），等等，不一而足。在这种发展势头下，美国少年小说迈入了 21 世纪。

四、21 世纪：新世纪，新气象

进入 21 世纪以来，美国少年小说持续发展，有一些特点是 20 世纪某些特点的继续。如：小说与影视节目的相辅相成。前面提到过，在 20 世纪，一些著名少年小说家最受欢迎的作品纷纷被搬上银幕，例如：辛顿的成名作《局外人》、奇尔德瑞斯的《英雄不过是三明治》，等等。进入 21 世纪，影视、录像和各种电子媒介对少年读者的影响以及对出版业的冲击显得更为严重。在这种情况下，出版业要谋求发展就只能同影视节目加强合作，相辅相成，走共赢的道路。除将小说搬上银幕，这种合作还采取了另一种形式，即：紧随收视率高的影视节目推出其文字版本。例如，20 世纪福克斯电影公司隆重推出描写 1917 年十月革命后俄国公主安娜斯塔西亚之谜的影片《真假公主》（*Anastasia*），之后迪斯尼又推出其动画版。紧接着，哈泼考林斯美国出版分公司马上就出版了 12 本同该影片相关的少儿书籍。美国少年小说与影视等大众传媒作品的结合虽有文学商品化之嫌，但从美国少年小说图书发行量来看，这种结合的确促进了美国少年小说的创作与出版，实现了文学与影视的双赢与繁荣。

另一个特点是现实主义小说持续走红。现实主义小说一直是 20 世纪 60 年代以来美国少年文学的主流，在新世纪，从重要获奖作品看，它在美国少年小说中依然占有最重要的地位。美国少儿简装畅销书排行榜也许可以说明这一点。排在前面的多是现实主义小说。有的甚至是出版于 20 世纪的小说，如《局外人》，可它却始终高居排行榜首。

但也有一些不同于 20 世纪美国少年小说的特点。

首先，幻想小说，还有科幻小说，开始受到美国少儿图书出版业的青睐。开始是对单本图书的青睐，到 21 世纪又发展为对系列小说的青睐。科幻、幻想小说在 2005 年小说类图书中占据了约四分之一的比例。

单本幻想小说中比较引人注目的是麦克尔·格鲁波（Michael Gruber）的《巫师的男孩》（*The Witch's Boy*）。作者运用童话模式讲述了一个有关爱、恨与宽容的故事。对吸血鬼故事感兴趣的小读者会爱上斯蒂温妮·梅耶（Stephenie Meyer）关于人与吸血鬼之间浪漫爱情困境的《微光》（*Twilight*）。系列幻想小说的创作难点之一在于如何使系列小说中的每一部都保持高水平。苏珊娜·柯林斯（Suzanne Collins）就是一位高手。其《地下世界编年史》（*Underland Chronicles*）中的第三本《格里哥与暖血的诅咒》（*Gregor and the Curse of the Warmbloods*）已经面世，而且又是一本高质量的作品。

同幻想小说相比，科幻小说的出版略有逊色，但也有一些精品图书奉献给小读者。例如，为少年读者创作的《我皮肤下的秘密》（*The Secret Under My Skin*）以及《第四世界》（*The Fourth World*），等等。

第二，以禁忌话题为主题的图书不断增加。从 20 世纪后 30 年新现实主义文学兴起以来，出版商就不再拒绝禁忌话题。美国少儿图书中出现的禁忌话题包括城市暴力、酗酒、吸毒、艾滋病，等等。但在 21 世纪初最突出的一个话题是关于非正常性取向的——同性恋、双性恋、同性恋家庭，等等。詹姆斯·豪（James Hawe）创作的《完全的乔》（*Totally Joe*）就是一例。书中的主人公乔是一个 12 岁的同性恋男孩，他迷恋着另一男孩考林。豪精确地捕捉到了少年同性恋者各种复杂的情感，并向读者传达了这样一种信息，即：这样的情感也可以是纯真而美好的。科技发展的负面影响及其带来的恐慌在小说中也常有表现。如国家图书奖和纽伯瑞银奖获奖小说《蝎子屋》（*The House of the Scorpion*，2002）就是关于克隆人的器官的故事。

第三，多元文化小说停滞不前。多元文化小说有两层含义：一是描写美国非主流文化的作品；二是由少数族裔作家创作的关于他们自己种族文化及生活的书籍。在 20 世纪后 30 年中，美国少儿小说创作与出版的多元文化格局就已经形成了。

但是，进入 21 世纪以来，多元文化小说的发展却不再那么令人乐观。多元文化图书在少儿图书中的比例从原来的将近 10% 下降到不足 5%。威斯康星大学儿童图书中心公布的一组数字也许可以说明这一现象。2001 年出版的数千本少儿图书中，有 201 本是关于非裔美国人的，其中 99 本由非裔作家创作；但是到 2005 年，描写非裔生活的书只有 149 本，由非裔作家创作的仅为 75 本。再以关于土著印第安人的图书为例，2003 年这类图书数量达 95 本，其中 11 本出自印第安作家之手；而 2005 年只出版了 34 本，只有 4 本出自印第安作家之手。情形较好的当属亚裔图书，亚裔作家在 2005 年为少年儿童创作了 60 本作品；但如果我们把 2002 年的 91 本亚裔图书同 2005 年的 64 本相比，这种停滞不前还是一目了然的。拉美裔图书的数量也是从 2002 年的 94 本下降到 2005 年的 76 本。

第四，名人出书闪亮登场。名人出书首先指的是少儿文学领域之外的演员、政界人士、音乐家等名人写作的图书。这类图书数量并不多。另一种名人出书指的是为成年读者创作的成名作家为少儿读者写作的书籍。他们在成人文学领域中已证明了自己的实力，现在又转战少儿文学领域。当然，他们也不一定人人都获得成功。成功者之一是恐怖小说作家彼得·亚伯拉罕斯（Peter Abrahams），其首部少年小说《兔子洞下》（*Down the Rabbit Hole*）是一本节奏快、吸引人的推理作品。剧作家埃里厄尔·多夫曼（Ariel Dorfman）和儿子一起完成了《燃烧的城市》（*Burning City*），一本描写纽约市全球文化的少年小说。

从美国少年小说作为文学作品角度，有以下几个特点：

（一）小说中的主人公面对的是生活中的不同考验。尽管刻画了这些主人公的小说类型不同，但这些主人公都无一例外地克服了生活中或心理上的困难而走向成长、成熟。例如，美国最佳青少年图书奖获奖小说《我的心跳》（*My Heartbeat*，2002）中的爱伦，她所要面对的是同性恋的哥哥和双性恋的男朋友——他同时爱着爱伦和她的哥哥。爱伦需要做的事情是心理的调整。

（二）成长仍是美国少年小说主题中的重头戏。人物成长的背景不仅仅局限于一次旅行或一个事件，也可以家庭为背景，主人公的成长也可贯穿在日常生活琐事当中。这种成长有在旅途中完成的，旅途因此成为成长之旅的象征；有以家庭为背景，在日常生活中完成的；也有一次经历带来的顿悟。如，小说《一个没心没肺的女孩的真情告白》（*True Confession of a Heartless Girl*，

2002）中的主人公诺丽的主要成长背景则是社区与家庭。该书 2004 年获美国图书馆协会最佳青少年图书奖。17 岁的诺丽习惯于自我中心，而不去考虑他人的感受以及自己行为的后果。在惹了许多祸之后，通过反思以及他人的帮助，她逐渐认识到自己的毛病，克服了这些毛病，并且改变了她周围一些有同样缺点的人。

另一本值得一提的作品是 2001 年美国最佳青少年图书《甜菜地：十六岁夏季的回忆》（*The Beet Fields: Memories of a Sixteenth Summer*, 2000）。其作者波森（Paulsen）在"作者按语"中说，他尽可能真实地创作这部作品，尽可能真实地反映他记忆中发生的事。[1] 作品中的男孩在甜菜地里打工的经历触发了他的成长之旅。

（三）小说的文本形式以及作品的版式愈加创新。当今的青少年读者不再欢迎平淡无奇的形式，他们期待着作品的新颖形式和图书的新奇版式。各种奖项也因此鼓励在形式上有所创新的图书。形式上的创新主要体现在以下几个方面。

第一，用诗歌的形式进行小说创作。如，2001 年国家图书奖、2002 年普瑞兹奖获奖图书《真正的信徒》（*True Believer*）就采用了诗歌形式。第二，历史事实与虚构结合。2000 年美国最佳青少年图书《拜占庭的安娜》（*Anna of Byzantium*）即为一例。小说的作者巴雷特（Barrett）是一位研究中世纪的学者，该书是她创作的第一部小说。她借助于历史事实，发挥了自己的想象，完美地展示了生活在一千年以前的少女的情感世界。第三，文本形式与印刷版式的创新。如，2000 年普瑞兹荣誉图书及最佳青少年图书《艰难的爱》（*Hard Love*）借鉴了传媒形式，其故事情节围绕着自制杂志——16 岁约翰的《香蕉鱼》和玛丽索的《快速逃离》——展开。第四，不同体裁的结合。有的小说，如普瑞兹奖获奖图书《现在我如此生活》（*How I Live Now*, 2004）综合了众多体裁要素：历险小说、战争小说、反乌托邦科幻小说、少女日记体、小妞文学体，等等，很难将其归为某一类体裁。

（四）多元文化小说在新世纪的发展虽然有些不尽人意，但在主题方面尚可发现可圈点之处。其中比较重要的两个主题为：对种族歧视的反思和对异域文化风情的好奇和想象。首先，揭露并反思人类历史上的丑恶现象——种族歧视仍旧是重要主题，如，2002 年获美国考瑞塔·金图书奖的《土地》（*The Land*, 2001）。小说的背景是南北战争前的佐治亚州。小说主人公保罗

---

[1]Nilsen, Donelson & Blasingame Jr. 2000 Honor List: A Hopeful Bunch. *The English Journal*, 2001
（2）：122.

·爱德华是一个混血儿。他虽然和其白人父兄生活在一起，却没有受到同样的待遇，他始终被视为下等的黑人。如果说《土地》反思的是美国的种族歧视，那么，《多块石头》（*Many Stones*，2000）则把目光投向了南非。这本普瑞兹获奖图书描写了贝莉的南非之旅。她姐姐为反对南非的种族隔离献出了年轻的生命，她去参加姐姐的葬礼。南非之旅使贝莉切身体会到种族隔离的罪恶。还有一些图书反映了人们对异域文化风情的好奇和想象。这种倾向说明了人们渴望了解"他人"的心情。如：普瑞兹获奖图书《离天堂一步之遥》（*A Step from Heaven*，2001）带我们走进朝鲜移民在美国的生活，国家图书奖获奖图书《无家可归的鸟》（*Homeless Bird*，2000）向我们展开了一个印度女孩的生活画面。

（五）当我们翻开获奖图书，我们会感到扑面而来的时代气息。许多图书如报纸中的新闻一样充满了当今的最新事物——信息爆炸、消费文化、克隆技术，等等。首先我们看看著名美国作家欧茨（Oates）创作的青少年小说《大大的嘴，丑丑的女孩》（*Big Mouth and Ugly Girl*，2002）。这是一本洛杉矶时报决赛图书。丑女孩厄休拉的同学马特受到指控，说他威胁要炸掉学校，杀死老师和同学。这部小说令我们联想发生在美国校园的惨案。消费文化、信息爆炸在获奖图书中也有体现。2003年波士顿环球号角奖获奖图书《馈送》（*Feed*，2002）被形容为描写地狱般后电子时代的图书。书中人物的大脑中被植入传播各种消费广告的网络芯片，引导孩子们疯狂购买各种商品。《珊达的秘密》（*Chanda's Secret*，2004）展示的是艾滋病人的痛苦生活。有的图书描写了科技发展。普瑞兹荣誉图书《空运》（*Airborn*，2004）说的是15岁马特的飞船历险记和老人本杰明的热气球之旅。有的图书是预警式的，指出科技的不道德运用可能会带来危害，如《蝎子屋》，主人公马特是一个克隆少年，他被克隆出来的目的是为150岁的帕特朗提供可移植的器官。数字时代信息的快速传递也会在作品形式上有所体现。《第一部分最后》（*The First Part Last*，2003）是2004年考瑞塔·金作者奖及普瑞兹奖获奖图书。故事讲的是两个年轻人如何应对女孩的意外怀孕。故事情节发展如湍急的小河一样流畅；各章的题目在"当时""现在"之间快速变换，使读者迅速了解过去和现在对主人公的影响。布莱辛格评论说："对习惯于以数字速度获取信息和娱乐的现代青少年来说，该书的形式十分吸引人。"①

与时俱进，紧跟时代步伐，多姿多彩，以新颖的形式讲述现当代美国少

---

① Nilsen, Donelson & Blasingame Jr. 2003 Honor List: A Book for All Reasons. *The English Journal*, 2004 (1): 91.

年的成长与生活，以丰富的主题给少年读者生活的启示和道德的指引，这也许就是美国现当代少年小说能够持续蓬勃发展，并能在美国文化产业占据一席之地的原因所在吧。

本章主要参考文献

1. Bostrom, Kathleen L. *Winning Authors*: *Profiles of the Newbery Medalists*. Westport: Libraries Unlimited, 2003.

2. Cart, Michael. *From Romance to Realism*. New York: HarperCollins Publishers, 1996.

3. Cole, P. B. *Young Adult Literature in the 21st Century*. Boston: McGraw – Hill Higher Education, 2009.

4. Crowe, Chris. *Presenting Mildred D. Taylor*. New York: Twayne Publishers, 1999.

5. Deane, Paul. *Mirrors of American Culture*: *Children's Fiction Series in the 20th Century*. Metuchen: The Scarecrow Press Inc. , 1991.

6. Donelson, K. L. & Nilsen, A. P. *Literature for Today's Young Adults* (5th Edition), New York: Addison – Wesley Educational Publishers Inc. , 1997.

7. Dunlevy – Scheerer, H. What Are the Defining Characteristics of Young Adult Literature? http: //www. associatedcontent. com/article/2158371/what_ are_ the_ difining_ characteristics. html? cat = 38/2011 – 8 – 24.

8. Forman, J. *Presenting Paul Zindel*. Boston: Twayne Publishers, 1988.

9. Gavin, Adrienne E. & Routledge, Christopher. *Mystery in Children's Literature*. New York: Palgrave, 2001.

10. Hunt, P. (ed.) *International Companion Encyclopedia of Children's Literature*. London and New York: Routledge, 1996.

11. Lesnik – Oberstein, K. Defining Children's Literature and Childhood, in Hunt, P. (ed) *International Companion Encyclopedia of Children's literature*. London: Routledge, 1996.

12. Murray, G. S. *American children's Literature and the Construction of Childhood*. New York: Twayne Publishers, 1998.

13. Nilsen, Donelson & Blasingame Jr. 2000 Honor List: A Hopeful Bunch. *The English Journal*, 2001 (2).

14. Nilsen, Donelson & Blasingame Jr. 2003 Honor List: A Book for All Reasons. *The English Journal*, 2004 (1).

15. Peck, R. *A Day No Pigs Would Die*. New York: Random House, 1972.

16. Ogena, Nimfa B. A Development Concept of Adolescence: The Case of Adolescents in the Philippines. *Philippine Population Review*, 2004 (1): pp. 2 – 3. 转引自 http: //www. gd-net. org/CMS/cvs/166265426_ Nimfa_ Ogena. doc/2012 – 1 – 30.

17. Thacker, Deborah C. & Jean Webb. *Introducing Children's Literature*. New York: Rout-

ledge，2002.

18. Tomlinson，C. M. & Lynch - Brown，Carol. *Essentials of Young Adult Literature*，Boston：Pearson Education，Inc. ，2007.

19. 江国平. 浅谈"少年小说"的教育功能. 抚州日报，2009 - 06 - 06（3）.

20. 王泉根主编. 儿童文学教程. 北京：北京师范大学出版社，2009.

21. 韦苇. 西方儿童文学史. 武汉：湖北少年儿童出版社，1994.

22. 许政援等. 儿童发展心理学. 长春：吉林教育出版社，1987。

23. 张颖. 从获奖图书看当今英语青少年图书的动向. 中国出版，2019（12 月上）.

24. 周晓波. 少年儿童文学. 北京：高等教育出版社，2010.

25. 朱自强. 儿童文学概论. 北京：高等教育出版社，2009.

26. 百度百科，http：//baike. baidu. com/view/2594854. htm？fr = aladdin/ retrieved 2014 - 8 - 14.

27. 百度百科，http：//baike. baidu. com/subview/28557/5043957. htm？from_ id = 10682092&type = syn&fromtitle = Little + Women&fr = aladdin / retrieved 2014 - 8 - 14.

28. 维基百科，http：//en. wikipedia. org/wiki/John_ R. _ Tunis/ retrieved 2014 - 8 - 29.

29. 维基百科，http：//en. wikipedia. org/wiki/The_ Hardy_ Boys/ retrieved 2014 - 9 - 2.

30. http：//www. robertlipsyte. com/bio. htm / retrieved 2014 - 9 - 18.

31. http：//www. cyut. edu. tw/ ~ rtchang/Adolescence/2011 - 8 - 22.

第二章　现当代美国少年小说的特征与类型

第一节　现当代美国少年小说的主要特征

如前所述，美国少年小说是在美国这一特定的社会、文化背景中创作的，以少年读者为主要阅读对象，主要表现美国少年生活、学习、成长等方面题材的小说作品。它既有一般少年小说的特点，又有鲜明的国别特色。

一般认为，现当代美国少年小说始于莫瑞·黛丽（Maureen Daly）的《第十七个夏季》（*Seventeenth Summer*，1942），成熟于 20 世纪 60 年代后期，以三本新现实主义小说为代表，它们分别是：辛顿（S. E. Hinton）的《局外人》（*The Outsiders*，1967）、金代尔（Zindel）的《猪人》（*The Pigman*，1968）以及力普赛特（Lipsyte）的《对手》（*The Contender*，1967）。

综观美国现当代少年小说，我们可以发现以下几个主要特征。

一、成长的主题

少年作为人生独立阶段，其主要特点就是少年的成长。少年无论是在肉体上，还是在精神上和心灵上，都是极为渴望成长的人种。[①] 那么，以少年为目标读者的少年小说就必然要探讨少年主人公的成长。北师大王泉根教授称"成长"为少年小说的艺术母题。少年人物走向成年同样是美国少年小说的主旋律。少年主人公在摆脱幼稚，走向成熟的过程中所表现的能力、毅力和勇敢姿态是现当代美国少年小说的重要主题和侧重点。

走向成年指的是从童年向成年的过渡。根据阿西娅·里德的定义，走向成年小说集中描写少年从无忧无虑的童年到承担责任的成年的成长，包括心

---

①朱自强：《儿童文学的本质》，上海：少年儿童出版社，1997：195。

理及生理两个方面。里德认为，少年的成长通常包括三步：脱离童年、转折时期和步入成人社会。①

少年一般在 12 岁左右进入脱离童年的时期。在这个阶段，少年的身体开始发育，对异性开始感兴趣，对父母的观点不再完全信服，开始积极参与家庭之外的活动并开始承担一定的家庭及社会责任。《猪不会死的日子》（The Day No Pigs Would Die, 1972）是一本描写主人公脱离童年的小说。12 岁的罗伯在为邻居的母牛接生时受了伤。为了表示感谢，邻居送他一只小猪，他为小猪取名品基。品基在集市上获得最佳举止奖。但为了家庭生计，罗伯和父亲不得不杀死它。品基死了，罗伯的心碎了。但父亲说他很欣慰，因为罗伯长大了。罗伯在心爱的宠物和家庭责任之间选择了后者，尽管这种选择很残酷，但当罗伯放弃宠物选择家庭责任时，他就脱离了童年，开始走向成熟。

少年脱离了童年，进入转折时期。这时，他们的自我意识进一步加强，同成人世界的关系得到进一步调整，他们逐渐摆脱父母的保护，追求独立自主。但是由于他们处理问题的方式还不够成熟，把握自己的能力还有欠缺，因此在同环境或社会的关系问题上不免发生一些碰撞，从而形成一些矛盾。②尽管如此，这些磨炼和挫折还是会进一步促进他们的成熟。《星星开始下落时》（When the Stars beginning to Fall, 1986）描写了一个处于转折时期的少年哈里。哈里家境贫寒，同学们嘲笑他是"垃圾"。当他发现地毯厂污染河流时，他决心揭露这个事实并以此赢得大家对他的尊重。但在调查中他发现，镇上的人们都知道这件事，并且心照不宣地保守着这个秘密，而且人人都反对他揭穿这件事。这次调查促进了哈里的成熟："我明白了一件事。对于地毯厂污染亭伯河这件事，我无能为力；而且我现在还明白，就是将来我可能还是无能为力。……全镇的人都会隐瞒这件事。……我还明白了另一件事，我不是垃圾，他们才是。他们撒谎、隐瞒事实、行贿、污染河流……我不是垃圾，他们是。我永远也不会忘记这些。"③哈里没有选择和其他人同流合污，这就是他的成长。

走向成年的最后一步是进入成人社会。在这一阶段，少年重新认识自己，考虑自己的未来，并且开始承担成人的责任。他们逐渐形成一套成熟的价值观和行为准则，使自己能适应社会并在其中发挥作用。在人际关系中，少年

---

①Arthea Reed, *Reaching Adolesents*：*The Young Adult Book and the School*. New York：MacMillan College Publishing Company, Inc., 1994：93.

②吴继路：《少年文学论稿》，北京：首都师范大学出版社，1994：14.

③Collier, J. L. *When the Stars Begin to Fall*. New York：Dell Publishing, 1986：159.

会逐渐获得知己之明与知人之明，从而更好地融入成人社会。《在夏日的阳光里》（*In Summer Light*，1985）里的主人公，17 岁的凯特的父亲是一位艺术家，而她讨厌生活在父亲的阴影里。当她自己也开始艺术创作时，她慢慢地理解了自己的父亲——他是在试图用艺术来表达自己。从此两代艺术家的关系得到改善，她也进一步认识了自己以及自己的艺术追求。

综观以少年成长为主题的现当代美国少年小说，我们可以发现以下写作特点。

第一，孤独与反叛常常是小说中的重要成分。叛逆是许多少年成长过程中的现象。当他们不为人理解的时候，孤独感就产生了。《巧克力战争》（*The Chocolate War*，1974）中的杰瑞就是一例。他因反抗里昂老师强加给他的巧克力销售任务而成为孤家寡人。《狼群中的朱莉》（*Julie of the Wolves*，1973）也是为了反抗她不中意的婚姻而走上孤独的旅途。

第二，通过表现少年与动物的关系来展现少年的成长。少年与动物有着天然的亲密关系，而少年独自照顾动物的过程也可以视为一种独立行为的过程。例如，1992 年美国纽伯瑞少儿图书金奖得主《石罗》（*Shiloh*，1991）就讲述了少年马提为了救出受其主人虐待的小狗石罗而甘愿为其主人工作的故事。马提对石罗的同情与照料，以及他为石罗做出的努力和牺牲都说明了他的成长。

第三，悲剧与不幸往往是少年主人公走向成熟的催化剂。生活中总是苦与乐、顺境与逆境同在，悲剧有时更锤炼少年的心灵，促进少年的成熟。1983 年美国纽伯瑞少儿图书金奖得主《黛西之歌》（*Dicey's Song*，1982）中的少女黛西和其弟妹们被父母抛弃，她不得不带着弟妹去外祖母家。幸运的是，这一家庭悲剧并没有击垮黛西，反而促进了她的成熟。

第四，在许多作品中，少年人物在旅途中完成了其成长。在旅途中他们失去童稚，收获成熟。在某种意义上，旅途就象征着从童年到成年的过程。《黛西之歌》中的黛西和《狼群中的朱莉》中的朱莉都是在旅途中完成了她们从童年向成年的转变。

第五，小说背景的设置往往反映少年的生活环境。从空间看，家庭与学校依然是少年生活学习的主要场景。例如《巧克力战争》的背景就是杰瑞就读的天主教男校。从时间上看，许多作家喜欢以夏季作为故事发生的时间，夏季象征着成长。例如，《在夏日的阳光里》和《第十七个夏季》均讲述了少女主人公在夏季的故事。

二、少年的视角

为真实再现少年的生活，在少年读者中引起共鸣，美国少年小说家们总是通过少年的眼睛观察世界，让少年自己讲述自己的故事，以少年为出发点创作作品。少年的视角主要体现在两个方面。

其一，许多少年小说采用第一人称视角。据称，《第十七个夏季》是第一部采用第一人称叙事的美国少年小说，从此，第一人称视角就受到了美国少年小说家的青睐。第一人称叙事可以更好地展现少年主人公的迷惘、困惑、叛逆、孤独以及他们成长的心路历程。第一人称叙述的另一个好处是真实感强。少年主人公似乎在讲述自己的经历，有一种"不由你不信"的感觉。同时，对于少年读者来说，第一人称叙述有一种亲切感。叙述者同少年读者同龄，能够缩短人物与少年读者之间的心理距离，因此就更容易走进少年读者的心里，使少年读者产生一种认同感。采用第一人称叙事的优秀作品不胜枚举，例如，辛顿的《局外人》、金代尔的《猪人》、叶添祥（Laurence Yep）的《龙翼》（Dragonwings，1975）、派克（Peck）的《猪不会死的日子》，等等。

有时，第一人称叙事由两个或多个人物完成。例如，《猪人》的故事由两个少年主人公——约翰和罗琳——讲述。两个人的叙述互为补充，弥补了一个人讲述故事时可能产生的片面。例如，约翰由于不喜欢图书管理员瑞林小姐，所以他谈起瑞林小姐时，语气中难免带有个人偏见。而罗琳对于瑞林小姐的描述就客观得多。如此，两个人从主观与客观不同侧面的感受帮助刻画了一个立体的形象。奇尔德瑞斯（Childress）的《英雄不过是三明治》（A Hero Ain't Nothin' but a Sandwich，1973）更是采用了以少年主人公本杰的第一人称叙述为主的多人第一人称视角。

在第一人称叙述时，叙述者有时是不可靠的，这一现象在美国少年小说中体现得尤为明显。美国少年小说的叙述者是未成年人，知识的局限性、视角的有限性、情感的不成熟都会导致少年叙述者的片面性。笔者认为，叙述者可靠性的变化可以表现少年主人公成长的过程。例如，《英雄不过是三明治》中的本杰对其继父的看法开始时是十分片面的。本杰认为继父心中只有自己的母亲，而自己是他讨厌的人。所以他对继父的描述总是贬义的。这时，他是一个不可靠的叙述者，因为他对继父的看法是主观而偏激的。后来在他即将坠楼时，是继父冒着生命危险救了他。他开始重新了解继父。他对继父的看法也随着他对继父的进一步了解而变得肯定。他的叙述也由开始的片面逐渐变得客观。这说明本杰在成长。

其二，少年的视角还体现在成年人物在小说中的地位——他们很少成为故事的中心。即使有一些成年人物是善解人意、循循善诱的正面形象，如《猪不会死的日子》中的父亲，《英雄不过是三明治》中的继父，《黑色棉花田》（*Roll of Thunder，Hear My Cry*，1976）中的母亲，但他们始终是绿叶，是配角，衬托着少年人物的成长。

而在另一些少年小说中，以父母或老师为代表的成年人物要么不存在，要么长时间消失，有时甚至被作为反面人物来刻画。小说家金代尔曾说："父母应隐退到幕后，因为少年喜欢在自己同他们的监护之间拉开距离。"[1]为突出少年的视角，作家有时"安排"少年人物的父母去世，如《局外人》中博尼波伊的父母在车祸中丧生；有的父母没有履行监护人的义务，如《黛西之歌》中黛西的父母；有的父母被刻画成反面人物，他们有的软弱无能，不能在孩子遇到困难时帮助他们，如《巧克力战争》中杰瑞的父亲，在接到威胁杰瑞的电话时，他竟然不知所措。有的冷漠挑剔，如《猪人》中罗琳的母亲，她对女儿漠不关心，而且总是在挑罗琳的毛病。有的自私自利，没有丝毫责任感，如《西林》（*Celine*，1989）中雅各的父亲为了会情人竟然忘记带儿子去看病。有的是虐待狂，如《我的德国士兵的夏季》（*Summer of My German Soldier*，1973）中佩蒂的父亲总是无缘无故地打她。就连被称为人类灵魂工程师的教师也有令人鄙视的形象。如《巧克力战争》中的里昂老师用学校的钱批发巧克力，然后逼学生去销售，他从中渔利。

总之，现当代美国少年小说以少年为创作角度，少年主人公们主要依靠自己走向成熟，而成年人在其成长中的作用并非举足轻重。

三、乐观的基调

20世纪六七十年代，美国少年小说大多真实反映年轻人在成长过程中所面临的严酷的社会现实，这类小说被称为"新现实主义小说"或"问题小说"。这些作品读起来让人心情沉重，令人沮丧，有批评家甚至认为这些作品过于愤世嫉俗了。但即使是在这些作品中，我们也不难发现"一抹亮色"，即：小说中乐观的基调。

乐观的基调首先反映在少年主人公勇敢的姿态中。少年主人公在面临困境或挫折困难时所表现出来的能力、毅力和勇敢姿态感染着少年读者，赢得了少年读者的尊敬。如《黛西之歌》中的黛西。父亲抛弃了他们，母亲因为

---

[1]Forman，J. Presenting Paul Zindel. Boston：Twayne Publishers，1988：13.

精神出了问题，也把他们扔在了超市停车场。作为大姐的黛西勇敢地承担起责任，带领弟妹们长途跋涉寻找外祖母。旅途中他们遇到的生存问题、安全问题等都被黛西一一化解。又如《巧克力战争》中的杰瑞。他因为反抗里昂老师强加给他的巧克力销售任务而受到迫害，但他勇敢地坚持自己的立场，即使被打得头破血流也不改变。

乐观的基调还反映在少年主人公的变化成长中。1998 年美国纽伯瑞少儿图书金奖得主，凯伦·海塞（Karen Hesse）创作的《风儿不要来》（ *Out of Dust*，1997）讲述了身处逆境的少女贝莉的故事——贝莉生活的环境天时、地利、人和均不具备。当时是美国经济大萧条时期；她生活的环境是风沙猖獗的农场；父亲生病，母亲和弟弟在大火中丧生，她自己也被烧伤。但贝莉学会了在逆境中生存。对于贝莉，成长不是一件容易的事。但对于少年读者来说，看到她的成长，却是一件令人欣慰的事情。

乐观的基调还体现在小说中的浪漫主义色彩上。仅以《局外人》为例。这是一本典型的新现实主义小说，但是其浪漫主义色彩给了作品"一抹亮色"。别林斯基认为，浪漫主义应该在现实生活的基础上表现生活的理想，来唤起年轻一代对美的追求。① 因此浪漫主义的重要艺术特色之一是重理想。而辛顿在《局外人》中着重反映了少年对美好事物的渴望与追求，这正是一种理想主义的体现。小说中最重要的主题是保持美好的事物。这一主题是围绕着美国诗人弗洛斯特（Frost）的一首诗"美好的事物难长在"（Nothing Gold Can Stay）展开的。小说中的野小子约翰尼为了救教堂里的孩子被大火烧伤，在弥留之际他给博尼波伊写了这样一段话："我一直在想这件事，还有那首诗和写诗的人，他是说当你是个孩子的时候，像绿叶一样珍贵。小时候，周围的一切都很新奇，如同黎明。只有当你对周围的一切习以为常时，白昼就开始了。……不要因为是野小子而自暴自弃，对你来说，还来日方长，去实现你的梦想吧。世界上还有许多美好的事物。"②

小说中的浪漫主义色彩还体现在人物塑造上。遵循理想化的原则塑造人物是浪漫主义的另一艺术特征。马清福曾说，浪漫主义文学中的人物性格是具有独特鲜明个性的，有时甚至是怪诞的。③ 在《局外人》中，辛顿笔下的人物都是个性鲜明的野小子，但辛顿表达了他们对美好事物那种几乎是痛苦的向往。小说中另一人物达利看上去粗鲁、野蛮、冷酷，有着这样或那样的

① 蒋风：《儿童文学原理》，合肥：安徽教育出版社，1998：178.
② 苏珊·依·辛顿，诸凌虹译：《局外人》，北京：世界知识出版社，2000：433.
③ 马清福：《西方文艺理论基础》，沈阳：辽宁大学出版社，1986：88.

劣迹，但他的身上同样闪耀着理想主义的光辉，这光辉来自他的侠义、勇敢和对美好事物的向往。

乐观的基调还可以在小说的结尾中发现。小说的结尾未必是喜剧性的、幸福的，但它传达的信息却是乐观的、向上的。例如，《巧克力战争》的结尾，杰瑞身体上受到了重创，但他坚持了正义。作者通过这样的结尾告诉年轻的读者：是的，少年时期是一段艰难的时光，但你可以走过去。有评论家笑谈，美国少年小说的结尾会让少年读者带着某种满足感入睡。

四、多元的文化

美国素有"民族大熔炉"（a melting pot）之称谓，不同民族，如德裔、英裔、爱尔兰裔、非裔、亚裔，等等，共同构成了美利坚民族。但是在20世纪60年代之前，美国少年小说刻画的基本是白人形象，背景基本是以尖桩篱笆围绕的富裕区，展现的基本是中产阶级家庭生活，宣扬的基本是中产阶级价值观和主流文化。从20世纪60年代开始，这种状况有了改变。

导致这种变化的原因多种多样，如：美国人口结构的不断变化，民权运动的促进，全球化时代的到来，等等。人们逐渐认识到，在全球化的今天，了解其他种族及文化是世界和谐的基础。因此，多元文化就成为了现当代美国少年小说的特征之一。

美国多元文化并非仅仅出现在少数族裔作家创作的作品中。这种多元文化特征在少年小说中主要体现在以下几个方面。一是对美国非主流文化的关注。许多作家致力于对美国少数族裔文化、历史的描写。最突出的例子是安徒生儿童文学奖获得者司各特·奥台尔（Scott O'Dell）创作的少年小说。其纽伯瑞金奖小说《蓝色海豚岛》（*Island of the Blue Dolphins*，1960）讲的是印第安女孩独自一人在孤岛上的生活，其纽伯瑞银奖小说《月光下的歌谣》（*Sing Down the Moon*，1970）则反映了印第安那伐鹤人的一段历史。又如，简·乔治（Jean C. George）创作的《狼群中的朱莉》通过少女朱莉的历险介绍了爱斯基摩人的风俗习惯和生活。美国国家图书奖获奖图书《无家可归的鸟》（*Homeless Bird*，2000）向我们展开一个印度女孩的生活画面。

二是少数族裔作家对自己种族文化与生活的展示。非裔作家奇尔德瑞斯的《英雄不过是三明治》揭示了非裔美国少年在恶劣生活环境中的艰难生活。华人小说家叶添祥的《龙翼》讲的是华裔少年如何协助父亲实现他的飞天梦。普瑞兹获奖图书《离天堂一步之遥》（*A Step from Heaven*，2001）则带我们走进朝鲜移民的生活。

三是对种族歧视的控诉与反思。2002 年获考瑞塔·金图书奖的《土地》（*The Land*，2001）以南北战争前的佐治亚州为背景。小说主人公保罗·爱德华是一个混血儿。他虽然同其白人父兄生活在一起，却没有受到同等待遇。他始终被看做是一个下贱的黑人。泰勒（Taylor）的纽伯瑞获奖小说《黑色棉花田》讲述了洛根家族在种族歧视的美国所面临的自尊困境以及他们为了自尊而作出的抗争。日裔作家珍妮·豪斯顿（Jeanne Houston）同其丈夫詹姆斯·豪斯顿（James Houston）共同创作的《永别了，曼扎那》（*Farewell to Manzarna*，1973）叙述了二战中一个美籍日本家庭在集中营里的悲惨遭遇。

四是对异域文化风情的好奇和想象。这种倾向表达了人们渴望了解"他人"的心情。苏珊妮·斯泰泊尔斯（Suzanne Staples）创作的《莎巴努：风的女儿》（*Shabanu：Daughter of the Wind*，1989）以巴基斯坦为背景，通过一个青年女子的婚事，向美国少年读者介绍了一种全然不同的东方文化。莫莉·亨特（Mollie Hunter）的《她自己就是猫》（*Cat Herself*，1986）是关于苏格兰吉卜赛人的故事。玛格丽特·马希（Margaret Mahy）的《记忆》（*Memory*，1988）则以新西兰为背景。

五、多样的题材与类型

美国现当代少年小说的题材和类型多种多样。

题材指作为写作材料的社会生活的某些方面，亦特指作家用以表现作品主题思想的素材，通常是指那些经过集中、取舍、提炼而进入作品的生活事件或生活现象。从题材看，现当代美国少年小说的题材多种多样，如，校园题材、家庭题材、历险题材、战争题材、历史题材、爱情题材，社会题材，等等。这些题材大多紧紧围绕少年的生活，展现他们的成长。

校园题材和家庭题材在少年小说中最为常见，因为这是在少年成长过程中对其影响最大的两个社会单位。校园题材小说如《巧克力战争》，描写揭露了一所天主教男校中发生的事情——教师和学生之间的权力操纵、学生帮派的强势霸凌以及正邪之争，等等。但故事的中心还是主人公杰瑞在这样环境中的成长。家庭题材小说如《妈妈、狼人和我》（*Mom，the Wolf Man and Me*，1972），讲述了少女布莱特在单亲家庭中的成长。本来她已习惯和未婚妈妈过着平静的生活，可是随着被她称为"狼人"的西奥多的出现，生活有了变化：妈妈要和狼人结婚，她要有一位父亲了。她讨厌事情发生变化，又不得不接受变化。就在抗拒与接受的过程中，她走过了成长的心路历程。

前面提到，在许多少年小说中，少年人物在旅途中完成了其成长，因此历险题材也是一个常见题材。以历险为题材的著名小说有《狼群中的朱莉》以及描写印第安女孩独自在海岛的生活经历的《蓝色海豚岛》。

战争题材和历史题材也为美国少年小说家所青睐。著名的以战争为题材的作品有《最后的任务》（*The Last Mission*，1981）、《被追击的人》（*The Hunted*，1994）以及《战争的孩子》（*Children of War*，1983），等等。描写战争时，作家们很少专注于战争中血淋淋的场面，他们的目的是让年轻读者知道战争的残酷，了解人在战争中很容易丧失人性的事实，从而在其心中播下热爱和平的种子。历史题材所涉及的范围更广，表现 1860 年白人入侵时印第安人历史的《唱掉月亮》，讲述二战中纳粹对犹太人大屠杀那段历史的《数星星》，描写美国黑人历史的《黑色棉花田》以及华裔历史的《龙翼》，不一而足。

值得一提的还有爱情题材。少年处于情窦初开的年龄段，他们对爱情充满了好奇和憧憬，因此，少年小说就必然会涉及爱情。现当代美国少年小说中以爱情为题材的作品中最著名的当属《第十七个夏季》。该小说描写了少女主人公安吉的初恋。由于小说作者创作时年龄不到 20 岁，因此在情感上同少年读者十分接近。朱迪·布鲁姆（Judy Blume）的《永远》（*Forever*）也是一本以爱情为题材的小说。尽管小说中有一些性的描写，但小说的宗旨是和少年读者讨论初恋时的甜蜜与问题。凯瑟琳和麦克相爱了，这是他们的初恋，似乎完美而甜蜜。但这是他们永久的爱吗？到小说结束时，两人都对爱情有了新的认识，尽管他们没有走到一起。20 世纪 80 年代，一批通俗少年小说纷纷以爱情为题材，这些小说往往是以系列的形式出版，例如"初恋""甜蜜的爱"，等等。

社会题材主要以当今美国社会的一些问题为出发点，旨在帮助少年读者了解认识社会并正视社会现实。例如，描写艾滋病的《夜风筝》（*Night Kites*，1987），描写少年吸毒的《英雄不过是三明治》，关于少女怀孕堕胎的《我亲爱的，我的汉堡》（*My Darling，My Hamburger*，1969），关于同性恋的《没有脸的人》（*The Man Without a Face*，1987），限于篇幅，不再赘述。

不仅题材，小说类型也多种多样。现实主义小说（realist novels）是美国青少年小说中的主流类型，主要反映美国青少年的真实生活、成长心理以及美国的社会现实、时代特征。现实主义小说主要关注青少年面临的"残酷现实、道德困境和社会问题"①，因此也被称作"新现实主义文学"或"问题小说"。这些"问题小说"以近于自然主义的表现手法将社会问题完全暴露出

①Root，Sheldon L. The New Realism—Some Personal Reflections. *Language Arts*，1977：54.

来，促使青少年直面真实的人生。现实主义小说在内容、形式、人物、背景及语言等方面均与传统少年小说不同。《局外人》、《巧克力战争》等作品被视为现实主义小说的经典。

爱情小说（love Romance）是美国少年小说中历史比较悠久的一种类型。爱情小说主要以女孩子的视角和戏剧性手法讲述女孩爱上男孩的故事，故事多以男女主人公对爱情态度的成熟告终。《第十七个夏季》为最著名的代表作品。历险小说（adventure stories）最主要的特征是以旅途为载体确立少年的自主意识和"主体性"。在充满各种挑战与考验的旅途中，初入尘世的青少年逐步认识自我，并最终完成蜕变。历险小说的模式一般为离家 - 旅途 - 回归。盖力·伯森（Gary Paulsen）的《手斧男孩》（*Hatchet*，1987）是这类小说的一部经典作品。

幻想小说（fantasy）是少年小说中一个主要类型。美国现当代少年幻想小说始于作家勒吉恩（Le Guin）的《地海传奇》（*Earthsea*，1968）系列。宣扬英雄主义和理想主义是幻想小说的一个重要特征。在一场善与恶的激烈冲突中，主人公经历了一系列的磨难，成为拯救世界的英雄，同时完成了自己的"成人仪式"。正义终将战胜邪恶的理想主义是幻想小说一个永恒的基调。同幻想小说相似却不相同的科幻小说（science fiction）有三大要素：科学、幻想和小说的形式。美国少年科幻小说或以社会科学为基础刻画人类社会，如露易丝·洛瑞（Lois Lowry）纽伯瑞金奖图书《记忆传授者》（*The Giver*，1993），或以自然科学为基础描写人类面对的问题，如兰格尔（L' Engle）的纽伯瑞金奖图书《时间皱褶》（*A Wrinkle in Time*，1962）。

历史小说（historical fiction）是近年来最富成果和艺术价值较高的类型之一，屡获各种奖项的肯定，已先后两次斩获了美国国家图书奖。历史小说秉承现实主义的"真实"和"再现"，忠实描述了特定历史时期的社会状况、生活面貌、文化风俗以及人物的经历和心理。表现1860年白人入侵时印第安人历史的《月光下的歌谣》，讲述二战中纳粹对犹太人大屠杀那段历史的《数星星》，描写美国黑人历史的《黑色棉花田》以及华裔历史的《龙翼》均是大家公认的少年历史小说的典范。

还有一种新型的类型：图画小说（graphic novel）。它是将连续性的图画与文字有机结合，叙述故事的小说。图画小说源于漫画，是一种比漫画更为成熟的文学样式。华裔作家杨谨伦（Gene Luen Yang）创作的《美生中国人》（*American Born Chinese*，2007）是第一部获得普瑞兹奖的图画小说，标志着图画小说的艺术价值得到了充分的肯定。在图画小说中，图画是小说表达的主要媒介，将小说的人物、情节直接诉之于读者的感官视觉，并与文字叙述保持一致，建构统一的文本。图画小说也用来探讨历史、政治、族裔、成长等各种严肃的话题。

六、与影视作品相辅相成

在美国，影视作品与文学的结合一直比较紧密。仅以众所周知的奥斯卡电影奖为例。从 1929 年第一届奥斯卡金像奖开始，电影就与文学结缘，其获奖与提名名单中，有五成左右的作品改编自文学作品。在 2012 年奥斯卡最佳影片提名的九部电影中，至少有三部改编自文学作品：改编自赫明斯（Hemmings）处女作的《后人》（*The Descendants*）、改编自斯多克特（Stockett）同名小说的《帮助》（*The Help*）以及改编自莫伯格（Morpurgo）经典儿童小说的《战马》（*War Horse*）。文学给电影以灵感，使电影变成经典；反过来，电影给文学作品以血肉，带动文学作品的出版。

文学作品与影视的完美结合也体现在美国少年小说领域中。许多少年小说继文本后又出现在屏幕上。这些影视作品成为少年小说的副产品。有一些多年前出版的少年小说至今畅销，其原因之一就在于根据这些小说改编的电影不断激起人们的阅读兴趣。一个很好的例子是辛顿（S. E. Hinton）的小说作品。辛顿是第一位玛格丽特·爱德华兹少年文学成就奖的获得者。她创作的四部小说《局外人》、《那时是那时，现在是现在》（That Was Then, This Is Now，1971），《斗鱼》（Rumble Fish，1975）和《泰克斯》（Tex，1979）分别在 1982 年（《泰克斯》）、1983 年（《局外人》、《斗鱼》）和 1985 年（《那时是那时，现在是现在》）被拍成电影。据美国图书馆协会反映，每当由美国少年小说改编的电影重新放映时，少年读者对这些小说的兴趣就会重新产生。

影视作品带动文学作品出版的例子也不少见。出版商往往会紧随收视率较高的影视作品推出其文字版本。例如，20 世纪福克斯电影公司隆重推出描写 1917 年十月革命后俄国公主安娜斯塔西亚之谜的影片《真假公主》（Anastasia），之后迪斯尼又推出其动画版。紧接着，哈泼考林斯美国出版分公司马上就出版了 12 本同该影片相关的少儿书籍。

美国少年小说与影视等大众传媒作品相互独立又相互依存。尽管这种结合有文学商品化之嫌，但从美国少年小说图书发行量来看，这种相辅相成的结合的确促进了美国少年小说的创作与出版，实现了文学与影视的双赢与繁荣。

七、生活化的语言与新颖的形式

塞林格代表作《麦田守望者》中少年霍尔顿的语言风格影响了许多美国少年小说家。因此，优秀的现当代美国少年小说采用的是少年在实际生活中的语言，反映的是少年真实的说话方式。著名当代少年小说家金代尔就曾强调，少年小说的语言一定是当代的、生活的、真实的。翻开许多知名作品，如《局外人》，我们会发现，书中没有冗长乏味的叙述，没有华丽的辞藻，只有简洁切题的描写和少年在日常生活中惯用的自然流畅的语言。例如：

"Your friend – – the one with the sideburns—he's okay?"

"He ain't dangerous like Dallas if that's what you mean. He's okay."

"Johnny. . . he's been hurt bad sometime, hasn't he?"①

美国少年小说中的语言充斥着一些少年和朋友们创造的词汇和术语，一些秘密的名称和缩略语，如："was I an ABCD about my ETA or what"。这些语言对于成年人来说是费解的，但却是少年们在生活中使用的真实语言。

一本好的少年小说总是要注意捕捉少年的真实语言，包括方言、词汇的选择以及一些特殊的文化表达方式。作家们并不避讳有的少年主人公说话带脏字，有的带有明显的种族色彩，等等。《英雄不过是三明治》中少年主人公本杰的语言就具有明显的黑人方言特色："Some cats moanin the blues, cryin bout how whitey does, and how the society does, and how they be poor and ain't got this and that."②

现当代美国少年小说在形式上也不断创新，创新形式也多种多样。例如，用诗歌的形式进行小说创作。1998 年获纽伯瑞金奖的小说《风儿不再来》，1999 年洛杉矶时报图书奖《法国小镇的夏天》（*Frenchtown Summer*, 1999）以及 2001 年美国国家图书奖、2002 年普瑞兹获奖图书《真正的信徒》（*True Believer*, 2001）都采用了诗歌形式。美国少年文学评论家尼尔森（Nilsen）说，当评委们把小说奖颁发给用诗歌形式写就的《法国小镇的夏天》时，他们并没有质疑该作品作为小说的性质。

又如，文本形式与印刷形式的创新。美国国家图书奖决赛图书、普瑞兹获奖图书《魔鬼》（*Monster*, 1999）采用的形式令人耳目一新：作品中几乎没有一页采用中规中矩的传统印刷形式，反而充斥着年轻主人公打印的电影

①Hinton, S. E. *The Outsiders*. New York: Dell Publishing, 1967: 30.

②Frey, Charles H. & Lucy Rollin ed. *Classics of Young Adult Literature*. Upper Saddle River: Pearson Education, Inc., 2004: 582.

脚本、手写的日记、特写镜头及照片，等等。2000 年普瑞兹荣誉图书《艰难的爱》（*Hard Love*，1999）则吸取了传媒形式，其故事情节围绕着自制杂志——16 岁约翰的《香蕉鱼》和马丽索的《快速逃离》——展开。

再如，叙述角度的创新。叙事由两个或多个人物完成，前面提到的《猪人》的故事由两个少年主人公——约翰和罗琳——讲述。而《英雄不过是三明治》更是采用了以少年主人公本杰的第一人称叙述为主的多人叙述的方式。

数字时代信息的快速传递也启发了小说形式的创新。讲述两个年轻人如何应对女孩意外怀孕的小说《第一部分最后》（*The First Part Last*，2003）是 2004 年考瑞塔·金作者奖和普瑞兹获奖图书。故事情节发展如湍急的小河一样流畅，各章的题目在"当时""现在"之间快速转换，将过去和现在对主人公的影响迅速展现在读者眼前。

纵观半个多世纪的发展历程，美国少年小说逐渐走向成熟，体现了独特的艺术风格、鲜明的时代特征和旺盛的创造力。青少年小说在主题、内容、形式和手法上的不断拓展和创新大大提升了其自身的文学价值和品质，不仅颠覆了少年小说被视为通俗文学"小儿科"的固有形象，也使这种文学类型成为一个重要的研究领域以及一项蓬勃发展的文化产业。

第二节　现当代美国少年小说的主要类型

那么，现当代美国少年小说究竟有哪些主要类型，各种类型又有哪些主要特点呢？要回答这个问题，我们首先要界定"类型"这一概念，并以此为基础回答上述问题。

一、"类型"的界定

"类型"一词在英文中有多种表达方式，这里只举出最常用的几个：category，class，genre，kind 和 type。下面先从几本词典对它们的释义出发，将它们简单区分一下。

Category：类型/ 种类/ 类别（英华大词典，1985）。在《朗文当代英语词典》（1995）中，category 被如此定义：a group of things that all have the same particular qualities. 在《欧亚最新实用双解辞典》中，category 是 a division in any classification.《简明牛津辞典》（第 10 版）的解释如下：class or division of things having particular shared characteristics。

再来看 class：类别（英华大词典）。《欧亚最新实用双解辞典》的释义为：things of the same kind.《简明牛津辞典》（第10版）将其解释为：a set of things having some property in common and differentiated from others by quality。

Genre 是专门用于文学作品的：（文艺作品）类型（英华大词典）。这一点从以下几本词典的释义也可以看得出来。《朗文当代英语词典》：a particular *type* of writing which has certain characteristics that all examples of this *type* share.《欧亚最新实用双解辞典》：kind or *type*, especially of literature.《简明牛津辞典》：a style or category of literature. *A Dictionary of Literary Terms* 给出了比较专业化的解释：a French term for a kind, a literary *type* or class. ... the genres were carefully distinguished, and writers were expected to follow the rules prescribed for them。

接下来是 kind：种/类（英华大词典）。《朗文当代英语词典》的定义为：things that are similar in some way。《欧亚最新实用双解辞典》的定义也大致如此：a group of things having the same characteristics。《简明牛津辞典》的解释是：a class or type of things having similar characteristics。

最后一个词是 type：类型（英华大词典）。在《朗文当代英语词典》中它是：one member of things that have similar features or qualities。在《欧亚最新实用双解辞典》中它是：a class having certain characteristics。在《简明牛津辞典》中，其释义为：a category of things having common characteristics。

从英文释义看，genre 虽是应用于文学分析的专门术语，但并不一定十分适合描述少年小说的类型，因为该词更多是指小说、诗歌、戏剧等大类别。category, class 和 kind 用途也许更广泛一些，但较少用于形容文学类型；相比较以上三词，type 似乎较多应用于形容文学作品，在 genre 的英文释义中，type 使用频次也最高。

区分了表达"类型"的几个英语词语，我们再来看中文中对"类型"的界定。在《现代汉语词典》（1998）中，类型是具有共同特征的事物所形成的种类。

对于文学类型，韦勒克是这样定义的：文学类型……是以特殊的文学上的组织或结构类型为标准。[①] 葛红兵在其所著《小说类型理论与批评实践》中引用了汉译《简明不列颠百科全书》对文学类型的定义："文学作品的一种范畴，这些作品具有相似的主题、文体、形式或目的。文类一词经常是任意

[①] 韦勒克. 王春元译：文学的类型，《文艺理论研究》，1983（3）：18.

将文学作品分类的一种手段，但它适合于描绘经常被运用的文学形式，以区分具有相似之处的形式或公认的传统。"① 在《文学类型与文学创作》一文中，陶东风概括了文学类型的一般特征："文类是一种规范或法则体系，这种规范或法则是从一组作品的相似特征中概括、抽象出来的。即这些相似特征可以是有关形式方面的（如技巧、表达方式、结构等），也可以是有关内容方面的（如题材、主题等），此外还可以是内容方面和形式方面的综合（如风格、情调、态度等）。"②

葛红兵还进一步解释了小说类型："小说类型是一组具有一定历史、形成一定规模，通常呈现出较为独特的审美风貌并能够产生某种相对稳定的阅读期待和审美反应的小说集合体"。③

那么什么是小说类型的划分标准呢？按照篇幅长短可以分为长篇、中篇和短篇小说；可以依据题材划分，如历险小说、言情小说、历史小说等等；或者根据形式划分，如流浪汉小说、哥特式小说等等，不一而足。

因此，小说类型也许可以解释为对小说按照一定划分标准进行区分的形式。同一类型小说或在题材上、或在形式上、或在篇幅上具有共同或相似的特点。

二、现当代美国少年小说的主要类型

现当代美国少年小说的类型可以用百花齐放来形容。从形式上看，有文字的，有图画的（graphic novel）；从作者的种族看，有所谓主流作家创作的各种小说，也有少数族裔作家创作的少数族裔小说；从体裁看，有幻想小说，科幻小说，也有现实主义小说；从题材看，有历史小说，爱情小说，历险小说，等等。但以上仅仅是笔者的分类，未必准确。所以，我们还是看看美国少年文学研究学者对现当代美国少年小说的分类。

在《当今少年文学》一书中，道诺尔森（Donelson）和尼尔森（Nilsen）将现当代美国少年小说分为新现实主义小说、历险小说、爱情小说（love romance）、疑案小说（mysteries）、怪异小说（stories of the supernatural）、幻想小说、科幻小说、乌托邦小说（utopias）及反（伪）乌托邦小说（dystopi-

---

①葛红兵．小说类型理论与批评实践 http：//blog. sina. com. cn/s/blog_ 473d280c01009ezq. html / retrieved 2008 – 06 – 23.

②陶东风．文学类型与文学创作．《学习与探索》，1992（1）：101 – 102.

③葛红兵．小说类型理论与批评实践 http：//blog. sina. com. cn/s/blog_ 473d280c01009ezq. html / retrieved 2008 – 06 – 23.

as）、历史小说，等等。而在《少年文学的要素》一书中，汤姆林森（Tomlin-son）和林奇－布朗（Lynch－Brown）的分类略有不同，分为长篇小说、短篇小说、图画小说。长篇小说又继续分为现实主义小说、现代幻想小说（包括现代民间故事、魔幻现实主义小说、怪异小说、科幻小说，等等）、历史小说、多元文化文学（multicultural literature）和国际文学（International litera-ture），等等。

综合考虑以上学者的分类，以及各类小说在少年读者中的流行程度，本著作集中对以下几类小说进行研究：（一）新现实主义小说（New Realist Fic-tion）；（二）历史小说（Historical Fiction）；（三）少数族裔小说（Multiethnic Fiction）；（四）幻想小说（Fantasy）；（五）科幻小说（Science Fiction）；（六）历险小说（Adventure Stories）；（七）少年爱情小说（young Adult Ro-mance）。我们的分类及名称同以上专家学者的分类与名称略有不同，在以下各章的详述中将会解释我们的考虑。本节将简述上述七类小说的定义及特点。

（一）新现实主义少年小说

与历史小说、历险小说等以题材划分的小说相比，新现实主义小说似乎是个另类。但它却是——特别是自塞林格《麦田守望者》发表以来——现当代美国少年小说的主打类型，因此美国少年文学评论家们一直将其列为独立的类型，与历史小说、幻想小说等并列。其兴起兴盛与社会、历史变化及出版商的导向分不开。

20世纪60年代末，由于社会的变化以及教育、价值观的改变，出版商鼓励小说家们描写少年如何走过艰难的成长岁月，以及他们在成长过程中所面临的各种痛苦、苦恼和挫折。

因此这一类小说的突出特点就是作家以现实主义的方式描写美国少年所面临的各种问题。研究学者们对这一类小说的命名有所不同，《少年文学的要素》一书的作者汤姆林森和林奇－布朗称其为现实主义小说，而《当今少年文学》一书的作者道诺尔森和尼尔森则称其为新现实主义小说，以区别于那些充满浪漫色彩的少年小说。

汤姆林森和林奇－布朗认为，现实主义小说讨论生活中悲惨的事件，但也描述幸福与幽默的情景。小说的故事是虚构的，但是极可能发生在现实生活中；主人公是虚构的，但其行为方式同真实生活中人们的行为方式相似。他们进一步将其分为不同种类。如：提供真实人物、地点和事件的事实性现实主义（factual realism）。情景现实主义（situational realism）讲述的事件虽是虚构的，但在现实中是十分可能发生的；事件发生的地点，涉及的人物也十分逼真。情感现实主义（emotional realism）涉及的是人物可信的情感以及人物之间的关系，例如少年成长小说就可以归为此类。社会现实主义（social realism）展现的是对社会的真实描写，揭示当今社会中常见的问题，如酗酒、暴力、毒品、单亲家庭、种族歧视、贫穷，等等。问题小说（problem novel）被归为此类。①

相比较而言，《当今少年文学》一书的作者道诺尔森和尼尔森所界定的新现实主义小说范围要窄一些，专指兴起于 20 世纪 60 年代后期的，"集中描写不幸的事件或生活经历，如一场事故，严重疾病，身体受伤致残，社会压力，吸毒或酗酒等"的少年小说。② 新现实主义小说的代表作品有辛顿的《局外人》（1967）、力普赛特的《对手》（1967）和金代尔的《猪人》（1968）。新现实主义小说因其所暴露的各种问题也被称为问题小说。本书的研究对象为这一类小说。

同 20 世纪 60 年代之前的美国少年小说相比，新现实主义小说在内容、形式、人物、背景及语言方面均有不同。仅以新现实主义小说开山之作《局外人》为例。首先，从内容上看，该小说描写的是居住在贫民窟的孩子"油头"（greasers）和上流社会的孩子（socs）打群仗的故事。这样的内容曾因有悖于少年文学的教育原则而被禁止。可是在新现实主义小说中这样的禁忌不复存在，因为新现实主义小说的创作基于这样的观点：如果少年能够了解生活中苦乐同在，他们对生活就会有符合实际的期望，也会有勇气面对现实，直面人生。这种态度也导致了第二个不同：形式的不同。

新现实主义小说一反过去快乐文学的式样，不再刻意追求大团圆的结局。《局外人》就是以两个孩子的死为结局。约翰尼为救其他孩子被烧成重伤，不治而死；达拉斯无法忍受约翰尼的死给他带来的悲伤，采取暴力手段发泄而被警察击毙。这种近乎悲剧的结尾告诉年轻的读者：生活是严峻的，任何不愉快的事情都可能发生。只有对此有清醒的认识，才能更好地驾驭生活。

第三个是人物与背景的不同。主人公可以是来自下层社会的穷孩子，也可以是少数族裔的孩子；背景也不再仅仅是生活优越的富裕区，也可能是环境恶劣的贫民窟。《局外人》的主人公波尼就是来自贫民窟、家境贫寒的男孩。他说，他们的最大特点就是穷，而且，他们是所谓的坏孩子，打群架，

---

①Tomlinson, C. M & Lynch‑Brown, C. *Essentials of Young Adult Literature*. Boston：Pearson，2007：41.

②Donelson, K. L. & Nilsen, A. P. *Literature for Today's Young Adults* (5th Edition)，New York：Addison‑Wesley Educational Publishers Inc.，1997：40.

偷东西。

第四是作品语言不再是标准的书面语，而是日常生活中的语言。口语、非标准英语，甚至下流语言都可能出现在作品中。作家们认为这样的语言符合年轻读者日常说话的状态，可以在更大的读者群中引起共鸣，以利于他们关照认识自我。

但是，值得一提的是，新现实主义小说也不乏乐观精神——相信善可以战胜恶，而且人有能力做到这一点。这种乐观因素给灰暗的社会现实涂上了一抹亮色，让年轻读者充满希望。

一部好的新现实主义小说应具有以下几个特点。1. 主人公应展现经历重要人生事件后的成长变化。他应该是真实可信的，在他身上优、缺点并存。2. 小说情节应围绕少年遇到的问题展开，并且具有足够的冲突和悬念吸引读者。3. 小说的主题应传达正确的道德价值观，并能引发读者进一步的思考。4. 小说的基调应是乐观的，文体也可以是幽默的。

美国少年新现实主义小说的文学及教育价值在于以下两点。其一，它给美国少年小说带来了变化，使其从描写中学生体育、舞会的可预料结果的模式化故事转变为描写具有复杂思想的少年主人公处理真实问题的作品。其二，它对少年的成长有着积极的作用。人生并不总是一帆风顺，少年需要学会处理问题的方法。有调查表明，遇到问题时有近半数的孩子会去书中寻找答案。新现实主义小说给少年读者提供了间接处理各种问题的机会。这样，他们一旦遇见类似问题，就会做出适宜的、负责任的选择。

（二）少年历史小说

美国少年历史小说通过将人物置放于准确描述的历史背景之中将历史再现。美国少年历史小说从创作手法看，可以说是现实主义小说的一种，其背景是远离当下的某个历史阶段。故事中的主要人物是虚构的，但某些次要人物也可能是真实的历史人物。其情节是虚构的，但其中可能涉及某些真实的历史事件，或真实的历史场景。也可能不存在真实事件或人物，但当时历史时期的社会习俗、道德观、价值观却是真实的。①

美国少年历史小说将小说分段融入美国或世界历史阶段中。现当代美国少年历史小说中反映较多的美国历史阶段大致如下：1. 美国建国与早期拓荒阶段（1700－1800）；2. 工业社会发展时期（1800－1914）；3. 两次世界大战

---

①Tomlinson, C. M & Lynch－Brown, C. *Essentials of Young Adult Literature.* Boston：Pearson, 2007：80.

时期（1914 - 1945）；4. 二战之后（1945 - ）。①

　　美国少年历史小说也可依题材分为以下几类。1. 拓荒历史小说。最著名的有槐尔特（Wilder）的小木屋系列，它被视为传统少年历史小说的典范。2. 描写少数族裔历史的小说。如描写印第安人居留地时期历史的《月光下的歌谣》（Sing Down the Moon）；《黑色棉花田》描写非裔美国人在种族歧视严重的历史阶段的经历；描写华裔美国人的《龙翼》将其背景置于20世纪初的美国；描写日裔经历的《无形的绳索》（The Invisible Thread）以二战为其背景，等等。3. 战争历史小说。小说中涉及的战争有美国独立战争，如《约翰尼·特瑞美》（Johnny Tremain），美国南北战争，如《哪条路通向自由》（Which Way Freedom），一战，如《树叶知树》（Tree by Leaf）以及二战，如《广岛：一部中篇故事》（Hiroshima：A Novella），越南战争，如《坠落的天使》（Fallen Angels），等等，不一而足。在战争历史小说中还有一类值得一提，即：描写大屠杀（holocaust）的历史小说，如洛瑞（Lowry）的《数星星》。4. 描写美国重要历史时期人们经历的历史小说。最有名的小说之一当属纽伯瑞金奖得主《风儿不要来》（Out of the Dust），小说以20世纪30年代美国经济大萧条为背景。

　　一部好的美国少年历史小说应包括以下几个特点：

　　第一，小说的作者在书中展现的历史事实必须给读者留下如历史书般准确、客观的印象。

　　第二，小说中的细节，如当时的服饰、发式等必须符合当时的习俗，人物的行为举止也应符合当时的风俗习惯。

　　第三，小说中人物的语言必须准确反映其所在的历史阶段的言语方式。

　　第四，历史小说的意义必须超越当时的历史时期，给当代少年读者以启示。也就是说，少年历史小说必须有教育意义，起到借古讽今，博古通今，察古知今，借古喻今的作用。

　　（三）少数族裔少年小说

　　美国是一个多民族，多种族国家，因此有主流文学与少数族裔文学之分。少数族裔文学一向有不同于主流文学的特征。在现当代美国少年小说中，少数族裔作家也同样唱响着自己独具特色的旋律。

　　何谓美国少数族裔少年小说？美国少数族裔少年小说指的是由少数族裔作家创作的，在美国出版的，以少数族裔美国少年——而不是欧洲裔美国人

---

①Tomlinson, C. M & Lynch - Brown, C. *Essentials of Young Adult Literature.* Boston：Pearson, 2007：86.

——为主要人物的小说。这类小说从少数族裔少年主人公的视角出发，还原其在美国真实的生活、经历以及感受。

美国少数族裔少年小说描写较多的有非裔，如《黑色棉花田》、有亚裔，如《龙翼》、有美国印第安人，如《雷恩并不是我的印第安名字》（*Rain is Not My Indian Name*），等等。

这里值得一提的是，一些学者对少数族裔少年小说与国际化题材少年小说做出了区分。美国少数族裔少年小说是关于生活在美国的，在种族、宗教、语言文化等方面区别于主流社会欧裔——特别是西欧裔——美国人的少数群体少年的美国原创小说。而国际化题材少年小说则是关于生活在其他国度的少年的故事。它包括首先在其他国家出版，后又引进美国的英文小说，以及起初是以其他文字出版，后又译成英文在美国出版的小说。①

美国少数族裔少年小说有一些共同的特点。首先，关于人物。主人公必须是少数族裔少年，归属于某个少数族裔文化群体，他/她在主流文化中的生活经历与感受可能不是那么令人愉快，但有助于其成长。次要人物可能是同一种族文化群体中的小伙伴，也可能是一个成年人，同属一个种族，起着良师益友的作用，如，《英雄不过是三明治》中的继父。

其次，关于视角。美国少数族裔少年小说一般采用的视角是主人公第一人称叙述，如《黑色棉花田》。

第三，关于背景。故事发生的背景应是准确描述美国少数族裔少年主人公生活的环境，少数族裔文化与主流文化的冲突常常会在这样的背景下呈现。

第四，关于主题。主题常常与种族相关，如：少数族裔少年与种族歧视的斗争，少数族裔少年个人与主流社会的冲突，少数族裔少年如何在种族歧视的环境中保持尊严，等等。

美国少数族裔少年小说可以按照目的或所涉及的种族分为不同类型。

按照目的，汤姆林森和林奇布朗将美国少数族裔少年小说分为三类。1. 社会良心类（social conscience books）。这类小说的目的在于通过介绍少数族裔少年的真实生活激起主流社会中少年读者的社会良心。2. 种族熔炉类（melting pot books）。这类小说旨在告诉所有少年读者，无论肤色、语言、宗教如何不同，少数族裔少年同所有人同样，有自己的生活，自己的尊严，自己的权利，自己的追求。3. 文化意识类（culturally conscious books）。这类小

---

①Tomlinson, C. M & Lynch - Brown, C. *Essentials of Young Adult Literature*. Boston：Pearson, 2007：154.

说意欲再现少数族裔少年真实、独特的文化特点等。① 这种分类方式也充分体现了少数族裔少年小说的教育意义。

按照种族分类比较容易，因此也是人们通常采用的分类方式。首先是美国非裔少年小说，这是数量最多的一类。非裔少年小说通过展现历史或描写现实来反映非裔少年在美国历史或现实中的真实生活和遭遇。这类小说通常会逼真地刻画非裔少年在美国所遭遇的种族歧视与压迫。

其次是美国亚裔少年小说，这类小说以描写华裔和日裔少年为最多。其主题多是他们作为美国的新成员所受到的歧视或不公平待遇，他们如何在接受自己种族文化遗产的基础上适应在美国的新生活，以及他们为真正融入美国社会所做的努力。

再次是美国土著少年小说。这类小说从美国土著人（印第安人）视角出发表达一些重要主题，如：白人对印第安人的压迫，对自然的赞赏与保护，等等。著名的美国印第安少年小说作家有辛西娅·蕾缇驰·史密斯（Cynthia Leitic Smith）、路易斯·厄德里奇（Louise Erdrich），等等。

其他美国少数族裔少年小说还包括犹太少年小说（Jewish young adult fiction），拉丁裔少年小说（Latino - American young adult fiction），等等，这里就不再一一赘述。

（四）少年幻想小说与科幻小说

幻想小说和科幻小说在英文中同属"imaginative literature"，它们之间似乎有许多相似之处。在《当今少年文学》一书中，道诺尔森和尼尔森如此说：幻想小说和科幻小说互相关联，都关乎人类最深层次的愿望，将两者清楚划分并不容易。② 而在《少年文学的要素》一书中，汤姆林森和林奇－布朗干脆将科幻小说视为现代幻想小说中的一类。

但在中国学者眼中，它们分属不同文学类型。我国著名儿童文学专家王泉根、朱自强两位教授都是将幻想小说视为幻想体文学或幻想文学，而将科幻小说归类于科学体文学或科学文艺。③

事实上，幻想小说和科幻小说虽然都高度依赖于想象（highly imaginative），但他们确有不同之处，这一点从其定义不难看出。

---

①Tomlinson, C. M & Lynch - Brown, C. *Essentials of Young Adult Literature*. Boston：Pearson，2007：150.

②Donelson, K. L. & Nilsen, A. P. *Literature for Today's Young Adults* (5th Edition)，New York：Addison - Wesley Educational Publishers Inc.，1997：158.

③参见王泉根：《儿童文学教程》，北京：北京师范大学出版社，2009. 朱自强：《儿童文学概论》，北京：高等教育出版社，2009.

幻想小说似乎可以这样定义：它所描述的是在现实中不存在，也不可能存在的事情。魔法和完全不可能的事情是必不可少的要素。幻想小说按照故事背景分为高越奇幻（high fantasy）和真实奇幻（low fantasy）。前者将小说置于完全凭空想象的世界中，而后者的背景则是幻想世界和现实世界兼而有之。

科幻小说创造的是目前尚不存在，但在不久的将来或未来可能会存在的事情。科幻小说的想象建立在科学知识的基础上，是在人们对世界已知的基础上进行想象，这种想象要遵循某些科学规律。科幻小说按照所涉及的科学门类分为硬科幻（hard science fiction）和软科幻（soft science fiction），前者以自然科学领域为基础，如《时间的皱褶》，后者以社会科学为基础，如《记忆传授者》。

无论是幻想小说还是科幻小说，都有一些共同的标准衡量其优劣。1. 发展变化的、可信的圆形人物。2. 结构合理的情节。3. 具有内部相容性的故事背景。4. 符合故事需要的文体。5. 有意义的主题。

幻想小说和科幻小说之所以吸引少年读者，主要由于下列原因。一是它们能够激发少年读者的想象。少年阶段依然是一个想象力丰富的阶段，少年喜欢探索想象中的世界。二是它们可以满足少年读者的好奇心。少年是好奇的，他们乐于探索社会与世界，特别是未知的世界。三是它们的主题给少年读者以启示，帮助他们进一步了解他们处身的世界。

下面的讨论先从幻想小说开始。美国少年幻想小说的发展同英国少年幻想小说的发展相比略显滞后，现当代美国少年幻想小说中尚未产生《哈利·波特》这样的巨著。传统幻想小说围绕着某种探索或追求（quest）展开，这种探索或追求可能是精神的，政治的，物质的，等等，但无一例外的是这种探索或追求的过程是充满艰辛与危险的。在这个过程中主人公逐渐成熟起来。幻想小说的主题多是善恶之争，最终善战胜恶。

按照汤姆林森和林奇－布朗的观点，少年幻想小说包括现代民间故事、魔幻现实主义小说、怪异小说、动物小说等几种常见类型。纳波利（Napoli）《巫师的女儿》（Zel）被视为现代民间故事的典范。现代民间故事是作家创作的小说，但其形式同传统民间故事相似，而且会融入一些传统民间故事的要素。魔幻现实主义小说结合了幻想与现实，魔法是幻想的，背景却是现实的，现实世界同魔幻世界紧密相连。有学者认为阿兰德（Allende）的《野兽之城》（City of the Beasts）可以代表这一类作品。在怪异小说中发生的事情无法用科学去解释，人物也具有超自然的力量，背景通常是闹鬼的房子或发生过神秘事件的地方。克劳斯（Klause）创作的《银色之吻》（*The Silver Kiss*）是这类作品中较有代表性的一部。动物小说，如怀特（White）的《夏洛的网》（*Charlotte's Web*），旨在借动物故事启发读者。小说中拟人化的动物具有人类的情感，人类的智慧，并借此创造奇迹，建立自己的世界。[1]

再来看看少年科幻小说。科幻小说涉及现当代生活中人们关心的方方面面，如：时间旅行、太空遨游、核战争与大屠杀，电脑黑客，生态危机，等等。

这里笔者想着重探讨乌托邦与反（伪）乌托邦小说。乌托邦小说描写幸福、繁荣的地方，而反（伪）乌托邦小说则恰恰相反。在道诺尔森和尼尔森看来，这类小说兼具幻想小说和科幻小说的特点。[2] 这类小说的背景一般是未来，科技在这个未来世界的构建中起到了关键作用。但后面情节的发展使其更像是幻想小说，因为作家更注重的不是科技，而是科技背景下的社会、心理及情感。

在现当代美国少年幻想小说中，反（伪）乌托邦小说更为流行。仅以《记忆传授者》为例。从表面上看，小说中的社区同一、完美，但实际上，人们的思想被控制，丧失了自由以及选择的权利。反（伪）乌托邦小说反映的是作家对当代社会的不满，因此这类小说对少年读者具有警示的作用。

（五）少年历险小说

少年历险小说也被称为"冒险小说"，它"以冒险历难的事件为题材，有的出于真实事件的记载，有的则出于作者的虚构。"[3]它是通俗小说的一种，它是以各种不寻常的冒险事件为中心线索，主人公往往有不同寻常的经历、遭遇和挫折，情节紧张、场面惊险，主人公遇到的每一次危险都牵动着少年读者的心。但结局总是完满的，以少年主人公的成长或成功为标志。

广义的历险小说一般可分为几类：一类描写少年主人公在社会环境中的历险，如纽伯瑞金奖得主沃尔特（Voigt）创作的《回家》（*Homecoming*），书中少女主人公黛西在妈妈抛弃他们姐弟四人后，独自带着三个弟妹长途跋涉寻找他们的外祖母。另一部同类作品是1998年获美国"金风筝荣誉图书奖"的《陀螺》（*Whirligig*），小说主人公布伦特因暴怒不计后果惹下大祸，为了

---

①Tomlinson, C. M & Lynch - Brown, C. *Essentials of Young Adult Literature*. Boston：Pearson，2007：67.

②Donelson, K. L. & Nilsen, A. P. *Literature for Today's Young Adults*（5th Edition），New York：Addison - Wesley Educational Publishers Inc.，1997：177 - 178.

③周晓波：《少年儿童文学》，北京：高等教育出版社，2010：96.

赎罪走上旅程，在赎罪的同时完成了其人生的蜕变。另一类则描写人与环境、人与自然的冲突；狭义的冒险小说专指这一类。这类作品很多，如奥台尔的《蓝色海豚岛》，乔治的《狼群中的朱莉》，以及伯森（Paulson）的《手斧男孩》（The Hatchet），等等。主人公都是在自然环境中完成历险并发现自我。还有一类被称为探索历险小说（quest adventure），这一类在题材上同前两类相同，都是描述主人公在历险过程中经受考验并成长起来。但在体裁上却有不同，它属于幻想文学体裁，因为小说中的世界往往是虚幻的，而且魔法在主人公的历险过程中往往起到某些关键作用。①

少年历险小说被称为浪漫传奇类（romance），因为历险小说往往有个美满的结局，主人公获得了某种成功，或发现了新的自我，或在成长的道路上又前进了一步。这也是历险小说的第一个特点。

第二个特点是少年主人公的历险在某种意义上是其步入社会的预演。他/她首先要离开自己的亲朋好友，脱离自己熟悉的生活环境，踏上结果未知的旅途。在旅途中，他/她要经受精神上、心理上或肉体上的磨难，接受各种各样的挑战。最后，在证明了自己的价值后，他/她以崭新的面貌回到自己亲朋好友身边。这三步被视为历险小说的基本模式。

第三个特点是历险小说中的"变化催化剂"，包括人、事件和环境。如，《回家》中的"变化催化剂"包括人——她的妈妈，还有事件——她妈妈对他们的抛弃；在《蓝色海豚岛》中，一个重要的变化催化剂是环境——孤岛。

第四个特点是，一般来说，历险小说多涉及旅途，主人公的成长往往在旅途中完成。在有的历险小说中，可能并不涉及一般意义上的旅途，如《蓝色海豚岛》。但在其他方面，如生存的考验、主人公的成长、变化催化剂以及基本模式方面，它都符合历险小说的要求。因此可以说，在这部小说中，旅途是象征性的。

历险小说也有其教育意义。其一在于它教给少年读者在艰苦环境中如何生存。它通过生动的故事，向少年传达生存技能及应付突发事件的能力。这是很重要的，因为生活中危险无处不在，而成年人是无法替孩子挡住所有危险的；只想规避孩子遇到的各种危险，只会让孩子对危险懵然无知，这样做在某种意义上是剥夺了孩子的成长权利，削弱了孩子的能力。我们应该教会孩子在面对危险时，选择正确的处理方式，避免伤害。这样才会让孩子的成长更为顺利。不仅如此，历险小说还传授给少年读者一些人生的道理或生活

---

①Tomlinson，C. M & Lynch‐Brown，C. *Essentials of Young Adult Literature.* Boston：Pearson，2007：68.

的哲学。比如，它告诉孩子："永远保持微笑，只要活着就有希望"，引领小读者镇静从容，险境求生。又比如，它给少年读者灌输生态理念，告诫少年读者：人类要在这个世界上生存，就要爱护自然中的一切。它还会传达一些文化意识，如《狼群中的朱莉》就描述了爱斯基摩人的文化及生存技巧。最后，小说中少年主人公的成功会给读者带来心灵的满足和信心：别人能做到的，我也能。

（六）少年爱情小说

青少年阶段是情窦初开的阶段，是朦胧爱情产生的阶段，因此在为少年读者创作的小说中，爱情小说是重要的一类。少年爱情小说，同历险小说一样，属于浪漫传奇类通俗小说。小说中的象征无不展示着它同春天以及青春的联系。同时，小说主人公的爱情也不一定顺风顺水，他/她也会遇到各种考验和问题，但结局一定是美满的，无论爱情中的男女是否有情人终成眷属。

早在20世纪40、50年代，少年爱情小说就在少年图书市场上占据过一席之地，如《第十七个夏季》。新现实主义小说兴起之后，少年爱情小说暂时走入低谷。到了20世纪80年代，它又"卷土重来"了，而且大有商业化的趋势。许多出版商出版了少年爱情系列丛书，如"野火""甜梦""初恋"，等等。这些系列丛书在图书市场上的成功可以用"令人瞠目"来形容。这类丛书均采用简装版形式；篇幅不长的小说又被分成简短的章节；它们具有共同的特点：开门见山的开头，重行为描写，大量使用对话，浅显易懂的视角。小说的内容也大同小异：少女主人公来自小城镇，羞怯而单纯，家庭生活幸福。他们生活中的首要兴趣是找到一个男朋友，来提高自己在学校中的地位。

这类丛书的市场效益是明显的：它标志着少年小说新的装帧形式简装版的诞生。从此，无论通俗小说还是经典作品都可以以简装版面世，大大降低了成本；它还改变了少年小说的销售流通方式，即通过图书连锁店或超市直接面对少年读者，而不再通过学校或图书馆等中介。

但少年教育工作者们也有担心。他们认为这些小说含蓄暗示了人们曾努力要摆脱的那些陈旧观念，如：嫁人、为人母是女性唯一的工作，没有男人的女人是不完整的，男人是最高奖赏，要想得到这种奖赏，美貌是武器、智力是不利因素、其他女性是敌人，等等。少年教育工作者们担心这类丛书会给少女读者带来负面影响，阻碍她们成长为独立的新女性。①

现当代美国少年爱情小说多从女孩子的角度讲述：她如何遇见一个男孩，

①Donelson, K. L. & Nilsen, A. P. *Literature for Today's Young Adults* (5th Edition), New York: Addison-Wesley Educational Publishers Inc., 1997: 131.

爱上他，失去他，最终又赢得他。这种小说的寓意也许不一定深刻，有时有提供对现实逃避的嫌疑；但一部好的少年爱情小说也同样展示少年主人公在情感方面的成长以及逐渐形成的对爱情的正确认识。除此之外，还要有可使少年读者认同的真实可信的人物。故事的中心虽是两个人的相爱，但读者从字里行间也可以读到其他内容：人性的复杂、社会热点问题、历史事实，等等。笔者认为，这种"掺沙子"的特点不仅间接体现了少年爱情小说中潜在的教育目的，也是使其在沉寂之后再度流行的原因之一。

同历险小说一样，少年爱情小说也可以给少年读者带来心灵的宁静。而且这类小说的主题同少年人生阶段最为紧密相关，容易在少年读者中引起共鸣，因此会继续在少年图书市场中占有一席之地。

本章主要参考文献

1. Arthea Reed, Reaching Adolesents：*The Young Adult Book and the School*. New York：MacMillan College Publishing Company, Inc. , 1994.

2. Beckett, Sandra L. *Reflections of Change：Children's literature Since* 1945. Westport：Greenwood Press, 1997.

3. Collier, J. L. *When the Stars Begin to Fall*. New York：Dell Publishing, 1986.

4. Donelson, K. L. & Nilsen, A. P. Literature for Today's Young Adults (5th Edition), New York：Addison – Wesley Educational Publishers Inc. , 1997.

5. Ewers, Hans – Heino. *Fundamental Concepts of Children's Literature Research*. New York：Routledge, 2012.

6. Forman, J . *Presenting Paul Zindel* . Boston：Twayne Publishers, 1988.

7. Foster, Shirley & Judy Simons. *What Katy Read*. Iowa City：University of Iowa Press, 1995.

8. Frey, Charles H. & Lucy Rollin ed. *Classics of Young Adult Literature*. Upper Saddle River：Pearson Education, Inc. , 2004.

9. Hinton, S. E. *The Outsiders*. New York：Dell Publishing, 1967.

10. Hunt, Peter. *Understanding Children's Literature*. New York：Routledge, 1999.

11. Inglis, Fred. *The Promise of Happiness*. Cambridge：Cambridge University Press, 1982.

12. Monseau, Virginia & Gary M. Salvner. *Reading Their World*. Portsmouth：Boynton/Cook Publishers, 1992.

13. Root, Sheldon L. The New Realism—Some Personal Reflections. *Language Arts*, 1977.

14. Tomlinson, C. M & Lynch – Brown, C. *Essentials of Young Adult Literature*. Boston：Pearson, 2007.

15. 葛红兵 . 小说类型理论与批评实践 http：//blog. sina. com. cn/s/blog _

473d280c01009ezq. html ／ retrieved 2008 － 06 － 23.

16. 蒋风. 儿童文学原理. 合肥：安徽教育出版社，1998.

17. 马清福. 西方文艺理论基础. 沈阳：辽宁大学出版社，1986.

18. 苏珊·依·辛顿，诸凌虹译. 局外人. 北京：世界知识出版社，2000.

19. 陶东风. 文学类型与文学创作. 学习与探索，1992（1）.

20. 王泉根. 儿童文学教程. 北京：北京师范大学出版社，2009.

21. 韦勒克. 王春元译. 文学的类型. 文艺理论研究，1983（3）.

22. 吴继路. 少年文学论稿. 北京：首都师范大学出版社，1994.

23. 周晓波. 少年儿童文学. 北京：高等教育出版社，2010.

24. 朱自强. 儿童文学概论. 北京：高等教育出版社，2009.

25. 朱自强. 儿童文学的本质. 上海：少年儿童出版社，1997.

因为在少年的眼里，这些作品似乎同社会现实及他们自己的生活相差太远。因此，出版商鼓励作家创作真实反映少年生活、反映他们艰难的成长历程的现实主义小说。令其兴奋的是，这类小说一经出版就大获成功。这一成功鼓舞了出版商，也使新现实主义小说成为少年小说出版的主流。

新现实主义小说的流行也离不开创作者的态度和心态的改变。《巧克力战争》的作者考米尔认为，当今的少年是电视的一代。电视不仅让他们对世界的了解更多，同时也给他们带来了一个认识上的误区，即：他们认为所有问题都可以像电视剧一样在短时间内得到解决。[①] 新现实主义小说的创作旨在帮助少年克服这个认识误区，告诉他们生活中许多问题不易解决，而且有些问题可能永远无法解决。从而督促少年正确对待生活中的各种问题，而不是盲目乐观。

新现实主义小说的兴起也反映着少年读者阅读需求的变化。社会的巨大变化似乎在一瞬间就将少年投入到一个他们几乎完全陌生的世界中去。这个世界不再有白色尖桩篱笆围绕的富人区、温馨幸福的家庭和热情友好的人们，而是充满着忽视、暴力、虐待、贫穷、歧视、疾病，等等。少年们困惑：他们在书中读到的那个世界是真实的吗？他们希望在小说中能了解到真实的世界，而不是虚假的幸福。就是在这种情况下，新现实主义少年小说应运而生。著名少年小说家诺玛·克雷（Norma Klein）的话很好地总结了作家的态度和少年读者的需求："让我们创作一些书籍……这些书籍展现一些可怕的问题，没有粉饰，没有谎言，没有逃避。年轻人会感激这些书，他们需要这样的书。"[②]

那么，新现实主义少年小说都有哪些特点呢？柯尔总结了新现实主义少年小说在人物、背景、基调、语言和风格五个方面的特点。[③] 下面，我们举例逐条说明这些特点。

首先是人物。人物不再是完美的，而且他们的出身不再局限于中产阶级家庭，也不仅仅是代表主流社会的白人少年，而是来自不同的阶层、不同的种族、不同的文化、不同的家庭结构，具有不同的社会经济背景。首先以《局外人》为例。小说中的主人公是来自下层社会的穷小子，他们的家庭或不

①Donelson, K. L. & Nilsen, A. P. *Literature for Today's Young Adults* (5th Edition), New York: Addison – Wesley Educational Publishers Inc., 1997: 82.

②Cart, Michael. *From Romance to Realism*. New York: HarperCollins Publishers, 1996: 275.

③Cole, P. B. *Young Adult Literature in the 21st Century*. Boston: McGraw – Hill Higher Education, 2009: 101 – 102.

完整，如波尼博伊，父母双亡，又如约翰尼·凯德，虽父母双全，却无人关心他。他们非但不完美，简直就是"坏孩子"，他们偷东西，打群仗，甚至有人蹲过监狱，如达拉斯。再看《妈妈，狼人和我》（*Mom，Wolf Man and Me*，1972）和《猪人》，两部小说中的女主人公都是来自单亲家庭。还有的少年主人公是少数族裔少年，如，《黑色棉花田》中的少女主人公是非裔，《龙翼》中的少年是华裔，《蓝色海豚岛》讲的是土著印第安少女的故事，《狼群中的朱莉》刻画的是爱斯基摩少女。

再来看背景。过去少年小说的背景往往是白色尖桩篱笆围绕的富人区和温馨幸福的家庭。而在新现实主义小说中这种背景不多见了。这类小说的背景往往是不完美的家庭，或是充满暴力的贫困社区。例如《局外人》中的主人公生活在环境恶劣的贫民窟，他们的家庭是破碎而贫寒的；《英雄不过是三明治》中的非裔少年生活在贫穷的黑人社区，《黑色棉花田》中的非裔少女生活在对黑人充满敌意的地方；在《巧克力战争》中，杰瑞上学的天主教学校是一个充满邪恶、暴力的学校。

第三个特点是基调的不同。小说的基调不再是永远乐观的。小说可能具有黑暗的基调或悲惨的结局。新现实主义小说一反过去快乐文学的式样，不再单纯以喜剧或浪漫形式写就，也不刻意追求大团圆的结局。《局外人》以两个孩子的死为结局：约翰尼在教堂大火中抢救其他孩子，被烧成重伤，不治而死；达拉斯无法忍受约翰尼的死带给他的悲伤，采取暴力手段发泄，被警察枪杀。《猪人》中的两个少年主人公亲历了待他们如父亲的皮格纳提先生的死亡。《巧克力战争》中的杰瑞因反抗学校里的邪恶势力被打得头破血流。

第四个特点体现在作品的语言。小说的语言为人物的真实语言，人物的身份和性格决定其语言。新现实主义小说中的语言不再仅仅是标准的书面语，而是少年在日常生活中真正使用的语言。口语化语言，非标准语言比比皆是，甚至脏话、下流的语言都可能出现在作品中。首先以《局外人》中"油头"（greasers）的一段话为例：

"Didya catch 'em?"

"Nup. They got away this time. The dirty..."

"The kid's okey?"

"I'm okey. I didn't know you were out of the cooler yet, Dally."[1]

这段话是典型的口语，用词和语法都体现出口语风格的特点。

---

[1]Hinton, S. E. *The Outsiders*. New York: Dell Publishing, 1967: 14.

包围着。父母不负责任的行为导致了他们与孩子之间的不和谐关系，给渴望父母爱护的孩子带来苦恼与困惑，使孩子失去了温暖的家。

其次是交朋友以及交往圈子里的问题。同龄朋友圈对于少年来说十分重要，因为少年处于从儿童向成年人转折的时期，同龄朋友圈是他们步入社会的准备期。在这个阶段中他们在情感上和心理上逐渐脱离对父母的依赖，因此他们需要一个朋友圈给自己一个归属感。如在《局外人》中，无论是东区的野小子们，还是西区的富家子弟，他们都需要自己的小圈子。特别是东区的野小子们，他们的家庭或不完整或不温暖，这个朋友圈几乎是他们的全部。在这里他们找到了温暖、关心和归属。但是同龄朋友圈未必都能提供温暖和归属，例如《巧克力战争》中的学生组织"守夜"。小说主人公杰瑞是"守夜"的一名成员。在一年一度的巧克力销售中，"守夜"一方面答应里昂老师帮助完成任务，一方面为了向老师示威又安排杰瑞连续十天拒绝自己的销售任务。十天过后，杰瑞决定继续拒绝这份任务。他因此成了"守夜"的眼中钉肉中刺，最终在"守夜"安排的所谓比赛中被打得头破血流。

第三，关于成长的问题，包括精神与身体两个方面。少年时期是身心均有明显变化和成长的时期。身体上的变化有时快得让少年感到难以适应。1970 年，朱迪·布鲁姆（Judy Blume）出版了一部小说《你在那里吗，上帝？是我，玛格丽特》（*Are You There, God? It's me, Margaret*）。这部小说主要关注少年身体方面的成长。少女玛格丽特担心自己成为班上最后发育的女生而受到歧视。如果少年提前发育，他/她也会感到难堪，如《未曾料到的发育》（*Unexpected Development*, 2004）中的少女主人公。她因为自己过早发育的乳房而感到纠结。问题小说也常常描写与身体相关的问题，例如体重问题以及导致身体超重的不正常饮食习惯。在现实中，一些少女心情不好时会大量吃零食，导致其体重猛增。而且身体发胖后，她们会受到同学们的嘲笑。小说《地球、我的屁股以及其他大而圆的东西》（*The Earth, My Butt and Other Big, Round Things*, 2003）中的少女弗吉尼亚就很胖，以至于同学们称其"怀孕了"。

除了身体上的变化和困惑，少年们情感或心理上的困惑也同样是作家们着力描写的内容。面对困惑时，一些少年甚至觉得生不如死，因此尝试自杀。作家的任务就是让少年认识到这样做的后果。《井蛙之见》（*Tunnel Vision*, 1981）中，15 岁的安托尼上吊自杀了。但作者主要展示的是其死亡带给亲人们的痛苦。有少年读者读了该小说后认为，对于阻止少年的自杀倾向，这本书十分有用。又比如，如果你发现你最尊重的亲人是罪犯，你该怎么做？《温柔的手》会告诉少年，小说主人公巴蒂是如何战胜自己情感上的困惑，做出正确的抉择，揭发了自己的外祖父，因为他是纳粹罪犯。

第四，与"性"相关的各种问题。少年处于情窦初开的年龄。性的逐渐成熟使少年开始意识到两性关系，并对"性"产生兴趣。因此，对"性"的好奇使其成为少年生活中关注的一个方面，并且可能影响少年的行为。同时，在当今社会，"有线电视中'性'的形象和信息雪片般飞向少年。……少年杂志也专注于'性欲'和'如何吸引异性'这些问题，而不是讨论'性'所带来的真正的问题和后果"。① 所以，少年小说不可能完全脱离与"性"相关的问题，原因之一就是前面所说的，在少年的生活中充斥着太多关于"性"的不正确信息。

在少年小说中，与"性"相关的问题，作家们描写最多的是强奸、同性恋、婚前性行为及未婚先孕。派克的《你独自在家吗？》（*Are You in the House Alone?* 1976）是关于强奸及其所导致的身体、情感、社会等方方面面的问题。金代尔的《我亲爱的，我的汉堡》（*My Darling, My Hamburger*, 1969）讲的是婚前性关系导致未婚先孕的故事。丽兹怀孕后，其男友西恩接受父亲的劝告和她分手，留下她独自一人品尝未婚先孕的恶果。《无脸的男人》（*The Man without a Face*, 1972）描写了一个14岁的男孩和一个成年男人之间微妙的同性恋关系。其他与"性"相关的问题还包括由"性"引起的疾病、乱伦，等等，这里不再赘述。但是有一点要强调："一本包含了'性'的内容的优秀少年问题小说，主要关注的是小说中的人物在这一方面的成长，而不是'性'本身。……这些书给少年提供的是对于'性'真实的考查和关于'性'的有益信息"。②

第五，与种族相关的问题。美国曾一直被称为"大熔炉"（melting pot）。但从20世纪以来，美国人口的构成一直在变化，如：1970年，出生在美国本土之外国家的美国人口比例是4.7%；到1990年，这个比例上升为8.6%。今天的移民为这个国家带来了不同的家庭价值观和宗教观以及对待教育的不同态度。③ 生活在这样一个多种族的国家，少年们不可避免地要面对与种族相关的问题，因此，这一类问题也成为"问题小说"的关注对象。

---

①Cole, P. B. *Young Adult Literature in the 21st Century*. Boston：McGraw－Hill Higher Education，2009：121.

②ibid，122.

③Donelson, K. L. & Nilsen, A. P. *Literature for Today's Young Adults* (5th Edition)，New York：Addison－Wesley Educational Publishers Inc.，1997：101.

在美国的少数族裔中占有最大比例的是非裔，因此有大量的少年小说描写非裔少年的生活：如《英雄不过是三明治》着眼于非裔少年在城市黑人社区的生活；而《黑色棉花田》则展现了 20 世纪 30 年代种族隔离严重的美国。小说中的非裔少年主人公面临的问题也多种多样：如《黑色棉花田》中是非裔美国人在争取生存尊严中所遭遇的歧视和迫害；《英雄不过是三明治》中本杰面对的是贫困的黑人社区、窘迫的生活以及自己吸毒的问题；《朋友》（*The Friends*，1973）中的少女要处理的是在新社区和学校中选择朋友的问题，等等，不一而足。

也有一些小说描写了其他族裔少年生活中的问题。如《龙翼》中的中国少年初到美国时遭遇了种种不顺，如受到当地少年的欺侮、经历了 1906 年旧金山大地震，等等。又如《离天堂一步之遥》（*A Step from Heaven*，2001）带我们走进朝鲜移民初到美国的生活以及他们所面对的语言障碍、文化冲突和经济上的拮据。还有《无家可归的鸟》（*Homeless Bird*，2000）向我们展开一个印度女孩的生活画面，她对自己的生活没有话语权，被迫嫁给重病的丈夫。

在描写与种族相关的问题时，作家们的创作也有了一个明显的变化。过去，如果少数族裔少年碰到主流种族的少年，他一定会遭遇敌意；而今天不同族裔的少年相处时可能还会有问题，但绝不仅仅是敌意的问题，也会有善意和合作。

那么，新现实主义小说的价值何在？笔者认为，它的价值主要体现在两个方面。

首先，它给美国少年小说带来了变化。金代尔的传记家弗曼（Forman）曾说，《猪人》和《局外人》的出版改变了美国少年小说。过去的美国少年小说是描写中学生体育、舞会等的模式化故事，结果也是可预料的；而新现实主义少年小说描写的是具有复杂思想的少年主人公处理真实问题，结果有时出人意料。新现实主义小说在题材、人物、语言、背景和形式等方面的变化使少年小说更贴近生活，更贴近少年读者。

其次，新现实主义小说对少年的成长有着积极的意义。笔者在一篇论文中曾指出：人的经历对人的成长有着重要影响，有时惨痛的经历会使人迅速成熟起来。但我们并不希望少年读者亲身经历这些惨痛的事情，但我们也无法保证他们的生活一帆风顺。问题小说在少年读者面前展示了各种问题，相当于为少年读者提供了间接遭遇、思考并处理这些问题的机会。柯尔认为，问题小说吸引少年阅读的力量令人难以置信。这些作品描写当代少年面对的问题，使少年读者将自己的生活与小说中的人物和事件联系起来。[1] 这样，小说人物相似的经历和遭遇会使少年读者的心理获得某种安慰，而人物处理问题的方式也会给少年读者以启示。

未来美国新现实主义少年小说或问题小说的走向会是怎样的呢？道诺尔森和尼尔森的预测是：少年面临的各种问题将仍旧是美国新现实主义少年小说的中心，但创作方式会有改变，也许会从纯粹的现实主义走向后现代主义。[2] 作家们将会继续创作问题小说，少年读者们将会继续阅读问题小说。但受到当代各种理论的影响，少年问题小说的形式会变得多种多样。少年小说创作者们会"与时俱进"，寻找新的方式去展现、描写少年生活中的问题，使美国新现实主义少年小说继续保持旺盛的生命力。

第二节　走进美国新现实主义少年小说

本节将以两位新现实主义小说代表作家考米尔和金代尔的代表作品《巧克力战争》和《猪人》为例，分别分析两部小说的主题和叙述特点，使读者对美国新现实主义少年小说得窥一斑。

一、《巧克力战争》：我是否敢将这世界扰乱

记者出身的罗伯特·考米尔可谓当今美国少儿文学界的一位重量级人物，他在美国少儿文学界引起的争议无人能比。这主要是因为他的小说坦率地审视了青少年的价值观和困扰他们的问题，并辅之以紧张的冲突、悬念和无可预知的情节和人物发展。他笔下的人物所面临的并非是少年文学作品中较常见的诸如约会的尴尬、家庭的矛盾和青春期发育等问题。他所描绘的是人性与社会机构中存在的邪恶以及面临腐败、滥用职权和妥协恶果的青少年。这样的作品在当今美国少年文坛并不多见。考米尔认为，作家若要保持创作力，必须敢于冒险；他的冒险的确值得：自 1974 年《巧克力战争》出版以来，他又陆续推出 15 部作品，其鲜明的主题，独特的风格，颇具匠心的艺术手法不仅为他在美国少儿文学界赢得了极高的赞誉，还为他捧回了众多奖项。仅

①Cole，P. B. *Young Adult Literature in the 21st Century*. Boston：McGraw – Hill Higher Education，2009：104.

②Donelson，K. L. & Nilsen，A. P. *Literature for Today's Young Adults* (5th Edition)，New York：Addison – Wesley Educational Publishers Inc.，1997：104.

《巧克力战争》一书便荣膺美国图书馆协会最佳少年图书奖、学校图书馆学报年度最佳图书、纽约时报年度杰出图书奖，此后，他又再度登上前两个奖项的宝座，其另两部作品也被评为美国图书协会优秀少儿图书。但最能体现这位大师的写作风格并奠定了他在美国少儿文学界顶尖地位的作品则非《巧克力战争》莫属，它被公认为美国少年问题小说，或新现实主义少年小说的典范。

所谓"问题小说"是指描写当代美国少年所面临的问题的现实主义小说。美国少年文学专家尼尔森和道诺尔森为其定义如下："问题小说集中描述不幸的事件或生活经历，如一场事故、严重的疾病、家庭问题、身体受伤致残、社会压力、吸毒或酗酒等，这些事件或经历对一个乐观的人来说是难以想象的。"① 导致《巧克力战争》中少年主人公杰瑞所遭遇的不幸事件和生活经历的则是个人与社会的冲突问题，这是他步入社会之前所接受的深刻一课。

就读于天主教会男子学校的杰瑞是地下学生组织"守夜"的一名成员。在一年一度为学校筹措资金的巧克力销售中，"守夜"答应了里昂老师，帮助完成无论是数量还是价格都比前一年增长一倍的销售任务。同时，为向里昂老师显示他们的威力，"守夜"吩咐杰瑞在销售开始后的前十天拒绝销售他的那一份。但十天过后，杰瑞却仍然保持原来的态度，倔强地吐出一个"不"字。一时间，他成了众人眼中的英雄，但这无疑威胁到"守夜"和里昂老师的权威地位。于是他们用计使销售巧克力成为一件人人热衷的事情，因此杰瑞自然成为不合于众的孤家寡人，他的勇于坚持也成了哗众取宠。但在这场一个人的战争中，杰瑞始终没有屈服。他孤军奋战，最终倒在了擂台上。

可以说"邪恶"是每位读者掩卷后对该书留有的最深刻印象。"邪恶"是考米尔最关注的问题之一，也是该书的主题之一。英国批评家汤森德（Townsend）曾如此评价考米尔的小说："考米尔的小说在我看来似乎……在暗示'正派'已失败，而邪恶是巨大的，并将普遍存在。"② 《巧克力战争》之所以不同于其他少年小说，正是由于考米尔的创作使人们看到在少年的生活中也存在着邪恶。

邪恶充斥了书中的每个角落，在多数人物身上有着不同程度的体现，这也是该书最有争议的地方。作者开篇便为整部作品定了基调——"他们杀了他"。杰瑞的结局的确是差一点儿就被打死。可以说，考米尔正是通过杰瑞所

---

①Nilsen, A. P. and Donelson, K. L. *Literature for Today's Young Adults.* New York: Harper Collins Publishers, 1993: 101.

②Cart, M. *From Romance to Realism.* New York: Harper Collins Publishers, 1996: 184.

经历的这一不幸事件在这本书中刻画了一幅打着"恶"的深刻烙印的众"生"之相。就连学校的名字"Trinity"都极具讽刺意味。"Trinity"本指圣父、圣子、圣灵三位一体，然而这所天主教会学校里的学生却似乎并没有把耶稣摆在一个神圣的位置上。对于"守夜"的首脑阿奇来说耶稣只不过是个在俗尘行走了33年（他被钉死在十字架时33岁），除了能引人奇想外，与别人毫无二致的家伙。

这个小社会秩序混乱，个人毫无秘密可言；抽屉也不必上锁——因为总会有人撬开；你的东西可能随时被人顺手牵羊地"借"走；车里的汽油有时也难免被盗。学生们最热衷的便是拿老师恶作剧。阿奇正是由于这方面的"天分"而稳坐"守夜"的首脑位置——他总能想出一些新奇的点子让成员们佩服得五体投地。例如有一天，他派古勃把19号办公室里桌椅上的螺丝全部拧松，只差一点儿就掉下来。老师一碰所有东西都稀里哗啦散了一地。老师受了惊吓，他却洋洋自得，将此举誉为自己的大手笔。

如果说阿奇代表了学生之中所存在的恶，那么里昂则是教师中恶的化身。表面看来，这是一个面色苍白，乐于逢迎的人。但这仅是惑人的假象。在课堂上，他完全是另外一副"尊容"：嗓门又细又高，语出恶毒。他总是像眼镜蛇一样吸引你的注意力，但用的是四处挥舞的教鞭，而非毒牙。他喜欢控制一切，就连课堂的气氛也总是随着他的情绪或阴或阳。在校长生病期间，他这个代理便是这个世界的至上主宰。所以，当杰瑞的"不"字一出口，"城池陷落。大地崩裂，行星倾斜，星星下坠。然后，可怕的寂静。"①

学生的恶与老师的恶有许多相似之处：他们都对人性的弱点有着深刻的了解，也知道人有着委曲求全的劣根。故而他们常利用人性的软弱将他人玩弄于股掌之间。里昂利用代数是阿奇的弱项而自己又是此课的任课教师这一点，使后者答应帮他销售巧克力；阿奇则利用里昂有求于己的机会，在答应之前迫使里昂同意使"守夜"合法化。当杰瑞的反叛危及两人的地位时，他们便默契地形成了一个同盟。

面对如此之邪恶的势力，势单力薄的杰瑞无疑只能成为其牺牲品。这又是《巧克力战争》不同于在它之前出版的美国少年现实主义小说的另一特点。创作于20世纪60年代及70年代初的美国少年现实主义小说深深地植根于19世纪美国现实主义传统之中，作品中所反映的对世界的看法在本质上是乐观的，即相信靠人的自由意志的力量，善必将战胜恶。而考米尔的创作却不同

①Cormier, R. *The Chocolate War*. New York: Dell Publishing, 1974: 89.

于这种现实主义传统，而更接近自然主义传统，即视人为社会和自然力量的牺牲品。从杰瑞决定继续拒绝销售巧克力的那一刻起，他就成了众矢之的。他的决定无疑是以卵击石，他的结局也必定悲惨。艾米尔及其同伙"赐"他的那场"拳雨"已然拉开了悲剧的序幕，为复仇给自己寻个公平，他答应阿奇与艾米尔较量拳击，从而彻底将自己送上了一条不归路。这场由阿奇设计的比赛要求参赛双方按观众的意愿出拳，能将对方击倒的那拳的票主可获得百元奖金和杰瑞那未售出的 50 箱巧克力。嗜血与贪婪的本性促使人们把彩票抢购一空。在睽睽众目之下和疯狂的呼喝声中，杰瑞被打得颌骨碎裂，遍体鳞伤，几乎送命。

杰瑞的不幸遭遇和惨烈结局无疑同美国少年文学现实主义传统的乐观态度大相径庭，是对《巧克力战争》发表之前的美国少年文学传统的出篱和反叛，因为考米尔"既没有通过提供一个虚假的给人希望的结尾以向现实妥协，也没有只是为读者留下一个可以想见其欢乐结局的想象空间而逃避。而在他之前，多数面向小读者创作的作家都是在这两者之间择其一而行之"。①

当考米尔选择用杰瑞的悲剧说明少年的生活并不总有幸福的结局，并把"绝望"的概念引进少年文学创作之时，他就彻底地"扰乱"了美国少年文学的乐观世界。他的这一举动势必在美国少儿文学平静的湖面上激起轩然大波。反对的声音此起彼伏。例如评论家伯格娜尔（Bagnall）就认为只描写事物的野蛮和疑难并不比早期只展示生活中的甜美与理想主义的故事更具现实色彩。"书中的言语、行为和人物形象只揭示了丑恶，而善良与尊严并未得到应有的回报，对他人的爱和关怀在这里统统被忽略，整部小说弥漫着一种无望的气息……这本书不适合青年人阅读，因为它展示的是扭曲的事实，因为它缺少希望。"② 而这种扭曲与无望在她看来对青少年是有百害而无一利的。

与此针锋相对的是对考米尔的支持。例如英国评论家佩罗拉斯（Pelorus）认为考米尔的真正目的在于让少年看到人类的某些行为的后果，而不是去选择书中人物所面对的无望结局。③ 作家本人在接受记者采访时也曾说："一些评论家只看了结局就认为我的作品太悲观，并说'瞧！这可怜的孩子挨了毒打，已经丧失他的意志了。'但他们忘了这之前所发生的事：他全心努力了。

①Nilsen，A. P. and Donelson，K. L. *Literature for Today's Young Adults*. New York：Harper Collins Publishers，1993：108.

②Bagnall，Carter and Harris. Contemporary Literature Criticism. *Gale Research*，1985（Vol. 30）：84.

③Campbell. *Presenting Robert Cormier*. New York：Dell Publishing，1985：59.

而对我来说，这一点一直是最重要的。"① 也就是说，希望是有的，但是，要我们自己去创造的。

　　毋庸置疑在这场双方力量对比悬殊的交锋中，杰瑞是勇敢而坚强的。但他并非自始便有意将自己置于同群体对立的地位。对于处于脱离童年进入转折期的少年，理想与现实的差距、自我与社会的冲撞会使他们"出现某些心理失衡现象：困惑、抑郁、羞怯、怀疑，有时则形成弥漫心间莫可名状的寂寞孤独感，甚至把自己同外部世界分开",② 使他们看来似乎是游离于社会之外的局外人。但杰瑞并不是那种特立独行、与社会格格不入的叛逆者；恰恰相反，他是想融入集体中去的。母亲去世了，同时也带走了父亲的生气和热情，母亲的葬礼是这对父子最后的亲密时刻。生活在这样一个缺少关爱的家庭，杰瑞只能到学校里、同学间去寻找接受和认可。所以，为加入到学校篮球队中去，瘦骨嶙峋的他在膝盖、胃和头部同时受到猛烈的攻击倒地之后，仍然忍着巨大的痛楚站了起来，成功地通过了教练的考验，成为球队的一员。此外，他也并非是一个愿意与人一争高下的人：教练的唾液喷在脸上，他想抗议，说出来的却是"我没事"。"因为他是个口不对心的胆小鬼，打算的是一回事，做出来的却是另一套。"③ 等车时，嬉皮士看他穿着校服中规中矩的样子取笑他。他却逃也似的上了车，只因他憎恨与人对峙。与其他少年一样，杰瑞也有自己的梦想，有着对女孩儿的神秘向往；在体育馆换衣间的柜子里，他放着自己喜爱的海报，上面印着大诗人艾略特的名诗"普鲁弗洛克的情歌"中的名句"我是否敢将这世界扰乱"。然而就是这样一个不愿无事生非，又似乎有点懦弱的纤弱少年做出了惊人之举——他竟敢违抗老师与"守夜"的意愿拒绝销售巧克力！当然他做出选择的过程是十分艰难的，不仅因为这是对自身性格弱点的挑战，更因为他所面临的对手的强大和邪恶。

　　其实，最初连杰瑞自己也不知道为什么要拒绝。本来他是一直盼望着任务结束，可以重新过上正常生活的这一天的："他盼着这一切折磨早日结束，然后这个可怕的'不'字就随口溜了出来。"④ 他开始审视自己，想到了那个曾讽刺过他的嬉皮士对他说过的话"你错过了这世上的许多东西"；他想到了里昂老师无中生有，逼迫成绩全优的同学贝利承认自己考试作弊的情景。贝利事件使他领悟到不反抗便是姑息纵容的道理。于是他反抗了。

①Campbell. *Presenting Robert Cormier*. New York：Dell Publishing, 1985：63.

②吴继路：《少年文学论稿》，北京：首都师大出版社，1994：13.

③Cormier, R. *The Chocolate War*. New York：Dell Publishing, 1974：8.

④ibid, 92.

作为唯一一个不肯向强权低头的人，杰瑞的坚强与执着仿佛昭示了他人的懦弱与猥亵，于是有人愤怒了：骚扰电话不断；半夜有人在他的窗外狂呼怪叫；球鞋被划破；作业被偷走；球场上受攻击；他喜爱的海报上被泼了墨水，"我是否敢将这世界扰乱"几个字变得支离破碎、残缺不全……。在这个他一心想得到认同的小世界里，他四处碰壁，寸步难行，因为他成了公众的敌人。敢于挑战世界的结果却是他自己的世界被搅得如同一团乱麻。他望着海报一遍一遍地问自己"我是否敢将这世界扰乱"。当所有不公平遭遇在他头脑中一一闪现时，他再一次下了决心，果敢而坚决："是的，我敢！"此时，"他所采取的立场已超出了出售巧克力这一事件的局限"。① 杰瑞虽然倒下了，但他抗争过，他成长了，这才是最重要的。

使考米尔感到欣慰的是，少年读者们对该书的反应是积极肯定的。来自麻省格兰顿学校的学生来信以及发生在那里的事情是再好不过的明证。由两位学生执笔、38人签名的信中说道："高中生不一定只有打开书本才会接触到比《巧克力战争》所描绘的更险恶的事情。到任何一间公厕，你都会看到更为猥亵的文字……你们无法避免让我们听到这样的事，除非把我们禁闭起来。我们并不认为《巧克力战争》会让我们挑战父母与老师的权威，那些不尊重师长的同学，并不是因为读了类似《巧克力战争》这样的小说才变成那样的。"当学生们决定为支持这本小说写请愿书时，有同学说，每人都应在请愿书上签字。另外一位同学则站起来说："等一下。如果我们坚持每个人都必须签的话，我们岂不是在做和《巧克力战争》中一样的事情，还是别强迫任何人了吧。"② 这件事令人振奋，因为它说明学生从书中有所收益，并将其转化为自己的行动。

评论家卡特和哈里斯说："此书更多关注的是残暴的本质以及它得以实现的原因。尽管它表现了正直的个体在一个无助、腐败、沉闷的社会里无法生存，但并不说明这种结局不可避免。"③ 格兰顿学校孩子们的反应让我们看到杰瑞的结局是可以避免的，而考米尔的努力正是为了避免这种结局。最令考米尔兴奋的是他1995年获得了加州小读者奖章，这是全部由青少年自己投票产生的，它意味着青少年已接受了他讲给他们的借以展示人类严酷真相的诚实与正直。

经历了众说与纷纭，风风和雨雨，考米尔为自己冲出了另一条蹊径，并

①Campbell. *Presenting Robert Cormier*. New York：Dell Publishing, 1985：50.
②ibid, 56.
③Bagnall, Carter and Harris. Contemporary Literature Criticism. *Gale Research*, 1985（Vol. 30）：86.

为美国少年文学增加了新的维度，萨顿（Sutton）的评判贴切地概括了他的特色："考米尔，毫无疑问地，已然成为少年文学所有优劣的象征。"①

二、《猪人》：双视角叙述

美国著名作家，普利策文学奖获得者保罗·金代尔自从 20 世纪 60 年代以来一直致力于少年文学创作，乐此不疲而且作品颇丰。在数篇力作中，《猪人》一直受到青少年的青睐，同时也得到文学界的认可。《猪人》一书先后被评为 1960 –1974 年出版的少年文学作品"最中之最"；1968 年度"最杰出的少年文学作品"及 1969 年"波士顿全国号角图书奖"。尼尔森和道诺尔森在《当代少年文学》中评论，"保罗·金代尔的《猪人》犹如旋风刮进了少年文学文坛中，因为他一改过去少年文学的文风，创立了全新的少年文学类型。"②

小说《猪人》采用倒叙手法，通过男女主人公——两个十几岁的高中生约翰和罗琳的视角，共同回忆了他们刚刚经历过的一场人生悲欢离合。恶作剧制造者约翰与不太自信的罗琳由于类似的家庭环境使他们成为无话不谈的好朋友。无聊中为了打发时间他们做了一个"电话马拉松"游戏，即随便拨出电话号码后，看谁能与对方聊的时间最长。就这样无意中他们结识了一位叫皮革奈特的孤独而善良的老人。由于老人的最大嗜好是收集各种各样的小猪饰品，所以约翰和罗琳戏称他为"猪先生"。在交往中，皮革奈特就像父亲一样关心和爱护着这两个心灵上无所寄托的孩子；约翰和罗琳也弥补了这位老人丧偶后的孤独与寂寞。在一次嬉戏中，老人心脏病发作被及时送到医院。约翰和罗琳帮助照顾老人的家。约翰突发奇想，要在老人回来之前在家里办一个晚会。晚会异常地热闹，但是气氛很快被他们的朋友诺顿这个不速之客的到来打破了。接下来的是殴斗和混乱，最后使"猪先生"的收藏品毁于一旦。恰巧这时老人出院回家，目睹这一切，悲痛欲绝。约翰和罗琳为了弥补错误，主动要求陪同老人去动物园看他的狒狒老朋友。谁料狒狒由于得肺炎刚刚死去，噩耗传来，老人无法接受接踵而来的打击，终于一命呜呼。作者在这里写下了凝重的一笔，目的是能唤起两个孩子的责任感，从而深化了主题——成长是需要付出代价的。

显然，小说《猪人》的主题是成长，因此也可以称这部小说为成长小说。大多数成长的主题都是描写青少年成长过程中经历某个特别的事件（往往是

①Schwartz, T. Teenagers' Literature. *Newsweek*, 1979（July, 16）：88.

②Forman，Jack J. *Presenting Paul Zindel*. Boston：Twayne Publishers, 1988：14.

不幸的事件）或特殊遭遇后，对人生、社会和自我的认识有了突飞猛进的变化，最后脱胎换骨，成熟起来，完成了青少年走向成年的社会化进程。① 约翰和罗琳在经历了与老人皮革奈特先生的生离死别之后，突然产生顿悟，从而完成了一个由不谙世事的顽童变为勇于承担社会责任的青年的过渡。

　　除了小说所表现的内容和主题，《猪人》的表现方式同样值得探讨。成长小说因其叙事方式的某些独特性大多都很难走出叙事的困境，但是该如何解释《猪人》的巨大艺术叙述魅力以及它充斥字里行间的"张力"呢？这里我们借助叙述学的理论，从三个方面探讨这本小说叙述视角的特点，以及这些手法表现和深化主题的功能。

　　第一个特点是采用第一人称叙述，启用作为经历者与观照者的叙述者"我"。

　　大凡优秀的成长小说都使用第一人称叙述，如马克·吐温的《哈克贝利·费恩历险记》、塞林格的《麦田里的守望者》等都使用少年的口吻叙述自己，回顾过去，不仅真实亲切，而且这种现在的"我"和过去的"我"交替出现，主人公在某种经历中获得的顿悟和成长常被比较明确地叙述出来，一个更成熟、更有理性的人物讲着自己成长的道路，从而起到深化主题的作用。

　　小说《猪人》正是采用第一人称"我"进行叙述，小说一开始约翰就跳出来开始对读者倾诉"我讨厌上学，我讨厌世上所有的一切"。一个鲜明的活脱脱的叛逆形象立刻跃然纸上。如上所述，使用第一人称叙述的最大好处，首先在于真实感强。如美国作家塞米利安所说，采用第一人称的小说有一种仿佛是某人真实的生活经历的如实写照而不是一篇虚构故事的幻觉。② 由于"我"的出场，整个故事有一种"不由你不信"的意味。伴随着这种真实感而来的，是一种亲切感，既没有距离，也不显得居高临下，叙述者如同是在同朋友促膝恳谈，真诚，坦白。尤其对于青少年读者来说，这个"我"可能就是生活中的一个真实的朋友，甚至可能找到自己的影子，读起来自然倍感亲切。

　　由于这种亲切感，第一人称叙述特别适合于心理忏悔和反思，因为人称本身就具有一种独白性。在《猪人》中，当皮革奈特从医院返回，意外地发现自己的家被这些孩子弄得狼藉一片并看到罗琳穿着他死去的妻子的衣服时，他站在那里，脸上再也没有往日的微笑，最后拿起妻子的衣服拖着沉重的步伐走上楼。从他抖动的双肩中看出他在哭泣。罗琳在反思这一幕时忏悔不已：

---

　　①芮渝萍．美国文学中的成长小说．四川外语学院学报，2000，（4）：28.
　　②塞米立安．《现代小说美学》，宋协力译．西安：陕西人民出版社，1987：54.

"当回想起在皮革奈特家发生的事时，我的泪水禁不住滚落下来沾湿了枕边。他会认为我们故意冒犯他吗？故意拉坏他妻子的衣服吗？还有他那珍贵的与他妻子一起积攒的小猪。我想打电话告诉皮革奈特先生，我们不是故意的，我们没想到会是这样。我们只是想玩玩。哎！玩玩。记不得哪本书上写过：一只小猫在玩一个橡皮球，它藏在椅子腿后面；两眼盯着球；然后偷偷地接近它……，猫知道它只是在玩……猫就是靠这种不断的练习来保持它生存的能力的，所以有时候'玩'是为了自然的进化，为我们日后的生活做准备的。"①

可见罗琳在反思忏悔中也悟出几许人生哲理。同样约翰在回忆中也曾不止一次地忏悔"猪人"的死他们是要负责任的。

同时，小说采用第一人称塑造两个叛逆的青少年形象是有一定用意的。因为叙述者"我"的任何一点优越感都将导致叙述接受渠道的堵塞，使读者在阅读心理上产生拒斥力。小说回避这一弊端的方法是可以让多少具有否定性的人物作为故事里的主角出现。大量事实表明，第一人称写正面人物，远不如以第一人称写反面人物，因为没有一个十恶不赦的坏蛋会对自己的行为产生负疚感，歹徒和流氓也从不把自己看作罪人。他们自己的本能使他们总是从自己的角度出发，用各种虚假的口实将自己包裹起来；而人性的弱点也会让他们屈服于各种情欲之下，在浮夸与矫情之中自我暴露。这样，以第一人称写反面人物会达到批判讽刺的艺术效果。而当作品中的"我"是一个自吹自擂的人时，讽刺也就自在其中了。所以，盖利肖中肯地指出："要让小说人物讲一个对自己不利的故事，你就让他做主角——叙述者……"。② 这样处理的目的自然是为了避免使叙述者陷入自我中心主义的窘境。那么就需要叙述者自我解构。这种自我解构可以通过自我批评与自我揭丑来实现。如《猪人》里约翰这样说道：

"在高一时，大家叫我'浴室轰炸机'。其他的人忙着竞选班长、秘书长或实验室负责人，而我却被选为'浴室轰炸机'，他们这样叫我是因为我过去常在浴室里放炸弹。在我厌倦这类小把戏决定痛改前非之前，我竟投了 23 枚炸弹。"③

在这段描写中，这种坦诚率真的处理不仅显得朴实，而且也成功地回避了第一人称叙述中的自我中心倾向，"欲擒故纵"地塑造了一个不无缺点但可

①笔者译自 Paul Zindel. *The Pigman*. Bantam Books. 1968：134.
②盖利肖：《小说写作技巧二十讲》，北京：北京十月文艺出版社，1987：81.
③笔者译自 Paul Zindel. *The Pigman*. Bantam Books. 1968：1.

亲可近的青少年形象。

罗琳在叙述自己的形象时幽默地自我解嘲道:

"我与约翰一起请假旷课,迪尼(一直追求约翰的漂亮女生 ——笔者注)是不会嫉妒的。人们不会嫉妒像我这样的女孩。我是那种老板的妻子喜欢的,并愿意为自己的丈夫雇佣为女秘书的人。而迪尼是那种老板的妻子无论如何都不会雇佣的女孩。"①

这段文字充满着调侃与善意的嘲笑。这种解构是通过肖像描写上的"自我揭丑"来实现的。

第二个特点是采用弥补第一人称缺憾的双视角。

第一人称的叙述由于它的"亲历性"而带来莫大的优势的同时,不可避免地陷入另一种局限。"我"一诞生就意味着一种限制与相对的封闭。叙述者"我"只能自始至终地站在同一个地方,坚守自身的价值判断,而得不到任何的补充和修正。而《猪人》采用的双视角恰恰弥补了这一缺憾。

为了克服第一人称叙述角度的局限一面,突出其有利一面,《猪人》采用两个"我"的叙述角度。两个"我"作为交叉的线索展开叙述,以加强抒情的感染力和艺术的真实性。在这篇小说中,作者采用约翰和罗琳的视角交替叙述。例如,在《猪人》第一章,以约翰的视角介绍了时间、人物和事件,同时设置了"猪人"之死的悬念。而在第二章中,罗琳闯入了读者的视线。她叙述道:

"我本不应该让约翰写第一篇,因为他总是潜意识地歪曲事实,首先我要更正的是我没气喘吁吁,也不会得什么血塞。我只是想把几个月前发生的奇怪的事情趁我记忆犹新时写下来。……"②

罗琳的突然闯入并没有给读者造成阅读的障碍,而是欣然接受了女主人公并期待着故事的推进及悬念的解决。这样叙述者在他/她的叙述中成功地抓住了读者,吸引了他们的注意力,唤起了他们的兴趣。因为"我"作为一个具体人物无法进入另一个人的内心深处,他这样做充其量只能是推测而无法确切地予以肯定。所以单纯的第一人称"我"在叙述中会自觉不自觉地将客观描写转化为主观陈述。而双视角会尽可能从不同角度弥补它的主观陈述倾向。在这部小说中,当约翰是观察者和叙述者时,罗琳则是被叙述者;当罗琳是观察者和叙述者时,约翰则是被叙述者。当约翰不在场或不知情时,罗琳会马上弥补;当罗琳不在场或不知情时,约翰会马上补充。通过不同的目

①笔者译自 Paul Zindel. *The Pigman*. Bantam Books. 1968:45.
②笔者译自 Paul Zindel. *The Pigman*. Bantam Books. 196:6.

光审视，小说的真实性又一次被营造出来。如在《猪人》里有一段由约翰和罗琳分别描述图书管理员瑞林小姐。在约翰的章节里他是这样描述她的：

> "我最好是说一下我们为什么叫瑞林小姐'蟋蟀'，她是弗兰克林高中图书管理员……瑞林小姐略微有些发胖，但这不妨碍她穿紧紧的裙子。她走起路来，尼龙袜子会磨得咔嚓咔嚓响。这就是为什么叫她'蟋蟀'的原因。如果她在体育馆里教课，没有人会听出来这声音。但是她是图书管理员，你能听到她每走一步弄出的声响。"①

而在罗琳叙述章节中，罗琳用细腻的笔触弥补了约翰所未能观察到的。

> "我打字的时候，瑞林小姐经过我身边微笑地看着我。她的确是个好人，尽管她的衣服有点紧，走起路来尼龙袜子会发出咔嚓咔嚓的响声。但是她的确不是为了性感或其他什么。如果你看到她，你就会知道。也许她没钱买新衣服或是舍不得把旧衣服扔掉。谁知道她有什么困难呢？也许家里有生病的母亲。……"②

可见两个人的视角弥补了单一"我"的局限与封闭。通过两个人不同侧面的观察刻画出一个多层次、多侧面的立体人物。这样的肖像既具备一定的客观特征，又熔铸了叙述主体的感情烙印，成为主客观统一的有机整体。小说整个场面就给人以多变中得统一，散乱中见和谐的立体感。③

第三个特点是利用叙述者的不可靠性为主人公的成长做铺垫。

在现代作品中，第一人称叙事往往不可信赖。叙述者本身知识的局限性、视角的有限性决定他或她难免要犯这样或那样的错误。所以叙述者有时是不可靠的。布斯曾提出"可靠"与"不可靠"的叙述者，前者表现为叙述者的信念、规范与作者一致；后者与作者的信念、规范完全背离或截然对立。④ 这个"不可靠"的叙述者自身有明显缺陷，他冷嘲热讽、故意欺骗，但他表面上所要否定的东西恰恰是作者要肯定与赞美的东西。形成作者与叙述者之间的距离，所以读者不能相信"我"所说的每句话。就像《麦田里的守望者》的主人公霍尔顿，如果读者不能透过话语的迷雾看到文本叙述者所要表达的实质，不能体会到"我"（霍尔顿）的叙述与现实之间的差距，不能看到霍尔顿满嘴粗话背后他自己都没有意识到的脆弱，那么这个读者就是完全失败的读者。

---

① 笔者译自 Paul Zindel. *The Pigman*. Bantam Books. 1968：5.
② 笔者译自 Paul Zindel. *The Pigman*. Bantam Books. 1968：8.
③ 张德林：《现代小说美学》，长沙：湖南文艺出版社，1987：104.
④ W·C·布斯：《小说修辞学》，华明，胡晓苏，周宪译. 北京：北京大学出版社，1987：10.

从这种意义上说，《猪人》中的叙述者也有他们"不可靠"的一面。当约翰说"我是个疯子、傻瓜"时，读者应认清他所要表达的实质。约翰虽然在学校里常常是恶作剧的制造者，如在浴室放炸弹、在桌子上乱涂乱画、旷课等等。表面上看，他是不可救药、疯疯癫癫的堕落少年，但他是有理智的，他一直在思考，渴望独立，渴望被理解。只是在寻求独立时迷失了方向，错误地认为吸烟、酗酒代表着某种独立。

> "过去爸爸总会说'约翰这小子能喝点啤酒呢！'我十岁的时候，爸爸总是在外人面前炫耀我一番。我就会把屋子里所有啤酒杯子里的啤酒喝光。我的表演会让在座所有的人笑弯了腰。这是我唯一能得到大家关注的时候。"①

后来当约翰遇到"猪人"，在他爱的感召下，他的价值观和世界观渐渐地改变了，他变得越来越关心他人，越来越有责任心，越来越成熟了。罗琳感受到约翰的变化，她承认原来的约翰是不会做倒垃圾这样的活的，但是当"猪人"出院之前，约翰为了给老人一个惊喜，主动打扫房间。在小说的结尾，约翰终于承认吸烟和酗酒是会让人死掉的。从这些变化中，读者也会感受到约翰作为叙述者，其不可靠性说明了他的不成熟，而其可靠的叙述则说明其成长。

同样，罗琳在小说中反复强调自己的外貌有多龌龊，以至于她害怕别人看她。其实这段叙述的背后并不是强调罗琳的外貌如何，而是说明她缺乏自信。罗琳两岁时，父亲抛弃她们母女不辞而别，罗琳始终生活在母亲这段不幸婚姻的阴影中。母亲憎恨所有的男人，并且压抑着罗林对美的追求。母亲每天至少一次要对她的形象品头论足：

> "'罗琳，你长得不漂亮，但也不能走路弓着腰驼着背；你的头发最好剪短，别让它乱糟糟的；你越来越胖了；你的衣服穿得太可笑了……'如果我把她说的话综合到一起，你一定会认为我是个怪物。"②

在经历与"猪人"相处的日子后，罗琳才慢慢拾回自信，重新审视自己。她会带上她的弗兰克林太阳镜，为的是吸引别人的目光。罗琳的成长是通过她作为叙述者在可靠性的变化上得以体现的。

对于不可靠叙述者，读者在开始时总是与叙述者有距离，甚至会厌恶、鄙弃他们。但随着叙述的展开，这种距离会逐渐缩小，读者也随之把握到隐于其后的信念与规范。这时，要么读者背离叙述者的信条与规范转向作者，

---

① 笔者译自 Paul Zindel. *The Pigman*. Bantam Books. 1968：84.
② 作者译自 Paul Zindel. *The Pigman*. Bantam Books. 1968：77.

要么三者达到某种一致。布斯认为，开始距离大而结局则趋于同一，是现代小说最理想的距离控制模式。① 保罗·金代尔就充分地把握了这种距离，使读者、作者、叙述者在结局时趋于同一。

布斯认为视角的选择"是一个道德选择，而不只是决定说故事的技巧"。② 少年文学与成人文学的主要差别在于少年文学更侧重于道德教育，侧重于反思。少年阶段是自我意识觉醒阶段，随着身心的成长，正在经历一个由"自然人"向"社会人"的演变过程，对父母的依赖性、从属性减少，而自主自立的意识，个性的意识大大增强。他们学会重新审视自己，在反反复复的肯定和否定中进行反思反省，克服此间产生的种种困难。并且在尝试调整自我，从而在自身和周围环境趋于平衡的时候，他们才能宣称自己的独立。然而在这个蜕变的时期，独立性与依赖性并存，开放性与闭锁性交叉，需求的众多与满足的有限，理想的浪漫与现实的蹉跎，常使青少年困在精神之网里，快乐的、蓬勃的、进取的少年生活，也每每呈现负面：即犹豫的、寂寞的、困惑的境况。所以这一时期他们有强烈的心理需求。根据青少年的心理需求和接受能力，少年文学作品往往赋予一些基本、普遍的道德观念。《猪人》用其独特的艺术视角描写约翰和罗琳在成长历程中的焦虑与彷徨的同时，也歌颂了其高尚的道德情操。这种道德教育是寓于感染力较强的艺术形象之中的。作品中两个主人公"我"作为少年，那音容笑貌和心态变化，被作家描写得栩栩如生，诙谐风趣，由此将欢愉和悲伤、优雅和崇高编织在一起，使少年在体验种种情感，欣赏种种情景变化的同时，潜移默化地得到良好的道德教育。

保罗·金代尔的所有少年文学作品中都有一个永恒的主题：让青少年先学会如何尊重自己，真正表达自己，然后认识到自己行为造成的社会和道德后果，最后拥有爱别人的能力。保罗·金代尔曾说："我的主人公会学到经验教训，我也同他们一样学到了经验教训。"③ 的确，他在《猪人》中采用的叙述视角使读者不仅领略了艺术的魅力，也从主人公的成长过程中学到了某种"经验教训。"

---

①W·C·布斯，《小说修辞学》，华明，胡晓苏，周宪译．北京：北京大学出版社，1987：9.

②ibid，15.

③Forman，Jack J. *Presenting Paul Zindel*. Boston：Twayne Publishers，1988：13.

本章主要参考文献

1. Bagnall, Carter and Harris. Contemporary Literature Criticism. *Gale Research*, 1985 (Vol. 30).

2. Campbell. *Presenting Robert Cormier*. New York: Dell Publishing, 1985.

3. Cart, Michael. *From Romance to Realism*. New York: HarperCollins Publishers, 1996.

4. Clark, Beverly L. *Kiddie Lit*. Baltimore: The John Hopkins University Press, 2003.

5. Cole, P. B. *Young Adult Literature in the 21st Century*. Boston: McGraw – Hill Higher Education, 2009.

6. Cormier, R. *The Chocolate War*. New York: Dell Publishing, 1974.

7. Donelson, K. L. & Nilsen, A. P. *Literature for Today's Young Adults* (5th Edition), New York: Addison – Wesley Educational Publishers Inc. , 1997.

8. Falconer, Rachel. Young Adult Fiction and the Crossover Phenomenon. David Rudd, ed. *The Routledge Companion to Children's literature*. London and New York: Routledge, 2010.

9. Forman. Jack J. *Presenting Paul Zindel*. Boston: Twayne Publishers, 1988.

10. Frey, Charles H. & Lucy Rollin ed. *Classics of Young Adult Literature*. Upper Saddle River: Pearson Education, Inc. , 2004.

11. Grenby, M. O. *Children's Literature*. Edinburgh: Edinburgh University Press, 2008.

12. Herz, Sarah K. *From Hinton to Hamlet*. Westport: Greenwood Press, 1996.

13. Hinton, S. E. *The Outsiders*. New York: Dell Publishing, 1967.

14. Moore, John N. *Interpreting Young Adult Literature*. Portsmouth: Boynton/Cook Publishers, 1997.

15. Schwartz, T. Teenagers' Literature. *Newsweek*, 1979 (July, 16): 88.

16. Soter, Anna O. *Young Adult Literature and the New Literary Theories*. New York: Teachers College Press, 1999.

17. Tomlinson, C. M & Lynch – Brown, C. *Essentials of Young Adult Literature*. Boston: Pearson, 2007.

18. Zindel, Paul. *The Pigman*. New York: Bantam Books. 1968.

19. Zipes, Jack. *Happily Ever after*. New York: Routledge, 1997.

20. 布斯，W·C·《小说修辞学》，华明，胡晓苏，周宪译. 北京：北京大学出版社，1987.

21. 盖利肖. 小说写作技巧二十讲. 北京：北京十月文艺出版社，1987.

22. 芮渝萍. 美国文学中的成长小说. 四川外语学院学报，2000，(4).

23. 塞米立安. 现代小说美学. 宋协力译. 西安：陕西人民出版社，1987.

24. 隋红升. 再访"问题小说"，《青少年成长的文学探索》. 北京：外语教学与研究出版社，2011.

25. 吴继路. 少年文学论稿. 北京：首都师大出版社，1994.

26. 张德林. 现代小说美学. 长沙：湖南文艺出版社，1987.

27. 张颖，王海燕. 论《猪人》系列的叙述视角. 山东外语教学，2005（2）.

28. 张颖. 20 世纪美国少年文学回顾. 四川外语学院学报，2002（2）.

第四章　超越时间：美国少年历史小说

第一节　现当代美国少年历史小说概述

对大多数青少年读者来说，历史是枯燥乏味的，那些遥远年代发生的人和事，陌生的历史名词和难以理清的复杂历史生活的描写读来令人困窘甚至沮丧。在 2001 年美国全国教育进步评价（NAEP）历史考试中，大多数（57%）高三学生得分不达标。[①] 无独有偶，在中国三加二高考模式时期，有学者统计文科高考各科成绩中历史最低。[②] 这向人们提出了一个如何增强青少年对历史的兴趣爱好的问题。在这方面，少年历史小说（young adult historical fiction）通过将历史与虚构相结合的形式，从少年主人公的视角展开叙事，强烈地吸引着青少年读者的关注和审美趣味。美国少年历史小说在长期的发展中涌现出了许多优秀的作家和作品，这些作品引导少年读者跨越时间与文化的阻隔，让他们与小说中的主人公一起经历以往发生的事件，在间接经验中认知不同历史阶段、不同地域及不同种族的文化，并感受少年主人公们的成长和悲欢，其历史生活审美和传授历史知识的作用是其他读物无法企及的。美国少年历史小说也因此受到了重视。美国于 1981 年创建了奥台尔历史小说奖，用于奖励背景为美洲，用英语创作并且在美国出版的历史小说。而且，据统计，仅在 1945 年至 1970 年这二十五年里，就有十部少年历史小说斩获美国少儿文学大奖——纽伯瑞奖。

那么我们首先来看看什么是历史小说。

---

①Bauerleinm, M. The Dumbest Generation: How the Digital Age Stupefies Young Americans and Jeopardizes Our Future. New York: Tarcher, 2008: 21.

②李五洲. 浅议如何提高中学生学习历史的兴趣. 全国继续教育网. http://xkg2010. teacher. com. cn/UserLog/UserLogComment. aspx? UserlogID = 669558. 2010.

按照我国学者周晓波的定义，历史小说是"以历史事件或历史人物为内容的小说。历史小说虽取材于历史，但并非就是历史。在表现历史真实的原则下，也允许艺术的虚构和想象"。① 我国著名儿童文学专家朱自强教授在其《儿童文学概论》中也专门论述了儿童历史小说。他引用了杰克布斯的定义，如下："给儿童的历史小说是对和现代不同的某一时代、某一时期的生活进行重新建构的作品"。朱教授认为，处理事实与虚构的关系是历史小说创作方法的核心问题。他借用英国历史小说家巴顿的三个原则来说明这个问题。一是作家对于自己所要描述的历史上的一个时代，甚至一个事件都要很熟悉；二是作品的主人公不使用历史上实际存在的人物；三是要通过一个或一群人的眼睛来再现历史的状况。②

以上两位学者都提到了历史小说中的虚构和想象。事实上，真实与虚构、历史和文学的关系，是所有历史小说创作都会遇到的问题。这个问题的根源在于文学与生活的关系，也反映着文学传统自身的发展水平。英国文艺学家卡顿（J. A. Cuddon）曾提出，历史小说是一种通过艺术的虚构，重塑和再现历史的小说形式。③ 美国批评家艾布拉姆斯（Abrams）也认为，"历史小说不仅以历史为背景，以历史上的一些人物及事件为素材，而且使历史事件和问题对主要人物和叙述具有重大意义。"④ 文学史上的大量事例证明，尽管属于艺术创作，但优秀的历史小说家大多都要对选定的历史时期进行透彻的研究，力求逼真地还原历史场景。通过对人物的刻画以及对历史背景及事件的描写，使读者了解当时真实的历史生活，并通过主人公的行动来解释在作者看来是推动历史进程的深层力量。

美国学者对少年历史小说也有大同小异的定义。汤姆林森和林奇－布朗认为，历史小说是一种现实主义小说，其时间背景远离现在。在历史小说中，真实的历史事件、时代背景和人物同想象的人物和情节混合在一起。⑤

历史小说的存在证明了它的价值。对于少年读者来说，历史小说远比枯燥的历史知识有趣；而且，阅读历史小说可以帮助他们追寻历史遗产，更好地了解自己的民族和国家，从历史中学到经验教训，从而避免先人们犯过的

①周晓波：《少年儿童文学》，北京：高等教育出版社，2010：95.

②朱自强：《儿童文学概论》，北京：高等教育出版社，2009：256－257.

③Cuddon, J. A. *A Dictionary of Literary Terms*. London：Andre Deutsch ltd, 1979：308.

④［美］M. H. 艾布拉姆斯，《文学术语词典》，吴淞江等编译. 北京：北京大学出版社，2009：389.

⑤Tomlinson, C. M. & Lynch－Brown, Carol. *Essentials of Young Adult Literature*, Boston：Pearson Education, Inc., 2007：80.

错误。

那么，一部优秀的少年历史小说具有哪些特点呢？

在其专著《21 世纪的少年文学》中，柯尔总结了这样几个特点：1. 一部好的少年历史小说应该有结构完整的故事情节，以及同历史文献中的描述相符合的现实主义人物；2. 尽管对话是虚构的，历史事件、事件背景和时间顺序等应同历史基本吻合；3. 小说应准确清晰地描述当时的社会习俗、信仰、价值观，等等；4. 故事发生的地点未必是真实存在的地方，但必须给读者以真实的感觉；人物的行为、价值观与信仰要与历史时期相吻合，方言等也要尽可能相似。①

在《当今少年文学》中，道诺尔森和尼尔森也指出了一部优秀少年历史小说应具有的品质。1. 故事背景应是故事的重要组成部分；2. 时间、地点、人物应具有真实感；3. 人物应该是可信的，可以为少年读者所认同的；4. 要让少年读者觉得，无论时间的间隔有多久远，人们的情感总是相似的；5. 少年读者可以借助书中提到的历史事件或人物准确了解故事发生的历史阶段。②这两位学者强调了阅读历史小说对少年读者在情感上的启示。

汤姆林森和林奇-布朗对少年历史小说中的人物做了较为详尽的界定。他们认为，小说中的主要人物应是虚构的，但次要人物可以是真实的历史人物。他们还认为，在历史小说中，对于当时的社会习俗、道德价值的描写应该是完整的，但不必刻意提到某个历史事件，也不必使用某个真实的历史人物做小说中的人物。③

然而，就人物塑造来讲，美国的少年历史小说在发展中却逐渐形成了两种类型，即采用真实历史人物的历史小说和采用虚构人物的历史小说。在早期，较常见的创作方法是通过一个虚构的少年主人公来讲述一个真实的历史故事，小说中的人物、事件、背景等要素基本合乎历史事实。但随着历史小说创作关注的焦点从政治转向社会，虚构的普通人物也越来越多地出现在历史小说中。④

①Cole, P. B. *Young Adult Literature in the 21st Century.* Boston：McGraw – Hill Higher Education, 2009：250.

②Donelson, K. L. & Nilsen, A. P. *Literature for Today's Young Adults* (5th Edition), New York：Addison – Wesley Educational Publishers Inc. , 1997：190.

③Tomlinson, C. M. & Lynch – Brown, Carol. *Essentials of Young Adult Literature*, Boston：Pearson Education, Inc. , 2007：80.

④Hunt, P. and Ray, S. ed. International Companion Encyclopedia of Children's Literature［M］. London and New York：Routeledge, 1996：368.

这种从真实人物向虚构人物的转变，对于美国少年历史小说的发展来说，具有重要的意义。它表明这一历史小说传统经历了一个从低级向高级、从自在走向自由、从纪实走向审美的艺术转变过程。众所周知，一般来说，文学本身越是发展到高级阶段，越容易呈现出超越生活、升华现实的特征，越能够在更高级的象征层面上表现生活的真实。这种高度艺术化的方式，正是高于现实、高于简单朴素的艺术表现的成熟艺术的标志，也是艺术比历史更富于哲学意味的标志。

以同是以美国独立战争为背景创作的少年历史小说《约翰尼·特瑞美》（*Johnny Tremain*）和《我兄弟山姆死了》（*My Brother Sam Is Dead*, 1977）为例，1944 年出版的《约翰尼·特瑞美》中约翰尼的成长故事与美国由殖民地成为一个独立国家的历程交织在一起，呈现了 1773—1775 年间发生的波士顿倾茶事件、莱克星顿枪声等系列历史事件，书中十位以上人物为真实历史人物，如反英领袖塞缪尔·亚当斯、约瑟夫·沃伦医生、为打响莱克星敦战斗通风报信的银匠保尔·瑞维尔等。而《我兄弟山姆死了》的主人公是 12 岁少年提姆，他的父亲和兄长在美国独立战争中选择了不同的立场，哥哥山姆支持独立，父亲却是亲英分子。小说中除大陆军普特曼将军外，其他人物多是虚构。

通过以上学者的总结，我们大致可以勾勒出少年历史小说的几个特点。首先，从人物层面上：不必用真实的历史人物做主人公；人物可以虚构，但必须给读者以真实感。主人公通常为少年，这样能够引起与人物年龄相仿的读者的共鸣。其次，从故事背景层面上：故事发生的地点不必是真实存在的，但必须同故事情节相符。第三，从历史真实的层面上：小说中所涉及的社会习俗、道德、价值等必须符合当时的历史事实，可以使少年读者准确了解小说描写的历史阶段。第四，从语言层面上：少年历史小说用词浅显易懂，必须充分考虑少年读者有限的阅历和知识水平。最后，从教育层面上：小说虽然描写的是发生在遥远的过去的事情，但传达的情感可以为当今少年读者所共享，可以对少年读者起到教育和启示作用。

柯尔将历史小说分为"硬"历史小说（hard historical fiction）和"软"历史小说（soft historical fiction）。前者将虚构人物与真实人物编织在一起，将他们置入历史中的某个转折时期，或某个在其生命中起到重要作用的事件中。[1] 前面提到的《约翰尼·特瑞美》可以视为"硬"历史小说。后者虽包

---

[1]Cole, P. B. *Young Adult Literature in the 21st Century*. Boston：McGraw – Hill Higher Education, 2009：242.

含历史元素，但缺乏历史人物或重要的历史事件。这类历史小说注重的是总体社会、文化、政治氛围，展示不同于现阶段的时代、地点及人物。[①] 上面提到的《我兄弟山姆死了》可为一例，该小说的叙述重点在于独立战争大背景下普通人的困惑、选择与成长。

按照少年历史小说的主题或题材，美国少年历史小说大致可以主要分为以下几类。

一、战争历史小说。少年读者虽未曾亲身经历战争，但他们的确知道战争存在这一事实。战争历史小说可以让少年意识到战争的残酷，了解战争是如何轻易使人丧失人性的。少年战争历史小说着重描写战争给人带来的身心伤害，以及人物对战争的反应与反思，而尽量避免对鲜血淋漓的战争场面的描写。美国少年战争历史小说涉及的战争有很多，如：描写独立战争的《四月的早晨》（*April Morning*, 1961）、描写第二次世界大战的《最后的使命》（*The Last Mission*, 1981）以及描写越南战争的《坠落的天使》（*Fallen Angels*, 1988），等等。

与战争相关的还有描写大屠杀（holocaust）的历史小说，如《数星星》（*Number the Stars*, 1989）。

二、少数族裔历史小说。美国是一个多民族国家，少数族裔的历史必然是一个无法回避的话题。少数族裔历史小说中涉及最多的是非裔美国人的历史，如《黑色棉花田》《"月光号"的沉没》（*The Slave Dancer*, 1973）等等。非裔历史小说中涉及的历史阶段较多的是奴隶制及种族歧视的历史以及民权运动时期的历史。其他少数族裔历史还包括美国土著印第安人历史，如《月光下的歌谣》，这部作品展示了在印第安人被强行赶到印第安居留地之后，一些印第安人寻归自己故乡的经历。还有描写亚裔历史的，如《龙翼》，等等。少数族裔历史小说可以使少年读者更加了解自身和其他种族，了解自己民族的文化遗产及历史，理解其他民族的文化习俗并增强民族包容性。

与少数族裔历史小说相关的还有描写移民史的小说。美国是一个移民国家，移民史是美国历史中的一个重要组成部分，因此一些少年历史小说就描写了美国的移民史，如《天上有两个太阳》（*Two Suns in the Sky*, 1999）是关于二战期间犹太人到美国移民避难的故事。

三、拓荒历史小说。拓荒对于美国有着重大意义。早在北美殖民地时期，向西移民的拓荒活动就开始了。在 19 世纪又有了西进运动。美国向西部的领

①Cole，P. B. *Young Adult Literature in the 21st Century*. Boston：McGraw - Hill Higher Education，2009：249.

土扩张和开发，对美国的政治、经济生活都有重大的影响。广大的西部土地并入美国，使美国成为幅员辽阔、自然资源丰富的国家，从此拥有了发展经济的优越的自然条件。美国文学中有许多作品描写了美国的拓荒史，经典的如19世纪库柏的《皮袜子的故事》（Leatherstocking Tales）以及20世纪凯瑟的《拓荒者》（O Pioneers!）；甚至通俗的西部牛仔小说都可以视为拓荒小说的一部分。如此重要的历史内容自然要在美国少年历史小说中留下重重的一笔。美国少年拓荒历史小说中最著名的有槐尔特（Wilder）的小木屋系列（Little House Series），它被视为传统少年历史小说的典范。

四、描写美国重要历史时期或事件的历史小说。在任何国家的历史中都会有一些特殊的历史时期或事件。这些时期或事件不仅影响了这个国家的命运和前途，也会影响到生活在这个国家的个人。在美国历史中，以20世纪为例，爵士乐时代、经济大萧条时期就是这样的特殊历史时期；而民权运动可以视为特殊的历史事件。这些特殊时期或事件不仅在美国历史上，同时也在美国少年历史小说中留下了自己的印记。如：描写美国20世纪三十年代经济大萧条时期美国人命运的《风儿不再来》；在《龙翼》中，作家也对20世纪初发生在加州的大地震及其对人们生活的影响进行了真实的描述；《1793年黄热病》（Fever1793，2011）真实记录了美国建国不久后的一场流行病给人们生活带来的灾难性影响。

下面我们简单追溯一下美国少年历史小说的发展历程。

在20世纪30年代以前，美国的历史小说大多以成年人为读者对象，在那之后，以青少年读者为对象的少年历史小说才不断出现，形成新的创作源流。

早期的少年历史小说大多选材于遥远的历史事件，特别是美国大陆开拓及建国时期的事件，因而使作品带上了浓郁的怀旧气氛。在作品中，作家往往以丰富的细节描写真实地还原美国早期社会生活的场景与事件，并且顾及少年读者心理承受能力和道德教化的缘故，总是尽量避免敏感、黑暗的题材，如丑恶的蓄奴制、残酷的战争等。

在伊丽莎白·乔治·斯皮尔的小说《黑鸟水塘的女巫》（The Witch of Blackbird Pond，1958）中，作者在1687年清教主义盛行的新英格兰康涅狄克地区的背景上，讲述了一个特立独行的女孩戴吉蒂的故事。戴吉蒂与被称为女巫的汉娜是莫逆之交，因此她也被指控为女巫。小说生动地描绘了美国独立前移民们辛苦垦殖的情形，揭示了移民们渴求政治自由的心情，把17世纪美国清教徒的日常生活和行为表现真实地呈现在人们眼前。

　　艾瑟·福比斯则以美国独立战争为背景创作了历史小说《约翰尼·特瑞美》（Johnny Tremain，1944）。作品描写的故事发生在 1773 年隶属英国殖民地的波士顿，约翰尼原本是一位银匠学徒，但是一次意外之后，他的手严重受伤，也粉碎了他一心想当银匠的美梦。在失去工作的同时他偏又遭人陷害入狱，幸好得到了一群朋友的帮助，终获平反。由此，约翰尼与这些争取殖民地自由的朋友走到了一起，参与了著名的波士顿倾茶事件，点燃了美国独立战争的导火线。

　　在描写西进运动的少年小说中，比较有影响的当属劳拉·英格斯·槐尔特的"小木屋"系列小说。书中讲述的 19 世纪美国西进过程开拓者们的故事，是作者根据自己的家族史和亲身经历创作而成的。《大森林里的小木屋》（The Little House in the Big Woods）出版于 1932 年，是丛书中最早的一部。随后槐尔特又陆续发表了《农场少年》（Farmer Boy，1933）、《草原上的小木屋》（Little House on the Prairie，1935）等作品。迄至 1949 年，即她因丈夫阿曼佐去世而停笔时，她一共创作了 9 部"小木屋"系列小说，这些作品真实反映了美国西进开拓者们的日常生活细节以及人们为了生存而奋斗的情形。作者的笔法细腻而诚挚，将一个女孩的成长写得生动感人，更将亲子手足间的亲情、拓荒人的勤奋勇敢，以及他们对大自然的虔敬，表现得淋漓尽致。"小木屋"系列的可贵之处就在于，它不但记录了美国拓荒时代的历史，还记录了一个普通人的成长。

　　此外，有些早期美国少年历史小说还取材于异域少年的成长经历，将异国文化与历史呈现给少年读者，如 1929 年埃里克·P·凯利创作的讲述波兰历史轶事的《波兰吹号手》（The Trumpeter of Krakow），1943 年伊丽莎白·珍妮特·格蕾关于乔叟时期英格兰的生动故事《路上的亚当》（Adam of the Road，1987），以及以耶稣时代的以色列男孩丹尼尔为主人公的《青铜弓》（The Bronze Bow，1962）等，这些作品不仅取得了较高的艺术成就，而且显示了作者们广阔的民族视野。

　　20 世纪 60、70 年代被称为美国少年历史小说的黄金时期，不仅专门的少年小说家不断推出新作，其他作家也纷纷介入这一领域。随着美国社会的变化，美国少年历史小说也出现了新的元素，作家们的选材更靠近人类历史的重大事件，包括具有世界影响的现代历史事件，这体现出作家们对历史更深层、更广泛的理解。第二次世界大战越来越多地成为少年历史小说的背景，很多小说还以欧洲作为故事的背景，如在小说家阿诺德·艾略特 1969 年出版的《一种秘密武器》（A Kind of Secret Weapon）中，丹麦男孩面对侵入家园的德国士兵，不顾危险协助父母经营地下报纸，体现了反抗暴政的主旨。纳撒尼尔·本奇利同样以德国占领下的丹麦为背景的小说《明亮的蜡烛》（*Bright Candles*，1974）则讲述了16岁男孩詹恩斯勇敢参加抵抗运动的经历。

　　进入20世纪60年代后，由于民权运动的高涨，非裔美国人的历史往往成为美国少年历史小说的题材。1974年获纽伯瑞奖的葆拉·福克斯的《月光之号》便是典型的例子，这部小说以19世纪美国历史上臭名昭著的贩运黑奴的罪恶勾当为背景，以一个被拐上贩奴船的白人少年杰西的眼光真实地再现了人类历史上那最丑恶的一幕。这一时期还出现了以女权运动为题材的少年历史小说，玛乔里·达科创作的《勇气问题》（*A Question of Courage*，1975）描写的是出生于工人家庭的女孩艾米丽的生活。由于加入了争取妇女投票权的妇女参政运动，她对生活、政治、友谊和勇气有了更多了解，故事的叙述极富感染力。

　　20世纪80年代以来，美国少年历史小说题材的一个显著转变是从对重要历史事件的关注转为关注普通人的家庭，关注重大事件对他们生活的影响。尽管少年历史小说数量有所减少，作品质量也参差不齐，但其创作成就却不可小觑。此期比较重要的作品有帕姆·康拉德的《草原之歌》（*Prairie Songs*，1985），该书与《草原上的小木屋》一样，以怀旧基调描述了早期开拓者们生活的艰难和大地之美。此外还有凯瑟琳·培德森的《逆风飞扬》（*Lyddie*，1991），它使读者回到了19世纪工业化进程中的马萨诸塞，重温了13岁女孩莉笛失去父母和家园后努力奋斗的励志故事。另外由出版社组织的系列历史小说的出版成为美国少年历史小说创作的一个新源流，如由美国最大的童书出版社学乐出版社（Scholastic Press）为少男读者组织作家创作出版的"我的名字是美国"（My Name Is America）系列、为少女读者创作的"亲爱的美国"（Dear America）系列历史小说。"我的名字是美国"系列中的每本小说都是以一个虚构的少年主人公在美国历史上一个重大历史事件或时期的日记形式创作的，从1998年到2004年共出版了19本。"亲爱的美国"系列的主人公则是少女，同样也是日记体，从1996年到2004年共出版36本，这些小说涵盖题材广阔，包括清教徒到新世界的旅程、美国独立战争、西进运动、奴隶制、移民、女权运动、越南战争等等，因此这两个系列的少年历史小说被美国各地的历史老师视为绝佳的历史课补充材料，部分小说甚至被改编成电影。2010年这两个系列里的部分小说被再版，仍然颇受欢迎。

　　在21世纪初叶，美国少年历史小说实现了新的突破，如克莱尔·旺德普获得2011年美国少年文学纽伯瑞金奖的小说《曼尼费斯特上空的月亮》

（*Moon Over Manifest*），其题材的选择便不再是单一的历史年代中发生的故事，而是以交叉叙述的两个历史时空为背景，从而显示出历史的传承与人性的永恒。小说以作者外祖母所生活的小镇为原型创作而成，巧妙地运用两条故事线索讲述了 12 岁的艾贝琳在曼尼费斯特这个"移民之镇"上的一系列"寻根"冒险经历，频繁转换于美国大萧条和第一次世界大战两个时空之中，融入了许多真实的历史情景。这一趋势表明，美国少年历史小说的作者们业已认识到，在全球化的世界发展趋势下，了解历史对于当今的青少年尤为重要。少年读者唯有了解历史，才能正确地认知自身，认知各民族文化传统，从而找到自己的历史根源所在。

综观美国少年历史小说的发展历程不难看到，这一文学类型既有世界各民族少年历史小说的共同特征，又有鲜明的美国特色。美国是一个建国历史相对较短的国家，美国人的眼光通常是投向未来的，但是自 20 世纪始，美国人对自己的民族身份更加自信，并开始了以文学方式自觉回顾历史生活的进程。

在少年小说领域，一些美国少年小说作家自觉地以历史小说的方式向美国青少年读者展现人类社会经历过的各个历史时期、特别是美国社会发展中至关重要的历史时期的生活，并在创作上呈现出以下美国特色。

首先，全面覆盖各个历史阶段的美国乃至世界范围内的社会生活。在这方面，美国少年历史小说展现了自由广阔的艺术表现视野。从前面提到的美国少年历史小说的发展历程中我们可以看到，美国少年历史小说中既有描述公元一世纪耶稣时代以色列少年复仇故事的《青铜弓》，也有中世纪故事《路上的亚当》，题材范围并不局限于美国本土。同时，美国历史上的重要阶段也几乎都在少年小说中得到了艺术反映，从反映美国历史中殖民地时期的《黑鸟水塘的女巫》，到以美国独立战争为背景的小说《约翰尼·特瑞美》，以及记述西进开拓者人生命运的"小木屋"系列。这类作品也包括表现工业化进程的残酷性的《逆风飞扬》，呈现大萧条时期的美国的《远离芝加哥的地方》（*A Long Way from Chicago*, 1998），反映二战内幕的《一种秘密武器》等等。历史生活的画面在历史小说中连绵展开，勾勒出美国社会的成长历程。

随着创作传统的逐渐成熟，作家们越来越自由而大胆地直面历史，甚至使历史上比较黑暗甚至残酷的事件也逐渐得到了表现。作家们并没有因为读者是青少年，就忽略历史上丑恶残酷的部分，如贩卖黑奴的罪恶勾当（《月光之号》），二战中针对犹太人的迫害与大屠杀（《数星星》）等。

当然，有些少年历史小说因为内容过于黑暗而备受非议，如反映越南战争的《坠落的天使》（Fallen Angels，1988），主人公黑人男孩派瑞想通过入伍实现大学梦，却在越南战场经历了战争的残酷，而暴力和死亡并不是唯一的问题，派瑞开始怀疑战争的意义、越南战争中黑人战士的地位和自己的价值，此书因用语粗俗、种族歧视、渲染暴力，被许多读者看作不适合少年接受的读物，并向美国图书馆协会申请要求禁止在学校和图书馆上架。① 但是它对战争与种族问题的反思，对青少年成长困惑的另类表达却受到青少年读者的欢迎，并被评为 1988 年《校园图书馆》"最佳书籍"。

其次，努力表达多元化的文化内涵。作为一个移民国家，随着美国社会的进步，各种肤色、各种民族来源的美国人越来越重视追溯本民族在美国发展过程中的历程。移民们来到美国的目的往往是要摆脱原有的处境和命运，他们定居下来不久，就出现了"第一代移民努力地保持自己的历史；第二代移民则努力地忘却自己的历史；第三代移民却努力地寻回自己的历史"的现象。② 一些少年文学作家试图通过少年历史小说填补美国历史课本上缺失的各民族移民在美国社会经历过的独立发展史。如非裔美国作家密尔德瑞·泰勒对历史书中没有关于黑人勇敢反抗压迫及为争取尊严而战的记载感到十分诧异，于是她以自己家族的故事为蓝本创作了少年历史小说三部曲：《黑色棉花田》，《让圈绵延不绝》（Let the Circle Be Unbroken，1981），《通往孟菲斯之路》（The Road to Memphis，1990）。这三部曲以 20 世纪上半叶种族歧视严重的密西西比为背景，讲述了洛根一家面对白人的歧视和经济压迫努力维持生存和尊严的故事。

美国华裔作家叶添祥的《龙翼》自 1975 出版后获得了包括纽伯瑞奖在内的很多奖项。

作为华人移民后代，叶添祥深切感受到第三代华人移民对自己的祖国和先辈的历史的了解是多么贫乏，尤其是对第一代华人移民在美国的奋斗过程几乎一无所知，由此他决意创作反映先辈在美国艰苦创业的作品，为自己也为其他华人移民后代寻回自己的历史。他着手搜集有关资料，资料中关于 1909 年华人移民冯求阶试飞飞机的两则报道激发了他的创作欲望，以此为基础，通过艺术虚构，他创作了后来大获好评的历史小说《龙翼》。③

关于其他族裔移民史的少年历史小说还包括犹太人普莱茨一家逃离纳粹德国并移民到美国的曲折故事《美国旅程》（Journey to America，1970），记录

---

①陈柏安．美图书馆协会公布过去 6 年最受非议的书．联合报，2006（10 月 8 日）．
②转引自张颖，李盛．缺失历史的艺术再现．东北师范大学学报，2003（1）：85．
③张颖，李盛．缺失历史的艺术再现．东北师范大学学报，2003（1）：85．

日裔美国人在二战期间在加州的日裔安置营里所经历的恐惧与沮丧的《离家历险记》（*The Moved - Outers*, 1946）等等。这些小说帮助少数族裔的年轻一代更深入地了解了自己的历史，也为少年读者了解美国文化大熔炉中不同族裔的历史文化提供了新的统一视角。

再次，美国少年历史小说具有突出的教育意义。少年历史小说的主人公有着与少年读者相似的需要和兴趣，因此阅读美国少年历史小说如同观察一面镜子，今天的年轻读者能够认同少年历史小说中那些少年人物，并逐渐了解他们所处的那个世界。而且，少年历史小说家通过栩栩如生的细节描写，对过去的生活、语言、历史事件进行还原再现，从而成功地使少年历史小说成了少年读者了解历史的一个窗口、历史学习的一个补充。同时，这一方式还促成了一种全新的学习模式，就是结合优秀少年历史文学作品进行历史学习，如结合阅读《黑色棉花田》讨论美国哈莱姆文艺复兴和民权运动等，这一模式被应用于美国中学课程，取得了显著的成效。

教育意义的另一方面在于，美国少年小说家格外注重传递美国历史构成过程中形成的理念和价值观，如爱国主义、英雄主义、平等、正义、尊严等。如克里斯托弗·克莱尔在谈到他和哥哥创作关于美国独立战争的系列小说的初衷时坦承："我和哥哥写那几本书时是有说教目的的，即传达美国历史形成过程中发挥重要作用的理想和信念。这并不意味着忽略历史小说中戏剧性和文学因素的重要性。不然如果没有人读这些书，那么什么也教不了，当然读者也就什么也了解不到。"[1] 在《我兄弟山姆死了》中，克莱尔兄弟就试图向年轻读者阐明导致独立战争时期各种事件发生的一些思想和信念，如爱国主义、独立、忠诚、荣誉等，同时也质疑战争是否能够真正解决人类社会的各种问题。

最后，美国少年历史小说也颇具艺术特色，如采用浅显生动的语言、细腻的细节描写、人物刻画接近青少年读者心理、历史与现实结合等多样化手法。对于少年历史小说作者而言，仅仅了解过去某一阶段的史实是不够的，难点在于将史实结合到情节当中，从而使得历史背景清晰而艺术地呈现在读者眼前，同时还要使一些对当下的少年读者显得陌生的概念能够得到诠释，使读者心领神会，无师自明。

在这方面，很多作家通过少年主人公的视角，成功地用浅显但可信的语言将少年读者带到过去。如琼·W·布洛斯的《几许时光——个新英格兰女

---

[1]Collier, C. Criteria for Historical Novels. *School Library Journal*, 1982（29）: 32.

孩日记，1830—32》（*A Gathering of Days—A New England Girl's Journal*，1830
-32，1979）用日记体的方式，以 13 岁女孩凯瑟琳的口吻将小说的历史背
景、人物关系交代清楚，语言简练质朴，其间还夹杂着她的拼读书或学校课
本的片段，显得真实可信。

细节的充分描摹也是营造和还原历史氛围的重要手段，在小说《我兄弟
山姆死了》中，作者在正文前附上了提姆家所在小镇的地图和美国内战双方
交战路线图，以助读者建立空间感，其作者克里斯托弗·克莱尔宣称要"通
过细节描写和氛围营造赋予历史以生气，这要求对那个时期的事物相当熟悉，
并需要用现在的读者能够明白的方式诠释这些材料。"① 一些美国少年历史小
说还通过信件、时空旅行、梦境、多线索交叉叙述等方式将现实与过去相衔
接，使史实与小说情节巧妙相容，从而避免了历史教科书式的陈述所造成的
情节上的呆板与生硬。

总的来说，作为以少年为读者对象的历史小说种类，美国少年历史小说
的产生与发展首先是以国家的发展、国家历史意识和民族历史意识的传承为
基础的。经过战争的动荡、历史的巨变、经济的发展、政治的发达，美国对
文化的传承发展也越来越重视，而少年历史小说作为介于文学与社会、人格
与文化之间的一道桥梁，通过通俗易懂的方式，达到了使青少年读者读史明
志、自觉继承历史与文化传统的作用。此外，美国少年历史小说的繁荣还源
自于作家对少年一代的培养意识，美国总统肯尼迪在其 1961 年就职演讲中说
过，"火炬已经传给新一代美国人"，众多美国少年历史小说作者们通过他们
的作品提醒少年读者，作为未来的社会主体，决不能忽视历史，应当继续传
承进步的民主、自由的火炬。

美国少年历史小说既有一般历史小说的性质，又具有少年读物的特点。
"它应包含对历史上著名事件、人物和其他线索的引用，使读者能够找到小说
中历史事件在正确历史框架中的位置，使人读后能够对那段历史有更深的认
识，仿佛曾置身其中。"② 当然，在历史小说的艺术创作中，作家往往要把单
纯的历史真实提升为具有普遍性的，具有高度感染力、涵盖力的艺术真实，
使读者能够从中体验到跨越时光的人类共有的情感。

同时，由于美国少年历史小说作家清楚意识到他们的作品主要面向青少
年读者，这一年龄段的读者阅历和知识水平有限，而好奇心和求知欲较强，

①Collier, C. Criteria for Historical Novels. *School Library Journal*, 1982（29）：33.

②Nilsen, A. P. and Donelson, K. L. *Literature for Today's Young Adults* (4th edition). New York：Harper Collins College Publishers, 1993：258.

的历史事实，这就要求小说家对其所选定的历史时期做彻底的研究，使小说能够逼真地再现那一历史时期。《龙翼》的创作正是建立在占有和分析大量历史资料的基础上的。谢添祥花费了六年多的时间收集整理各种历史资料。小说中大量的重大历史事件，如1882年的《排华法案》、1906年旧金山大地震、莱特兄弟试飞成功、西·罗斯福被称为"社会主义者"、麦金莱总统遇刺，等等，都为读者生动地勾勒出那个特定年代的历史氛围，把读者带进了那个华人移民深受歧视排挤的历史年代。在旧金山湾紧邻巴贝利海岸，那窄窄的街道、拱起的飞檐、红墙碧瓦、门前的石狮、门上的对联和门神、街道两旁的店铺、帮会、会馆、祠堂，无不引人联想到晚清以来的中国。但读者很快会发现这里与中国的不同：专门为人洗衣的洗衣店和清一色的男人。这里就是当年华人移民建立的异域中国——唐人街。随着主人公兼叙述者月影的视线，我们走进了唐人街。身边小贩挑担叫卖，忽然一个洋人叫骂着驾马车飞奔而来，小贩急忙躲闪那沉重的马蹄。作者虽着墨不多，却真实而传神地为读者再现了那个特定的年代、那个特定的地点——旧金山唐人街以及当时当地华人的生活，从而为读者提供了一段可信的历史。

同时，小说用词浅显，加之对当时生活场景的生动描述使年轻的读者了解当时的真实历史，使华人移民后代知晓自己祖先的文化传统和自己父辈的奋斗史并且感受到体现在乘风、月影父子身上的中华民族自强不息的龙的精神。而这种精神就是在今天也是人们所需要的。由此可见，《龙翼》的确是一部成功的少年历史小说。

另外，小说叙述视角的选择，人物和场景的定位，小说中线索的运用以及用历史事实促进小说情节的发展等都有助于《龙翼》这部小说对那一段历史的再现。

首先，作者运用了第一人称视角，因而具有该视角所具有的真实性和可信度。第一人称视角根据其在小说中的作用可分为叙述自我和经验自我。前者为叙述者"我"追忆往事，后者为被追忆的"我"正在经历某事件。[①]谢添祥利用叙述自我，通过月影对往事的追忆，使读者自然地了解到当时有关事件的背景，从而不知不觉地走进故事情节。如当他到达旧金山码头等候移民检查时，他有这样一段描述："当时这种担心也不无道理。就在几年前，洋鬼子违背了他们自己的法律，拒绝两千多名他们以前的客人（返乡华工）重新入境。这个数字还不包括初次来此的唐人。洋鬼子似乎下决心要减少旧金

---

①申丹.《小说叙事学与文体学研究》. 北京：北京大学出版社，2001：233.

山唐人的数量。"① 寥寥数语勾勒出当时美国实施"排华法案"限制华人入境的历史状况。这样通过叙述自我追忆过去，合情合理地交代了当时的历史背景，使史实的交代和小说情节的发展巧妙地融为一体，既忠实地再现了历史，又避免了历史教科书式的陈述所导致的枯燥和呆板。

与此同时，经验自我又把读者带入到具体的场景中，使读者有机会接近并体验小说中人物的感受和心理活动。如描写店中玻璃被砸的一段："就在此时，我们听到窗玻璃破碎的声音……左窗玻璃已被打破，碎玻璃落了一地。砖头飞进来时，我紧靠右窗站着。我盯着砖头划过干净的破旧木地板。我听到外面一阵讥笑和叫喊。……我不知道他们在吼什么，但他们的意图很明显。他们想放火、抢劫，想打人。"② 随着月影的视线，读者仿佛此刻就站在洗衣店的窗前：地上到处是碎玻璃，洋鬼子扔进来的砖头还在地上滑动，耳边响着洋鬼子的叫骂声。此时读者可以深刻切实地体会到当时美国的排华情绪以及华人内心的愤懑与无奈。

其次，作者紧紧依据有关史料，通过对小说中人物和场景的准确定位，避免了对华人移民历史这样大的时间和空间跨度、庞杂的史料可能带来的顾此失彼以及情节和线索的凌乱，最大限度地还原了历史的本来面貌。从场景的设计来看，位于美国西海岸的加利福尼亚州从19世纪中期以来一直是华人移民的主要定居地，特别是旧金山，那里拥有最大的华人社区，而洗衣店正是当时华人从事的四大先驱行业之一。③ 所以作者把小说主要人物的活动场景定位在旧金山的唐人街是有充分历史依据的，具有典型性和代表性，符合历史真实。作者通过选取洗衣店这个地点，通过描述发生在洗衣店内外的各种事件以及洗衣店成员之间、洗衣店成员同周围华人及洋人的接触，以点代面，向读者描绘出19世纪末和20世纪初美国华人移民的真实生活面貌。旧金山唐人街一群经营洗衣店的华人经历折射的却是整整一代华人移民在美国的生活和奋斗历程。

从人物的塑造来看，作者成功刻画了四个典型人物——亮星叔、黑狗、乘风和月影。这四个人物各具独特的性格特征。亮星叔是第一批来到美国的华人，挖过金矿，修过铁路。他为人正直，吃苦耐劳，同时又有些传统和保守。黑狗是亮星叔的儿子，他是华人移民中无法忍受生存压力而自甘堕落的代表。他堕入黑帮、吸毒成瘾，最后暴死荒野，成为华人移民在融入当地社

---

①Yep, Laurence. *Dragonwings*. New York：Harper Collins, 1975：11.

②Yep, Laurence. *Dragonwings*. New York：Harper Collins, 1975：30.

③Chan, Sucheng. *Asian Americans*：*An Interpretive History*. Boston：Twayne Publishers, 1991：33.

会过程中的牺牲品。乘风是第一代移民中年轻上进的代表。他年富力强，精明强干，富于理想，勇于进取，最终实现了自己的飞行梦想。月影是第一代移民心中的希望，他继承了父辈吃苦耐劳、自强不息的精神。这四个典型人物年龄不同，性格各异，生动展示了当时华人移民的心理、性格和生活，构成当时华人移民的群像。他们的个性、品格以及在历史演进中的作用活化了当时华人移民的历史。

再次，在小说结构的安排上，作者通过两条线索的相互作用，把看似烦琐的事件衔接起来，把史实和小说中人物的活动串联起来，形成一个清晰的脉络，构成完整的艺术整体，从结构上保证了对那段历史准确的把握和再现。小说一方面以时间为线索，通过故事讲述者月影的叙述，把往事件件桩桩地呈现在读者面前，加之每章标有时间的传记式的标题，给人以清晰的时间定位。一路读来，读者仿佛在阅读一部时间老人写就的编年史；另一方面，小说还以乘风实现飞行梦想的奋斗历程为线索，借助风筝和飞机这两个意象之间的联系，生动直观地再现了当时华人自强不息、富于进取、努力实现梦想的精神风貌。

最后，小说中的史实对促进小说情节的发展以及再现历史真实也起到了不可或缺的作用。小说中的具体史料，如前面提到的唐人街面貌、《排华法案》、唐人街的社会结构及洗衣店的经营模式等等，从不同侧面搭建起当时的历史框架，界定出当时的社会风貌，从而不仅忠实地还原了那段历史，还推动了小说情节的发展。例如，唐人街面貌为小说情节的发展提供了符合历史真实的场景；月影初到旧金山经历的移民检查，洗衣店被砸等一系列事件，诠释了当时美国歧视华人，实施《排华法案》的历史事实。对唐人街帮会和会馆的描述展现了华人移民社会的组织结构。洗衣店的经营模式再现了华人移民合伙制－股份制的经营方式。1906 年的大地震及后来的大火一方面揭示了灾难对华人移民生活的影响，另一方面又反映了华人临危不惧、团结互助的精神。取材于冯求阶制造飞机这一历史事实的试飞事件将小说情节推向高潮，颂扬了华人移民勤劳聪慧、勇于进取的精神风貌。

综上所述，在小说《龙翼》的创作过程中，谢添祥在大量掌握和研究历史资料的基础上，巧妙利用叙述视角、场景、人物塑造、结构线索及史实的运用等艺术手段，通过对 20 世纪初生活在旧金山的华人移民生活经历的生动描写，真实再现了当时华人移民为谋生背井离乡远渡重洋的经历，以及在异国他乡他们忍辱负重，团结互助，勇于进取、实现梦想的故事。作者成功地把历史融入小说情节中，运用历史小说这一艺术形式补写了美国历史上因种族歧视而缺失的一段华人移民的历史。小说为华人移民后代提供了了解自己先辈的历史素材，为美国这一多民族国家正视历史、珍视和正确处理各民族之间的关系提出了建议。因此可以说《龙翼》是一部上乘的少年历史小说。

二、《曼尼费斯特上空的月亮》：历史的力量

2011 年 1 月 10 日，美国儿童文学最高奖纽伯瑞奖章的评选最终落下帷幕。克莱尔·旺德普（Clare Vanderpool）的首部长篇小说《曼尼费斯特上空的月亮》（Moon Over Manifest）在激烈的角逐中脱颖而出，拔得头筹。一年一度的纽伯瑞奖章由美国图书馆协会颁发，获奖者都是"为美国儿童文学做出过杰出贡献的作家"。奖章的威望极高，一直是图书出版和儿童阅读的风向标。获此殊荣对于作者来说是一个"莫大的惊喜和荣誉"；对于作品而言，它不仅将成为各大图书馆的上架推荐读物，也会成为经久不衰的畅销经典。该小说还获得了奖励西部最好少年小说的斯泼奖（Spur Award），并被称为堪萨斯知名小说。

《曼尼费斯特上空的月亮》的作者克莱尔·旺德普此前默默无闻，她的书也未登上过任何畅销书排行榜，只进了一些小型独立书店的选书榜。纽伯瑞奖的获得，意味其销量命运的改变。旺德普 46 岁，住在堪萨斯州，是四个孩子的母亲。她说，从 2001 年开始的五年中，她边带孩子，边忙里偷闲地陆陆续续写出了《曼尼费斯特上空的月亮》，她告诉媒体，自己在一些午休时间，比如孩子在看《芝麻街故事》的时候断断续续把小说写完，直到 2010 年出版。她是堪萨斯州第一个获得纽伯瑞奖的居民。

相对现在很多写法新潮的小说，这本书十分的"传统"，旺德普介绍，自己的小说其实就是一个小姑娘寻找父亲，等待父亲回来，同时寻找家的意义的小说。

《曼尼费斯特上空的月亮》的场景设置在大萧条时期堪萨斯州的一个名叫"曼尼费斯特"的小镇，镇上到处都是罪犯和矿工。小说讲述一位 12 岁坚忍执着的女孩在当地居民帮助下，探究一桩多年谜案的故事。

这本历史小说是以作者外祖母生活的小镇为原型创作的，其中加入了大量作者自己考证的历史细节，如一战时期的美国社会、禁酒令的颁发、西班牙大流感等等。作为四个孩子的母亲，这部作者耗时五年，在孩子们睡觉和看电视时"挤出"时间创作的历史小说最后摘得桂冠并非偶然，"其神秘的历史和离奇的人物赋予了小说惊人的魅力"。小说巧妙地运用两条故事线索讲述了 12 岁的小主人公艾贝琳（Abilene）在曼尼费斯特这个"移民之镇"上一

系列的"寻根"冒险探索经历，频繁转换于美国大萧条和第一次世界大战两个时空之中，融入了许多真实的历史情节。不理解父亲为何送走自己的艾贝琳忧心忡忡，她担心"父亲是否会信守承诺来曼尼费斯特接自己"。为了解答自己的疑虑，艾贝琳决心找出父亲在小镇上过去的故事。殊不知，她对过去的探寻不仅解开了自己心中的谜题，也打开了小镇居民多年的心结，让死气沉沉的小镇再次焕发了生机和活力。评委会主席里奇（Richey）认为："作者借此向人们展示了故事之于孩子的重要性：理解过去，认知现在，憧憬未来。"《美国学校图书馆学刊》称该书"将历史和虚构故事完美结合，使其独树一帜，耐人寻味"。《华盛顿邮报》也报道称这本"充满历史故事和神秘色彩的书"得奖是实至名归。数周之内，该书便迅速跃居至《纽约时报》畅销书榜的第二位，其故事魅力可见一斑。从众多评论中不难看出，小说的成功很大程度归功于故事中历史所肩负的使命及其迸发出的强大力量。

小说中并行的两条故事脉络分别讲述着 1936 年经济大萧条时代和 1918 年一战期间的故事。看似毫不相关，实则交错重叠。小镇现今萎靡颓废的现状有着深刻的历史根源，承载着小镇喜怒哀乐的历史隐藏着人们不愿提及的真相。可以说，历史是这些离乡背井的小镇人民的身份名片，赋予了他们的存在以价值和意义，换句话说，历史决定着小镇的根本所是。随着主人公的追本溯源，小说的多重主题渐渐呈现。历史的再现不仅给人们以新生，唤醒了心中沉寂已久的大爱，架起了通向未来的桥梁，也教会了艾贝琳"家"的涵义。

历史之于小镇居民，其重要性在于鼓励人们重拾信心，再次出发，不顾一切勇敢去爱。"谁能料想人能够大胆去爱，勇敢地承受一切后果呢？"这句话准确概括了曼尼费斯特人民的症结。战争和疾病无情地夺走了身边至亲至爱之人的生命，受此重创的人们不堪重负，从此沉浸于无底的痛苦深渊之中一蹶不振，冷淡漠然。初来乍到的艾贝琳在人们投来的冷漠异样的目光中不知所措，同学夏洛特（Charlotte）一番夸张神秘的人物描述顿时让她毛骨悚然。然而，当艾贝琳在镇上神秘人物—占卜女巫赛迪（Sadie）的帮助下触及尘封已久的小镇历史时，这些人物不再神秘陌生。一个个有血有肉、有情有义的形象跃然纸上，一个深藏多年的秘密得见天日。艾贝琳怅然感叹，原来人们不是心中无爱，只是为爱受伤不敢再爱。曾几何时，人们乐观热情，真诚善良。面对陌生闯入者、诈骗高手吉迪恩（Gideon），即艾贝琳的父亲，朴实勤劳的人们不问缘由地接纳他、照顾他。为了反抗煤矿主的残忍剥削，彻底粉碎其阴谋，来自不同国家、不同种族的移民兄弟们打破界限精诚团结，竭尽所能地为着一个艰难的目标共同奋斗，"闯入者"吉迪恩也做出了重要贡献，最终合力完成了看似不可能的任务。这段历史不仅帮助人们找回了手足之情，唤醒了压抑已久的博爱精神，也在无形中敲打提醒着人们，告诫他们不能忘记踏上美国这片异乡之土的初衷。让人畏惧的神秘巫师赛迪对那段刻骨铭心的千里寻子之旅的回忆让她在默默承受多年的丧子之痛之后终于释怀，鼓起勇气告知大家真相，宣布自己的真实身份以及为了寻子来到曼尼费斯特却碍于现实不愿与之相认的个中原因，首次让人们走近她的内心世界，感受她深沉厚重的母爱。敞开心扉地面对历史也让她从排挤的边缘走向主流的中心，伟大而辛酸的母爱让她在人们心中从怪癖灵异的另类变为朴素真实的人类。

历史之于曼尼费斯特，其重要性在于让小镇再次拥有了对未来的憧憬和希冀。小说一开始踏上火车的艾贝琳便期待着看到父亲经常提起的那块路牌，白底蓝字清晰地写着"曼尼费斯特：一个拥有丰富历史和美好未来的小镇"。可惜现在的路牌已经面目全非。蓝色油漆早已脱落得无影无踪，字迹也已残缺不全，只剩下"曼尼费斯特：一个拥有历史的小镇"。这一变化梦魇般地预示了小镇经历的悲剧和付出的代价。父亲故事中那个活力四射、热情洋溢的繁荣小镇已不复存在，映入眼帘的是一个沉闷乏味、毫无生机的普通乡镇。太阳无情地灼烤着这里的土地，到处飞扬着干燥的尘土，潺潺流水的小溪现在已几近干涸，居民用水十分困难，"洗个热水澡简直就是一种奢侈"。熙熙攘攘的街道现今空无几人，昔日顾客络绎不绝的店铺如今却冷冷清清，慵懒的人们无精打采地在走廊上休憩，一派萧条之景。往日车水马龙、前途无量的乡村小镇现已斗志全无，精疲力竭地挣扎在垂死的边缘，就像路牌上显示的那样完全被过去掩埋，没有未来。艾贝琳的到来本已触动了小镇人们敏感的神经，她的存在本身就不停地促使着小镇居民回到过去，回到有她父亲在场的历史之中。而她好奇的历史探寻则在不经意间翻开了小镇的编年史，迫使人们再次面对逃避已久的过往。为了回答自己探寻碰到的疑问，艾贝琳向镇报编辑建议开辟"回忆过去"征文专栏，引起了轰动的反响。铺天盖地的稿件将小镇再次淹没到那些苦乐交织的历史当中，笔调幽默而轻松，并非如想象般沉重不堪回首。过去的再次浮现如同"伤痛疗法"一般，使人们在正视曾经的悲伤和痛苦的同时，重新认识了自己，自信且充满希望。正如小镇的代理牧师所说，"你（艾贝琳）的到来给了我们第二次机会，让我们从头再来的机会"，恰是历史带给了他们重生的力量，让他们从过去中醒来，甩掉包袱向着未来迈进。

　　历史之于艾贝琳，其重要性在于对"家"的感悟。作者在采访中谈到她创作的初衷是受到麦尔维尔《白鲸》中一句话的启发，"真实的地方从来不会出现在地图上"，因此便萌生出一个想法："对于一个常年在外漂流的小女孩而言，'真实的地方'到底是什么？"她认为这个地方就是家。"月亮"这一想家的代名词出现在小说的标题中便是很好的证明。小说中每到月亮出现的夜晚就会写到小主人公对父亲的想念，以及那个困扰始终的问题，"父亲到底会不会来？"艾贝琳母亲早逝，一直与父亲相依为命，过着居无定所的流浪生活。对她来说家就是跟父亲在一起。一次严重的意外伤害使得父亲差点失去她。度过险情的艾贝琳不以为然，父亲却伤心至极，于是决定把她送到自己年轻时暂住过的曼尼费斯特小镇过一个女孩应该享有的相对稳定的生活。父亲的举动让艾贝琳疑惑不解：自己最亲的亲人要把自己送走，在一群外来之人的移民小镇上寻找家的感觉？难道跟自己最爱的父亲在一起不是家的感觉吗？疑问重重的艾贝琳来到小镇后，坚持着自己的理解，不能时时跟在父亲身旁的她决定转变方式，寻找父亲留下的足迹，以实现父亲的"伴随"，维持住家的感觉。然而，历史的揭示总是让人始料未及。历史所带来的心灵震撼深化了艾贝琳对父亲的了解，也颠覆了她对家的理解。她最终明白了父亲的良苦用心，也在惊讶中顿悟了家的内涵和意义：家就是人的"根"所在的地方。人选择在这里扎根，因为这里流淌着自己乃至祖辈的过往，周围的一切都是自己所熟悉的。一直流浪的自己和父亲一样都是辗转在陌生环境中无家可归的人，曼尼费斯特才是他们真正的家，因为这里有着他们过往的痛苦和欢乐，有着熟悉的朋友和环境，这里的历史有着他们的一笔印记。历史的再现让她找到了父亲的足迹，也抓住了自己的"根"，在漫漫的漂泊中终于有了一个安定的栖息之所，在偌大的地图中终于找到了一个"真实的地方"。

　　正如曼尼费斯特的英文 manifest 一词所示，这个小镇注定要向人们表明传达某种信息，而那块残缺不全的路牌则间接地提示了所要揭示的内容就是历史。历史让今天的人们记取昨天，在迷惘中找到一丝透亮。小说的最后人们重新找回了自己的心灵家园，小镇重返繁荣之景，艾贝琳也迎来了思念已久的父亲，最终定居在小镇上。其实在全球化的发展趋势下，历史对于当今的青少年尤为重要。了解历史，才能更好地认知自身；了解历史，才能深层次地理解民族文化；了解历史，才能清楚地知道自己的根源何在。对于90，00后的孩子来说，必须把握住自己的立根之本才能在一体化浪潮的冲击下保持自己的本真和身份认同。

本章主要参考文献

1. Anderson, L. H. *Fever 1793*. New York: Simon & Schuster's Children's Publishing, 2000.

2. Arnold, E. *A Kind of Secret Weapon*. New York: Charles Scribner's Sons, 1969.

3. Bat – Ami, M. *Two Suns in the Sky*. New York: Puffin Books, 1999.

4. Bauerleinm, M. *The Dumbest Generation: How the Digital Age Stupefies Young Americans and Jeopardizes Our Future*. New York: Tarcher, 2008.

5. Benchley, N. *Bright Candles: A Novel of Danish Resistance*. New York: Harper, 1974.

6. Blos, J. A *Gathering of Days—A New England Girl's Journal*, 1830 – 32. New York: Scribner, 1979.

7. Chan, S. *Asian Americans: An Interpretive History*. Boston: Twayne Publishers, 1991.

8. Cole, P. B. *Young Adult Literature in the 21st Century*. Boston: McGraw – Hill Higher Education, 2009.

9. Collier, C. Criteria for Historical Novels. *School Library Journal*, 1982（29）, 32 – 34.

10. Collier, J. L. & Collier, C. *My Brother Sam Is Dead*. New York: Scholastic, 1974.

11. Conrad, P. *Prairie Songs*. New York: HarperCollins, 1985.

12. Cuddon, J. A. *A Dictionary of Literary Terms*. London: Andre Deutsch ltd, 1979.

13. Donelson, K. L. & Nilsen, A. P. *Literature for Today's Young Adults*（5th Edition）. New York: Addison – Wesley Educational Publishers Inc. , 1997.

14. Fast, H. *April Morning*. New York: Bantam, 1961.

15. Forbes, E. *Johnny Tremain*. Boston: Houghton Mifflin Harcourt, 1943.

16. Fox, P. *The Slave Dancer*. New York: Bradbury Press, 1973.

17. Gray, Elizabeth J. *Adam of the Road*. New York: Viking Press, 1942.

18. Hesse, K. *Out of the Dust*. New York: Scholastic, 1997.

19. Hunt, P. & Ray, S. ed. *International Companion Encyclopedia of Children's Literature*. London and New York: Routeledge, 1996.

20. Kelly, E. *The Trumpeter of Krakow*. New York: Collier, 1928.

21. Levitin, S. *Journey to America*. New York: Atheneum, 1970.

22. Lowry, L. *Number the Stars*. Boston: Houghton Mifflin Harcourt, 1989.

23. Marjorie D. *A Question of Courage*. New York: Viking Press, 1975.

24. Mazer, H. *The Last Mission*. New York: Laurel Leaf, 1981.

25. Means, F. C. *The Moved – Outers*. New York: Walker Childrens, 1946.

26. Myers, W. D. *Fallen Angels*. New York: Scholastic, 1988.

27. Nilsen, A. P. & Donelson, K. L. *Literature for Today's Young Adults*（4th edition）. New York: Harper Collins College Publishers, 1993.

28. O'Dell, Scott. *Sing Down the Moon*. Boston: Houghton Mifflin, 1970.

29. Paterson, K. *Lyddie*. New York: Lodestar, 1991.

30. Peck, R. *A Long Way from Chicago*. New York: Dial Press, 1998.

31. Speare, E. G. *The Witch of Blackbird Pond*. Boston: Houghton Mifflin, 1958.

The Bronze Bow. Boston: Houghton Mifflin, 1961.

32. Taylor, M. D. *Roll of Thunder, Hear My Cry*. New York: Dial Books, 1976.

Let the Circle Be Unbroken. New York: Dial Books, 1981.

The Road to Memphis. New York: Dial Books, 1990.

33. Tomlinson, C. M. & Lynch – Brown, C. *Essentials of Young Adult Literature*, Boston: Pearson Education, Inc. , 2007.

34. Vanderpool, C. *Moon Over Manifest*. New York: Delacorte Books, 2010.

35. Wilder, L. I. *Little House in the Big Woods*. New York: HarperCollins, 1932.

Farmer Boy. New York: HarperCollins, 1933.

Little House on the Prairie. New York: Harper, 1935.

36. Yep, L. *Dragonwings*. New York: Harper, 1975.

37. 艾布拉姆斯. 文学术语词典（第 7 版），吴淞江等编译. 北京：北京大学出版社，2009.

38. 陈柏安. 美图书馆协会公布过去 6 年最受非议的书. 联合报，2006 年 10 月 8 日.

39. 李五洲. 浅议如何提高中学生学习历史的兴趣. 全国继续教育网. http://xkg2010. teacher. com. cn/UserLog/UserLogComment. aspx? UserlogID =669558. 2010.

40. 申丹. 小说叙事学与文体学研究. 北京：北京大学出版社，2001.

41. 张颖，李盛. 缺失历史的艺术再现. 东北师大学报，2003（1）.

42. 周晓波. 少年儿童文学. 北京：高等教育出版社，2010.

43. 朱自强. 儿童文学概论. 北京：高等教育出版社，2009.

第五章　超越文化：美国少数族裔少年小说

第一节　现当代美国少数族裔少年小说概述

美国是一个多民族国家，有被称为 WSAP（White Anglo – Saxon Protestant）的核心文化（macroculture）或主流文化（mainstream culture），也有少数族裔文化（microculture）。这些文化在人种、民族属性、语言宗教等方面明显区别于核心文化。[①]

这种多民族状态反映在文学中就有了主流文学和少数族裔文学之分。在成人文学中如此，在少年小说中也同样。因此，我们将美国少年文学中的少数族裔小说单独探讨。在现当代美国少年小说中，不同于主流文学的少年小说分为两类：少数族裔小说（multicultural fiction）和国际题材小说（International literature）。前者指的是描写生活在美国的，在种族、宗教、语言文化等方面区别于主流社会欧裔——特别是西欧裔——美国人的少数群体少年的美国原创小说，而后者指的是关于生活在其他国度的少年的故事。它包括首先在其他国家出版，后又引进美国的英文小说，以及起初是以其他文字出版，后又译成英文在美国出版的小说。[②] 本章探讨的是前者——美国少数族裔少年小说（multicultural young adult fiction 或 ethnic young adult fiction）。

美国少数族裔少年小说的作者应属于某个少数民族；同时，小说的主人公也一定是区别于欧裔美国人的少数族裔少年。

在这一类别中，还可以依据人种、民族属性、语言宗教等方面的不同进

---

①Tomlinson, C. M & Lynch – Brown, C. *Essentials of Young Adult Literature*. Boston：Pearson, 2007, pp. 148.

②Tomlinson, C. M & Lynch – Brown, C. *Essentials of Young Adult Literature*. Boston：Pearson, 2007, pp 147.

行再分类。比较突出、已经建立了自己种族文学特点，也有较多作品问世的有非裔少年小说，代表作有《黑色棉花田》等，亚裔少年小说（包括华、日、韩、越裔等），代表作有《龙翼》等，土著（印第安）少年小说，代表作有《沉默的游戏》（*The Game of Silence*，2005）等，犹太裔少年小说，代表作有《银色的日子》（*Silver Days*，1989）等，以及拉丁裔少年小说（包括古巴、墨西哥、波多黎各等西班牙后裔），代表作有《交易地点》（*Trading Places*，2003）等。

美国少数族裔少年小说虽因人种、民族属性、语言宗教等方面的不同而有一些不同，但它们还是有一些共同之处。按照汤姆林森和林奇布朗的观点，这些共同之处为：

第一，少数族裔少年小说同样需要有较高的文学艺术水准和有价值的主题。

第二，种族或文化的反面固化人物形象不应存在；取而代之的应是正面的人物形象。

第三，有关种族或文化的细节应准确。①

笔者根据自己的研究，列美国少数族裔少年小说的共同特点如下：

首先，关于人物。主人公必须是少数族裔少年，归属于某个少数族裔文化群体，他/她在主流文化中的生活经历与感受可能不是那么令人愉快，但有助于其成长。次要人物可能是同一种族文化群体中的小伙伴，也可能是一个成年人，同属一个种族，起着良师益友的作用，如，《英雄不过是三明治》中的继父。

其次，关于视角。美国少数族裔少年小说一般采用的视角是主人公第一人称叙述，如《黑色棉花田》。

第三，关于背景。故事发生的背景应是准确描述美国少数族裔少年主人公生活的环境，少数族裔文化与主流文化的冲突常常会在这样的背景下呈现。

第四，关于主题。主题常常与种族相关，如：少数族裔少年与种族歧视的斗争，少数族裔少年个人与主流社会的冲突，少数族裔少年如何在种族歧视的环境中保持尊严，等等。

美国少数族裔少年小说的意义在于帮助唤起少年读者的社会良心、文化意识、对不同种族宽容、接纳、理解的意识，等等。过去很长一段时间，美国少数族裔少年小说处于少年文学的边缘，如今美国特别设立了一些奖项用

①Tomlinson，C. M & Lynch - Brown，C. *Essentials of Young Adult Literature*. Boston：Pearson，2007，pp 150.

以鼓励美国少数族裔少年文学的发展，如科丽塔·斯科特·金图书奖（Coretta Scott King Award）专为非裔美国作家设立；太平洋地区/亚裔美国文学奖（The Asian/Pacific American Award for Literature）奖励亚裔美国作家和插图作家；国家犹太图书奖（The National Jewish Book Award）鼓励犹太裔作家的文学创作；还有奖励拉丁裔作家的奖项（The Americas Book Award for Children's and Young Adult Literature），等等。这些奖项的设立无疑大大促进了美国少数族裔少年小说的发展。

美国非裔少年小说家为美国的少年读者创作了最大数量的小说作品，其中以历史小说和现实主义小说为主。在这些小说中，他们讲述了父辈和自己在美国的遭遇，既有遭受种族压迫的痛苦经历，也有当代生活中的励志故事。美国非裔少年小说作家笔耕不辍，既关注历史发掘过去（如奴隶制和民权运动对黑人的影响等），又兼顾当下关心当代美国黑人生活状态（如城市黑人穷困和黑人中产阶级的富足等），创作了许多人们耳熟能详的作品。

从第一位黑人被贩到美洲为奴到美国内战结束这段时期，由美国非裔创作且与非裔密切相关的美国非裔少年小说凤毛麟角，而美国少年小说（此指主要由美国白人作家创作的少年小说）中为数不多的非裔人物大多是刻板和贬抑的。20世纪早期，随着美国非裔经营和管理的出版公司的出现，美国非裔少年文学得以出版和发行。这一时期的美国非裔少年小说作品以反映美国非裔中产阶级生活为主，其主题一般与非裔的工作经历（vocation）和个人爱好相关（avocation），多被用来驳斥某一个主题、动机或刻板形象，具有"对抗性"的特点。美国黑人历史学家和民权运动领袖杜波依斯（W. E. B. Du Bois）创办和发行了一些杂志，旨在塑造和传播正面积极的非裔人物，以驳斥和纠正美国儿童文学中刻板和错误的美国非裔形象。1921年，他再度和奥古斯都·迪尔合作出版了由伊丽莎白·罗丝·海恩斯（Elizabeth Ross Haynes）创作的《无名英雄》（Unsung Heroes）和由茱莉亚·亨德森（Julia Henderson）撰写的《邓巴儿时故事》（A Child's Story of Dunbar）两部美国非裔传记。他的努力为日后非裔少年小说的发展奠定了基础。

1937年，美国著名黑人诗人、小说家和哈莱姆文艺复兴活动家阿纳·邦当（Arna Bontemps，1902－73）创作了首部以哈莱姆为背景的少儿小说《悲伤男孩》（Sad - Faced Boy）。之后他又创作了诸如《天空战车》（Chariot in the Sky，1951）和《黑奴故事》（Story of the Negro，1949）等优秀作品。其实早在1932，他便与兰斯顿·休斯（Langston Hughes）合作创作了影响力较大的《波波和菲菲娜》（Popo and Fifina，Children of Haiti,），他们也是"链接

20 世纪 20 年代和二战后美国（非裔）儿童文学的重要桥梁，他们的成功也为 20 世纪 60 年代才华横溢的一代非裔作家的出现奠定了扎实的基础。"① 这一时期由 F. C. 闵思（F. C. Means）创作的《带百叶窗的窗户》（*Shuttered Window*，1938）和 S. G. 夏普（S. G. Sharpe）创作的《托比》（*Tobe*，1939）等少年文学作品也塑造了真实可信的美国非裔积极形象。

20 世纪 40 年代种族歧视力量依旧猖獗，美国非裔负面形象仍然在蔓延。针对这种情况，美国英语教师协会（National Council of Teachers of English，简称 NCTE）于 1941 年发行了由 C. H. 罗林斯（C. H. Rollins）编辑的宣传手册《我们共同创建》（*We Build Together: A Reader's Guide to Negro Life and Literature for Elementary and High School Use*），列举推荐了 72 部与美国非裔相关的、适合在校学生阅读的作品。1948 年，该手册再版后将推荐的作品增至 90部。虽然在数量上仍显不足，但这些优秀作品真实刻画了正面非裔形象，其中反映的一些黑人社会问题引发了读者的关注和思考。杰西·杰克逊（Jesse Jackson，1941—）的《叫我查理》（*Call Me Charley*，1945）便是其中的杰出代表。该作品讲述了生活在白人社区的 12 岁黑人少年查理经过自己的努力最终被白人学校和所在社区接受的故事，反映了黑人少年在成长过程中不得不面对的种族歧视等问题，表达了作者坚信良知和正义必将战胜愚昧和歧视的乐观精神。

随着 1954 年美国最高法院宣布公立学校种族隔离为非法，这一乐观精神在娜塔莉·萨维奇·卡尔森（Natalie Savage Carlson，1906—1997）的《空空校舍》（*The Empty Schoolhouse*，1965）得以延续。故事伊始，10 岁少女卢拉·劳耶（Lullah Royal）在白人学校上学遭到了抵制。但是随着她遭受枪击，白人群体的良知被唤醒，学校的种族隔离行为也被取消，故事最终在积极乐观的基调中结束。同一时期的优秀非裔作家洛伦兹·格雷厄姆（Lorenz Graham）的"城镇"四部曲的基调却不尽相同。《南方城镇》（*South Town*，1958）讲述了威廉姆斯一家因美国南方种族主义肆虐而被迫举家迁往北方，而在《北方城镇》（*North Town*，1965）里，这一家人（特别是主人公大卫·威廉姆斯）遇到了种种问题，但是小说的基调整体上还是乐观和积极的，小说的结尾尤其如此。《谁的城镇》（*Whose Town?* 1969）的故事氛围明显不同，种族矛盾和冲突突出，许多问题依然悬而未解，《重回南方城镇》（*Return to*

---

①Jamers A. Miller. "Black Images in American Children's Literature". *Masterworks of Children's Literature* (Volume Eight The Twentieth Centurry). Edited by William T. Moynihan, Mary E. Shaner. New York: The Stonehill Publishing Company in association with Chelsea House Publishers, 1986: 106.

South Town，1976）甚至暗示种族融合并非解决美国非裔问题的最佳途径。弱化种族差别和文化差异是这一时期凸显的另外一个特征，其重点在于突出青少年在成长过程中遭遇的极具共性的问题，如伊斯拉·杰克·济慈（Ezra Jack Keats）的《雪日》（*Snowy Day*，1962）和《威利的响哨》（*Whistle for Willie*，1964）以及安·赫伯特·斯科特（Ann Herbert Scott）的《山姆》（*Sam*，1967）等。但是这些小说因为"以过于浪漫的视角呈现黑人生活和忽视显著的种族和文化差异"① 而遭到了许多人特别是非裔作家的批判。

从 20 世纪 30 年代后期到 20 世纪 50 年代后期为止，美国文学（尤其是美国儿童图画书）中的非裔形象数量在持续减少，仅存的非裔人物也多是"次等的、边缘化的和处于附属地位的（secondary，peripheral and subordinate characters）"② 1965 年，美国著名教育家和国际阅读协会（International Reading Association）前会长（president）南希·拉里克（Nancy Larrick）对 1962—1964 年间出版的 5，000 多本美国少儿图书进行调查，发现只有 6.7%（349 本）的图书涉及非裔人物，而且这些非裔人物多是负面和刻板的。③ 马丁·路德·金遇刺和"一些其他因素加剧了非裔的挫败感，激发了他们发出'以任何必要手段'争取平等待遇的全国性口号……种族和经济的不平等也弥漫于美国儿童文学世界。这不仅反映在关于美国非裔图书数量的多少，还反映在谁在写作、谁在做插图、谁在出版和谁获得关注（getting publicity）的问题上。美国儿童图书出版界致力于奋力争取上述权利，希冀做出改变的美国非裔们也已经开始行动了。"④

20 世纪 60 年代中期到 70 年代末的美国非裔少年小说有的真实反映了美国非裔遭受贫困、暴力和种族主义压迫等经济状况和社会状况，有的强调美国非裔传统和历史文化财富。一方面，美国非裔作家生动记载了当代非裔的生活现状。克里斯汀·汉特（Kristin Hunter）的小说《灵魂兄弟和罗修女》

---

①Jamers A. Miller. "Black Images in American Children's Literature". （Volume Eight The Twentieth Century）. Edited by William T. Moy nihan, Mary E. Shaner. New York：The Stonehill Publishing Company in association with Chelsea House Publishers, 1986：111.

②B. Pescosolido, E. Grauerholz, and M. Milkie. "Culture and Conflict：The Portrayals of Blacks in U. S. Children's Picture Books through the Mid and Late Twentieth Century". *American Sociological Review* 62, 1997：460.

③Nancy Larrick. 1965. The All White World of Children's Books. *Saturday Review of Literature* 48：63 – 65, 84 – 85.

④Vivian G. Johnson and Jonella A. Mongo. "African American Children's Literature in the Twentieth Century." Ed by Linda M. Pavonetti. *Children's Literature Remembered：Issues, Trends, and Favorite. Books.* Westport, Conn. ：Libraries Unlimited 2004：128.

反应"，① 而且尤为关注与非裔生活息息相关的族裔财富和种族骄傲。总之，"20 世纪 90 年代是美国非裔少年小说充满非裔正面形象的时代"。②

21 世纪的美国非裔少年小说量的增长仍然有限，但是它们"准确描述了美国非裔生活和文化，美国非裔的多样性更加清晰可见——图画般的意向纤细入微、栩栩如生地映射出非裔面庞的不同色度。"③

多数美国非裔少年小说贴近少年读者生活，关注他们生活中常见的问题和困扰，欢乐与忧伤。这些对非裔青少年来说非常真切和真实的故事不但能够引发他们的共鸣，而且对于其他族裔青少年读者来说也是非常亲切和具有启发意义的。杰奎琳·伍德森（Jacqueline Woodson）的《过去的这个周日我们有个野餐》（We Had a Picnic This Sunday Past，1997）对非裔家庭聚会描述异常精彩，莎伦·丹尼斯·怀斯（Sharon Dennis Wyeth）的《漂亮东西》（Something Beautiful，1998）为主人公和读者对于美的理解提供了直观和直接的帮助，莎伦·德雷博（Sharon Draper）继《虎泪》（Tears of Tiger，1994）和《烈火铸就》（Forged by Fire，1997）之后在《黎明前的黑暗》（Darkness Before Dawn，2001）中引导读者更深入地理解非裔人物及其生活，沃尔特·迪恩·迈尔斯（Walter Dean Myers）的《怪物》（Monster，1999）和克里斯多夫·保罗·柯蒂斯（Christopher Paul Curtis）的《巴德，不是巴弟》（Bud, Not Buddy，1999）继续呈现美国非裔男性的坚强形象，伊芙琳·科尔曼（Evelyn Coleman）的《生于罪孽》（Born in Sin，2001）将美国非裔神话和游泳奇妙地结合在一起，而丰三·易格斯（Toyomi Igus）的《两位吉布森先生》（Two Mr. Gibsons，1996）、弗吉尼亚·汉密尔顿（Virginia Hamilton）的《简单都市》（Plain City，1993）和莎伦·丹尼斯·怀斯（Sharon Dennis Wyeth）的《女儿麦奎尔的世界》（The World of Daughter McGuire，1994）均讲述了跨族裔混血儿在两种文化两个世界间的经历。

总之，美国非裔少年小说虽然在数量上呈现一定的起伏，但总体发展势头还是喜人的。

---

①A. Cameron, K. Narahashi, M. P. Walter, and D. Wisniewski. The Many Faces in Children's Books. School Library Jorunal 1992（38）：32.

②Vivian G. Johnson and Jonella A. Mongo. "African American Children's Literature in the Twentieth Century. " Ed by Linda M. Pavonetti. Children's Literature Remembered：Issues, Trends, and Favorite Books. Westport, Conn. ：Libraries Unlimited, 2004：131.

③Vivian G. Johnson and Jonella A. Mongo. "African American Children's Literature in the Twentieth Century. " Ed by Linda M. Pavonetti. Children's Literature Remembered：Issues, Trends, and Favorite Books. Westport, Conn. ：Libraries Unlimited, 2004：133.

　　美国亚裔少年小说中占较大比例的是华裔、日裔和韩裔作家创作的作品。这些小说多以描述亚裔被迫背井离乡、远离故土和在异乡谋求生计、遭受歧视等经历为主，反映亚裔在融入美国社会的过程中努力传承和发扬族裔文化的主题。

　　美国亚裔少年小说的发展与美国亚裔群体在美国的经历和遭遇密不可分，也和他们的社会经济地位的变化息息相关。亚裔美国人在很长一段时间内不得不为生存而奋斗，因此挣扎在社会底端的他们根本没有更多的时间和精力专门从事文学创作。在 20 世纪 70 年代以前，美国少年文学领域但凡涉及亚裔人物的文学作品多由白人作家创作。这些作品或张冠李戴、混淆亚洲不同国别移民特征，或有意无意抹杀亚洲移民鲜明独特的国别特点和文化特色、塑造千人一面的亚裔形象，或以调侃、讽刺、挖苦甚至是恶意的笔触塑造负面的亚裔刻板形象。政治色彩浓厚的美国亚裔（Asian Americans）的称谓"掩盖了标记这一群体的诸多差异和特征，如在美时间长短、族裔特征、文化行为、言语特点以及和母国关系的紧密程度。……美国亚裔仍然被看成是'永远的外来者'。他们的公民身份，无论是官方的界定还是体现出的文化韵味，都是有争议的，而且他们还受到所谓'模范少数族裔'称谓的束缚。在意识形态上，他们被标榜为模范（与美国非裔和拉美裔相比）或被诋毁为威胁（当涉及美国白人利益时）。无论是'典型的他者'或是'模范的少数族裔'，美国亚裔徘徊在'人性'泛滥和'人性'匮乏的两个极端之间。"①

　　1965 年，美国政府颁布和实施了新的移民法，亚裔移民（特别是技术移民和女性移民）的数量急剧增长，他们的素质和性别比例有了很大的改善，政治、经济和文化地位也得以相应提高。在反越战运动、黑人民权运动以及以校园运动为核心的亚裔学潮的刺激和影响下，曾被美国主流社会"消声（silenced）""灭迹（erased）"的美国亚裔积极投入反对种族歧视、争取社会平等和公民权利运动中；同时，随着 20 世纪 70 年代美国社会多元化特征日益突出和美国社会对民族和文化多元性和多样性的重视，尤其是出于教育视角多元化的需求，越来越多的美国人开始对美国亚裔群体独特而多样的个体经历和生活方式感兴趣。美国主流出版机构根据这一市场需求，积极物色亚裔作家以及那些能够真实描述亚裔文化和生活经历的非亚裔作家进行创作，资助和发行了一批美国亚裔少年小说和美国亚裔文学作品。20 世纪 80 年代成

---

①Traise Yamamoto. "Foreigners Within: An Introduction to Asian American Literature." *Ethnic Literary Traditions in American Children's Literature.* Ed. by Michelle Pagni Stewart and Yvonne Atkinson. New York: Palgrave Macmillan, 2009: 125.

立的不少小型出版机构也积极发行和推广美国少数族裔儿童文学和少年文学。例如，儿童图书出版公司（Children's Book Press）以双语形式（如韩语、越南语、柬埔寨语和老挝语等）出版不同国别民间故事和美国亚裔原创故事；多彩出版公司（Polychrome）出版了一些关注美国亚裔经历的作品，而肯恩/米勒出版公司（Kane/Miller）的图书侧重突出亚裔文化的独特之处。李和洛出版公司（Lee and Low，Philip Lee and Thomas Low）也出版了一些反映多元文化特色的少年小说，如《棒球拯救了我们》（*Baseball Saved Us*，1993）、《英雄》（*Heroes*，1995）和《自由走廊》（*Passage to Freedom*，1997）等作品真实反映了美国亚裔的生活经历。[1] "如果说图书销量的激增以及政治敏感性（的提升）和种族关系的紧张推动了美国非裔（儿童）图书的出版，那么，图书和人口数量的大幅增长和美国非裔的榜样作用也使得美国亚裔和拉美裔对（儿童）图书突然产生了极大的兴趣……谭恩美（Amy Tan）的《喜福会》（*Joy Luck Club*，1989）和桑德拉·希斯内罗丝（Sandra Cisneros）的《芒果街的房子》（*House on Mango Street*，1984）的成功不仅推动了亚裔少年小说的发展，而且还给予（亚裔）作家和出版商以启迪。"[2] 在这种时代背景下，一批优秀美国亚裔少年小说家和美国亚裔作家顺势而起。近数十年来，他们极力改变由他人僭越代笔的状况，努力通过自己精准优美的笔触讲述属于自己的故事，将亚裔人物从边缘推向焦点和中心。美国亚裔作家关注美国亚裔的遭遇和历史，关心亚裔的族群身份和文化特征，注重族裔传统和族裔文化的延续和传承，创作了许多脍炙人口的少年小说。

美国华裔、日裔和韩裔少年小说是美国亚裔少年小说的"三巨头"，数十年间创作了不少优秀的少年小说。华裔作家叶添祥（Laurence Michael Yep）是美国亚裔少年小说家中的杰出代表，对美国亚裔少年文学和儿童文学做出了巨大的贡献。在美国亚裔少年小说和儿童文学匮乏的年代，他是填补美国华裔和亚裔少年小说这一空白领域的引领者。凭借着华裔身份和对华裔传统和文化的了解，叶祥添对美国少数族裔青少年在成长过程中体验到的"异质文化中的'陌生人'"的感受和寻求自我身份的经历有着自己独特的洞察力。复杂多维的人物、第一人称的叙事角度、现实主义小说的喻指性语言和传统

---

[1]Junko Yokota. "Asian and Asian American Literature." Bernice E. Cullina, and Diane G. Person, Editors. *The Contiuum Encyclopedia of Children's Literature*. New York and London: The Continuum Internatioanl Publishing Group Inc. , 2001: 44.

[2]Barbara Bader. "Multiculturalism in the Mainstream." *The Horn Book Magazine*, May/June 2003: 273.

文学元素以及历史细节的真实描述等特征均深受评论界的盛赞。① "金山编年史" （Golden Mountain Chronicles） 是叶祥添最负盛名的华裔少年小说系列，迄今为止涵盖了 10 部作品，其中《龙翼》（Dragonwings，1975） 获 1976 年纽伯瑞银奖和 1995 年的美国儿童文学协会凤凰奖、《猫头鹰之子》（Child of the Owl，1977） 获 1977 年波士顿环球报号角奖、《龙门》（Dragon's Gate，1993） 再次为他捧得 1994 年纽伯瑞银奖。此外，他还创作了 "中国城推理小说" 系列小说 （Chinatown Mysteries）、 "龙系列" （Dragon） "虎徒三部曲" （The Tiger's Apprentice Trilogy） 等作品。除叶祥添外，现当代美国华裔少年小说家和创作了优秀华裔少年小说的作家还包括包柏漪（Bette Bao Lord）、杨艾德（Ed Young）、谭恩美（Amy Tan）、赵健秀（Frank Chin）、任碧莲（Gish Jen）、赵来思（Lensey Namioka）、李健孙（Gus Lee）、朱路易（Louis Chu）、汤婷婷（Maxine Hong Kinston）、杨瑾伦（Gene Luen Yang），等等。

内田淑子（Yoshiko Uchida） 在美国日裔少年小说领域占有举足轻重的地位，"她几乎是凭借一己之力创建了美国日裔儿童文学，完成了日裔儿童文学从无到有的蜕变。作为一名 '二世' 作家（在美国出生的第一代日本移民后裔），她将毕生的精力投入到创作美国日裔儿童文学作品，不但传扬了丰富的日裔文化、扩大了儿童阅读范围，还对其他族裔年轻读者产生了极大的影响。"② 她的作品多以讲述美国日裔在第一次世界大战、美国经济大萧条和第二次世界大战等重大历史事件中的经历和遭遇为主，例如《希望之年》（The Promised Year，1959）、《到托帕的旅程》（Journey to Topaz，1971）、《金山武士》（Samurai of Gold Hill，1972） 和《回家的旅程》（Journey Home，1978） 等。她所遭遇的残酷的体制化种族主义经历（1941 年珍珠港事件爆发后不久，美国总统罗斯福下令将西海岸所有美国日裔和在美日本人关入拘留营，成千上万的美国日裔被剥夺了家园、财产、工作、民权和尊严） 激发了她这种想法的产生。发掘人道主义个体文化身份的必要性和创建异质互补的人类社会的可能性以及按照真实历史塑造美国日裔形象、消解美国日裔刻板印象、传扬第一代日本移民的精神力量、帮助美国日裔青少年了解族裔历史并且强调

①Kay E. Vandergrift. "Laurence Michael Yep." Writers of Multicultural Fiction for Young Adults （A Bio – Critical Source book）. Ed. by M. Daphne Kutzer. Westport, Connecticut：Greenwood Press, 1996：450 – 451.

②"Encyclopedia of World Biography on Yoshiko Uchida （Biography Essay）" http：//www. bookrags. com/biography/yoshiko – uchida/ accessed July 18, 2015.

人性之光是内田淑子写作的初衷和主要目的。[1] 正如她自己所说的那样，"我努力强调生活中积极乐观的一面，也希望孩子们能珍视和爱惜。我还希望孩子们能够有同情心，平等看待美国亚裔，而不是给他们贴上外国人、亚洲人或者诸如此类的其他标签。如果能够做到这一点，我写作的目的也就实现了。"[2] 辛西娅·角畑（Cynthia Kadohata）是另外一位优秀的美国日裔少年小说家，创作了许多脍炙人口的作品。她的《一闪一闪亮晶晶》（*Kira-Kira*，2004）获2005年纽伯瑞奖，《幸事》（*The Thing About Luck*，2013）获2013年美国青年文学全国图书奖。其他小说作品还包括《漂浮的世界》（*The Floating World*，1989）、《在爱谷之心》（*In the Heart of the Valley of Love*，1992）、《玻璃山》（*The Glass Mountains*，1995）、《野草花》（*Weedflower*，2006）、《克莱克！越南最好的狗》（*Cracker! The Best Dog in Vietnam*，2007）、《美之外》（*Outside Beauty*，2008）、《百万度灰》（*A Million Shades of Gray*，2010）、《电》（*Electricity*，2014）和《半个世界之遥》（*Half a World Away*，2014）等。

琳达·苏·帕克（Linda Sue Park）是美国韩裔儿童和少年小说家，诗人，自九岁发表第一首诗开始，已经创作了数部小说、图画书和诗歌集，其中历史小说《陶瓷碎片》（*A Single Shard*，2001）获2002年纽伯瑞奖。她的作品多以体现韩国历史和传统文化为主，力求真实和准确地再现韩国文化特征，如韩绣（《秋千女孩》，1999）、风筝比赛（《放风筝者》，2000）、青花瓷艺（《陶瓷碎片》，2001）、丝蚕（《桑树计划》，2005）、韩国食物（《拌饭》，2005）和射箭（《射手的追求》，2006）等。另外一位韩裔作家安·娜（An Na）也凭借《一步天堂》（*A Step from Heaven*，2001）获2002年美国图书馆协会普林茨奖（Michael L. Printz Award）并入选美国青年文学全国图书奖最终候选作品名单。

美国亚裔少年小说的发展历史短，影响力也较美国主流少年小说弱，但是它对美国亚裔和其他族裔的影响和作用却是比较深远的。它专注于塑造真实可信的人物来取代亚裔刻板形象，致力于挖掘和再现真实历史并生动反映美国亚裔经历和遭遇，关注当代亚裔青少年诸如代沟、文化归属和自我定位等方面的问题，还注重亚裔传统和优秀文化的传承和传播以及当代亚裔少年的教育和成长。

---

①Cathryn M. Mercier. "Yoshiko Uchida". M. Daphne Kutzer, ed. *Writers of Multicultural Fiction for Young Adults* (A Bio-Critical Sourcebook). Westport, Ct: Greenwood Press, 1996: 426.

②Grice, Helena. "Yoshiko Uchida" in *Dictionary of Literary Biography*, Volume 312: Asian American Writers. Gale, 2005: 231.

　　首先，作为亚裔文化的"知情人"（insiders），美国亚裔少年小说家多在亚裔家庭或亚裔文化群体中成长。在家人、社区和学校的教导和帮助下，这些小说家了解和熟悉亚裔文化，他们不但能够将这种文化特征呈现于自己的作品之中，[①] 而且他们也应该有权利去塑造真实可信的亚裔人物形象。叶祥添便是其中最为典型的范例。作为美国华裔少年小说的扛鼎之人，叶祥添通过他的作品向读者"表明美国华裔也是正常人，只不过他们受到了美国社会的独特影响。"[②] 他的作品多通过第一人称视角讲述处于社会边缘位置的华裔青少年主人公的故事，反映他们在寻求自我身份时在两种甚至是多种文化间频频变换角色的遭遇以及遭受种族歧视的经历，在淡淡的幽默中叙述他们的焦虑、异化和与父辈或祖辈之间的矛盾与冲突，也反映了神话、传说和民间故事等中国传统文化以及华裔移民来美历史背景和经历对他们的影响。[③]

　　其次，美国亚裔少年小说努力再现被主流文化歪曲和掩盖的事实，通过艺术的手段还原美国亚裔历史真相。尽管构成美国亚裔族群的各个族裔人口数量不一，文化背景各异，在美经历和历史也不尽相同，但是他们都坚持各自的族裔传统、语言、文化和价值观，牢记移民历史和种族磨难，[④] 美国亚裔少年小说家也"力求还原和再现迄今为止仍未被阐明和发掘的过去或经历。"[⑤] 真实反映亚裔被歧视、被排斥、被驱逐和被强制迁移等经历和历史有利于亚裔少年和其他族裔读者了解历史真相，也助于他们深刻认识当代美国亚裔生活中的现存问题及其历史根源。在美国亚裔少年小说中，"历史小说远多于当代小说，幻想小说极为罕见，科幻小说则根本不存在"的说法虽有失偏颇，但是它也从另外一个侧面说明了美国亚裔少年小说作家对历史的

　　①Junko Yokota. "Asian and Asian American Literature. " Bernice E. Cullina, and Diane G. Person, Editors. *The Contiuum Encyclopedia of Children's Literature*. New York and London: The Continuum Internatioanl Publishing Group Inc. 2001: 44.

　　②Laurence Yep. Afterword, Dragonwings. New York: Harper Trophy, 1977: 248.

　　③Kay E. Vandergrift. "Laurence Michael Yep. " *Writers of Multicultural Fiction for Young Adults* (A Bio - Critical Source book). Ed. by M. Daphne Kutzer. Westport, Connecticut: Greenwood Press, 1996: 449.

　　④Shirley Geok - lin Lim. "Feminist and Ethnic Literary Theories in Asian American Literature. " *Feminisms: An Anthology of Literary History and Criticism*, 2nd edition. Eds. Robyn R. Warhol and Diane Price Herndl. New Brunswick: Rutgers UP, 1997: 809.

　　⑤Traise Yamamoto. "Foreigners Within: An Introduction to Asian American Literature. " *Ethnic Literary Traditions in American Children's Literature*. Ed. by Michelle Pagni Stewart and Yvonne Atkinson. New York: Palgrave Macmillan, 2009: 125.

关注。①

最后，美国亚裔少年小说重视当代亚裔青少年所面对和经历的诸如代沟、文化归属和自我定位等问题，注重亚裔传统和优秀文化的传承和传播以及当代亚裔少年的教育和成长。代沟问题是美国亚裔少年小说中较为常见的主题，其中以第一代移民和他们在美国出生长大的孩子之间在语言行为、价值观念、道德伦理和文化属性等方面的矛盾和冲突最为突出。莫妮卡·宋（Monica Sone）的《二世女儿》（*Nisei Daughter*, 1953）、汤婷婷（Maxine Hong Kingston）的《女勇士》（*The Woman Warrior*, 1975）和苏琪·金姆（Suki Kim）的《译者》（*The Interpreter*, 2004）等都突出反映了这一主题。②

文化归属和自我定位是美国亚裔少年小说另外一个重要主题。置身于美国主流文化和传统族裔文化的相互冲突和纠缠下，美国亚裔少年不得不在二者之间做出取舍和选择，自我身份的界定成为摆在所有亚裔青少年面前的问题。20 世纪四五十年代，美国亚裔各族具体处境各有不同，但在文化选择上多趋向于认同美国。为了能够融入美国主流文化，他们主动在语言、习俗、历史和文化价值等多方面向美国主流价值观靠拢。但是他们的努力并没有得到主流社会的认同和接纳，他们受到歧视和排斥的状况并没有得到根本好转，文化归属和自我定位等问题也没有得到解决；相反，他们的认同危机反而加剧了。20 世纪六七十年代，在美国反越战活动、民权运动和校园运动等活动的影响下，一度遭遇冷落和边缘化的亚裔和其他少数族裔的地位得到空前强调和提高。美国亚裔逐渐开始放弃主动同化，转而走向争取在多元化的当代美国社会中坚持自身独特文化属性并且确立亚裔美国文化在美国社会的真正地位。③ 此外，在描述、探索和解析美国亚裔少年群体面临的困惑和问题以期帮助他们成长的同时，美国亚裔少年小说注重亚裔传统和优秀文化的传承和传播以及对当代亚裔少年的教育和成长。因此，亚洲各国的传统文化、生活习惯和社会习俗在美国亚裔少年小说中并不罕见，但是由于美国亚裔少年小

---

①Junko Yokota. "Asian and Asian American Literature." Bernice E. Cullina, and Diane G. Person, Editors. *The Contiuum Encyclopedia of Children's Literature*. New York and London: The Continuum Internatioanl Publishing Group Inc. , 2001: 45.

②Lisa Lowe. Immigrant Acts: On Asian American Culture Politics. Durhan: Duke UP, 1996. 转引自 Traise Yamamoto. "Foreigners Within: An Introduction to Asian American Literature." *Ethnic Literary Traditions in American Children's Literature*. Ed. by Michelle Pagni Stewart and Yvonne Atkinson. NY: Palgrave Macmillan, 2009: 129.

③Traise Yamamoto. "Foreigners Within: An Introduction to Asian American Literature." *Ethnic Literary Traditions in American Children's Literature*. Ed. by Michelle Pagni Stewart and Yvonne Atkinson. New York: Palgrave Macmillan, 2009: 131.

说发轫于美国，讲述美国亚裔在美国社会文化影响下的生活和成长经历，他们所属的族裔文化在美国亚裔少年小说中已经发生了悄然而自然的变化，散发出不同于亚洲文学的独特的美国味。①

随着美国亚裔移民数量的增长和社会地位的提升，日趋多元化和多样化的美国亚裔少年小说的影响力越来越大，美国华裔、日裔、韩裔、越南裔和菲律宾裔等少年小说都有着不错的发展势头。现当代美国亚裔少年小说努力去除之前在美国少年小说和其他文学类型中弥漫的陈腐东方气息，摆脱陈旧过时和僵化死板和族裔习惯，并在新的语境下积极呈现族裔文化变化和动态的特点。全球化、离散主题、跨国主义、文化杂糅和超民族认同等在当下有重大影响的主题在美国亚裔少年小说中也多有反映，这一现状更是突出反映了现当代美国亚裔少年小说与时俱进的特征。

美国印第安（土著）少年小说与印第安文学一脉相承，随着美国印第安民族的兴衰起伏而起起落落、曲折前行。随着欧洲殖民者的到来，昔日曾贵为北美大陆"主流文学"的印第安（口头）文学遭受了殖民者的破坏，在后者残酷的种族灭绝和文化灭绝政策的双重打击下几度濒于灭亡。因此，美国印第安少年小说作家因印第安人长期受白人压迫而关注这一题材；同时，与自然和谐相处的观点是印第安文化的中心，因此也成了美国印第安少年小说的重要主题之一。

随着美国政府对印第安人的态度由实施种族灭绝政策到试图利用印第安寄宿学校等手段来同化"落后未开化的印第安人"策略的转变，印第安人开始在白人创办的学校接受教育，学会了用英语来记载和传承族裔文化，并"在18世纪末形成了美国文学中的以英语书面文学为主要形式的'弱势文学'。印第安文学作为'弱势文学'在白人主流文学的冲击中艰难前行。此时大多数的印第安英语作品都突出地表明，在新的白人文明的冲击之下，多数印第安人把握不住印第安传统的精髓所在，他们想融入而又无法融入白人主流社会。在这些作品中，我们窥见了印第安人内心深处那种欲说不能、欲罢不忍的矛盾心理。"②

和历史悠久的印第安口头文学一样，美国印第安儿童文学的历史也相对久远。据《牛津儿童文学百科全书》（*The Oxford Encyclopedia of Children's Literature*）

①Junko Yokota. "Asian and Asian American Literature." Bernice E. Cullina, and Diane G. Person, Editors. *The Contiuum Encyclopedia of Children's Literature.* New York and London: The Continuum Internatioanl Publishing Group Inc. 2001: 44.

②朱振武等.《美国小说本土化的多元因素》，上海：上海外语教育出版社，2006: 2 - 3.

记载，早在 1881 年美国印第安欧玛哈（Omaha）部落作家苏赛特·拉弗莱彻（Susette LaFlesche）便在刊名为《圣尼古拉斯》的儿童杂志上发表了作品，以此来抵制和驳斥当时主流文化对印第安人的刻板描述。这个题为"尼大卫"（"Nedawi"）的故事从一个年轻女孩的视角讲述了欧玛哈族捕猎营队的生活场景。

兹特卡拉·萨（Zitkala Sa，又名 Gertrude Bonnin，1876—1938）和查尔斯·亚历山大·伊士曼（Charles Alexander Eastman，1858—1939）是 20 世纪初影响相对较大的美国早期印第安作家。他们在作品中塑造浪漫英勇的印第安人物，努力消解自美洲殖民地时期就开始盛行的印第安人原始嗜血、滥杀无辜的刻板负面形象。兹特卡拉·萨是印第安苏族作家、音乐家和政治活动家。他的作品《古老的印第安传奇》（Old Indian Legends，1901）收集了印第安伊卡淘弥（Iktomi）族恶作剧者的故事（trickster stories），刻画了被称为"大自然自由之子"的"英勇果敢的印第安人"形象，继承和弘扬了印第安苏族文化与传统。查尔斯·伊士曼的《印第安童年》（Indian Boyhood，1902）也深受当时美国白人（特别是参加童子军活动和"印第安文化爱好者"运动的白人青年）的欢迎。[1] 二者以笔为武器，在各自的作品中塑造浪漫英勇的印第安人物，努力消解自美洲殖民地时期就开始盛行的印第安人原始嗜血、滥杀无辜的刻板负面形象。

20 世纪 30 年代，卢瑟·斯坦丁·拜耳（Luther Standing Bear）创作了自传体小说《我的印第安童年》（My Indian Childhood，1931）以及描述印第安拉科塔族（Lakota）传统文化的儿童图书《苏族，我的同胞》（My People, the Sioux，1928）和《斑点鹰的土地》（Land of the Spotted Eagle，1933）。路易丝·阿贝塔·彻薇薇（Louise Abeita Chewiwi）的《我是一名普韦布洛族印第安女孩》（I Am a Pueblo Indian Girl，1939）从一位 13 岁印第安少女的视角呈现了印第安普韦布洛族的文化和生活。该书被美国历史学家格莱琛·巴忒勒（Gretchen Bataille）和劳瑞·丽莎（Laurie Lisa）盛赞为"第一部真正的印第安书籍"。[2]

20 世纪 40 年代到 60 年代末的美国印第安少年小说和儿童文学不甚景气，相关作品寥寥可数。"印第安生活读物"（"Indian Life Readers"）是 20 世纪

---

[1] A. Wiget, ed. Handbook of Native American Literature. New York: Garland, 1994, p54. Debbie A. Reese. "Native Americans in Children's Books of the Twentieth Century." Linda M. Pavonetti, ed. Children's Literature Remembered: Issues, Trends, and Favorite Books. Westport, CT: Libraries Unlimited, 2004: 141.

[2] http://en. wikipedia. org/wiki/Louise_ Abeita#I_ am_ a_ Pueblo_ Indian_ Girl, 2013/11/15.

40 年代在美国知名度相对较高的关于美国印第安的作品。该系类小说主要由知名作家安·诺兰·克拉克（Ann Nolan Clark）撰写，由美国印第安事务管理局（the United States Bureau of Indian Affairs）出版并在印第安纳瓦霍族（Navajo）、苏族（Sioux）和普韦布洛族（Pueblo）等印第安部落的寄宿学校（Boarding Schools）和走读学校（Day Schools）使用。虽然图书作者并非印第安裔，但是这些图文并茂的作品（由印第安画家配插图）较为真实地描述了印第安部落生活，对青少年读者有较大的吸引力。此外，安·诺兰·克拉克还与纳瓦霍族艺术家霍克·丹尼措西（Hoke Denetsosie）合作出版了"小小牧羊人"系列（Little Herder series），此后还与其他印第安艺术家合作出版了不少关于印第安文化的少儿图书。

20 世纪五六十年代仅有两部作品稍具影响力。迪·阿西·麦克尼克尔（D'Arcy McNickle，1904—1977）的历史小说《阳光下的奔跑者》（Runner in the Sun，1954）讲述了印第安少年绍特（Salt）的故事。印第安作家和世界知名艺术家帕布丽塔·维拉德（Pablita Velarde）的《老父亲，讲故事的人》（Old Father, the Storyteller，1960）收集整理其祖父讲述的普韦布洛族故事并自配插图，这些故事生动形象颇能吸引人。

虽然美国印第安部落和作家们为了破除白人塑造的印第安刻板形象、还原历史真相和继承发扬印第安文化不懈努力，但是从整体上看，20 世纪 60 年代以前的美国印第安小说和文学作品限于题材狭窄、形式呆板单调以及文学和美学价值不高等原因，诸如威廉姆·阿派斯（William Apess，1798—1839）、波林·约翰逊（Pauline Johnson，1861—1913）、约翰·罗林·里奇·玛驰（John Rollin Ridge March，1827—1867）和西蒙·博卡共（Simon Pokagon，1830—1899）等早期美国印第安裔作家撰写的作品多数没有得到美国主流文化的认可，也没能在美国公众中产生太大影响。而毛宁·德芙（Mourning Dove，1888—1936）、约翰·约瑟夫·马修斯（John Joseph Mathews，1894—1979）、迪·阿西·麦克尼克尔和帕布丽塔·维拉德等作家的作品质量相对较高，但是数量上的不足严重地限制了他们的影响力。

20 世纪 60 年代末到 70 年代初，印第安人的生活虽然依旧艰难，但是跟以前的生存状况相比，他们在政治、经济和生活条件等方面的境况有了较大的改善，一批在非印第安寄宿学校接受高等教育的印第安知识分子也已逐渐成熟。在民权运动等其他因素的推动下，他们"重新对本部落传统艺术表现形式（如神话、典仪、典礼和口头传统等）产生了兴趣和热爱"，努力"通过文学表现形式接受部落传承"，"重新发掘和评价本族裔作家的早期作品"，① 并希望借此表现印第安民族的生存状况和反抗精神，从印第安人的视角还原美洲印第安人被侵略和被殖民的历史，努力实现被白人殖民话语边缘化的印第安文化的重新发声。在这种时代背景下，"印第安文艺复兴"（Native American Renaissance）② 应运而生，并催生了一批影响力较大的印第安裔作家，如 N·斯科特·莫马迪（N. Scott Momaday，1934—）、杜安·尼奥图姆（Duane Niatum，1938—）、莱斯利·玛蒙·西尔科（Leslie Marmon Silko，1948—）、杰拉尔德·维兹诺（Gerald Vizenor，1934—）、詹姆斯·威尔奇（James Welch，1940—2003）、乔伊·哈乔（Joy Harjo，1951—）、路易斯·厄德里奇（Louise Erdrich，1954—）和宝拉·甘·艾伦（Paula Gunn Allen，1939—2008）等。

在印第安文艺复兴和随之涌现的优秀印第安作家的带动和影响下，美国印第安少年小说家日趋成熟，创作了一系列真实再现印第安历史和反映印第安生存现状的优秀作品。"随着被长期压制的美国印第安人的声音终于突破樊笼，美国印第安儿童文学（此处特指美国印第安少年小说）从 20 世纪 70 年代晚期开始兴盛。"③ 美国印第安少年小说家们在各自小说中反映了印第安历史、文化、传统和现当代生活的方方面面，内容真实丰富，情节精彩动人。

弗吉尼亚·砮文·霍克·斯尼夫（Virginia Driving Hawk Sneve）是 20 世纪 70 年代跨种族儿童图书委员会（the Council on Interracial Books for Children，简称 CIBC）极力推广的印第安苏族作家。《黄鹰吉米》（*Jimmy Yellow Hawk*，1972）、《雷鸣之时》（*When Thunder Spoke*，1974）和《夜魔人奇奇虎虎》（*Chichi Hoohoo Bogeyman*，1975）等作品生动描绘了当代印第安人居留地生活的真实画卷，并通过主人公在两种相互冲突的文化间寻求自我文化身份归属的挣扎和努力，成功地塑造了形象丰满的印第安人物，有较大的影响力。她的另外一部作品《海·埃尔克的珍宝》（*High Elk's Treasure*，1972）讲述的是主人公乔·海·埃尔克（Joe High Elk）和妹妹玛丽（Marie）在躲避暴风雨时发现祖先宝藏的故事，十分生动有趣。西蒙·J. 欧提兹（Simon J. Ortiz，1941—）的散文诗《人们将继续前行》（*The People Shall Continue*，1977）全

①http：//en. wikipedia. org/wiki/Indian_ Renaissance，2014/08/07，详见 Suzanne Evertsen Rundquist. Native American Literatures：An Introduction ［M］. New York：Consortium International Publishing Group，2004：38.

②该词源自美国批评家肯尼思·林肯（Kenneth Lincoln）《印第安文艺复兴》（1983）。

③Lee Galda, Lawrence R. Sipe, Lauren A. Liang, Bernice E. Cullina. *Literature and the Child*, Eighth Edition. Belmont, CA：Wadsworth, 2013：27.

面客观地讲述了印第安历史并将之推到更大的当代语境中来，具有"里程碑"式的意义。① 作品不但记载了印第安人从诞生之日到当下生活的整个历史，还讲述了印第安人的血泪迁徙、寄宿学校和有色人种结盟等诸多被掩埋和掩盖的历史事件。马丽露·阿威阿卡塔（Marilou Awiakta）的《新生的小鹿与火之谜》（*Rising Fawn and the Fire Mystery*：*A Child's Christmas in Memphis*，1883，1983）以北美印第安人视角全面公正地讲述了印第安人被迫迁往居留地的历史。

约瑟夫·布鲁克（Joseph Bruchac）的《火鸡兄弟和其他故事》（*Turkey Brother and Other Tales*，1975）和《易洛魁族故事：英雄、怪兽和魔法》（*Iroquois Stories*：*Heroes and Heroines*，*Monsters*，*and Magic*，1985）等小说讲述了印第安人的故事和传奇，向那些在都市生活和长大的印第安少年们传递印第安传统文化。类似主题的少年小说还包括詹尼特·坎贝尔·霍尔（Janet Campbell Hale）的《猫头鹰之歌》（*The Owl's Song*，1974）和路易斯·厄德里奇的《爱药》（*Love Medicine*，1984）等等。这些小说家拥有独特的部族背景和丰富的经历，他们通过自己的视角和作品重现美国印第安被湮没的历史，不断发掘和发扬印第安文化传统以及内心强烈的民族意识和自我意识，帮助印第安裔青少年树立民族自尊心、自信心和自豪感，并为本族裔文化在当代美国多元文化社会中占据一席之地做出了巨大贡献。②

20 世纪 90 年代是美国印第安少年小说得到飞跃式发展的重要时期。弗吉尼亚·峚文·霍克·斯尼夫仍然笔耕不辍，继 70 年代创作的少年小说之后又创作了"首批美国人"系列（*First Americans* series）。这 9 部作品记载了多个印第安部落的历史和文化，具体包括《苏族》（*The Sioux*，1993）、《纳瓦霍族》（*The Navajos*，1993）、《塞米诺尔族》（*The Seminoles*，1994）、《内兹佩尔萨族》（*The Nez Perce*，1994）、《霍皮族》（*The Hopis*，1995）、《易洛魁族》（*The Iroquois*，1995）、《切罗基族》（*The Cherokees*，1996）、《夏安族》（*The Cheyennes*，1996）和《阿帕契族》（*The Apaches*，1997）等。迈克尔·杜瑞思（Michael Dorris）的《晨光女孩》（*Morning Girl*，1992）、《客人》（*Guests*，1994）和《从树后观看》（*See Behind Trees*，1996）等三部历史小说部部精

①Debbie A. Reese. "Native Americans in Children's Books of the Twentieth Century." Linda M. Pavonetti, ed. *Children's Literature Remembered*：*Issues*，*Trends*，*and Favorite Book*s. Westport, CT：Libraries Unlimited, 2004：143.

②Aine J. Kyne－norris. "Native American Literature." Bernice E. Cullina, and Diane G. Person, Editors. *The Contiuum Encyclopedia of Children's Literature*. The Continuum Internatioanl Publishing Group Inc. New York and London, 2001：580.

彩，其中以《从树后观看》尤为吸引人注意。和其他历史小说将印第安女性视为无足轻重的边缘化人物的做法不同，迈克尔·杜瑞思在小说里通过奥特（Otter）这个人物充分显示了印第安女性的重要作用和地位。① 盖尔·罗斯（Gayle Ross）在《兔子是怎么欺骗奥特的》（*How Rabbit Tricked Otter and Other Cherokee Trickster Stories*，1994）、《龟壳是怎么裂的》（*How Turtle's Back Was Cracked*，1995）和《温迪阁传奇》（*Legend of the Windigo*：*A Tale from Native North America*，1996）中讲述的印第安传统故事也同样精彩。此外，弗吉尼亚·斯特劳德（Virginia Stroud）也创作了《未曾摔落马下》（*Doesn't Fall Off His Horse*，1994）、《步入惊天谜团》（*A Walk to the Great Mystery*，1995）和《寂静麋鹿之径》（*The Path of the Quiet Elk*：*A Native American Alphabet Book*，1996）三部面向青少年读者的作品。约瑟夫·布鲁克、辛西娅·蕾缇驰·史密斯（Cynthia Leitich Smith）、贾恩·瓦布斯（Jan Waboose）和谢丽尔·萨瓦州（Cheryl Savageau）等作家在这一时期也创作了不少优秀的少年小说。

　　整体看来，这一时期的美国印第安少年小说的目的性比较明确。一方面是要驳斥和消解以好莱坞电影为代表的美国主流媒体所强化的美国印第安文化刻板形象，另一方面是要还原印第安文化的历史原貌和反映印第安人生活现状。在继续向本族青少年展现和灌输族裔传统和文化的同时，美国印第安作家们努力地塑造真实可信的当代印第安青少年人物和情境。② 这些少年小说有的侧重传统，有的则关注当代，更多的则将二者有机结合在一起。约瑟夫·布鲁克和盖尔·罗斯（Gayle Ross）共同创作的《银河故事》（*The Story of the Milky Way*，1995）以及弗吉尼亚·斯特劳德的《未曾跌落马下》强调了印第安传统。辛西娅·蕾缇驰·史密斯的《雷恩并不是我的印第安名字》（*Rain Is Not My Indian Name*，2001）以及约瑟夫·布鲁克的当代现实主义小说《苍鹰之歌》（*Eagle Song*，1997）和《酋长之心》（*The Heart of a Chief*，1998）则着重刻画了当代印第安人生活。迈克尔·拉卡帕（Michael Lacapa）的作品《长笛乐手》（*The Flute Player*，1990）、《羚羊女》（*The Antelope Woman*，1992）和《少于一半，多过整体》（*Less Than Half, More Than Whole*，1994）将印第安传统和当代主题完美地编织在一起，在当代语境下重述印第安传统

---

　　①Debbie A. Reese. "Native Americans in Children's Books of the Twentieth Century." Linda M. Pavonetti, ed. *Children's Literature Remembered*：*Issues*，*Trends*，*and Favorite Books*. Westport，CT：Libraries Unlimited，2004：143.

　　②Aine J. Kyne－norris. "Native American Literature." Bernice E. Cullina，and Diane G. Person，Editors. *The Contiuum Encyclopedia of Children's Literature*. The Continuum Internatioanl Publishing Group Inc. New York and London，2001：580.

故事。罗伯特·J. 康利（Robert J. Conley）《风歌：泪径》（*Windsong*：*A No-vel of the Trail of Tears*，1992）将印第安讲故事传统、印第安历史和小说三者有机结合在一起，三者既相互独立又相互补充，布局精妙匠心独运。苏珊·鲍尔（Susan Power）的《草之舞者》（*Grass Dancer*，1994）是一部时间跨度大（涉及 1864–1986 期间四代印第安人的故事）、情节复杂的小说，将印第安传统信念和迷信融入当代印第安人经历之中。

　　历史进入 21 世纪，美国印第安文学进入了强调印第安民族历史存在和在美国多元文化社会中谋求应有地位和话语权的新阶段，呈现出一些值得注意的趋势。[①] 首先，许多美国印第安少年小说作家写作伊始多以成人读者为写作对象，尔后投向少年小说写作领域，迈克尔·杜瑞思、路易斯·厄德里奇、斯科特·莫马迪和卢奇·塔帕宏索（Luci Tapahonso）等人便是其中的典型代表。究其根源，"或许是因为在成人读者市场的成功为他们（和出版公司）进入少年小说创作领域提供了'入场许可（Entree）'，而这种'许可'往往是其他创作伊始便以少年读者为写作对象的美国印第安作家可望而不可即的。"[②] 第二，美国印第安少年小说家的写作主题和内容由植根于口头传统故事转向现代印第安人生活写作，关注现代印第安人不得不面对的各种历史和现实问题，如女性、赌博和印第安刻板形象等，今后或许还会涉及土地索赔（land claims）和协议权利（treaty rights）等问题。美国国家图书奖获得者、著名印第安作家谢尔曼·阿莱克谢（Sherman Alexie）的印第安少年成长小说《一个印第安少年的超真实日记》（*The Absolutely True Diary of a Part–Time In-dian*，2007）便涉及酗酒、贫困、同性恋、暴力、性隐喻、死亡和亵渎行为等敏感和禁忌话题，该书也因这些话题而被一些学校明令禁止。另外，以前少有人关注的诸如印第安寄宿学校等史实和历史事件也逐渐进入了美国印第安少年小说家和读者的视野。例如，雪莉·斯特林（Shirley Sterling）的《我的名字叫斯皮策》（*My Name Is Seepeetza*，1992）、K·慈安妮娜·罗玛娃玛（K. Tsiannina Lomawaima）的《他们叫它草原之光》（*They Call It Prairie Light*：*The Story of Chilocco Indian School*，1994）和布伦达·蔡尔德（Brenda Child）的《寄宿学校季》（*Boarding School Seasons*：*American Indain Families* 1900—1940，

①参见 Debbie A. Reese. "Native Americans in Children's Books of the Twentieth Century." Linda M. Pavonetti, ed. *Children's Literature Remembered*：*Issues*，*Trends*，*and Favorite Books*. Westport, CT: Libraries Unlimited, 2004：146.

②参见 Debbie A. Reese. "Native Americans in Children's Books of the Twentieth Century." Linda M. Pavonetti, ed. *Children's Literature Remembered*：*Issues*，*Trends*，*and Favorite Books*. Westport, CT: Libraries Unlimited, 2004：146.

2000）都是关注印第安寄宿学校这一主题的。最后，美国印第安作家探索以图文结合的方式进行创作，并将其作为一种能与读者共享印第安部落文化的模式，例如勒纳出版公司（Lerner Publications）的 "我们仍在这里" 系列（*We Are Still Here* series），拉·薇拉·罗斯（La Vera Rose）的《拉科塔族的子孙》（*Grandchildren of the Lakota*）和玛茜·伦登（Marcie Rendon）的《印第安之夏》（*Pow Wow Summer*, 1996）等。①

总之，美国印第安少年小说和美国印第安儿童文学的发展历史，就是美国印第安少年小说家和美国印第安作家不断抗争的历史。他们充分利用自己熟稔的部落历史与文化来反击和纠正长期以来形成的印第安刻板形象，重现美国印第安在长久压迫下的艰难生活和顽强生存的历史，直面当代印第安社会问题并积极为印第安少年的成长提供借鉴和帮助。在他们的不懈努力下，印第安悠久历史、灿烂文化和不凡成就逐渐为更多的美国和世界读者所了解、接受和欣赏，美国印第安少年小说和印第安文化必将在当代美国多元文化社会中开创一片属于自己的天空。

美国犹太裔少年小说的主体是大屠杀文学，包括导致大屠杀的偏见与残忍，死亡集中营中的痛苦经历等内容。拉丁裔少年小说的数量也不多，尽管其人口数量已上升至14%。② 在这些有限的作品中，（波多黎各人或墨西哥人聚居的）贫民区（barrios）生活，传承自己文化与美国文化的融合，因经济或政治原因导致的移民美国的经历，等等，成为作家们主要的创作题材。对于美国犹太裔少年小说和拉丁裔少年小说，这里不再详述。

第二节　走进美国少数族裔少年小说

本节以《黑色棉花田》为例展示美国非裔少年小说的主题，以《芮恩不是我的印第安名字》为例对美国印第安少年小说进行探讨。因在历史小说一章中已经分析了美国华裔少年小说最重要的代表作品之一《龙翼》，所以这里略去对华裔少年小说的讨论。

---

①（pow - wow 也作 powwow, pow wow 或 pauwau orpau wau，是北美印第安人的一种集会，该词源自美国印第安纳拉干西特语 powwaw，意为 "精神领袖"，详见 http：//en. wikipedia. org/wiki/Pow_ wow）2013/09/13.

②Tomlinson, C. M & Lynch - Brown, C. *Essentials of Young Adult Literature*. Boston：Pearson, 2007：153.

一、《黑色棉花田》：为了生存的尊严

美国非裔少年小说家米尔德丽德·泰勒（Mildred Taylor）以其洛根家族小说驰名美国少年文坛。洛根家族小说中，最为著名的则是《黑色棉花田》。该书 1976 年一经出版就大获好评，先后获 13 项大奖，包括美国少儿文学最高奖纽伯瑞少儿文学奖、美国图书奖，等等，被誉为 1970 - 1983 年最佳图书，纽约时报最佳少儿图书，等等。1978 年被 ABC 电视台改编为三集电视剧播出。该书多次重印，1990 年销售量超出 100 万册。[①]

《黑色棉花田》通过 9 岁女孩凯茜之口讲述了洛根一家 1933 年夏至 1934 年秋这一年之间发生的故事——住在美国密西西比乡间的洛根一家为保住土地维护尊严所进行的斗争。经历了这一年的风风雨雨，洛根一家更加团结，孩子们也渐渐长大。

许多评论家认为，《黑色棉花田》及其他洛根家族小说具有自传色彩："迄今为止，泰勒的每部作品都选择构筑在自传体的基础上，使这些故事产生令人惊奇的力量和精神特质。"[②] 的确，一位作家的创作往往出自他对人生的反思，其主题也往往同他对人生的深刻感受、丰富体验及不断思考相关。泰勒的作品也正是在其自身经历以及家族故事的基础上创作的，反映了她对美国种族歧视的感受、思考与抗争。

泰勒说："我出生在一个种族隔离的城市，一个种族隔离的州，一个种族隔离的美国。"《黑色棉花田》所展示的就是这样一个种族隔离的世界，种族歧视随处可见：洛根家的四个孩子上学的黑人学校破烂不堪；他们没有课本，唯一一次得到的课本还是白人学生使用十余年后淘汰的废旧课本；他们上学没有校车，而且，在上学的路上还需时刻提防白人校车司机的戏弄，随时防备被其溅上一身的泥土。同孩子们的遭遇相比，成年黑人所遭受的种族压迫更令人震惊。白人放火烧了白瑞家的三个黑人，就因为他们怀疑，仅仅是怀疑，其中一个窥视过一位白人妇女。为了黑人生存的尊严，凯茜的父母组织黑人拒买行凶白人华莱士商店中的东西。凯茜的父亲因此受到白人的袭击而伤了一条腿，母亲则失去了她在黑人学校的工作，其他参与的黑人佃户也受到了白人农场主的威胁。

---

①Violet, J. Harris, ed. *Teaching Multicultural Literature in Grades K - 8*. Norwood：Christopher Gorden Publishers, 1992：68.

②Pendergast, Tom and Pendergast, Sara, ed. *St. James Guide to Young Adult Writers*. Detroit：St. James Press, 1999：810.

在泰勒成长的年代，由于种族隔离的现实，种族主义的歧视与迫害，黑人如果想有尊严地生活，他必须面对许多困难和挑战。卡迈克（Carmichael）和汉密尔顿（Hamilton）列举了美国黑人同白人关系中的三个特点。首先，由于种族隔离及种族主义恐怖，黑人在政治上的权利实际上是被剥夺的；其次，黑人在经济上也受到压迫，在农村，许多黑人没有土地，因此受到土地主的盘剥；在城市，他们做着最低下的工作，拿着最低的工资。再次，黑人在社会上的地位被降至最低，以至他们怀疑自己作为人的价值。[①] 正是这种从政治到经济到心理的压迫，使许多黑人的自尊陷入了困境。现实中的泰勒和书中的凯茜在成长的过程中都面对着这样的困境。

凯茜和泰勒的生活年代、生活环境不尽相同，然而种族歧视给她们带来的冲击、恐惧与愤怒却是相同的。年少的她们在各自的经历中体会到生活残酷的一面：在白人至上、种族隔离的社会里，作为黑人如果不按照"适当的"规矩办事，而要求平等的待遇，得到的只能是羞辱和甚至更可怕的伤害。凯茜和泰勒面对着人生道路的选择：屈服还是抗争？她们做人的尊严使她们选择了后者。

美国黑人领袖马丁·路德·金曾经说过："当你看到，在一个富裕的社会中，你两千万黑人兄弟的大多数却被密封在贫穷的笼子中窒息……当你是黑人这一事实使你日夜不安，总是小心翼翼地生活，从不知道下一步会有什么事情发生；当你被内在的恐惧和外在的怨恨所困扰，总是在同'无名之辈'这样的颓废感觉搏斗——那么你就会明白我们为什么不能再等待。"[②] 他的话说明了为什么面对自尊的困境许多黑人，如泰勒家族，还是选择了为尊严而抗争。

在种族歧视的大背景下，黑人面对两种形式的种族主义压迫。一种是来自个人的歧视，包括某个白人对黑人所做出的暴力行为，如白人华莱士放火焚烧黑人白瑞；另一种则是"制度化"歧视，来自社会偏见。因为无法得到社会的承认与尊重，许多黑人接受并习惯了二等公民的地位，视来自白人的歧视性待遇为正常，像《黑色棉花田》中的黑人教师克罗克小姐；还有些黑人甚至堕落为别有用心的白人所利用的工具，如该书中的黑人男孩儿 T.J. 。他们的麻木顺从使得洛根一家的自尊坚忍显得更为可贵。而这精神正是泰勒本

---

①Dolbeare, Kenneth M. and Dolbeare, Patricia. *American Ideology* . Chicago：Markham Publishing Company, 1971：130 – 131.

②Dolbeare, Kenneth M. and Dolbeare, Patricia. *American Ideology* . Chicago：Markham Publishing Company, 1971：109.

人及其家族自尊坚忍精神的写照。

家族的精神传统通过父亲讲述的家族故事传给了泰勒："许多故事是幽默的，有一些是悲剧的，但所有的故事都讲述了人的尊严与生存，尽管这些人所生活的社会几乎没有赋予他们公民权，并且视他们为劣等人。"[1] 泰勒不仅自己在生活中实践着这种精神，而且要通过自己的作品塑造一批自尊自强的黑人英雄形象，将这种精神传达给她的读者：在种族主义社会，黑人要生存并发展，自尊是首要条件。

小说中的人物不是靠技巧编出来的角色，他必须出自作者自己的经验，出自他的知识、他的头脑、他的内心。凯茜就是这样塑造出来的一个人物。评论家克劳乌（Crowe）在评论凯茜时说："许多方面，她的主人公凯茜·洛根也是'唯一一个'。她是家中唯一的女孩，唯一一个目睹许多可怕事件的女孩，学校中唯一一个来自受过教育的土地主家庭的女孩，唯一一个有勇气面对种族主义和歧视的人。泰勒汲取的经验教训也是凯茜所汲取的，她们两人所面对的挑战将她们塑造成令人难忘并受人崇拜的人物。"[2] 同泰勒一样，凯茜选择了自尊，并为之抗争。

破旧的黑人学校里，教师克罗克小姐兴奋地告诉学生们县教育局给了学校一批教科书。然而这些书不但又破又旧，而且书的内页上还附着一个表格，说明该书白人学生已使用了十余年，才轮到"黑鬼"手中。为了自尊，凯茜和弟弟拒绝接受这种带有侮辱性质的施舍。尽管他们从未拥有过一本属于自己的书，他们还是把书交了回去，并为这种"不知感恩"的行为受了罚挨了打；为了自尊，凯茜在哥哥的带领下在公路上挖陷阱，设计惩罚了经常故意溅他们一身泥的白人校车；为了自尊，在受了白人女孩莉莲的羞辱后，凯茜假装同其亲近，莉莲小姐长莉莲小姐短地取得她的信任后，将其骗到树林中打了一顿报了仇。尽管这些行为有的充满了孩子气，但它们毕竟是为维护自己的尊严与权利而同种族隔离的社会进行的斗争。

凯茜抗争的勇气源自家庭的教育，她的父母就是她的榜样。关于自尊，她父亲如是说："在这个世界上，你必须要求别人的尊重。没有人会将尊重送给你。你采取什么姿态，你代表什么——这才是你获得尊重的方式。但是，孩子，没有任何别人的尊重比自尊更重要。"[3] 他的行动是对他这番话的最好

---

[1]Crowe, Chris. *Presenting Mildred D. Taylor*. New York：Twayne Publishers，1999：8.

[2]Crowe, Chris. *Presenting Mildred D. Taylor*. New York：Twayne Publishers，1999：25.

[3]Taylor, Mildred D. *Roll of Thunder*, *Hear My Cry*. New York：The Trumpet Club，1976：134. 以下小说中引文均出自本版本，因此只在文中标注页码。

导他们成长。"① 家庭成员之间充满了亲情和关爱。海默伯伯回家时给每一位亲人都带了礼物；当凯茜母亲为失去了教师工作而难过时，父亲叮嘱孩子们要格外关心她："你们的妈妈，她是一个坚强的女人，这件事不能打倒她……但这件事使她受到了伤害。所以，我要你们在以后的几天里格外体贴她。"（143）当他们有了经济上的困难，面临失去土地的危险时，海默伯伯毅然决然地卖了自己的汽车及其他贵重物品，又借了钱来帮助家庭渡过难关。

凯茜的父母十分重视孩子的教育，即使是小事也决不含糊。当凯茜哥哥被 T. J. 所骗，将海默伯伯送给他的新衣"借"给 T. J. 时，他母亲十分生气地说："在这个家庭中，爱我们的人送的礼物，我们决不送人。"父母教育孩子们自尊自爱自强，凯茜抗争的勇气就源自家庭的教育。史密斯认为，泰勒的作品强调黑人家庭作为一个整体的力量，家庭成为一个人遭遇和应对困难时精神上和家庭资源上的有效支持。② 因此，温馨的家庭是洛根一家的自尊之源。

法国学者菲利普·勒热讷在其《自传的契约》中给自传下了一个明确而清晰的定义：当某人主要强调他的个人生活，尤其是他的个性历史时，我们把此人用散文体写成的回顾性叙事称作自传。③ 以该定义衡量，《黑色棉花田》不算自传，它是事实加虚构，只是具有一定的自传色彩。它是泰勒生活经历、家族历史及精神传统的折射。泰勒及其家族在白人主流社会中保持自尊、同种族主义抗争的精神传统与小说中洛根一家自尊坚忍的特点相契合。泰勒借此表达了她对处于种族歧视状态下黑人自尊问题的思考。泰勒认为，如果不讲述种族隔离的故事，孩子们——黑人和白人孩子们——有可能忘记种族主义给黑人带来的苦难。而他们一旦忘记这些，历史的悲剧就有可能重演。把目光投向未来——这也许才是泰勒创作其自传色彩小说《黑色棉花田》的真正目的所在。

二、《芮恩不是我的印第安名字》：心殇化茧，茧破成蝶

辛西娅·蕾缇驰·史密斯（Cynthia Leitich Smith, 1967—）是美国当代著名印第安少年小说家，也是美国《纽约时报》（*New York Times*）和《出版周刊》（*Publishers Weekly*）的畅销小说家。她创作的美国印第安少年小说《叮当

---

①Crowe, Chris. *Presenting Mildred D. Taylor*. New York：Twayne Publishers，1999：100.

②Pendergast, Tom and Pendergast, Sara, ed. *St. James Guide to Young Adult Writers*. Detroit：St. James Press，1999：810.

③利普·勒热讷，《自传契约》，杨国政译. 北京：生活·读书·新知三联书店，2001：5.

舞者》（*Jingle Dancer*，2000）、《芮恩不是我的印第安名字》（*Rain Is Not My Indian Name*，2001）、《印第安靴子》（*Indian Shoes*，2002）《惊叫》（*Holler Loudly*，2010）以及《逗弄》（*Tantalize* series）和《野性》（*Feral* series）等系列小说深受青少年读者的好评和欢迎，也给她赢得了不少荣誉。同时，辛西娅还善于利用作家网页和博客等网络手段来介绍、宣传和推广自己的作品、印第安文化和其他优秀少数族裔文化，在广大读者群中拥有良好的声誉和较高的知名度。

辛西娅的少年小说"多以美国中部和西南部为故事背景，充满丰富的想象力和独特的印第安幽默感，故事情节引人入胜，语言流畅优美极具抒情性。"①《芮恩不是我的印第安名字》便是最典型的代表。在小说中，作者以睿智的洞察力和幽默风趣的笔触，生动讲述了印第安少女芮恩在亲友和印第安文化的帮助下，从痛失恋人的悲苦和自闭中逐渐康复并重新发现自我的故事。小说发表伊始便深受读者欢迎，当年入围俄克拉荷马州图书奖，还帮助她获得了由"本土作家和故事讲述者协会"（Wordcraft Circle of Native Writers and Storytellers）评选的年度作家的称号。此外，该书的语音版在加拿大和美国广播后也获得不错反响。②

在这部小说中，年仅 14 岁的印第安少女卡西迪·芮恩·贝高福（Cassidy Rain Berghoff）是一位崭露头角的摄影记者，与祖父和哥哥生活在堪萨斯州的一个小镇上。作为小镇上为数不多的印第安人之一，她在生活中不得不面对各种问题，不过她幸好有一位非常要好的异性朋友盖伦（Galen）可以交流沟通、排遣忧思。但是正当他们都意识到对彼此互有好感并逐渐萌生爱意时，盖伦却在一起车祸中不幸丧生。痛失心上人的芮恩悲伤难以自抑，突然变得少言寡语和自闭，不但没能参加盖伦的葬礼，在日常生活中也逐渐开始离群索居，就连家人和朋友她也很少沟通和交流。六个月后，在哥哥的反复劝说下，她接受了当地报社发出的工作邀请，奔赴乔治娅姑姑开办的印第安夏令营，负责拍摄工作。芮恩刻意保持摄影师和旁观者的超脱身份，通过镜头观察这项旨在保护和传承印第安文化的夏令营活动。但是随着夏令营和拍摄活动的继续以及乔治娅姑姑和营员的影响，原先对印第安文化保持模糊情感和态度的芮恩逐渐改变了自己的看法，开始与印第安文化和传统重新建立联系，逐渐摆脱了盖伦去世带来的悲伤和痛苦，从心殇化茧的状态中走了出来，最终破茧成蝶，重现发现自我。

---

①http：//www.cynthialeitichsmith.com/cls/about_ cyn.html，2013/08/06.

②http：//en.wikipedia.org/wiki/Cynthia_ Leitich_ Smith，2014/04/07.

《芮恩不是我的印第安名字》是辛西娅用心写就的一部少年小说，它的成功一方面要归功于作者高超的写作技巧和叙事手段，但更重要的是作者巧妙自然地将小说的典型背景、动人情节、独特幽默、优美语言和印第安特色有机地结合在一起，充分发挥了作品对青少年成长的教育和指导作用、抵制和消解印第安刻板形象的作用以及丰富和弘扬印第安传统和文化的作用。

美国印第安少年文学研究专家波莱特·F·莫林对辛西娅在小说中多重情节线索并行、非线性和日记条录式叙事等写作技巧大加赞赏。在她看来，芮恩和盖伦的交往过程以及芮恩对盖伦的回忆、芮恩用镜头记载下来的印第安夏令营活动和她为了争取市议会对夏令营的继续资助的努力等情节线索在芮恩成长主线的带动下同时发展，虽然在一定程度上稍微增加了青少年读者的阅读和理解难度，但是它也增加了故事的趣味性和丰富性。同时，非线性的故事叙述技巧巧妙地将多重情节线索编织在一起，使读者能够随着主人公自由穿梭于过去和现在，既避免了线性叙事产生的单调和枯燥，也有助于读者更好地理解主人公的心理状况。① 另外，小说每一章均以芮恩的日记片段开篇，这种日记条录式叙事不但使主人公能直接以第一人称的角度向读者展示自己心理活动和内心世界，让读者能直观的感受芮恩的心路历程，同时也有助于读者弄清楚与芮恩相关的各种人际关系，见证芮恩在家人、友人和印第安文化的爱护和帮助下摆脱忧伤逐渐成长的过程。当然，技巧是为了内容和主题服务的，《芮恩不是我的印第安名字》的教育作用、抵制和消解印第安刻板印象和种族主义歧视作用以及承载和弘扬印第安文化的作用是该小说更大的亮点。

首先，《芮恩不是我的印第安名字》对于帮助和指导青少年正确应对死亡的影响有重要的教育意义。当被问及这部与死亡有关的小说的创作初衷时，辛西娅直截了当地做出了正面回答，"如果我们对死亡避而不谈，那么死亡这一话题就永远不会是真实的。那些试图通过避免谈论死亡来达到保护孩子的想法和做法，在我看来都是虚假和错误的。因为死亡真实存在。像《芮恩不是我的印第安名字》这样的故事是我们这个社会迫切需要的，因为只有这样，当孩子们在真正被迫面对死亡的影响时才不会感到那么孤单。"②

《芮恩不是我的印第安名字》是一部自传色彩较浓的日记体印第安少年小说，辛西娅也曾就此做过解释，"或许每位小说家的第一部小说多少都是带有

---

① Paulette F. Molin. *American Indian Themes in Young Adult Literature*. Oxford：Scarecrow Press，Inc.，2005：39.

② https：//prezi.com/_ tjy4bos kcri/rain－is－not－my－indian－name/ 2014/10/22.

自传色彩的，我的这部小说（即《芮恩不是我的印第安名字》）也不例外。和芮恩一样，我在堪萨斯东北部度过了我的部分童年生活，也同样做过社区报社的工作，同样喜欢网页设计。"① 小说的自传体特征和日记体格式易使青少年读者产生共鸣，对主人公的经历产生亲历性和代入感，有助于他们从容面对相同的或相似的问题，具有极强的指导作用和教育意义。盖伦乍离人世时的芮恩是悲苦阴郁、孤立无助的：母亲数年前意外遭雷击离世，父亲随美军部队常驻日本，哥哥未婚妻意外怀孕但哥哥却对她避而不谈，最好的朋友突然和她形同陌路，盖伦的母亲对她造谣中伤称其在盖伦遭遇车祸前夜已和盖伦春风一度，使得芮恩在不得不在邻居异样的眼光中生活。面对这样的困境，她不得不像毛毛虫一样，用厚茧把自己包裹起来。在辛西娅异常敏感的笔触和极为写实的描述下，芮恩痛失初恋情人的痛苦、无人可依和无以慰藉的困境就显得异常真实和生动，这对于处于相同或相似处境中的青少年读者是极大的安慰，而对于那些尚未经历这些遭遇的读者而言，这种经历能够使他们在移情的作用下更好地理解小说的主旨。因此小说对于青少年特别是少数族裔青少年的成长，有着重要的借鉴和指导作用。

第二，通过当代印第安少女形象的生动塑造、典型印第安生活环境的写实描述和当代印第安人生活的真实写照，《芮恩不是我的印第安名字》实现了作者反对、抵制和消解主流文化虚构的印第安刻板形象以及减弱种族主义歧视的消极影响的写作初衷。

作为一名印第安裔作家，辛西娅也曾遭受和深刻体会了种族主义的影响：

"我非常熟悉内化的种族主义，毕竟那是美国政府创办印第安寄宿学校的主要目标之一……他们（种族主义者）通过或过于泛化或仇恨的方式（对印第安人和印第安文化）匆匆妄下判断，然后以蔑视的、歧视的、狂虐的或暴力的方式来维护他们所谓的'优越性'……我曾经走进过无数的学校，印第安人在这些学校里全部属于过去时。但是随着孩子们读到《叮当舞者》和《印第安靴子》等故事时，好莱坞电影中的印第安人、体育比赛中的印第安吉祥物和刻板化的'骇人鬼怪'等印第安负面形象被一一从孩子的世界中驱逐出去……尽管种族主义问题并不是我所有作品的焦点，但是我确实一直在作品中提到如何对待种族主义的问题，《芮恩不是我的印第安名字》便是如

---

① http：//www.cynthialeitichsmith.com/cyn_ books_ forkids/rain/rainisnotmyindianname.html，2014/03/25.

此。"① 在这里，辛西娅明确说明了种族主义对她的印第安少年小说创作的影响，坚定地表明了她通过印第安少年小说创作消解印第安刻板形象和反击种族主义的态度。通过对芮恩及其生活环境的描述，《芮恩不是我的印第安名字》真实再现了当代印第安人的生活状况，有力抨击了固化和偏激的印第安刻板形象。

其一，小说的背景符合当代印第安人的生活现状，芮恩的形象也具有典型的当代印第安人特征，二者戳破了印第安人只生活在久远历史的谎言。作为一名拥有印第安血统的混血儿，芮恩并没有生活在印第安居留地，而是和亲人朋友生活在堪萨斯州的一个小镇上，这一描述符合现代美国印第安人的分布现状。而且与白人经典小说和少年小说中的扁平印第安刻板形象不同，《芮恩不是我的印第安名字》中的这位印第安少女形象非常饱满。芮恩生性敏感诙谐，尊敬祖父和姑姑等长者，深爱哥哥和哥哥的未婚妻等亲人和朋友，也和同时代的其他族裔同龄女孩一样喜爱《x-档案》和其他现代流行文化。② 此外，辛西娅还"灵巧地将橄榄球队吉祥物、伪劣的梦之容器、③ 猫王埃尔维斯、日本动漫、派滋糖果、雪茄店的印第安人和芭比娃娃之类的主流社会塑造的偶像和虚构的意象与印第安食物、舞蹈和生活用品等有机组织在一起"，④ 共同放置在当代印第安文化语境下，真实再现了以芮恩为代表的印第安人的生活状况，塑造了聪慧和机智的印第安少女形象。

其二，小说也揭露了当代印第安青少年在成长过程中遭遇白人社会对他们文化和传统的误读和刻板印象以及他们面对这种状况的无奈。万圣节和感恩节是"一年两度的印第安刻板印象高峰期"，⑤ 正如芮恩在小说所说的那样'在学校里，关于印第安话题的讨论在火鸡节（即感恩节）非常多，到处都是用硬纸板剪成的清教徒图形和粘贴在麦当劳窗户上的南瓜图片。印第安人总是看起来像是草原上的怪物、平装本冒险故事封面上的头发被风吹乱的男孩

①"Writers Against Racism：Cynthia Leitich Smith—Bowllan's Blog"，详见 http：//blogs. slj. com/bowl-lansblog/2010/07/27/writers－against－racism－cynthia－leitich－smith/

②Paulette F. Molin. *American Indian Themes in Young Adult Literature*. Oxford：Scarecrow Press, Inc. , 2005：40.

③dreamcatcher，美国拉科塔族和奥吉布瓦族等印第安部落流传的一种圣物，以柳树枝条和网编制而成，常饰以羽毛和珠子等圣物，是印第安各部落团结和统一的象征，但经常被美国主流文化误用、盗用、滥用和过度商业化。详见 http：//en. wikipedia. org/wiki/Dreamcatcher 2014/11/20.

④引自 Beverly Slapin of Oyate，in Multicultural Review. 详见 http：//www. mcelmeel. com/，2014/11/20.

⑤Paulette F. Molin. *American Indian Themes in Young Adult Literature*. Oxford：Scarecrow Press, Inc. , 2005：40.

或是"宝贝时光"世界中长着娃娃脸的难民们。在我们搬到宽扎（Kwanza）之前，每年的这个时候我通常只能通过阅读藏在教科书后面的科幻杂志挺过这段难熬的时光。'①

其三，印第安部落和家庭成员间关系的刻画和描述以及他们对待本族裔文化和传统的态度也有力抨击了主流社会强加在他们身上的刻板模式。从表面来看，芮恩的家人似乎只关心和忙于各自的事情，彼此缺乏关爱。但是随着故事的发展，家庭成员和朋友间充盈的温情和关爱慢慢地渗透出来，貌似松散疏离的家庭关系逐渐显露为家庭成员对芮恩界定自我身份和看待族裔文化的尊重、支持和关爱，非常令人感动。②

第三，保护、弘扬和丰富印第安文化和传统，并且让更多青少年读者真正了解印第安文化是《瑞恩不是我的印第安名字》的另外一个重要主题。

美国印第安文化和传统不但对印第安青少年的健康成长有着重要的作用，它对其他族裔读者的教育和审美以及美国多元文化的相互交融和和谐发展也有着特别的意义。为了保存和传承灿烂的文化和悠久的传统，也为了让其他族裔读者真正了解优秀印第安文化，印第安人克服重重阻力和种种不利条件，坚持不懈地努力还原印第安文化本来面貌。在《芮恩不是我的印第安名字》中，尽管面对着经费压缩和众多反对的声音，芮恩的姑姑仍然坚持开办印第安夏令营；尽管不是一个舞者，芮恩仍非常挚爱印第安仪式等传统文化，而印第安文化也在她失爱—悲痛—疗伤—伤愈的成长过程中起到了至关重要的作用。正是在对印第安文化和传统传承的思考、对印第安人和白人对印第安文化不同态度的剖析和对小镇生活局限的审视中，芮恩加深了对世界的认识，并逐渐摆脱忧伤重新发现自我。

只有摆脱偏见、歧视和压迫，印第安文化才能彻底消解长久以来形成的刻板形象，才能在主流文化中真正发出自己的声音，但是"如果所谓的主流文化'看门人'依旧我行我素，将少数族裔和少数族裔文化与主流文化的差异视作弱点，那么本土作家（包括其他少数族裔作家）在自我审查或者剔除自己的观点之前，他们的作品将永远到不了年轻读者的书桌。我们也将不能履行呈现族裔文化传统的职责，还会让我们的孩子和所有的少数族裔群体大失所望。"③ 以辛西娅为代表的美国印第安少年小说家们坚定地履行着自己的

---

①Cynthia Leitich Smith. Rain Is Not My Indian Name . New York：Harper Collins，2001：13.

②Paulette F. Molin. *American Indian Themes in Young Adult Literature*. Oxford：Scarecrow Press，Inc.，2005：40.

③https：//prezi.com/_ tjy4boskcri/rain－is－not－my－indian－name/ 2014/11/19.

职责，努力通过自己的作品让"孩子们知道我们（印第安人）还活着，有时候还活得很好。"①在《芮恩不是我的印第安名字》中，她塑造的既不是在主流文化条条框框限制下戴着枷锁跳舞的"高贵野蛮人"，也不是迎合主流读者口味的变味的"神秘他者"，更不是在人们脑海中根深蒂固的种种落后、愚昧和迷信的刻板形象，而是血肉丰满、极具印第安特质的当代印第安少女形象。她在博客中说道，"我收到了许多青少年读者的来信，这些读者有的是印第安人，有的不是。他们在信中告诉我，芮恩的故事使他们真正懂得了印第安群体的多样性，而且还在芮恩身上看到了自己的影子。"②

总之，这部带有自传性质的小说不但有丰富的内容、流畅的语言和独特的叙事，更具有诙谐风趣的风格和温情暖人的氛围，无愧为描述当代印第安少年生活的佳作。

本章主要参考文献

1. Bader, Barbara. "Multiculturalism in the Mainstream." *The Horn Book Magazine*, May/June 2003.

2. Buchoff, R. Family Stories. *The Reading Teacher* 1995（49）.

3. Cameron, A, K. Narahashi, M. P. Walter, and D. Wisniewski, "The Many Faces in Children's Books", *School Library Journal* 1992：38.

4. Cobb, J. B. "Images and Stereotyping of African Americans and Hispanic Americans in Contemporary Children's Fiction". Paper presented at the 40th Annual Meeting of the International Reading Association, 1995. April 30 – May 5, Anaheim, CA.

5. Crowe, Chris. *Presenting Mildred D. Taylor*. New York：Twayne Publishers, 1999.

6. Dolbeare, Kenneth M. and Patricia Dolbeare. *American Ideology*. Chicago：Markham Publishing Company, 1971.

7. Galda, Lee, Lawrence R. Sipe, Lauren A. Liang, Bernice E. Cullina. *Literature and the Child*, Eighth Edition. Belmont：Wadsworth, 2013.

8. Grice, Helena. "Yoshiko Uchida" in *Dictionary of Literary Biography*, Volume 312：*Asian American Writers*. Gale, 2005.

9. Johnson, Vivian G and Jonella A. Mongo. "African American Children's Literature in the Twentieth Century." Ed by Linda M. Pavonetti. *Children's Literature Remembered：Issues, Trends, and Favorite Books*. Westport：Libraries Unlimited, 2004.

①Paulette F. Molin. *American Indian Themes in Young Adult Literature*. Oxford：Scarecrow Press, Inc., 2005：41.

②"Writers Against Racism：Cynthia Leitich Smith — Bowllan's Blog"，详见 http：//blogs. slj. com/bowllansblog/2010/07/27/writers – against – racism – cynthia – leitich – smith/

10. Kyne – norris, Aine J.. "Native American Literature." Bernice E. Cullina, and Diane G. Person, Editors. *The Continuum Encyclopedia of Children's Literature*. New York and London: The Continuum Internatioanl Publishing Group Inc., 2001.

11. Larrick, Nancy. The All White World of Children's Books. *Saturday Review of Literature* 1965, 48.

12. Lim, Shirley Geok – lin. "Feminist and Ethnic Literary Theories in Asian American Literature." *Feminisms: An Anthology of Literary History and Criticism*, 2nd edition. Eds. Robyn R. Warhol and Diane Price Herndl. New Brunswick: Rutgers UP, 1997.

13. Lowe, Lisa. Immigrant Acts: On Asian American Culture Politics. Durhan: Duke UP, 1996. 转引自 Traise Yamamoto. "Foreigners Within: An Introduction to Asian American Literature." *Ethnic Literary Traditions in American Children's Literature*. Ed. by Michelle Pagni Stewart and Yvonne Atkinson. NY: Palgrave Macmillan, 2009.

14. Mercier, Cathryn M. "Yoshiko Uchida". M. Daphne Kutzer, ed. *Writers of Multicultural Fiction for Young Adults* (A Bio – Critical Sourcebook). Westport: Greenwood Press, 1996.

15. Miller, Jamers A. "Black Images in American Children's Literature". *Masterworks of Children's Literature* (Volume Eight The Twentieth Centurry). Edited by William T. Moynihan, Mary E. Shaner. New York: The Stonehill Publishing Company in association with Chelsea House Publishers, 1986.

16. Molin, Paulette F. *American Indian Themes in Young Adult Literature*. Oxford: Scarecrow Press, Inc., 2005.

17. Pendergast, Tom and Pendergast, Sara, ed. *St. James Guide to Young Adult Writers*. Detroit: St. James Press, 1999.

18. Pescosolido, B. E. Grauerholz, and M. Milkie. "Culture and Conflict: The Portrayals of Blacks in U. S. Children's Picture Books through the Mid and Late Twentieth Century". *American Sociological Review* 1997, 62.

19. Reese, Debbie A. "Native Americans in Children's Books of the Twentieth Century." Linda M. Pavonetti, ed. *Children's Literature Remembered: Issues, Trends, and Favorite Books*. Westport: Libraries Unlimited, 2004.

20. Rundquist, Suzanne Evertsen. *Native American Literatures: An Introduction*. New York: Consortium International Publishing Group, 2004.

21. Sims – Bishop, R. *Shadow and Substance: Afro – American Experience in Contemporary Children's Fiction*. Urbana, IL: National Council of Teachers of English, 1982.

22. Sims – Bishop, R. "Walk Tall in the World: African American Literature for Today's Children". *Journal of Negro Education*, 1990, 59.

23. Smith, Cynthia Leitich. *Rain Is Not My Indian Name*. New York: Harper Collins, 2001.

24. Taylor, Mildred D. *Roll of Thunder, Hear My Cry*. New York: The Trumpet

Club，1976.

25. Tomlinson，C. M & Lynch - Brown，C. *Essentials of Young Adult Literature*. Boston：Pearson，2007.

26. Vandergrift，Kay E. "Laurence Michael Yep." *Writers of Multicultural Fiction for Young Adults*（A Bio - Critical Source book）. Ed. by M. Daphne Kutzer. Westport：Greenwood Press，1996.

27. Violet，J. Harris，ed. *Teaching Multicultural Literature in Grades K - 8*. Norwood：Christopher Gorden Publishers，1992.

28. Wiget，Andrew ed. *Handbook of Native American Literature*. New York：Garland，1994.

29. Yamamoto，Traise. "Foreigners Within：An Introduction to Asian American Literature." *Ethnic Literary Traditions in American Children's Literature*. Ed. by Michelle Pagni Stewart and Yvonne Atkinson. New York：Palgrave Macmillan，2009.

30. Yep，Laurence. Afterword，*Dragonwings*. New York：Harper Trophy，1977.

31. Yokota，Junko. "Asian and Asian American Literature." Bernice E. Cullina, and Diane G. Person，Editors. *The Continuum Encyclopedia of Children's Literature*. New York and London：The Continuum International Publishing Group Inc. 2001.

32. 利普·勒热讷. 自传契约. 杨国政译. 北京：生活·读书·新知三联书店，2001.

33. 张颖，祝贺. 为了生存的尊严. 国际关系学院学报，2004（5）.

34. 朱振武等. 美国小说本土化的多元因素. 上海：上海外语教育出版社，2006.

35. http：//www. mcelmeel. com/，2014/11/20.

36. https：//prezi. com/_ tjy4boskcri/rain - is - not - my - indian - name/，2014/11/19.

37. http：//blogs. slj. com/bowllansblog/2010/07/27/writers - against - racism - cynthia - leitich - smith/

38. http：//www. cynthialeitichsmith. com/cyn _ books _ forkids/rain/rainisnotmyindianname. html，2014/03/25.

39. http：//www. cynthialeitichsmith. com/cls/about_ cyn. html，2013/08/06

40. http：//en. wikipedia. org/wiki/Cynthia_ Leitich_ Smith，2014/04/07

41. http：//en. wikipedia. org/wiki/Pow_ wow，2013/09/13

42. http：//en. wikipedia. org/wiki/Indian_ Renaissance，2014/08/07

43. http：//en. wikipedia. org/wiki/Louise_ Abeita#I_ am_ a_ Pueblo_ Indian_ Girl，2013/11/15.

44. http：//en. wikipedia. org/wiki/Dreamcatcher，2014/11/20.

45. www. education. wisc. edu/ccbc/pcstats. htm，2014/07/18.

46. http：//www. bookrags. com/biography/yoshiko - uchida/，2014/07/18

第六章　想象的魅力：美国少年
科幻小说与幻想小说

第一节　现当代美国少年科幻小说概述

科幻小说（science fiction）发展至今已经十分成熟，其正宗的文学地位也早已被肯定并广泛接纳。著名科幻文学评论家伊斯特凡·塞瑟瑞－罗内（Istvan Csicsery－Ronay，Jr.）站在新世纪初回望 20 世纪之时曾谈道："科幻小说是 20 世纪的一个表现形式，非常贴切地反映了这个世纪的特征，我们可以把它称作科幻小说的世纪。"① 美国在这个世纪里从一个后知后觉的起跑者一跃成为鳌头独占的领跑者，创造了科幻文学的大繁荣。从 1835 年被誉为"美国首位科幻小说作家"的爱伦·坡发表短篇小说《汉斯·普法尔奇险记》（*The Unparalleled Adventures of One Hans Pfaall*）起，美国科幻创作开始萌芽。在长达 60 多年的蛰伏期中，科幻小说的作家群和读者群不断发展扩大，新鲜的风格与年轻的读者碰撞出超乎想象的化学反应，科幻小说源源不断地问世。这一现象在蕾切尔·法尔康纳（Rachel Falconer）看来并不稀奇，西方资本主义本就将自己视为精力充沛、潜力无限的儿童，崇尚"工作即玩耍与自我表达"，"年轻态"（youthfully）地工作和生活，而所谓"年轻态"则主要是指革新与变通。如此看来，年轻与革新似乎如影随形：年轻的一代总是技术革新与科学发明的中坚力量；同时新兴的事物与创造总是首先博得年轻人的称赞与喝彩。当这一规律移植到科幻小说上，市场上涌现的是大批热衷科幻的"年轻"读者，这份年轻不仅包含了物质生命生长过程中的年轻阶段即少年时期，同时也指向精神生命中仍笃信秉持的执着与天真即童心未泯的成年人

---

① Istvan Csicsery－Ronay，Jr. *The Seven Beauties of Science Fiction*. Middletown：Wesleyan University Press，2008：265－266.

（kiddults），属于一个宽泛且模糊的范畴。

科幻小说是作者被现实的科学发展激起一系列想象，虚构与我们所生活的现实不同的另一个现实的小说。在小说中，作家编织故事，并且根据对已有科学知识进行推测，编制可信的科学前景。① 它属于少儿科学文艺体裁。按照王泉根教授的理解，科幻小说是伴随着世界的现代化进程而出现的；是科学文艺中发展最成熟、流派最繁盛的一个品类。科幻小说"以科技影响人类本性或造成社会变化为主题"。② 而在朱自强教授眼里，"科幻小说是以小说的表现形式，在科学现实的基础上，对科学未来的发展进行幻想性描述，以预言人类社会的各种可能性"。③

美国学者对科幻小说的定义同中国学者的定义大同小异。例如：汤姆林森和林奇-布朗将科幻小说定义如下：科幻小说是想象文学的一部分，在科学原则和科学发现的基础上表现人类的未来、地球上的变化、其他星球上的生命和生活，等等。④ 又如：美国科幻小说家阿西莫夫（Asimov）定义科幻小说为文学的一个分支，它描写在科技水平上人类对变化的反应。⑤ 但是柯尔博士对阿西莫夫的定义存疑，因为这个定义将社会科学，如政治学、社会学等，排除在外。

柯尔博士认为，科幻小说可以分为两类：硬科幻（hard SF）和软科幻（soft SF），尽管两者可以互相渗透。前者强调科学性的准确和技术性的细节。硬科幻小说的基础是自然科学，如物理学、化学等。而后者的基础是社会科学，如心理学、政治学等。⑥ 其着眼点常常是社会问题。

少年科幻小说（young adult science fiction）以少年为目标读者，与一般科幻小说有相同之处。最受少年读者欢迎的科幻小说是关于太空星际、超人和数码网络世界（赛博朋克）的。

那么，什么是少年科幻小说中最常见的题材或主题类型呢？

中国学者周晓波教授总结了三类科幻小说经常表现的主题类型。一是演示科学原理的可能性前景，如克隆、星际/时间旅行等。二是乌托邦和反

① 周晓波.《少年儿童文学》，北京：高等教育出版社，2010：107.

② 王泉根.《儿童文学教程》，北京：北京师范大学出版社，2009：296 – 298.

③ 朱自强.《儿童文学概论》，北京：高等教育出版社，2009：297.

④ Tomlinson, C. M & Lynch – Brown, C. *Essentials of Young Adult Literature.* Boston：Pearson，2007：68.

⑤ Cole, P. B. *Young Adult Literature in the 21st Century.* Boston：McGraw – Hill Higher Education，2009：346.

⑥ Cole, P. B. *Young Adult Literature in the 21st Century.* Boston：McGraw – Hill Higher Education，2009：354.

（伪）乌托邦社会。三是从大灾难中幸存下来，如核爆炸、过度污染等等。[1]

柯尔博士也总结了三种主要题材。首先是描写外星人或其他世界的故事，如《安德的游戏》（*Ender's Game*，1977）就是关于外星球入侵，差点导致人类灭绝的故事。另一类探索地球的未来，这些未来的社会往往是伪乌托邦，例如《记忆传授者》中的同一性社区，表面上看社区整齐划一，人们安居乐业，但实际上社区和人们都被控制、限制，完全没有自由。最近，基因研究又吸引了人们的注意力，因此也成为美国少年科幻小说的一个重要题材。如《蝎子屋》，主人公马特是一个克隆少年，他被克隆出来的目的是为150岁的祖父帕特朗提供可移植的器官，以延长他的生命。[2]

杰西卡·叶兹（Jessica Yates）归纳的三类主题为太空旅行、未来灾难和消失的世界。[3]

而在道诺尔森和尼尔森的《当今少年文学》中，有五类题材被重点论述：时间旅行、空间旅行、核爆炸灾难、数码网络世界以及伪乌托邦社会。[4]

纵观美国少年科幻小说，上述几类主题或题材几乎都有涉及。如：探讨时间／空间旅行的，有《时间皱褶》；讨论伪乌托邦社会的，有《记忆传授者》；描写克隆／基因研究的，有《蝎子屋》（*The House of the Scorpion*）；关于外星入侵的，有《安德的游戏》；展现核战争灾难的，有《末日寂静》（*Z for Zachariah*，1974）；以网络人格和虚拟现实为主题的《雪崩》（*Snow Crash*，1992），等等，不一而足。

下面我们追溯一下美国少年科幻小说的发展历程。值得一提的是，美国少年科幻小说的发展是随着美国科幻小说的发展而发展的，并不像新现实主义小说一样一开始就以独立的少年文学姿态登上文坛。

首先，1895—1940年间被视为类型初成的时代。自18世纪小说兴起以降，现实主义小说发展如火如荼，一直到19世纪90年代科幻创作出现重大转机，实现大幅飞跃。据统计，1848至1859年间共有23部英语科幻小说问世，到60年代这一数字没有变化，仍然只有23部，70年代达到91部，80年代215部，到90年代则有551部之多，较之前翻了一番之多，发展速度惊人。

①周晓波.《少年儿童文学》，北京：高等教育出版社，2010：107—108.

②Cole，P. B. *Young Adult Literature in the* 21*st Century*. Boston：McGraw - Hill Higher Education，2009：358—361.

③Hunt，Peter，ed. *International Companion Encyclopedia of Children's Literature*. London：Routledge，1996：317.

④Donelson，K. L. & Nilsen，A. P. *Literature for Today's Young Adults* (5th Edition). New York：Addison - Wesley Educational Publishers Inc.，1997：175—177.

这一巨大变化的到来也并非偶然，第二次工业革命加快了技术革新的步伐，处在世纪之末人们开始对即将到来的 20 世纪展开各种想象和期望，对于未来的设想不断涌现。技术的马达承载对于未来的设想，科幻一触即发。由此，20 世纪少年科幻的起步阶段定格在 1895 年，也即是说自英国作家威尔斯的著名科幻小说《时间机器》（*The Time Machine*）这部伟大作品出版之时起。

美国作为欧洲文化的接受者和追随者，其科幻文学的发生发展亦走上了外源型发展道路。在欧洲国家尤其是英国的影响与启蒙下，许多美国文学里耳熟能详的大文豪们都曾试手科幻小说的创作。到 1895 年，科幻创作题材的三大源流开始初具规模，为 20 世纪科幻创作导引航向、供给养分。

第一类奇妙旅行故事（extraordinary voyage）是最古老的叙述样式，从中世纪开始的各种旅行轶事层出不穷，到 18 世纪在西欧和美国出版的各类奇幻旅行小说数量已多达 215 本。[①] 以 1895 年为例，美国出版科幻作品 22 部，[②] 奇妙旅行类就有 11 本，占总数一半。当时流行的一便士廉价小说（dime novel）"小弗兰克·李德"（*Frank Reade, Jr.*）系列讲述了主人公经历的各种怪诞神秘的旅行。《神秘的幻境》（*The Mysterious Mirage*）是一次发现之旅，曾经失落的民族重见光明；《追逐彗星》（*The Chase of a Comet*）、《带电的小岛》（*The Electric Island*）、《迷失彗尾》（*Lost in a Comet's Tail*）三部小说开启了太空拯救故事之先河，旅行之中时刻充满了冒险的刺激与奇妙机器的神奇。这类故事以快速的节奏、夸张的想象以及便宜的价格吸引了众多的读者，迅速地确立了自己的市场。

第二类题材未来故事（the tale of the future），其历史虽不及旅行故事悠久，却特色独具。在"世纪终结"（fin de siecle）情绪的左右下，人们不禁展望未来，或忧心忡忡，或乐观积极。担忧派则认为技术的持续发展在未来对于人类而言意味着灾难与不幸，末日幻想小说（apocalyptic fiction）应时而生；乐观派则认为将来一定比现在好，是一个更光明美好的世界，便有了乌托邦式的故事（utopian tale）。实干勤奋的美国人是十足的乐观派，自食其力、自主自强的美国梦笃信努力就有光明的未来，乌托邦式的未来自然更受美国人的青睐。爱德华·贝拉米（Edward Bellamy）的《从 2000 年到 1887 年，往后看》（*Looking Backward, 2000—1887*）是这一时期最具影响力的乌托邦小说。顾名思义，主人公朱利安·韦斯特从 1887 年时光穿越到了 2000 年，一个截然不同的世界出现在他眼前：一个自然进化产生的中产阶级的乌托邦。

---

①Philip B. Gove. *The Imaginary Voyage in Prose Fiction*. New York：Octagon Books, 1975：42.

②Everett F. Bleiler. *Science Fiction：The Early Years*. Kent：Kent State University Press，1990：926.

正义与公平是最高主宰，所有成人努力工作，效率保证，薪资相同，45 岁方可退休。这样一个简单而正义的世界对世纪末的中产阶级产生了巨大的吸引力，充分实现了科幻小说的娱乐和教育两大功能，积累了大批忠实的读者群。

第三类科学故事（the tale of science）是产能最高的题材。"产能"即是说其生产潜力，这一题材在 20 世纪衍生出了无数的后裔，故事中心或关于科学、或描写神奇发明、或讲述专注投入的科学家，成为了科幻小说最为持久的标识。不难看出，这是工业革命改造人类认识的结果。在"蒸汽时代"迅速被"电气时代"刷新之时，19 世纪末的人们意识到机器的力量，认为机器将充分改变子孙后代的生活。1899 年里昂的阿曼德·格尔维斯（Armand Gervais of Lyons）绘制的香烟卡片上就出现了诸如私人飞行器、远程教育、机械化清扫以及耕种的画面。[1] 这些在目前早已实现的事情确凿证明了当时人们的超前想象。文学创作领域最能代表这类题材的作品则是由路易斯·塞纳伦斯（Luis P. Senarens）创作的署名为"无名氏"（Noname）的"小弗兰克·李德"系列。由他撰写的 100 多则故事里，主题基本都同科学发明相关，大胆地想象描绘了各种机器，如机器人、潜艇、坦克、飞行器以及直升机等。虽然塞纳伦斯的这类发明故事（invention stories）当时遭受诸多道德家和改革家的批判，以致一便士廉价小说最终走向衰亡，但这一体裁并未从此绝迹，反而成为 20 世纪初科幻小说创作的重要元素。

因此，这三类小说题材在 19 世纪末的出现为科幻小说在 20 世纪的发展积聚了巨大的潜能。这潜能既包括如前所述在创作手法与写作内容方面的积蓄，同时也包括其对读者群体的储备。这项储备十分紧要，因为读者的存在在一个文学类型的诞生过程中与作家自觉的创作同等重要。"科幻迷"这一群体早在科幻小说这一类型尚未命名之前就已经出现，从某种意义上，他们甚至更领先于出版商缔造了这一体裁。[2] 口味、爱好明确的读者群体需要也更容易得到商业化运作的出版界的注意，20 世纪初的集中回应让科幻小说终成正果。

1926 年，雨果·格恩斯贝克（Hugo Gernsback）辗转多年后归来，推出《神奇故事》（Amazing Stories），专营科幻，成为第一本科幻小说杂志，掀起了一阵科幻办刊的热潮。从 1926 至 1940 年，共有 19 本科幻类的杂志诞生，在 30 年代盛极一时，然而繁荣太过短暂，多数杂志都非常短命。格恩斯贝克

---

①Isaac Asimov & Jean M. Cote（ed）. *Future Days: A Nineteenth - Century Vision of the Year* 2000. New York: Henry Holt & Co, 1986: 53.

②Edward James. *Science Fiction in the Twentieth Century*. New York: Oxford University Press, 1994: 52, 72.

作为这一时期科幻小说最为活跃的倡议者和执行者率先对其钟爱的体裁尝试定义，称其为"科学的小说"（scientifiction），随后更改为现在的科幻小说（science fiction），刮起了硬科幻的旋风。硬科幻多以自然科学打底，其中涉及较多诸多学科的科学知识与技术概念，如生物学、化学、物理、数学等，旨在关注科学和技术的潜力与质变，它与后来出现的软科幻（soft sci‑fi）形成对比，后者常扎根社会科学，如心理学、社会学、人类学、政治学等学科，多倾向社会或政治批评，抒发表达人文关怀。[①]

美国科幻小说家坎贝尔（Campbell）1937年出任《惊悚科学故事》杂志主编。该杂志发表了不少优秀科幻小说，使美国科幻小说步入了其黄金时代：1940—1960。

第二次世界大战结束后，世界进入了相对稳定的和平发展时期。在战胜国美利坚合众国里，科学技术持续改变着人们的生活，各类交易会与博览会陈列展出的新兴发明不断地挑战人类的大脑潜能，极大地颠覆了传统的世界观与价值观，解开了捆绑思维和想象的束缚，一颗颗自由的心灵开始看向未来，对未来充满好奇，猜度与揣想之中既有希望期待，也有不祥和恐惧。不管怎样，少年科幻小说在二战结束后开始崛起，迎来了自己的"黄金时代"。

到20世纪50年代，世界范围内都开始重印美国科幻小说，美式科幻大量被模仿，欧洲出版商们甚至为其本地作家选择美式笔名，至此可以说科幻小说成为了典型的"美国产品"，[②] 美国的科幻创作与出版已全面超越欧洲各国，成为无可置疑的领头羊。美国少年科幻小说在这场革命浪潮的席卷下亦迸发出了巨大的发展势头，作品在创作数量、成熟度以及艺术性上相比之前更胜一筹。

首先，科幻审美更趋成熟。虽然坎贝尔大权独揽，垄断了旗下科幻杂志的主题创作与风格选择，然而庞大的市场与读众却无法被某一个人完全控制，这也为其他优秀的科幻杂志准备了机会。1949年，《科幻杂志》（The Magazine of Fantasy and Science Fiction）创刊，[③] 发表刊登幻想类和科幻类作品。杂志严格把控作品的文学质量，却不拘一格，大胆使用被坎贝尔拒绝的优秀作品，而其兼容并蓄的办刊理念也赢得了许多作家的好感。多样化的审美取向

①Mark Bould & Sherryl Vint. *The Routledge Concise History of Science Fiction*. New York：Routledge，2011：181，83.

②Edward James. *Science Fiction in the Twentieth Century*. New York：Oxford University Press，1994：52，72.

③Science Fiction 一开始并未出现在创刊名中，是1950年加上的，杂志简称 F&SF。

活跃了科幻创作，增加了创作的自由性与多变性，同时照顾了作家创作的个性，百家争鸣，百花齐放。

其次，科幻的经营日愈成熟，少年科幻作品数量飙升。这一变化有赖于20世纪50年代美国市场对于青少年群体的重新审视和全新认识。早在二战结束之前，美国就开始着手改组经济，以满足国内日益增长的消费需求，消费社会初见雏形。战后马歇尔计划的实施在振兴经济的同时也改变着人民的生活方式，社会消费观念以及消费习惯迅速发生变化，以利润为主要导向的资本市场对于消费人群的定位也在急速转变：青少年首次被视为独立的消费群体，① 美国的消费市场版图因此刷新。青少年开始成为美国出版商以及电影发行商们青睐的盈利板块，少年读者对科幻的追捧与热情提供了巨大的市场潜能与创作动力。

出版商们双管齐下，一方面着手重印杂志时代的经典科幻故事，另一方面注重培育发掘优秀的创作人才，精心呵护着读者的激情。平装小说逐渐升温，价格低廉的纸张以及相对完备的销售传播渠道为小说的大量印刷与市场流通创设了有利条件；与此同时，经济和文化因素也为科幻小说的接受铺平了道路。经济的快速发展让人们拥有更多的可支配性收入，能够承受诸如阅读、体育锻炼等额外的闲暇娱乐与消遣开销；文化的进步催生了年轻人的自觉意识，打造青年文化（youth culture），找寻自我的身份，支持改革性的新鲜事物，例如科幻小说。日益自觉的年轻人进一步壮大了科幻小说的读者规模，来自读众日益强烈的阅读需求蕴藏巨大的市场前景，也激昂了出版商的斗志。当科幻杂志在50年代初走向衰落之时，平装小说全面取代杂志成为科幻创作的主战场与主流传播模式，有力推动了科幻小说的繁荣。40年代末，以西蒙与舒斯特公司（Simon & Schuster）为首的商业出版商们开始出版精装科幻小说。进入50年代，安文（Avon）、班坦（Bantam）、西格尼特（Signet）三家图书公司打造经典科幻选集（anthologies），重印传承科幻杂志里那些脍炙人口的优秀故事；王牌（Ace）、百伦坦（Ballantine）以及斯克里布纳出版社（Scribner's）等图书公司分别推出了原创科幻系列：王牌图书推出的"科幻小说二合一"（Ace SF Doubles）一直持续到70年代，囊括了许多科幻作家及作品，规模之大，数量之多，影响之广。百伦坦的星球科幻系列（Star SF Stories）反响不俗。斯克里布纳签约著名科幻作家罗伯特·海因莱因（Robert A. Heinlein），从1947到1958年间以每年一部作品的速度共推出12

①Mark Bould & Sherryl Vint. *The Routledge Concise History of Science Fiction*. New York：Routledge，2011：181，83.

本少年科幻小说，堪称海因莱因的最佳创作。^①哈考特·布雷斯（Harcourt Brace）从 1952 年起出版著名少年科幻作家安德烈·诺顿（Andre Norton）的作品。在各大出版社的推动下，许多才华横溢的科幻作家开始为少年读者创作，小说市场日益繁荣，少年读者拥有了更多量身定做的作品。但是仍然值得一提的是这一时期青少年的阅读范围不止于少年科幻小说，精彩刺激的成人科幻畅销作品依旧高居青少年阅读榜单，这其中不乏科幻大师的经典之作，如阿西莫夫（Asimov）的"基地"（Foundation）系列、弗雷德里克·波尔（Frederik Pohl）的星球故事系列等，甚至雷·布莱伯利（Ray Bradbury）艰深晦涩的政治讽喻作品《华氏 451 度》（*Fahrenheit 451*, 1953）也备受青少年追捧。青少年读众与成人幻想的互育消融了加诸作品身上所谓的年龄界限，印证了科幻魅力的普遍性与广泛性，进一步拓宽了少年科幻小说的范围与疆界，从横纵两个维度不断扩展着少年科幻的内涵与外延。

最后，科幻小说创作体系日臻完善。科幻作家兼编辑唐纳德·沃尔海姆（Donald A. Wollheim）曾说，到 20 世纪 50 年代，关于未来，科幻作家已经形成一种无意识创作，有经验的读者根据其模式化的前提条件能够迅速地进入任何一个新故事。^②科幻创作不再是所谓虾兵蟹将的胡拼乱凑，科幻创作逐渐探索出了自己的创作手法与创作风格，形成了集团化、成规模地、有律可循的创新思路。

纵观这一时期的作家作品，四大主题鲜明突出。第一类世界末日科幻（apocalyptic fiction）直指世界未来，认为未来对人类而言是一场灾难，或是核战争，或是病毒瘟疫，一场灾难终结人类文明。前者如内维尔·舒特（Nevil Shute）的《沙滩上》（*On the Beach*, 1957）、帕特弗兰克的《唉，巴比伦》（*Alas, Babylon*, 1959）、莫德赛·罗什瓦德（Mordecai Roshwald）的《第七营》（*Level 7*, 1959），后者如乔治·斯图尔特（George R. Stewart）的《地球忍受》（*Earth Abides*, 1949）、约翰·温德哈姆（John Wyndham）的《三尖树时代》（*The Day of the Triffids*, 1951）、约翰·克里斯托弗（John Christopher）的《草之死》（*The Death of Grass*, 1956）。此外，还有一批作家绕过血腥残酷的屠杀与灾难，着力描写屠杀之后的黑暗时代与人类的挣扎，沃特·米勒（Walter M. Miller）的《莱博维兹的赞歌》（*A Canticle for Leibowitz*, 1959）与利·布拉克特（Leigh Brackett）的《漫长的明天》（*The Long Tomor-*

---

①John Clute & Peter Nicholls. *The Encyclopedia of Science Fiction*. London: St. Martin's Press, 1993: 555.

②Donald A. Wollheim. *The Universe Makers: Science Fiction Today*. New York: Harper, 1971: 42—44.

row，1955）在作者对人类社会的焦虑中展现人类的生存前景与文化重建。第二类观念突破型科幻（conceptual breakthrough）顾名思义，意指观念、看法的革新与转变。人类在认识世界的过程中所构建的知识储备与认知体系反作用于人类对于世界的认知与感受，不断地挑战并刷新以往传统的知识结构，思想观念遭遇剧烈变化与震荡。简单来说，便是托马斯·库恩（Thomas Kuhn）说的"科学范式之间的替代更迭"。[1] 然而，这样的认知突破一经科幻作家之手便成了全方位的认识革命。作家将自身突破性的认知赋予到故事和人物身上，人物的一举一动伴随着其命运的起落转折让读者在一边领略故事风景的同时，一边接受着大脑的洗礼，与各种新鲜的颠覆性观点亲密接触。海因莱因的短篇小说《宇宙》（Universe，1941）与《常识》（Common Sense，1941）、布莱恩·奥尔迪斯（Brian Aldiss）的《空中营救》（Non - Stop，1958）、詹姆斯·布里什（James Blish）的短篇《表面张力》（Surface Tension，1952）以及菲利普·迪克（Philip K. Dick）的《时间错位》（Time Out of Joint，1959）向读者展示了无数"不可能"的事物与世界，不断挑战传统与想象的极限。第三类心电感应科幻（ESP）讲述具有心灵感应术等超能力的人类的故事，在各类辐射致人基因突变的时代，这类科幻小说折射出了作家对于人类生存以及道德生态的关怀。亨利·库特纳（Henry Kuttner）的《变种人》（Mutant，1953）、约翰·温德哈姆的《蛹》（The Chrysalids，1955）、西奥多·斯特金（Theodore Sturgeon）的《超乎常人》（More than Human，1953）、阿尔弗莱德·贝斯特（Alfred Bester）的《被毁灭的人》（The Demolished Man，1953）与《老虎！老虎！》（Tiger! Tiger!，1956）[2] 等作品描述了各种酷炫的超能力，然而能力背后隐藏着的是作者对人类主体性的担忧与思考。在人类看似无所不能的强大之下恰是科技对人的控制与摆布，是作为发明者的人类的异化与退步。第四类太空旅行科幻（space travel）是人类探索宇宙的自然产物，宇宙飞船、遨游太空、遭遇外星人是这一类型的常态配置。被誉为"美国现代科幻小说之父"的海因莱因是这一领域最为重要的作家，他的大部分作品都以太空为背景，讲述少年主人公在星际旅行中的各种奇遇与作为。《红色的行星》（Red Planet，1949）、《星际迷航》（Tunnel in the Sky，1955）、《星河战队》（Star Troopers，1959）、《火箭飞船伽利略号》（Rocket Ship Galileo，1947）、《年轻宇航员》（Space Cadet，1948）、《银河系公民》（Citizen of the Gal-

---

① Thomas Kuhn. *The Structure of Scientific Revolutions*. Chicago：University of Chicago Press，2012：93.

② 1956 年首先在英国出版，次年在美国发行，更名为《群星，我的归宿》（*The Stars My Destination*），此后一直沿用这个题目。

axy，1957）、《穿上航天服去旅行》（*Have Space Suit—Will Travel*，1958）等十多部少年科幻作品均发生在浩瀚宇宙星空中，其中有探索、有冲突、也有友谊，每一次的太空之行都险象环生，最后却都化险为夷、柳暗花明。太空题材科幻让人类看到，面对偌大的宇宙与神秘的异邦，人类需要加倍尊重、足够耐心。

以上四类自不足以概括黄金时代少年科幻小说的题材全貌，却占据着科幻创作的主流，集中反映了科幻作家的现实困惑与人文关怀。科幻小说走过19世纪的漫长沉淀，经历坎贝尔的"大一统时代"，各类模式与主题羽翼丰满，不仅为作家的构思与写作提供丰富给养，也为作家提供了创新游戏的原料，科幻创作有迹可循却不拘于任何条框，显现出无限生机与活力。

1960年至2000年这一阶段被视为日新月异的探索时代。20世纪最后的四十年，美国社会的政治、经济、文化局势风起云涌，错综复杂。动荡不安的局势导致20世纪后半叶的文学创作新潮辈出，各式运动、各类主义层出不穷，科幻小说也毫不例外地追寻着新的创作手段和表达方式。因此，这四十年是不安现状积极探索的激情岁月，亦是理性思辨继往开来的成熟之年。每个十年都是一次运动、一场改革。一个"新"字难以道尽数代人的坚守与开拓，只能暂以借用描述那时那地的粗略景象吧。

一"新"表现在科幻创作上。过去的文学形式已难以应付全新的社会现实，"当代小说的某些写作形式与创作可能的衰竭或无能为力表明人们之前对于文学的认识已经过时了，但这绝不是让人绝望的理由"，[1] 因为一个全新的、更适应当下时代的综合体正在形成，它正是文学与现实的新鲜融合。美国人并没有像英国人那样激烈地抨击传统，而是对辛苦建立起来的科幻传统进行改良加工。他们继续沿用着那些熟悉且略显古老的传统配置，例如宇宙飞船、外星球、奇异遭遇等等，但却在创作风格、人物刻画以及写作题材等方面不断注入新元素。塞缪尔·德莱尼（Samuel R. Delany）专司鲜少触及的冷门话题与概念，小说《通天塔17号密语》（*Babel – 17*，1966）是他跨领域使用乔姆斯基（Chomsky）以及萨丕尔－沃尔夫假说（Sapir – Whorf Hypothesis）等语言学理论打造的成功科幻范本。罗伯特·西弗堡的心电感应科幻《变化的时代》（*A Time of Changes*，1971）、《草塔》（Tower of Grass，1971）、《我心枯萎》（*Dying Inside*，1972）等杰作展现了具有超能力的现代人类在生活中的困顿与挣扎。20世纪八九十年代，信息技术的抬头带来了赛博朋克（cyber-

①John Barth. "The Literature of Exhaustion"，*The Friday Book：Essays and Other Nonfiction*. New York：G. P. Putnam's Sons，1984：64.

punk）科幻小说，掀起了另一轮的新浪潮（a new New Wave）。发起人威廉·吉卜森（William Gibson）和布鲁斯·斯特林（Bruce Sterling）不遗余力地宣讲并展示赛博朋克的独特魅力，其激进的主张得到了更多年轻人群的响应。科幻小说都在探讨未来，赛博朋克也在眺望看似可触的未来。他们眼中的未来乍一看阴郁黑暗，实际却充满了希望与乐观，他们认为科学有足够的能力和潜力彻底改善人类的环境。吉卜森的《神经漫游者》（Neuromancer，1984）、格雷·贝尔（Greg Bear）的《血乐》（Blood Music，1985）对人类世界进行了不同程度的重建。故事对于生物科技、数字革命、网络空间的关注也让赛博朋克获得了持续的生命力，对世纪末科幻小说的发展产生了深远影响。

二 "新" 则在科幻的传播媒介。20 世纪 60 年代美国派拉蒙影视公司制作的影视系列《星际迷航》（Star Trek）创造了史无前例的超高收视率，拉开了科幻与影视联姻的大幕。许多著名的科幻小说与科幻人物通过大小银屏再续前缘，走进了美国的大街小巷，蝙蝠侠、超人等超级英雄不断闪耀银幕，成为家喻户晓的名人。70 年代，科幻进入流行文化，尤其是摇滚乐和电影业。海因莱因、温德哈姆、布莱伯利的科幻小说陆续被改编成歌词，由乐队或歌手演唱，吸引了不少摇滚迷和科幻迷。加州乐队（California）、鹰风乐队（Hawkwind），吉米·亨德里克斯（Jimi Hendrix）、大卫·鲍伊（David Bowie）等在流行乐坛刮起了太空摇滚的旋风。电影院里科幻大片云集，乔治·卢卡斯（George Lucas）的《星球大战》（Star Wars）、史蒂芬·斯皮尔伯格（Steven Spielberg）的《第三类接触》（Close Encounter of the Third Kind）、《外星人》（E. T.）、雷德利·斯科特（Ridley Scott）的《异形》（Alien）。科幻与流行文化的交织融合拓宽了科幻的影响范围与接受人群，日渐壮大的读者群体反过来进一步推动着科幻的发展与变革。当好莱坞的商业触须感应到科幻的魅力，科幻的影像化便成为了世纪末一道亮丽的风景线，各类改编与原创剧本层出不穷，不断撩动现代人类的好奇心与猎奇心，将科幻的感召力发挥到极致。

三 "新" 则指新鲜的创作声音或群体。60 年代的女权运动唤醒了女性的主体意识，有知识女性开始进军学术界，女性作家活跃在各个文学领域。著名女作家乔安娜·罗斯（Joanna Russ）撰写的《科幻小说中的女性形象》（"The Image of Women in Science Fiction"，1970）一文指出科幻小说截至目前对于女性文化角色的展现非常局限，应当试图改变这一现状。这一论述引发了有关科幻与性别的争辩和讨论。帕米拉·萨根特（Pamela Sargent）在 70 年代出版三部科幻故事选集《神奇的女性》（Women of Wonder，1974）、《更多神奇的女性》（*More Women of Wonder*，1976）以及《新起的神奇女性》（*The New Women of Wonder*，1978）集中选取了女性科幻作家的作品，肯定了女性作家与作品的价值，发掘了众多优秀的新生人才，突显了女性作家对科幻发展所做贡献，还原了女性科幻创作的历史原貌。对女性科幻作家的贡献进行公开正式的承认与接受也鼓励了更多女性作家投身科幻创作事业，奉献更精彩的科幻作品。事实上，从 70 年代起，少年科幻创作上，女性作家人数激增，为少年读者呈现了一次科幻的饕餮盛宴。小詹姆斯·提普奇（James Tiptree, jr.）、卡珊德拉·克莱尔（Cassandra Clare）、朱迪斯·麦瑞尔（Judith Merril）、玛格丽特·哈迪克斯（Margaret Haddix）、玛德琳·英格（Madeleine L'Engle）、芳达·麦金泰尔（Vonda McIntyre）、切尔西·雅布罗（Chelsea Yarbro）、厄休拉·勒奎恩（Ursula Le Guin）等作家开始进入公众视线，用女性的视角和优美的语言为青少年描绘奇异的想象与技术，作品流传度与受欢迎程度很高，其文学价值也获得公认。玛德琳·英格的《时间皱褶》（*A Wrinkle in Time*）一举获得了美国儿童文学最高奖励纽伯瑞奖章。女性作家的重新发现与创作队伍的再次壮大为少年的科幻世界里塑造了更丰富饱满的女性人物，用女性的柔和与韧性包裹男性的强权与刚劲，带领少年走进一个圆融豁达的世界，聆听不同的声音，抒发不同的思想。新声音、新思路赋予读者全新的享受与收获。

　　四 "新"是科幻研究的发展。有关科幻的批评历来有之，然而系统性、学理性、规范性的理论批评却是 20 世纪下半叶兴起的。从 50 年代起，美国大学里开始讲授科幻小说的课程，到六七十年代，越来越多的科幻小说教师不再将自己仅仅视为大学讲师，认为自己是科幻学术圈的一员，并试图通过自己的研究向同事证明自己讲授和研究的科目是值得尊敬的。需要指出的是，教师们的这一做法固然丰富了科幻小说的研究，但是基于其初衷是要展示科幻小说与研究的体面性，他们研究的作家与作品都是精挑细选出来的，研究范围相对狭小，忽略了许多读者追崇的作家作品，也间接导致了读者的阅读接受与学者的批评接受不一致的结果。像小詹姆斯·提普奇、格恩斯贝克这些科幻发展进程的重要人物，都未能进入批评视野，而勒奎恩以其优美的语言、精彩的想象、有趣的故事备受评论家的推崇。虽然少年科幻并没有成为一个独立的研究领域，但是少年文学评论以及科幻评论中都有涉猎，尤其在科幻小说评论文章中，其艺术功底与审美价值都得到了系统全面的分析和评论。1970 年以前，只有一本研究科幻的学术期刊《推断》（Extrapolation），1973 年，美国印第安纳州立大学创办了《科幻小说研究》（Science – Fiction

Studies）期刊。1979 年，第一届国际幻想艺术年会召开，三年后，国际幻想艺术协会（International Association for the Fantastic in the Arts）成立，致力于幻想类作品的创作、翻译、研究与传播。学术类会议与期刊的存在稳步推进了科幻小说的批评与研究，为科幻研究成为独立的学术研究领域立下了汗马功劳。

20 世纪是科幻小说绽放伟大与光荣的世纪。经历了起步期的阵痛与考验之后，美国少年科幻小说以矫健的步伐迈进了黄金时代，以傲人的身姿屹立在世界科幻之林，又在时代的变迁中求发展、谋出路，试验探索着无数可能。

第二节　走进美国少年科幻小说

本节将分析作为软科幻小说的《记忆传授者》，这部小说同时也是一部反（伪）乌托邦小说。本节将从存在主义角度揭示小说作者洛瑞如何运用科幻小说这一体裁来体现成长这一少年小说中的重要主题。

露易丝·洛瑞（Lois Lowry）的科幻小说《记忆传授者》（The Giver）于1994 年获得了美国儿童文学最高奖——纽伯瑞奖章。小说描绘了一个乌托邦的世界。在这个世界里一切事情都在控制之中，人们安居乐业，衣食无忧，没有战争也没有痛苦。一切早已确定，没有改变的可能。孩子们都在规定好的统一模式里长大。但是作者在该书中却涉及了杀害婴儿、安乐死以及性萌动等"少儿不宜"的敏感话题，为此该书频繁受到家长的质疑，位列美国图书馆备受争议图书之十一位。对此，洛瑞满怀担忧，"我并不想要这一'殊荣'，这样的处境很尴尬。"[1] 事实上，作者这样的安排恰是基于现代社会中青少年的成长环境以及对人类行为的反省。书中描绘的整齐划一的"同一性社区"（the Community of Sameness）以及那些所谓"少儿不宜"的情节以其独特的视角，从青春和成长的角度来探索生命的意义，对主人公乔纳斯（Jonas）的存在展开了探索和思考。

乔纳斯的成长是伴随着他对自身存在的体悟不断深入而到来的。他的成长轨迹呈现出清晰的抛物线状：从懵懂迷茫期的低落与无助，到顿悟真相后的愤懑与尴尬再到焦虑过后的行动与选择，在乔纳斯实现自我成长的同时存在主义的思想和理论也贯穿其中。

---

[1]Sanderson, J. *A Reading Guide to The Giver*. New York：Scholastic, 2003：48.

（一）迷惘：存在的意义

小说一开始就描写了小主人公乔纳斯内心的迷茫与忧郁——成长小说主人公初期的典型特征。即将步入 12 岁的他面对日益临近的成长典礼，这一社区中一年一度最为重要的庆典，充满了矛盾和纠结，甚至还有一丝丝恐惧。他并不知道自己在庆典上将被分配何种工作，自己将来在社区中将会有何作为和贡献，自己的存在到底有何意义。当乔纳斯回想自己过去课外实习的表现时显得异常地不安。他并没有像其他的同学那样选择固定在某个职业实习，而是凭自己的喜好频繁地更换地点和岗位，这不仅给社区的决策者们造成了麻烦，也让他自己深为困惑到底什么工作适合自己。而他同好朋友亚什（Asher）玩扔苹果游戏时的经历和表现更是雪上加霜，令他不禁心生害怕。他发现苹果在空中移动时有时看起来不一样，好像有一些不可思议的"变化"，具体是什么他也不确定，而同伴亚什却没有发现。强烈的好奇心使得他想一探究竟，便不顾社区不许偷拿公共财物的规定趁人不注意偷偷拿走了一个苹果，谁知无所不在的社区委员会监视到了他的举动，随即在广播中给予了未点名的警示和提醒。其实乔纳斯看到的"变化"就是苹果真实的颜色，虽然社区选择同一摒弃了色彩，但是具有"透视能力"（the capacity to see beyond）的乔纳斯却能发现别人不能洞察的事物和现象。对此内幕和真相毫不知情的乔纳斯背负着内心的自责，继续着自己奉公守法、小心翼翼的生活，不仅对自己的将来更加担心迷惘，同时在现实中发现的不可名状的"变化"也让他更加疑惑：难道自己在社区中真是一个奇怪的"另类"吗？会被社区认为是耻辱排斥在外吗？自己的前途会是怎样呢？诸如此类的问题不停地困扰着乔纳斯，由此便有了小说开头那个忧心忡忡的少年。

根据存在主义大师萨特的说法，乔纳斯的忧虑很大程度上源于对于过去认知的缺失，即对过去的一无所知。萨特认为人的存在是在时间化的过程中实现的，而时间由过去、现在和将来这三维组成，因而人是拥有过去的存在。[①]"过去，就是我不能经历的而我所是的东西。"[②] 过去规定着人的本质。没有过去，人就失去了最为根本的元素，不能更好地认知了解自己，也就无法把握自己的将来。而这也与小说的主题不谋而合。作者借书中最有智慧、最受尊敬的长者—"记忆传授者"（The Giver）之口表达了她的看法，"过去是智慧的源泉，也是我们塑造未来、开创未来的依据"。[③]

---

①杜小真：《萨特引论》，北京：商务印书馆，2009：95.

②萨特著，陈宣良译：《存在与虚无》，上海：三联书店，2009：157.

③Lowry, Lois. *The Giver*. New York：Dell Laurelleaf, 1993：78.

可悲的是，在乔纳斯成为"记忆接受者"之前对过去一无所知，所有跟过去有关的东西和记忆都被社区掩盖抹掉了，除了"记忆传授者"一人外没有任何居民知道过去是什么样子。大家都安逸享受地生活在社区安排设计的没有色彩、没有变化、整齐划一的世界中。因此，乔纳斯的害怕与恐惧则有理可循了。在一个单调无色的环境中，他无从了解色彩。对过去历史的知识缺乏完全切断了乔纳斯同过去的联系，他根本不可能解释他的现在，时间链的断裂让他无法定义自身。发现自己与别人不同时，他无所适从。他的差异如何与社区的"同一"相容？他又该如何自处呢？他从内心深处揭开了对自身存在的反思，纵然满心疑惑不安，但与社区中听之任之的芸芸众生相比不失为一个可喜的进步。

纵使彷徨无措，人总是要投身到自己的前方，向将来迈进，毕竟将来是现时时间维度中生活着的人所希冀和憧憬的。乔纳斯在时间的推移中不得不面对将来，而迷茫如他也只能在破裂的时间维度中忐忑地等待社区的指派。

（二）顿悟：自欺的和谐、同一

故事主人公生活在一个"同一性"的未来社会中，这个乌托邦式的社区制定了各种规则来消灭一切分歧和差异，用高度的一致性和严格的同一性来取代世界本身的千变万化，以实现对居民生活的完全管理和控制。于是这里没有令人目眩的缤纷色彩，没有不便交通的山川起伏，也没有妨碍农耕的季节变化。人们从出生起就机械地过着预制好的程序化生活，在社区的安排统筹下辗转于生育中心、育婴中心、领养家庭、老年中心等各种"中心"之间，言行举止和日常生活均受到社区委员会的密切监视，没有丝毫隐私可言。在这里，规则就是一切，人们没有感情。爱，这一维系当今世界人际情感的重要纽带，在社区中早已过时，取而代之的是一个更为中性的单词：喜欢（enjoy）。在这个我们看来近乎异想天开的社区里，人们生活得自在而安逸，虽然平淡无奇，却也算安居乐业。乔纳斯也如此生活了11年，随后命运的突转打破了这片平静，真相的席卷而致使舒适的"同一"瞬间面目全非。习惯对自己熟悉的环境和身边事物视而不见的青少年对于陌生环境中的突发事件却有着天然的悟性。社区的决定打破了主人公的生活常规，也为顿悟的发生提供了契机。

一直担忧烦恼的乔纳斯在庆典上被任命为"记忆接受者"（The Receiver of Memory），社区中最受尊敬也最神秘的特殊工作，由此开始了一系列始料未及的岗前培训。自此，在乔纳斯反思自身存在的成长道路上，出现了传统成长小说中的"引路人"这一重要角色，引领他一步步向真相靠近，促成了主人公的最终顿悟。培训老师"传授者",即上一任"记忆接受者",具备了传统正面引路人的典型特征。首先,他在社区的身份很特殊,这种特殊性使他与主流社会保持一定的距离,未被其同化,① 其次,虽然年长,他却能平等地与刚 12 岁的乔纳斯相处,像朋友般亲密地交谈,丝毫没有障碍;而且极富同情心,总是在需要时给予及时的帮助。当乔纳斯因某个记忆痛苦难受,他会马上传输一个美好的记忆以抚慰创伤。他传输的记忆让乔纳斯进入了从未企及的领域,还原了"同一"之前的"差异化"世界,一个与我们当今世界相似却与"同一性"社区大相径庭的地方。在记忆的世界里,他知道了雪花、山峰、颜色、疼痛、快乐、战争、罪恶等许多事物,这些闻所未闻的知识如催化剂一般熔解了他的无知,加快了他的觉醒。两个世界生活经验的冲撞让他看清了事情的本质,幡然醒悟:人的存在永远处在变化之中,所谓的"同一"不过是社区领导者们的自欺欺人。一切都是一场骗局,是社区领导者们导演的一场荒唐的闹剧。

存在主义哲学认为自欺通常是人们为躲避害怕、恐惧等情绪体验而采取的一种态度,它将否定转向自身,否定自己原本的样子以适应自己的社会身份和地位。② 作为意识对自己的谎言,自欺意味着自己对自己掩盖事实真相,即作为欺骗者的"我"知道在我被欺骗时我掩盖的真情。③ 作为管理者,为了稳固的统治,社区委员会毅然选择了同一,否定变化,试图消灭掉一切差异,制定各种规则将其拒之门外。整个同一化的过程他们了如指掌,这份精心经营的同一看似坚不可摧,但却遗忘了最重要的一环:如何处理与过去"差异化"世界的衔接。正是在这个问题上,社区领导者的矛盾与自欺表现得淋漓尽致。一方面,为了确保对居民的统治,必须对之严格保密,不允许走漏有关过去的任何风声。另一方面,出于对"同一性"社区这一新生事物掌控管理的不自信和不确定,他们又需要保留对过去的记忆,必要时可以从中借鉴,找寻解决办法。于是,一个两全其美的计策诞生了。他们决定将过去的所有历史加诸"记忆接受者"一人身上,并给予最高的尊重和优待,独自居住在一栋隐蔽宽敞的小楼里,不受社区监视和规则约束,充分地凸显其在社区中的特殊地位,仿佛神灵般不可侵犯。

此外,颇有心计的领导者们为"接受者"精心挑选的居所——"老年中心"后面的配楼,极大地增加了其人的神秘性。"老年中心"本来就人迹罕

---

①芮渝萍:《美国成长小说研究》,北京:中国社会科学出版社,2004:126.

②杜小真:《萨特引论》,北京:商务印书馆,2009:84.

③萨特著,陈宣良译:《存在与虚无》,上海:三联书店,2009:82.

至，而配楼本身相对矮小，加之位于背面，被中心大楼挡得严严实实，极不容易发现。因此，"接受者"就被社区委员会体面安全地孤立起来，同广大民众相隔离。这样既最大限度地保证了信息的持有，因为全社区只有一人知晓；又保证了信息的安全，"接受者"的神圣地位自然使得普通大众心生敬畏，敬而远之。如此，秘密得以保全，真相得以隐瞒，稳定得以保障，管理得以巩固。然而，讽刺的是，尽管他们费尽心思地遮掩保全，"记忆接受者"的存在本身就是他们自欺的印证。

这个充满"必然"的社区力图排除一切偶然，然而包括人的存在在内的所有存在都是偶然的。既然所有的存在都不是预先决定的，而是偶然的，所以，一切存在的本身都是不确定的。因此，我们没有任何理由事先决定事物应该这样而不应该那样，同样，我们也没有理由事先决定人应该这样而不应该那样。于是，社区就如此这般荒谬地进行着"掩耳盗铃式"的自欺欺人，而社区居民则在蒙昧无知的服从中继续被欺骗蒙蔽。

（三）冲突：他人的否定

洞察真相之后的乔纳斯顺利地建立起了现在与过去的联系，之前的猜疑和困惑迎刃而解，不安和恐惧也荡然无存。在"传授者"的帮助下，他开始发现自己的存在价值和意义，重新构建新的自我，信心满满的他希望自己能够有所作为。于是，有趣的一幕出现了。此时按照传统成长教育小说的发展，顿悟后的主人公们应当进入重拾自我的最后冲刺了，而乔纳斯却随即不幸地卷入了一系列的考验之中。顿悟真相的他一旦离开"传授者"，在社区是四处碰壁，没有人能够理解他，他的想法总是招致异样、怀疑的眼光。他试图向父母传输"爱"的概念，却被父母委婉地训斥，告诫他以后不能再提这个词。他努力劝诫同伴们放弃"战争游戏"，却遭到了他们横眉冷对和孤立排挤。他反感社区对人们思想和生活的严格监控，但家人和朋友却早已习以为常地将之视为理所应当了。尽管"他知道自己无力改变任何事情，因为没有对过去的记忆他们根本没法了解真相，而他无法给他们记忆"，[1] 但是大家对于"同一"的热忱和忠贞还是让他悲伤至极。乔纳斯深刻意识到社区民众在盲从和愚忠中已然灵肉分离，被社区顺利同化，沦为了纯粹的"自在的存在"、丧失了自由意志的"物"，完全充当一个"为他人的存在"，充当着别人要其充当的角色，按照别人要求的样子安排自己的生活。这就从根源上注定了他们的差异和冲突，以及他们以后相处的方式和生存的状态。而这样的关系其实也

---

①Lowry, Lois. *The Giver.* New York：Dell Laurelleaf, 1993：135.

正是人与人之间最本真的联系。

正如存在主义者所说，人是被扔到世界上来的，社会总是在与人作对，时时威胁着"自我"。任何人之间都存在着不可调和的矛盾，我与他人关系的根本特点就是冲突。① "我最原始的堕落就是他人的存在"。② 他人的世界与我的世界相混交错，引起混乱，导致我的世界开始分裂。在别人的注视下，我感到痛苦不安，人与人的交流变得困难。可见，人作为社会动物存在于世间，与他人的摩擦和冲突是在所难免的。这也是为什么面对大家的质疑和冷落他终究没有采取极端行动的原因。深谙此理的乔纳斯已开始学会将冲突视为一种人与人之间生存的基本状态，即便对炮制一切的社区大为不满，他仍然忍气吞声地接受社区的"注视"和控制。他试图将他与社区人民冲突的情形简单化为人与人之间的一般冲突。

他本可以一直"忠诚"地维持着虚假的"同一"，直到他的底线被触及，最后的防线在忍无可忍的愤懑中坍塌崩溃。当乔纳斯在视频上亲眼看到慈善的父亲使用安乐死的方式"释放"（release）新生双胞胎婴儿的过程时，"释放"一词的神秘面纱终被揭开。原来父亲口中轻松随意的"释放"竟是这样的草菅人命。他喊道："他杀了他！我的父亲杀了他。"③ 这一震撼性的认识彻底打破了乔纳斯的顺从，他再也按捺不住心中的愤怒和冲动，决定采取实际行动去阻止残酷的悲剧再次上演，结束自己愚蠢的忍受，真正地实现自我。由此，小说再次回归到传统成长小说的发展轨迹上，经历挣扎之后的主人公开始人生的启发和成长之旅。这也同存在主义者的主张不谋而合。

面对他人的威胁，我完全可以反过来注视他人，砸碎他人的禁锢去争取自身的解放。作为自为的人有能力行使我的自由，努力从别人的目光下，从自身的异化中解脱出来，摆脱"为他人的存在"，消灭异化感，实现一个无他人的世界。④ 当他人消失后，我便能明白我最终所要成为的自由的必然性，建立自己的主体性。乔纳斯在"传授者"的鼓励和支持下最终战胜了犹豫和焦虑，"人就是他自己所要求的那样的人。他不是什么别的，只不过就是他自己所造就的。"⑤ 他决定为自己的自由而战，坚持到底。

①杜小真：《萨特引论》，北京：商务印书馆，2009：135.

②萨特著，陈宣良译：《存在与虚无》，上海：三联书店，2009：309.

③Lowry, Lois. *The Giver*. New York: Dell Laurelleaf, 1993：150.

④杜小真：《萨特引论》，北京：商务印书馆，2009：134.

⑤萨特著，周煦良、汤永宽译：《存在主义是一种人道主义》，上海：上海译文出版社，2005：22.

（四）成长：自由的选择

对于乔纳斯而言，与"传授者"建立关系伊始，他就感到他的世界正慢慢从他那里逃脱进入到另一个世界和计划中去，与另一个自我正在结成整体。了解真相只是思想上的成长，真正的成长必须有自身行动的介入。其实，过去、现在和将来三维本就紧密相连，活在现时之中的人必须超越过去向着未来，对未来的选择必不可少。选择也是经历了顿悟和考验之后的小主人公走向成长的必经之路，再次选择这一标志性的事件也成了衡量主人公成长与否的依据。

经历幻灭之后的乔纳斯拒绝沉默，不愿再充当"为他人的存在"，他认为人应该像"差异化"世界中的人们那样拥有自由以及选择的权利。他笃定"人命定是自由的"这一存在主义信条，社区对待生命的态度让乔纳斯明白只在思想上保存对生命的另一可能的信仰是不够的，必须将之付诸身体力行的实践。正如萨特所说，人的存在同人的选择以及为自己的选择负责是分不开的。人是具有自由能力的，但自由并不是一种属性，我们有选择的自由，但我们的自由不是选择而来的，在选择的行动中自由才能获得意义，所以人就要不断地自我选择，脱离自身，超越自身，不断地去追求"可能"以实现人生的价值。因此，人追求的应该是成为自我所欠缺的，即他所不是的，以满足自己的欲望，使自己成为趋于完美的整体，不断地接近这个"可能"，[1] 达到最终的自由。而自由又是以责任为前提的，即人作为自为的存在，应当担负起对他人和自己的责任。社区领导者们根深蒂固的统治让乔纳斯感到，人们的自由已被严重束缚，我们生活的方式也根本不可能由他人来告知。为着自由与合理，也许只有破釜沉舟地一试才能终止荒谬的"同一"。他与"传授者"商量制定了详细的计划，决定剑走偏锋，选择"释放"自己，去到一个"非同一"的"他处"（Elsewhere），找寻自己"欠缺的部分"，完善自己的生命体验。同时，借此"释放"他接受的所有记忆也将流返回社区，人们便可知道真相。这就意味着他对成长的主动选择会导致社区居民的"被动"成长。可是，成长的体验不可能如此一帆风顺，觉醒的考验也不会戛然而止。主人公总是频频处在"意外"的危险中，其化险为夷的能力则是成长路上一块重要的试金石。父亲带回的不幸消息——小婴儿盖布瑞尔（Gabriel）因为总是哭闹即将被"释放"，对乔纳斯如同晴天霹雳一般。保护无辜的盖布瑞尔的强烈责任感让他临时改变了计划，修订了之前的选择，将逃离时间提前，并且

---

[1] 杜小真：《萨特引论》，北京：商务印书馆，2009：92.

带上盖布瑞尔一起离开。

从根本上讲，自由就是选择存在，人不可能逃避选择也必须选择，然而，自由选择是荒谬的，它没有任何支撑点，自己确定着自己的意向。① 人虽然有选择的自由，但他面对的未来生活却是混沌而没有目标的。"同一"的桎梏使乔纳斯鼓起勇气选择自我"释放"，去往憧憬已久却一无所知的"他处"。"他处"究竟在哪里，具体什么模样，最终的目的地是哪儿他都不知道。"在经历了按部就班的同一生活后，他看到了一个完全意想不到的世界，旅途上每个拐角处出现的惊喜都使他愉快兴奋"，② 然而兴奋之后饥饿、严寒、疲惫接踵而至，不断地考验着他们的耐力和意志，乔纳斯也不禁怀疑自己的决定是否正确。然而，一旦介入到某种处境和行动之中，我们必须对其结果负责，他没有退路。"既然已经到了这个地步，他必须努力坚持下去"。③ 小说的结尾，乔纳斯如其所愿，来到了一个真正的"无他人"的世界。精疲力竭的他抱着盖布瑞尔在一片冰天雪地中坐着雪橇从山顶往下滑，这一场景曾反复出现在他的梦境里，梦里的他依稀觉得山脚下有"某个东西"（something）在等着他。极度的饥饿和劳累早已让他的体力严重透支，身体非常虚弱。神志不清的他在滑行中恍惚听到了山下小屋传来的音乐声，看见屋中团圆的一家老小正温馨地庆祝着圣诞节，而这一幕正是"传授者"最珍贵的记忆。故事的结束场景与记忆和梦境交错融合，呈现出了极大的不确定性和开放性。到底这是真实的情境还是乔纳斯弥留之际的回光返照我们无从知晓。正如存在主义所宣扬的，人只是盲目地走向未来，等待他的唯一确切的结果就是人生的真实终结—死亡，这一荒诞世界中唯一确定的定数。值得一提的是，作者在情节发展中巧妙地运用了存在主义者们津津乐道的死亡。主人公的成长来自对"释放"即死亡更深刻的认识，而恰是对死亡更深刻的理解才使主人公对生命有了脱俗的认识。④ 他对未来的盲目完全可以诠释为一种忘我的献身主义和刚毅的殉道精神。

不管乔纳斯最后生死如何，从他最初的目的来看，他的选择都是成功的。只要他能成功地"释放"自己而不被社区逮捕回去，那么他的记忆就会流传到人们中间，人们终将在"混乱"（chaos）中觉醒。作者对于这段未知目的地的雪上滑行的安排不知不觉中已经将主人公的"未来无限制地延伸，把死

①杜小真：《萨特引论》，北京：商务印书馆，2009：142.

②Sanderson, J. A *Reading Guide to The Giver*. New York：Scholastic, 2003：37.

③Lowry, Lois. *The Giver*. New York：Dell Laurelleaf, 1993：175.

④王炎，《小说的时间性和现代性》，北京：外语教学与研究出版社，2008：135.

看作是对未来之图景的一种透视"。① 全家团圆的幸福画面极有可能是乔纳斯在死亡来临之前对未来图景的一种透视。作者将主人公所眷恋的并执着于追求的事物作为其行动选择的最后结果无疑使人物的生命得到了延续。这种人超越了现在，并达到了真正的自我。②

成长小说展示的是年轻主人公经历了某种切肤之痛的事件之后，或改变了原有的世界观，或改变了自己的性格，或两者兼有；这种改变使他摆脱了童年的天真，并最终把他引向了一个真实而复杂的成人世界。③ 乔纳斯并不符合传统成长教育小说中把一个年轻的生命在市民社会中"提升"为有用的人才的成长概念，因为他的成长最终导致了他对社区的背叛。同一性社区强大的社会规约机制忽略了人的主观能动性，强制地剥夺了人的思考权、选择权等诸多自然权利，旨在压抑情感和个性，宣扬同一和服从。乔纳斯选择反对权威，摧毁不合理的"同一"价值秩序，从而恢复原本多样化的自由世界。因此，他的反抗体现了强烈的主体意识，是从被动到主动，从懵懂到觉醒的自我实现过程，也是召唤人民觉醒进步的伟大工程。对"一个用僵硬的条框来限定控制儿童发展的文化"④ 的背叛不仅有助于社区的提升和发展，也有助于人民的解放和进步。在这里，成长不再是"为学日益"的增加过程，而是一个"为道日损"的减少过程。也就是说成长着的主人公把已经沾染的市民成见和认识通过对死亡和生命意义的探索而不断地剥离，使自己最终成为一个有"赤子之心"的本真的人。成长也不再是从"幼稚"到"成熟"的线性时间段的递进。⑤ 从一开始人物就被抛向了死亡的滑近过程。对他人死亡的切己理解，对死亡的先行，对自己的存在的承担，对常人沉沦的超越都成为主人公生存的意义所在。

乔纳斯在"迷惘—顿悟—幻灭—觉醒"的成长过程中不断反思着自身的存在，逐渐从一个备受排挤的边缘"他者"成长为带领大家走近主流文化——"差异化"世界的"领导者"，实现了他者的主体化和边缘的中心化，奠定了实现个人价值这一人生最高境界的基础。

---

① 刘诺亚，曾文宜："存在主义思想在狄金森死亡诗歌中的体现"，《世界文学评论》2009（2）：190.

② 海德格尔，张月、曹元勇等译：《诗、语言、思》，郑州：黄河文艺出版社，1989：36.

③ Marcus，Mordecai. "What Is an Initiation Story?" in William Coyle（ed.），*The Young Man in American Literature：The Initiation Theme*. New York：The Odyssey Press，1969：32.

④ Honeyman，Susan. *Elusive Childhood：Impossible Representations in Modern Fiction*. Columbus：The Ohio State University Press，2005：112.

⑤ 王炎：《小说的时间性和现代性》，北京：外语教学与研究出版社，2008：136.

第三节　现当代美国少年幻想小说概述

幻想小说（fantasy）这一虚构的文学类型包含着诸多超自然、非现实的要素，虽产生于现代社会，却发端于久远。早在远古的神话、传说、英雄史诗中就已产生了供其生长的土壤。19世纪70年代，弗兰克·斯塔克顿《叮铃》（*Ting - a - Ling*）的问世在一片宗教道德说教的儿童读物中冲出了一条道路，让幻想开始照入儿童文学的创作。然而幻想文学的真正繁荣和伟大复兴是在20世纪。进入20世纪这一文学类型再度焕发生机，真正扎根美国这一年轻的国度，星星之火生成燎原之势。

幻想小说和科幻小说同属高度想象类作品，而且，两者都创造一个新的、不同于现实的世界。但两者的不同也是明显的。如柯尔博士所言，科幻小说以科技为基础，而幻想小说使用魔法与妖术；科幻小说以科学家、数学家等为人物，而幻想小说中则是魔术师、巫师、占卜师等。使两者截然不同的是：幻想小说是描写永远无法解释或实现的事情，而科幻小说描写未来可以实现，但现在尚不存在的事情。幻想小说中的魔法、说话的动物、具有生命的器物等不可能存在于科幻小说中，因为你无法用理性或理智去解释它。①

讨论了幻想小说和科幻小说的差异，再让我们聚焦幻想小说。首先我们要定义幻想小说。

先从中国学者的观点谈起。王泉根教授借用了日本学者的定义：幻想小说是"包含超自然的要素，以小说的形式展开故事，给读者带来惊异感觉的故事"。② 王泉根教授还论述了幻想小说的三个本质规定性：1. 表现超自然的世界；2. 采用小说的形态；3. 幻想世界具有二元次性。③

再来看美国学者的定义。汤姆林森和林奇－布朗这样界定幻想小说：幻想小说是在真实世界里不可能发生的故事。在幻想小说中，动物可以说话，无生命的物体可以活动，鬼神和吸血鬼可以和人类互动。幻想小说中既有想象中的世界，也对未来世界进行探索。尽管小说中的事件是虚幻的，它却包含着一些真理，可以帮助读者了解真实的世界。两位学者又进一步谈到构成

①Cole, P. B. *Young Adult Literature in the 21st Century*. Boston：McGraw - Hill Higher Education，2009：365.

②王泉根：《儿童文学教程》，北京：北京师范大学出版社，2009：178.

③王泉根：《儿童文学教程》，北京：北京师范大学出版社，2009：179—181.

一部好的幻想小说的一些要素。1. 发展变化的、可信的人物；2. 设计完好的情节；3. 具有内在统一的故事背景；4. 适合于故事的文体风格；5. 有价值的主题。①

柯尔博士也总结了幻想小说中的要素，和汤姆林森和林奇－布朗的观点有些不同。第一是魔法的使用，魔法具有"生产、保护和摧毁"的作用；第二是动物之间可以交流，也可以和人类互动，但动物的个性和特点一般要符合动物的自然性；第三是经历危险、成长变化的英雄。②

少年幻想小说一般围绕着某种探索或追求展开，因此它能够帮助少年读者逃离庸俗的世界，在幻想的冒险历程中获得精神上的快乐。

尽管格兰贝（Grenby）认为很难迅速给出一个关于幻想小说的定义，③ 我们还是要归纳一个简单的定义：幻想小说以小说的形式创造出一个凭空想象出来的世界。它所描述的是在现实中不存在，也不可能存在的事情。魔法和完全不可能的事情，如说话的动物，是必不可少的要素。幻想小说以这样的形式揭示生活中的一些真理，帮助少年读者更好地了解人类及现实社会。

关于幻想小说的分类，不同的学者从不同的角度进行了分类。如，汤姆林森和林奇－布朗按照文类把幻想小说分成现代民间故事（modern folktales）、魔幻现实主义小说（magic realism）、怪异小说（stories of the supernatural）、动物小说（animal story）、历史幻想小说（historical fantasy），等等。

但是，更为学界广为接受的分类是蔡美玲译为"高越奇幻"的 high fantasy，和祁寿华译为"真实奇幻"的 low fantasy，④ 本书也将采用这两种译法。

"高越奇幻"将小说置于完全凭空想象的世界中，创造一个完全不同于现实世界的幻想世界；同时，故事涉及一个"英雄式"的探索和追求，称其为"英雄式"，是因为这一探求关系着这个新世界的生死存亡。

但是，并不是所有的幻想小说都完全以虚构想象的新世界为背景。在有的幻想小说中，读者可以发现一个"现实世界"，而虚构想象的新世界只是小说背景的一部分，即，幻想世界和现实世界兼而有之。这样的幻想小说就是

①Tomlinson，C. M. & Lynch－Brown，Carol. *Essentials of Young Adult Literature*，Boston：Pearson Education，Inc.，2007：63.

②Cole，P. B. *Young Adult Literature in the 21st Century*. Boston：McGraw－Hill Higher Education，2009：375－376.

③Grenby，M. O. *Children's Literature*. Edinburgh：Edinburgh University Press Ltd，2008：144.

④转引自朱自强：《儿童文学概论》，北京：高等教育出版社，2009：233.

"真实奇幻"。[①] "真实奇幻"似乎是现实主义的，但是幻想部分却是小说必要的、不可分割的一部分。

　　还有一类较少提及的新型幻想小说叫"城市奇幻"（urban fantasy）。它可以说是魔幻现实主义的一种。其故事背景在城市，所涉及的也都是当代的社会问题。在"城市奇幻"中，就连基本的道德概念都可能是扭曲的。同传统幻想小说相比，在"城市奇幻"中，好人很少完全是好人，坏人也不是彻头彻尾地坏。"城市奇幻"是介于现实主义和幻想小说之间的一个类型。[②]

　　下面我们看一看美国少年幻想小说的演变历程。幻想小说奇特的想象创造吸引了广泛的读者群，要严格区分成人和儿童幻想小说并非易事，也是不可能的任务。著名儿童文学研究学者帕米拉·S·盖茨（Pamela S Gates）曾说，儿童幻想作品与成人幻想作品并没有一条清晰的界限，二者区别很小，用在成人幻想小说中的创作手法儿童的幻想作品中也可以使用。[③] 此外，许多专为儿童书写的幻想小说也为成人所喜爱，而定位成人的幻想作品儿童也爱不释手，这一现象在幻想小说发展中屡见不鲜。鉴于此种复杂联系，在探寻儿童幻想小说的发展演变时，作家的创作定位和儿童的实际接受成为了评判取舍作品的主要标准。据此标准，20 世纪以来美国儿童幻想小说确实踏上了复兴之路，在不断地尝试和试验中实现着幻想的崛起和世界的复魅。

　　20 世纪前半叶可视为第一个发展阶段，在这个阶段中断裂与飞跃并存。

　　20 世纪的前半段相比下半叶，无论从作品的数量还是质量都存在着不小的差距，然而在幻想小说的发展史上却是一段不可或缺的重要时期。这是美国现代少儿幻想小说真正意义上的"觉醒期"，为美国文坛带来了一丝清新之气。然而残酷混乱的现实却屡屡扰乱幻想发展的节奏，阻碍其进步，故而在"觉醒"之后频频遭受转型期的阵痛，进入了较长时间的"蛰伏期"。虽然没有发展得轰轰烈烈，但是没有这五十年的储备积累，就不可能有之后的蓬勃发展。纵观这一时期，少年幻想小说的发展态势呈马蹄铁状，表现出双轨共轭的发展特点。

　　马蹄铁状，即 U 型，两端高中间低，意即在 20 世纪初和 50 年代少年幻想小说势头迅猛，而居中的 30、40 年代，发展势头锐减，创作数量骤降，市

---

　　①Cole，P. B. *Young Adult Literature in the 21st Century*. Boston：McGraw – Hill Higher Education，2009：355 – 356.

　　②Cole，P. B. *Young Adult Literature in the 21st Century*. Boston：McGraw – Hill Higher Education，2009：374.

　　③Pamela S. Gates，Susan B. Steffel，and Francis J. Molson. *Fantasy Literature for Children and Young Adults*. Lanham：the Scarecrow Press，2003：10.

场低迷，导致中间出现断层。这其中虽也有作家创作的主观原因，但美国 20
年代末纽约股市大崩盘所引发的大萧条经济危机则是导致创作断层出现的重
要原因。经济滑坡、食不果腹、纸张限制、印刷困难等种种原因导致 30 年代
文学创作和阅读全面大幅缩减，幻想写作完全让位于现实主义，以揭露社会
现实，深刻反映迫切的生存形势。双轨共轭是指少年幻想小说的两种类型，
"奇异"（whimsy）幻想和动物幻想同时并存，共同繁荣。所谓"奇异"则是
作者多放任想象，任意驰骋，发挥奇思妙想，展现一个另类异样的第二世界
以及一段惊险有趣的旅程或探险。动物幻想，顾名思义，即指故事主人公多
以动物或者动物玩具为主，重在讲述动物与动物之间，有时也包括动物与人
类之间的情谊。这类故事充分抓住并利用了儿童对于动物天生的喜爱与亲近，
深受孩子欢迎。两类幻想小说，特色显著，各有优长，在头五十年的表现十
分突出，不相上下，并驾齐驱，主导了这一时期少年幻想小说的写作。

　　20 世纪伊始，莱曼·弗兰克·鲍姆的开山之作《奥兹国的魔法师》（*The
Wonderful Wizard of Oz*, 1900）在美国如一记重炮推开了被现实主义尘封的大
门，引领了幻想的"复辟"。这部小说描述了在美国中西部大草原平凡普通的
小女孩多萝西因为一场龙卷风这一中西部平原上频发的气候现象，阴差阳错
地来到了另类的奥兹国，开始了一段奇幻的旅程。小说从故事背景到故事情
节，从故事人物到主题思想，完全就地取材，打造了一个"典型的美国式的
幻想小说"①，顿时引发了一场"奥兹热"，也由此开启了"奇异"的幻想传
统。鲍姆在接下来的十多年间，一直笔耕不辍，接连出版了十多部"奥兹国"
续集和多部幻想作品，直到 1919 年中风去世。从某种意义上说，鲍姆的创作
实践不仅成为了 20 世纪初美国少年"奇异"幻想小说的风向标，而且对整个
美国少年幻想小说的发展起到了推波助澜的作用。但是进入 20 年代以后，鲜
少见到其他的"奇异"幻想作品。也可以说，鲍姆凭借一己之力撑起了 20 世
纪的头二十年。一个作家，一个系列独自支持一个类型二十年，这类情况实
属罕见。之后的二十年，"奇异"走向沉寂，直到 1950 年詹姆斯·瑟伯《十
三座钟》（*The Thirteen Clocks*）的出版，这一传统才再次回归。随后，爱德华
·依格的经典作品《魔法》（*Half Magic*, 1954）、瑟伯的另一佳作《神奇的
O》（*The Wonderful O*, 1955）等众多优秀作品逐渐涌现，进一步传承发扬着鲍
姆开创的传统，在创作手法和情节构思上日益成熟，更显精湛。

　　而另一类型动物幻想小说（animal fantasy）的创作发展情况与"奇异"

---

①Nikolajeva, M. . The Development of Children's Fantasy. In E. James & F. Mendlesohn (Ed.), *The
Cambridge Companion to Fantasy Literature*. Cambridge：Cambridge University Press, 2012：189.

幻想小说截然相反。相比鲍姆开始单枪匹马的孤军奋战而言，动物幻想小说的作家一开始数量较多，经历了二十年的断层期后，到50年代作家创作略显形单影只，未见大规模的恢复好转。动物幻想小说创作的高峰期出现在20世纪20年代，涌现出了一大批著名的作家以及作品，如：玛格利·威廉斯的《绒布小兔子》（*The Velveteen Rabbit*, 1922）、沃尔特·布鲁克斯的《小猪弗雷迪》系列（*Freddy the Pig*）、卡尔·H·格拉博的《祖父家里的猫》（*The Cat in Grandfather's House*, 1929）、雷切尔·费尔德的纽伯瑞金奖图书《海蒂的第一个一百年》（*Hitty, Her First Hundred Years*, 1929）、伊丽莎白·寇茨沃斯的《上天堂的猫》（*The Cat Who Went to Heaven*, 1930）等。这十年是美国动物幻想小说发展的集大成时期，作家的数量，创作的质量都是前所未有的。然而，经历经济危机之后，动物小说的创作阵营中老作家只看到了布鲁克斯的坚守，将《小猪弗雷迪》系列持续到了1952年。虽然如此，三位重要新生代作家的加入迅速盘活了动物幻想的既有资源，带来了动物小说的再次升温。E·B·怀特于1945年和1952年出版的《小鼠斯图亚特》（*Stuart Little*）、《夏洛的网》（*Charlotte's Web*）用浓浓的温情修复着度过危机"劫后余生"的人们脆弱受伤的心灵。露丝·加内特的三部曲《我爸爸的小飞龙》（*My Father's Dragon*, 1948）,《埃尔默和龙》（*Elmer and Dragon*, 1950）以及《蓝地之龙》（*The Dragons of Blueland*, 1951）继续着人类与动物之间的情感故事；而苏斯博士的《戴帽子的猫》（*The Cat in the Hat*, 1957）更是用一只穿着绅士、人模人样、淘气可爱的戴高帽子的猫淋漓尽致地展现了动物的魅力，充分展示了动物幻想的潜力，强势延续着动物幻想的血脉。

综观20世纪上半叶，美国少年幻想小说定位明确，与成人幻想小说泾渭分明。发展脉络亦十分清晰，两条线索贯穿始终。虽然中间有所断裂，但是两类作品在后期的创作上都更胜从前。创作手法上日臻细腻，如瑟伯对"无厘头式幻想"（nonsense fantasy）①的驾驭和抒写已远远超出了鲍姆"奥兹国"的幻境建构，《十三座钟》自始至终妙语连珠，平淡之中惊喜不断；《神奇的O》更是天马行空地构思了一个没有O的糟糕世界，无处不在的文字游戏，双关和典故的穿插创造了一个奇趣的童话世界。而怀特则超越大众狭隘的审美观念，以柔软的笔触刻画了两个"丑陋"的动物身上闪耀的性格魅力，在性善情真中打造了一部"暖小说"。

主题思想上倾向关注现实，以幻写实、以幻喻真。幻想作家以隐喻的方

①Philip Martin. *A Guide to Fantasy Literature*. Milwaukee：Crickhollow Books, 2009：13.

式委婉传达了救世情怀。鲍姆试图通过展现儿童自身的力量来拯救儿童，摆脱附属的地位，逃脱世俗捆绑，于是我们看到了他在作品中对于真心、大脑和勇气的找寻与追问。寇茨沃斯则试图通过信仰拯救儿童，以一只虔诚信佛的猫为主人公，讲述了其谨言善行、修缮自身，终于功德圆满修成正果，去往极乐永生的故事。故事充分诠释了信仰的力量和作用，为少年读者走出现实困境提供了另一种途径。

因此，"奇异"幻想和动物幻想在各自的世界里发挥着幻想的作用和功能。虽然作品中仍不乏说教和道德色彩，但其手法的力道和现世关怀都喻示着少年幻想小说创作在量和质上完成了一次飞跃。

在20世纪60年代，传统与创新并存是美国少年幻想小说在这一阶段的发展特点。

五十年的沉淀和积累夯实了基础，凝练了内力，也提升了自身的元气。终于，英语儿童幻想小说在20世纪60年代迎来了发展史上的"黄金时期"。①不同于英国，美国少年幻想创作的"黄金时期"是属于外源型的，也就是说，是在英国幻想小说的影响和带领下进入了快速发展的奋进时期。这一时期的美国狂热、反叛、不羁，深陷反文化运动、黑人民权主义运动、女权主义运动、越南战争、美苏冷战的泥沼，国际形势难以预测，国内局势动荡不安，社会治安混乱无序，人民生活极不稳定。飘摇不定的政治风向，荒诞无度的政治谎言，再加上挫败无望的现世生活，使得国内民怨四起，纷纷将矛头对准美国政府和美国传统文化各种批判指责直指美国现实，剖析社会矛盾。因此，写实理所当然成为了当时美国文坛的主要潮流，少年文学也不例外。例如 J. D. 塞林格《麦田里的守望者》（The Catcher in the Rye）、S. E. 辛顿的《局外人》（The Outsiders）等。然而，当大洋彼岸的《魔戒》（The Lord of the Rings）、《纳尼亚传奇》（Chronicles of Narnia）登陆北美市场，务实反叛的美国人迅速地察觉到了一种与现实主义截然不同，却更为有效的表现方式：幻想小说。于是，在刘易斯式、托尔金式幻想的引领下，现实重压下的幻想开始抬头，创作实践发生"革命性转变"，许多儿童文学作家开始尝试将现实关怀和幻想精神有机结合，遵循情感的逻辑，通过创造性想象与典型化去逼近本质的真实，② 以优美的格调、奇特的想象突出文学的诗意、空灵，于审美想象的张力之间书写人性向善的精神拓展，一场"幻想热浪"席卷而来。

---

①Farah Mendlesohn & Edward James. *A Short History of Fantasy*. Faringdon：Libri Publishing，2012：120.

②J. R. R. Tolkien. *On Fairy Stories*. *The Tolkien Reader*. New York：Ballantine，1966：67.

这一时期美国少年幻想小说的发展主要表现出三方面的特征：

一是类型的多样性。上一阶段的两大主流类型仍然持续发展，诺顿·贾斯特于 1961 年出版的《神奇收费亭》（*The Phantom Tollbooth*）继续着鲍姆的传统，主人公米洛（Milo）同多莱丝（Dorothy）一样阴差阳错地通过一个"入口"进入了一个"奇异"的世界。乔治·塞尔登的动物幻想《时代广场的蟋蟀》（*The Cricket in Times Square*，1960），罗素·霍本的动物小说《老鼠父子历险记》（*The Mouse and His Child*，1967），皮特·S. 比格的《最后的独角兽》（*The Last Unicorn*，1968）等佳作则延续着动物幻想的发展势头。与此同时，新兴的幻想类型也开始崭露头角。厄休拉·勒奎恩的"第二世界"幻想小说（high fantasy）《地海巫师》（*The Wizard of Earthsea*）直截了当地营造了一个纯虚构的第二世界——地海，一个与世隔绝、充满魔法、咒语和巫师的神秘世界。劳埃德·亚历山大五卷本的《布莱德恩编年史》（*Chronicles of Prydain*）取材于凯尔特神话，开启了现代作家对于传统神话故事和民间传说的整合、再创造。玛德琳·英格将科学同幻想交织，创作出四维空间的科学奇幻《时间皱褶》（*A Wrinkle in Time*，1962）一举获得了纽伯瑞奖章。可见，这一时期的幻想类型在前一阶段的基础上开始求新求变，在创作模式上逐渐打破陈规，吸收多样元素，加以整合规范，探索创新，获得了稳步发展。

二是主题的批判性。基于这一时期历史背景的特殊性和复杂性，幻想小说大多成为了作家借以喻实的工具，社会讽刺的载体。写作基调多质疑探索，少肯定乐观，故事设计多布满着阴郁压抑的气氛。例如，《地海巫师》中杰德同黑影的追逐搏斗主宰着整个故事的发展，主人公的痛苦折磨，黑影的神出鬼没，使全书浸透着阴森恐怖。即使杰德最终战胜了黑影，完善了自身，这种感觉也丝毫未减。勒奎恩通过这样一场身心俱疲的生死较量充分挖掘了人性的深度，展现了生命的厚度，这种反思在价值观遭到全面颠覆、人心骚动的 60 年代是一次难能可贵的尝试。比格的《最后的独角兽》讲述了一只独角兽因为担心害怕自己是世界上唯一仅存的最后一只而开始了寻找同类的旅程，然而在其类童话故事的结构之下却隐含着作者对美国社会的讽刺与批判，对于现世生活以及幻想创作的评论和见解。霍本在《老鼠父子历险记》中也进行了一系列的哲学追问和思考，其对生活之艰辛与竞争之残酷的刻画恰好是对 60 年代的真实写照。值得注意的是，这一时期的幻想作品虽然大多都对社会现实和人类生活给予现世关怀，对于制度弊病、社会腐败、精神缺失、文化顽疾等现象大肆抨击，然而批判之后，作品通常并未给出一个合理可行的建议或出路，没有提供建构的可能性，因此缺乏实际的建设性。虽然有勒奎恩等作家倡导人类自身的反思，但是这一途径未免太过理想化，可行性和操作性较差。

三是作品受众的弥漫性。定位的弥漫性是指作品的读者群体呈现出跨年龄的趋势，一部作品通常会受到成人和儿童的共同欢迎，阅读市场开始出现融合的倾向。比如，《时代广场的蟋蟀》一书并非塞尔登为儿童所著，结果却备受儿童喜爱，并且还获得了纽伯瑞奖提名。约翰·贝莱尔的《霜中脸庞》（*The Face in the Frost*）这一定位成人的作品，因其情节的生动和巧妙的机关，赢得了儿童读者的青睐。而相反，霍本的经典著作《老鼠父子历险记》一书本是为儿童而作，却反被儿童冷落，倒是为家长和评论家们所喜爱。市场的意外反应表明，幻想小说的接受群体在六十年代已悄然转变，无论是在作品创作上，还是作品销售上，都颠覆着作家和出版商的既定设计和预定猜想，也影响着其未来的发展航向。在 20 世纪最后的三十年，这一趋势形成气候，带来了整个幻想写作和出版版图的巨大改变。

可以说，20 世纪 60 年代是美国少年幻想小说发展承上启下的过渡时期。这里既有对于传统的承袭和发扬，也有对于创作的突破和创新。幻想作家努力"用生动传神的艺术将想象转化为文学审美阅读图像与生命体验"，① 张扬文学的审美价值和游戏精神，逐渐从对于少年儿童价值取向、人生态度的培养转向对其精神性格、灵魂真实的构筑。它是一个传统与创新并存的过渡期，也是一个思考变革试图超越的酝酿期。短短十年为前半个世纪完美收官，也为后三十年华丽启幕。

20 世纪后三十年美国少年幻想小说注重文化交融与品性建构。

"黄金时期"之后的 20 世纪 70 至 90 年代，少年幻想小说在美国呈现出阶梯式步步高的发展态势，可谓是芝麻开花节节高。世界各地的经济腾飞、文化往来以及交流合作促进了市场的开放，缩小了彼此的距离，世界全球化和经济一体化近在咫尺。信息革命的爆发瓦解了传统的地域疆界，拓展了人类交流和活动的空间范围，拓宽了人类的眼界和想象力，释放了艺术表达的深层潜能，由此引发了一场文艺创造的狂欢。从作家到出版商都认真学习借鉴他国的成功经验，优化自身资源，整合国内多种渠道，全面深入地挖掘幻想的张力和表现力，更大程度地张扬其想象的诗性品质，在幻想的国度里审视认得精神、灵魂和境界，关注人性的养成，追求审美感动和艺术永恒。抛开了各种捆绑束缚，远离了 60 年代的愤怒和骚动，20 世纪的最后三十年美国

---

① 王泉根："中国原创儿童文学缺乏什么" http：//www.chinawriter.com.cn 2005－05－31.

少年幻想小说在交流与对话中开展自我反思，明确发展方向，积极探寻着个性的建构。

经过了 20 世纪 60 年代的催化和准备，最后的三十年继往开来，硕果累累，实有百鸟争鸣、百花齐放之势，从创作到市场，尽显欢欣鼓舞之象，少年幻想小说发展空前繁荣。回顾过往，这一时期的发展特征可以简单概括为"三化"，即系列化、多元化和商业化。

首先，作品创作呈现出系列化的发展趋势。这一阶段的许多经典作品都打破了单一本的构思设计，将故事链条拉伸，人物情节铺开，由叙述者娓娓道来，在不同的故事中从不同的角度来展现人物的性格特点，增添叙事的内在张力，实现宏大的布局架构，以期全景式地描写社会历史或人物成长。皮尔斯·安东尼的《赞斯系列》（Xanth series）到世纪末已多达 24 部，且创作势头有增无减，一直持续至今，系列作品超过了 30 多部。以语言优美，情感细腻著称的塞缪尔·R·德莱尼颠覆传统性别角色的解构性作品 Neveryon 系列，罗伯特·乔丹倾其毕生心血打造的永恒经典《时光之轮》系列（The Wheel of Time），特瑞·古德凯德讲述少年主人公同黑暗魔王斗争的小说《真理之剑》（The Sword of Truth），雷蒙德·E·费斯特的《裂隙之战》系列（Riftwar Cycle），乔治·R·R·马丁的跨世纪长篇巨制《冰与火之歌》（The Song of Ice and Fire），劳拉·K·汉密尔顿倍受欢迎的吸血鬼恐怖故事《阿妮塔·布莱克》（Anita Blake）以及 K·A·阿普尔盖特讲述各类奇异人群的《永生世界》系列（Everworld series）等都以系列故事的方式来展开叙述，发展结构多呈"糖葫芦"型：故事的主要人物贯穿整个系列始终，作为串联故事的黏合剂和主心骨；系列中的每本小说叙事结构完整，故事情节独立，亦可单独阅读。这类小说并非刻意拉长战线，为凑字数而记流水账，或为盈利而夸张炒作，其安排和设计耗费了作者大量的时间和精力，同时也是对作家创作才能和写作技巧的考验。在 20 世纪末系列小说市场反响良好，销售十分火爆，许多系列故事生命周期非常漫长，一直持续到了 21 世纪。其中罗伯特·乔丹的《时光之轮》系列蔚为壮观，作者自己的续写达 12 部之多，在 2007 年他去世后，还有其他作家为该书撰写续集，继续着乔丹未完成的事业。

其次，幻想创作体现出多元共生的发展局势。一是体裁的融合混搭，这在科幻和幻想之间表现尤为明显。许多科幻小说家在七十年代积极转变意识，纷纷开始跨界，加入幻想小说的创作队伍，产出了许多难分彼此的"混搭风"作品：于幻想中夹着科学，于科学中嵌入幻想。同时，也造就了一批擅长"混搭"的跨界作家，如 C. L. 摩尔，莱斯利·F. 斯通，塞缪尔·R. 德莱尼等。除此之外，"探索幻想"（quest fantasy）同成长小说的结合也十分成功，这类小说也可以看作"探索幻想"的变体，但它的故事构成中少了前者翻天覆地的变化，多了几分温馨柔和的色调。其中的成长主题自然也揽获了许多少年读者，如默西迪斯·兰凯讲述女王使者塔利亚经受种种磨难考验的曲折成长经历的小说《女王之箭》（*Arrows of the Queen*），塔玛拉·皮尔斯的《阿莱娜：第一次冒险》（*Alanna：The First Adventure*）描写了女孩阿莱娜为了实现自己的骑士梦不惜女扮男装独自踏上冒险之旅，雷蒙德·E. 费斯特的《魔术师》（*Magician*）讲述了主人公普格（Pug）历尽艰辛，排除万难，成长为大魔术师的奇妙经历。各类体裁的杂交融合冲破了横亘其间的樊篱，这一尝试也为幻想小说的发展注入了新的活力。

　　二是类型的多元化。这三十年的幻想小说较 20 世纪 60 年代更加丰富，各种子类型发展逐渐成熟，开始独当一面，门类分支较为清晰，市场占有渐成规模，形成了以"探索幻想"为主导，多线并举的发展态势，迎来了幻想小说类型化发展的盛世。特里·布鲁克斯、大卫·埃丁斯、史蒂芬·R. 唐纳森等重量级作家以其新颖卓越的高产出坚守着"探索幻想"的大本营，凯瑟琳·库尔茨、帕特丽夏·麦克利普、罗伯特·乔丹、乔治·R. R. 马丁、罗宾·霍伯等钟情历史，书写着中世纪幻想小说（Medievalist Fantasy）的华章。对于神话、传说、童话以及经典原创故事的改写与重述也吸引了一大批作家的加盟，阵营规模不可小觑。罗宾·麦金利重写了《美女与野兽》，伊万杰琳·沃尔顿重述凯尔特神话的四部曲代表作（Mabinogion Tetralogy），史蒂芬·R. 莱哈德重述亚瑟王传奇的《潘德拉贡》系列（Pendragon Cycle），虽作为成人幻想系列推出，却深受少年的喜爱。简·约伦的《野玫瑰》（*Briar Rose*）新颖改写了《睡美人》的童话，格里高利·马奎尔对鲍姆经典《奥兹国魔法师》的改编之作《西方邪恶女巫的生活和时代》（*Wicked：The Life and Times of the Wicked Witch of the West*）对原书的人物情节进行了大胆的修改、拆解和重构。还有帕特里斯·金德尔、伊丽莎白·斯卡伯勒、蕾切尔·波莱克、霍莉·里斯利、约翰·巴恩斯等进行着现代童话写作的试验和探索。爱伦·库什纳的《剑端》（*Swordspoint*）、爱玛·布尔的《为橡树而战》（*War for the Oaks*）均以城市为故事发生地，开启了"城市幻想小说"（urban fantasy）的潮流。到 90 年代，这一类型同各地的生活和文化结合，产生了更具美国特色的"本土幻想小说"（indigenous fantasy），代表作品有托马斯·帝什的《牧师》（*The Priest*）、丽贝卡·奥尔的《缓慢的葬礼》（*Slow Funeral*），印第安女作家露易丝·厄德里奇《羚羊妻子》（*The Antelope Wife*）等。恐怖幻想小说（dark fantasy）更是飞速发展，史蒂芬·金《黑暗之塔》（*The Dark Tower*）、劳拉·K. 汉密尔顿《阿妮塔·布莱克》系列、塔那那莱芙·杜伊《守护心灵》（*My Soul to Keep*）等优秀作品牢固确立了恐怖幻想小说的市场地位，也为新世纪的更大繁荣奠定了坚实的基础。而新兴类型"魔幻现实主义"（magical realism）的出现则是这一时期最值得关注的现象。虽然这一形式多为以卡罗尔·埃姆什威勒等女权主义作家所用，作家作品数量十分有限，但却不乏约翰·克罗利、梅根·林霍尔姆、肖恩·斯图尔特等才华横溢的后起之秀，审视探讨美国社会的现实问题。这一苗头虽然微弱，却非常珍贵，它极大提升了幻想小说的文学特性，发挥了幻想与现实的张力，深化了对于幻想小说的认识，完善了创作技法，进一步明确了幻想小说的深层艺术旨归。如果说，"探索幻想"和重述神话故事还带有浓厚的英国风和托尔金模式的话，那么其他类型则充分地因地制宜，很好地契合了美国现实。可以说，这一时期美国少儿幻想小说摆脱了跟随英国幻想的亦步亦趋，创作开始走向自觉，进入了正规化的良性循环。

三是题材的多元化。幻想小说更广泛地取材社会生活，辐射面拓宽，关注点各异：如乔安娜·罗斯、伊丽莎白·林恩、玛丽恩·齐默·布拉德利等关注女性生存和权利的女权主义幻想；雷蒙德·费斯特马斯·帝什等讽刺美国社会政治制度的幻想作品；詹姆斯·莫罗、R. A. 麦卡沃伊、吉恩·沃尔夫等关于基督教的宗教题材幻想小说；迪莉亚·谢尔曼有关法国大革命历史的幻想小说。作家的关注涵盖了生活、政治、文化、历史等多个方面，多元化的取材也进一步扩大了幻想小说的覆盖面和影响力，幻想小说的发展也因此步入了快车道。

四是读者受众的多元化。继 20 世纪 60 年代幻想小说冲破年龄界限后，70 年代起读者群体开始融合，少儿幻想和成人幻想之间差距鲜少提及，读者受众的阅读取向和审美品位更具包容性和开放性，虽然仍有作家只致力于成人或者儿童的幻想写作，然而市场的真实反馈一再证明这一传统界限已开始瓦解。比如史蒂芬·金的作品则跨越了年龄的限制，老少皆宜，广受好评。而导致这一界限逐渐模糊的还有另一原因，这便是第五个特点，表现形式的多元化。许多经典著作和当下的热销书籍都被翻拍成了电影、电视剧、广播系列故事、甚至是电脑游戏，例如，E. B. 怀特、史蒂芬·金、罗素·霍本等诸多作品都有了让人印象深刻的银屏形象。反之亦然，许多火爆的游戏、电影电视以及广播故事也都抓住机会，快速成书。如八十年代走红的电脑游戏"龙与地下城"（Dungeons and Dragons）反复被挖掘，游戏商史蒂夫·杰克森以其人物和结构为蓝本出版的59本"战斗幻想"（Fighting Fantasy）系列；特雷西·希克曼和玛格丽特·魏斯也以此游戏为基础合作写出了"龙矛系列"（Dragonlance series），作品数量迄今为止达到了190本之多。[①] 幻想小说已不再只是白纸黑字的想象记录，它已超越了文字的空间范围，游走在各类媒介之间，实现了跨界的狂欢。

最后，幻想作品的商业化。美国浓厚的商业氛围和雄厚的经济实力，使它总是能够抢先于其他国家，迅速地洞察商机，将畅销的幻想小说通过其先进的拍摄技术搬上银幕，打造巨大的价值产业链。巨大的商业利润和市场导向使得世纪末美国少年幻想小说的写作一方面著作颇丰，产量很高，另一方面极具商业操作性，改编的空间和可能性非常大。然而，过多的商业化倾向损坏了文学创作内在的韧性，作品的文学质感也颇显单薄。因此可以看到，虽然这一时期美国幻想小说的产出数量已经远远超过了大洋彼岸的英国，图书市场上幻想小说的份额也一升再升，但是能够真正打动人心的、影响世界的著作寥寥无几，也没能产生像《哈利·波特》这样风靡世界的经典。这也不禁让人感慨，文学和商业的联合到底是深层的推广还是低俗的迎合呢？

20世纪，美国少年幻想小说在现实主义传统的逼迫下逐渐从边缘化向主流化蜕变发展。一代又一代的幻想小说作家在不断地反思和大胆地实验中消解着传统陈旧的创作观念，革新着幻想小说这一艺术样式，同时也预示着幻想小说在今后将更具实验精神和艺术活力，让艺术创造诞生更多的奇迹。

当我们步入21世纪头十年，我们看到的是幻想的全面爆发与沸腾。

新世纪美国少年幻想小说的出版发展可以简要概括为"三多"，即数量多、门类多、销量多。社会进步、文化发展以及科技革新加速了人类思维意识领域的革命，进一步为幻想松绑。随之而来的创作试验和另类尝试延伸了幻想的表现范围，激活了新兴体裁，增加了产出，也提升了业绩。整体而言，五类幻想小说表现尤为突出。

一是探索幻想（quest fantasy）。"探索幻想"是指故事主人公踏上心灵或现实的旅途，经历各种稀奇古怪的人或事最终达到目的，完成任务。这一类型在世纪初非常流行。兰登书屋（Random House）2006年出版的塔莫拉·皮尔斯的《小猎狗》（Terrier）以及迪士尼全球出版部下属的亥伯龙出版社（Hyperion）于2002年推出的麦克·查邦的《海岸情缘》（Summerland）均讲述了年少的男女主人公如何发挥自身的力量，与队友精诚合作，克服各种挑

---

①Farah Mendlesohn & Edward James. *A Short History of Fantasy*. Faringdon：Libri Publishing，2012：102.

战困难，最终完成"不可能的任务"——拯救国家或人类。而这一时期场面更为恢宏、情节更为曲折的经典之作当属天才少年克里斯托弗·鲍里尼创作的《龙骑士》（*Eragon*，2001）。该书由兰登书屋旗下公司发行，也是作者《遗产》三部曲的首作，描述了农家少年伊拉贡如何经受重重考验磨难，从一个普通少年成长为担当重任的龙骑士，排除万难，守卫国土的艰难历程。可以看到，这类幻想作品充分展示了青少年的主观能动性，展现了其内在的优秀品质与巨大潜力，很好地满足了少儿的英雄主义情结。

二是惊悚幻想（dark fantasy）。顾名思义，这类幻想作品多以神秘、阴暗、深沉的笔触制造一种恐怖压抑的氛围。需要指出的是，这并非一种低俗拙劣的想象，而是一种合理恰当的想象方式。然而其阴森凄凉的氛围与恐怖怪诞的设计使其一直备受排挤，不得人心，游走在边缘地带。21 世纪之初，两位儿童作家对于"惊悚"独具匠心的诠释，让世人看到惊悚也是可以适合儿童阅读的。丹尼尔·汉德勒的《雷蒙·斯尼奇的不幸历险》（*Lemony Snicket's Series of Unfortunate Events*，哈珀·柯林斯出版社，2000）系列以哥特浪漫传奇的手法讲述了伯德莱尔家三个孤儿维奥莱特、克劳斯和桑尼在父母死后接连投奔亲戚的故事，三个亲戚一个比一个古怪，住所一个比一个阴森，情节一个比一个惊悚。凯瑟琳·A. 艾普盖特的"永生"（Everworld）系列（学乐出版社，1999—2001，共 12 本）讲述了一群孩子在"永生世界"里同海盗、古代众神、巫师等神秘人物发生的奇异遭遇。作品中的"黑暗元素"（dark elements）不但没有吓退儿童读者，反而备受追捧。之后霍莉·布莱克的《蒂奇》（*Tithe*，西蒙及舒斯特出版社，2003）以及 R. L. 斯坦继《鸡皮疙瘩》系列之后的又一发力之作《幽灵猎魔队》（*Mostly Ghostly*，兰登书屋，2004—2006）描绘呈现的古怪的生灵、神秘莫测的场景以及险象环生的情节，深深地吸引着少年儿童读者，拓展了他们的想象空间，磨砺了他们的健康心智。与此同时，罗宾·麦金利的《阳光》（*Sunshine*，2003）和史蒂芬妮·梅耶的《暮光之城》系列（*Twilight*，2005—2008）再接再厉，用精致微妙的笔触描写着吸血鬼与人类爱恨情仇的张力，原本冷血无情、嗜血为生的危险物种已然成为了正义斗争和浪漫爱情故事的亮丽主角，使得小说大大超越了惊悚恐怖小说的局限，点燃了儿童对于吸血鬼故事的阅读热情。可以看出，这一时期惊悚幻想积极寻求转变，突破创作瓶颈，拓展表达潜能，实现了自身的全面崛起。

三是经典童话的重写（retelling of fairytales）。这主要是指儿童文学作家在一些畅销或经典童话的基础上尽情发挥，大胆想象，进行各种翻新和改写。

香农·海尔发表于 2003 年的作品《鹅姑娘》（*The Goose Girl*）依据同名格林童话《牧鹅姑娘》改编而成，想象更为夸张，人物形象更加生动饱满，故事情节较原作更加曲折刺激。此外，爱伦·达特罗和特瑞·温德林二人致力于搜集整理优秀的童话改写作品，于 2002 年由维京出版社青少年读物部（Viking Juvenile）结集出版了《绿人：神秘森林的故事》（*The Green Man：Tales of the Mythic Forest*），许多被埋没尘封的优质作品终于得见读者。

四是原创类幻想（original fantasy）。这类小说多在情节和创作手法上打破传统模式，大胆进行实验和创新。例如，舍伍德·史密斯的《公主兵团》（*A Posse of Princesses*，2008）一书巧妙地颠覆了传统"英雄救美"的浪漫爱情故事模式，安排了一群公主去寻找营救被绑架的伊阿狄丝，世界上最漂亮、最完美的公主。南希·法默的《巨魔之海》（*The Sea of Trolls*，2005）发生在遥远的盎格鲁 – 撒克逊时代，讲述了主人公杰克和五岁的妹妹露西阴差阳错被抓走当做奴隶贩卖等一系列不可思议的经历。少年文学作家罗德里克·汤立则充分挖掘幻想小说叙事的因果性，创作出了《大好之事》（*The Great Good Thing*，2001）。出于对此类作品的青睐和重视，维京出版社编辑莎伦·诺温博分别于 2003 和 2006 年推出了《火鸟》（*Firebirds*）和《火鸟崛起》（*Firebirds Rising*）两部原创幻想作品选集，收录了许多被主流所忽略的优秀原创之作。

五是数字音像类产品大量涌现。继《吸血鬼猎人巴菲》（*Buffy the Vampire Slayer*）播出成功之后，幻想作品的横向跨界发展备受关注。媒体自由权的放宽也为幻想作品提供了更多的表现渠道。电视、电影、互动游戏等推出了众多幻想作品，丰富并激活着幻想资源。系列剧成为电视营销的主要形式，这类剧本多属编剧自主原创，如同样讲述吸血鬼故事的侦探剧作《天使》（*Angel*）、讲述意外坠毁神秘小岛生还者故事的流行美剧《迷失》（*Lost*）等。与电视剧的自制自销不同的是，电影多选择改编经典幻想小说，且投入大制作，重心多在虚幻故事背景的还原和怪异人物形象的设计上。性格刻画上为求一目了然过目不忘多采用夸张性的描述手法，即集中突出主要矛盾，着力深入展现故事人物某一方面的特征以取代小说中全方位的叙述描写。如《龙骑士》、《史莱克》等影片中光怪陆离的世界和人物形象彻底颠覆了人们的刻板印象，温柔善良又骁勇善战的蓝色小飞龙、丑陋邋遢又可爱幽默的绿色大怪物都已成为标志性的"品牌"人物，轮廓清晰，指认度极高。如果说电视电影仅仅只是让观众欣赏种种奇思异想的话，那么互动游戏通过设置幻想场景与挑战任务，则充分调动了玩家的主观能动性，积极参与其中，"真实"地体验着幻想。大型网络虚拟游戏《第二人生》（*Second Life*，2003）让玩家在游戏中做许多现实生活中的事情，比如吃饭，跳舞，购物以及旅游等等。《魔兽世界》（*World of Warcraft*，2004）依托《魔兽争霸》的历史事件和英雄人物，让玩家在不断的冒险和探索中完成任务。值得一提的是，网络游戏的盛行也促进了幻想作品的创作。借助游戏的故事情节和时间线索，许多幻想小说得以问世。如依据游戏"龙与地下城"（*Dungeons and Dragons*）创作的"龙矛系列"（*Dragonlance* series），作品数量迄今为止达到了190本之多。①

综上可见，21世纪美国少儿幻想小说的确进入了一个多类型、多媒介、多创新的繁荣时代。这不仅表明了幻想小说对于新世纪少年儿童精神成长的重要性，也证明了幻想小说这一文学类型在飞速发展的信息科技时代所具有的独特魅力和深层潜力。

第四节　走进美国少年幻想小说

在本节中，弗兰克·鲍姆创作的《奥兹国的魔法师》系列将被作为样本来展示美国少年幻想小说的魅力。在这一幻想系列里，作家按照幻想小说的创作原则，刻画了一个与现实世界形成鲜明对照的乌托邦世界。

"奥兹国"系列的每部作品都讲述了一次精彩纷呈的历险，一场风暴、一个愿望、一项任务将一个个儿童主人公卷入到始料未及的危险与挑战之中，他们凭借勇气、友情、信任与互助巧妙地应付和化解危机，当他们最终抵达翡翠城之时，便是灾难终结的时刻。这座壮丽宏伟的奥兹国都城不仅是国家权力的中心，更是外族访客心驰神往的"仙境"：对于在现实世界的崎岖中艰难前行的人们，翡翠城之绿是生存的希望，也是安放生命的世外桃源。

托尔金在谈到童话创作时指出，幻想文学作家应当创造一个形象逼真、如假包换的"第二世界"，虽然这个想象的世界相比由真实与事实所构筑的"第一世界"，显得离奇荒诞，甚至虚无缥缈，但是它仍是一个实体，一个作家头脑中的完整的体系，有着其固有的存在规律和价值。国内儿童文学理论家舒伟也曾发表相同看法，"第二世界反映第一世界又异于第一世界。这个想象世界绝非什么美丽的'谎言'，而是另一种'真相'。"②

---

①Farah Mendlesohn & Edward James. *A Short History of Fantasy*. Faringdon：Libri Publishing，2012：205.

②舒伟. 走进托尔金的"奇境"世界——从《论童话故事》解读托尔金的童话诗学. 《解放军外国语学院学报》，2007（6）：37.

　　鲍姆在"奥兹国"系列中将现实的"第一世界"与幻想的"第二世界"并置，在对比与重描中，用生动形象的语言以及细腻逼真的想象，倾尽精力和心血，缔造了一个令数代儿童读者着迷神往的美丽世界。

　　鲍姆笔下的美丽世界并不是横空出世的思维怪物，而是以一种"救世主"的姿态登场的，即被灾难席卷的现实世界的庇护天堂。当人类世界的龙卷风、地震、船难无情地将人类抛入生存斗争的漩涡之中时，翡翠城却以其闪耀的仁慈与富足拯救着来自异邦的难民。这是一个友爱的国度，也是一个理想的乌托邦。

　　《简明不列颠百科全书》将"乌托邦"定义为"一种理想的国家，居民生活在看起来完美无缺的环境中。"① 鲍姆在"奥兹国"系列中忠实兑现了他对儿童的承诺："充满快乐，远离悲伤和梦魇"。② 奥兹国在他笔下熠熠生辉，广施恩惠，造福众生。这个诞生于作者头脑之中的国家，的确是完美无缺的理想国，却也是一个合理合法的"真实"存在，有着其独特且完备的管理体系与法律制度。

　　奥兹国采用联邦制体系，东西南北共四个城邦：芒奇金邦（Munchkin Country），温基邦（Winkie Country），吉利金邦（Gillikin Country）以及奎德林邦（Quadling Country）。每个城邦各设行政长官，负责自己城邦内的日常事务，保障人民生活与社会秩序。各级官员开放民主，居民之间和谐互助。四方长官直接听命于奥兹国最高统治者国王或女王，王位世袭，代代相传，现任统治者是奥兹玛公主。整个国家从中央到地方处处彰显着极大的民主和自由，虽然建立了一整套完备的法律法规，严密制定了针对撒谎、偷盗、破坏公物、叛国等各种不良行为的惩罚措施，然而，这些律法却从未真正实施过，并非因其缺乏效力，而是完全没有这个必要。

　　奥兹国的居民快乐无忧，具有强烈的幸福感，他们逢人便会滔滔不绝地称赞伟大的统治者奥兹玛公主。这位小姑娘无论智慧才能，还是胸怀气度，都超群出众。早前被女巫伪装成男孩，被控制多年，身世不明，最终凭借自己的机灵与勇气打败了女巫，重获自由。知晓自己身世后，继承王位，勇挑重担，全心全意治理群龙无首的奥兹国。"我有责任让仙境中的所有人——不管他们是什么样的人——幸福、心满意足，必须帮助他们解决争端，阻止他

　　①中美联合编审委员会.《简明不列颠百科全书》（第9卷）.北京：中国大百科全书出版社，1985：681.
　　②弗兰克·鲍姆.《奥兹国的魔法师》.吴华译.南昌：二十一世纪出版社，2013：i.

们斗殴或者发动战争。"① 身为王室后代，身上流淌的皇室血脉让她深知治国安民的重大责任，虽然还是位小姑娘，但奥兹玛的心慈仁厚与善良包容令人折服。拥有贵族与生俱来的优雅，奥兹玛平易近人，凡事周到，处事严慈并济，公私分明。"当她坐在王宫大殿辉煌的绿宝石御座上发号施令，调停争执，为治下的臣民谋求幸福时，她看起来肃穆端庄，俨然是一个女王；可一旦脱下了那嵌满珠宝的王袍，放下了权杖，回到自己的房间，她又立马变成天真无邪的小姑娘，无忧无虑而又快乐调皮。"② 一静一动之间显示着奥兹玛处事的得体与分寸。

奥兹玛贵为一国之君，却不孤傲高冷。对人对事从不马虎，一律仔细考量。生活中待人接物，她体贴周到，关怀备至。在她的宫殿里，所有到访的客人或臣民都将受到无微不至的关怀：从房间的摆设整理到衣着配饰再到饮食起居，无一疏漏，仔细周全地将客人日常生活的各种需要考虑在内，让所有来客宾至如归。理政时她宽厚仁慈，用仁爱调节法律的"冰冷无情"，用人性的弹性包容法律的强硬，却不失民主正义。当奥乔为救叔叔冒险违法，摘下六叶苜蓿时，奥兹玛却出人意料地宽恕了他，因为奥乔已经悔悟，因为"法律的制定从来都是有目的的，那就是保卫全体人民，维护他们的利益"，③而奥乔违法是为了救人，他的行为并没有伤害任何人。当邪恶的矮子精国王暗中蓄势，集结军队进攻翡翠城时，即使兵临城下，奥兹玛也坚决拒绝使用武力，"任何人都没有权力剥夺其他生物的宝贵生命。无论他们是多么的邪恶，也不能伤害或者给他们带来痛苦"④，邪恶终究敌不过正义与善良。奥兹玛的宽容和仁爱不仅一次又一次地救人救己救国于危难，也在无形中融化改造着邪恶的心灵。奥兹国的兴邦与安邦之道没有暴力和强权的字眼，尽是道德的自律与良心的规约。

作为当家人的奥兹玛公主无疑起到了重要的领导和榜样作用，从思想道德到具体实践身体力行着莫尔在《乌托邦》中所说的"力戒惰与傲……依靠自己为生而无损于人"。⑤ 奥兹玛和各邦之主的谦恭与和蔼、勤劳与高尚将宽容与仁爱深植到人民心中，达成了"民主自治"的理想雏形。"奥兹国百姓只需遵守一条法律：那就是安分守己。遵守这条法律，对他们来说是十分容易

①弗兰克·鲍姆.《奥兹国的格琳达》. 张波虹译. 南昌：二十一世纪出版社，2013：17.
②弗兰克·鲍姆.《奥兹国的碎布姑娘》. 吴华译. 南昌：二十一世纪出版社，2013：189.
③弗兰克·鲍姆.《奥兹国的碎布姑娘》. 吴华译. 南昌：二十一世纪出版社，2013：200.
④弗兰克·鲍姆.《奥兹国的翡翠城》. 王漪译. 南昌：二十一世纪出版社，2013：262—263 页.
⑤托马斯·莫尔.《乌托邦》. 戴镏龄译. 北京：商务印书馆，1982：39.

的，你可以看到他们的言行举止都循规蹈矩。"①德胜于法，以法治，归于理，人心生畏，安分守己，若理亏，人心向反，揭竿而起；德与情，得人心，人心归顺，国家长治久安矣。王国上下、臣民百姓无一不得公主恩泽庇佑，即便是囚犯也不例外。奥兹国的囚犯在装修豪华的监狱里享受着如家般的幸福温暖，因为"犯人是不幸的。……正由于他不幸，所以我们更应该好好待他，要不然他就会更加怨恨，更加不会为自己做的错事感到懊悔。……宽厚待人，就能使人坚强起来，勇敢起来，所以我们监狱一向宽待犯人。"②

监狱不是地狱，更不是囚犯们炼狱的地方。对罪犯实施宽厚与包容的"感化鼓励"改造是奥兹国监狱的重要使命。从他者感受出发，理解囚犯的不幸，放弃法律戒规的硬性训诫与惩罚可能导致的怨恨与敌意，转而相信人类心灵之中的向善力量，给予更多的鼓励与支持，让脆弱受伤的心灵在无微不至的关怀中再次勇敢坚强起来，朝着正义迈进，奥兹国的"爱心监狱"为犯错之人提供的是希望，而非绝望。

在这里，君主仁慈宽容，人民友爱自律，法律正义常驻人心，"所有人都带着幸福而满足的笑容，没有一点儿忧伤和烦恼"③，全国上下一派繁荣景象。

奥兹国的百姓过着简单原始的农耕生活，坚信一分耕耘一分收获，自然灾害在这里完全绝迹，勤劳善良的人民根本不用担心虫害或者歉收，人们自给自足，生活安逸自在。首都翡翠城"用绿色大理石建造的，到处都镶嵌着闪闪发光的翡翠，……十分繁华"，④ 大街与沿街房屋上遍是珠宝，却从不会有偷盗宝石的情况发生。在奥兹国的人们看来，他们已经丰衣足食，生活已经十分富足，钱财珍宝对他们已经没有任何意义。王宫的富丽堂皇更是凡人所无法想象的，黄金、宝石与锦缎打造出的华美绚烂人间罕有。然而，奥兹国并无意炫耀它无与伦比的财富，它的富庶是其庇护百姓的能力，更是其广施恩惠的基础。

金碧辉煌的王宫与主人奥兹玛公主一样，永远真诚地欢迎着四方朋友的到来，为远道而来的客人提供便利与舒适。多萝西初到翡翠城时，柔软的床铺、香水喷泉、有趣的书籍、挂满漂亮衣服的衣橱以及贴心的仆人让她感到如家般的温暖。不相信奇境存在的男孩齐布到达翡翠城后，在豪华舒适的房

①弗兰克·鲍姆.《奥兹国的铁皮人》.吴华译.南昌：二十一世纪出版社，2013：32.

②弗兰克·鲍姆.《奥兹国的碎布姑娘》.吴华译.南昌：二十一世纪出版社，2013：175—176页。

③弗兰克·鲍姆.《通向奥兹国的路》.钟尉端译.南昌：二十一世纪出版社，2013，181.

④弗兰克·鲍姆.《奥兹国的魔法师》.吴华译.南昌：二十一世纪出版社，2013：113.

间里先是无所适从，当他在沐浴中渐渐放松之后，开始发现房间贴心的布置，发自内心地感激奥兹玛公主的周到与体贴。初到翡翠城的邋遢人受到公主的盛情款待，他的邋遢与脏乱丝毫不妨碍公主对他真诚的关爱。奥兹玛公主把宫殿里最漂亮的一个房间给了邋遢人，"各种设施一应俱全，很多好东西邋遢人连想都没想过。床架子是金子做的，镶嵌着许多闪亮的宝石，床罩上绣着珍珠和红宝石的图案。……衣柜里挂满了各种各样的衣服"。① 这景象让邋遢人一时目不暇接，难以置信，"目瞪口呆地看着眼前这奢华的一切，半天都说不出一句话来"，② 稍许安顿之后，开始享受这自由与快乐。

不难看出，不论是王国臣民，还是异邦来客，不论是王公贵族，还是平民百姓，奥兹国的财富、翡翠城的闪耀、还是王宫的辉煌都没有让任何人感觉到压抑或者压迫。贫富差距、君臣等级在这里都不复存在，奥兹王宫是公主与来客们的珍贵友情的有力见证，亦是仁爱与包容的布道场。

公民的自律、君主的开明加上富足的生活为奥兹国浓妆重抹了几分莫尔笔下的"乌托邦"色彩。

"奥兹国共有人口五十万左右……在这样一个富庶丰饶的国家里，每一个奥兹人都过得非常快乐满足。

奥兹国的居民从来都不知道疾病为何物，除非遭遇一些意外事故，否则他们永远不会死去。当然，这样的情况也的确很少发生。奥兹国没有穷人，因为这里不存在金钱这个概念，国家所有的财富都为女王所有。所有的奥兹人都是女王的孩子，她负责照顾大家。每一个人都可以从他的左邻右舍那里得到他所需要的东西，只要是合理的要求，都能被满足。整个国家的粮食由专人负责种植，每位居民都能得到相同的份额。这个城邦国家也有许多裁缝、鞋匠，他们为大家生产各式日常生活所必需的日用品。同样的，还有那些专门为人们打造首饰的珠宝匠，他们制作的饰品总是能够取悦和美化他人。当然，这些首饰也是免费的，只要你确实需要，就可以得到。任何一个男人或者女人，他们无论为国家生产什么，所需的食物、衣服、房子、家具、首饰和玩具均由邻居们提供。万一出现供应短缺的情况，女王的大仓库都会及时地予以补充。

奥兹国的居民一天中总是一半的时间在工作，一半的时间在娱乐。人们都把工作当做是另一种娱乐，因为工作对于他们来说是一件令人愉快的事情。在这里没有残暴的监工，也没有犯了错就随意斥责他们的老板，所以每一个

---

① 弗兰克·鲍姆.《通向奥兹国的路》. 钟尉端译. 南昌：二十一世纪出版社，2013：189.
② 弗兰克·鲍姆.《多萝西与魔法师》. 俞庆译. 南昌：二十一世纪出版社，2013：189—190.

人都以能为他们的邻居和朋友做些什么而感到自豪，为自己所生产的东西能被他人接受而感到高兴。……

奥兹国的居民……也有各种性格奇怪的人，却没有天性凶恶，或者自私、暴躁的人。大家都是那么的善良、可爱、快乐、平和，每一位居民都爱戴着统治他们的可爱姑娘奥兹玛女王，非常乐于听从她的指令。"①

可以看到，在奥兹国人们勤劳善良，内心充实满足，生活幸福安康。无人监管，却人人自觉；长生不老，却尊重珍爱生命；辛勤劳作，衣食无缺，王国之内按需分配，"每个人都是能用多少就用多少，决不会多拿的"②，毫无私心贪念；秉性善良，热情好客，快乐地享受着工作与生活。私有观念在这里毫无立锥之地，拜金和享乐更是无所遁形，女王宽容仁慈，人民奉献互助，这与马克思和恩格斯描述的"在真实的集体的条件下，各个个人在自己的联合中并通过这种联合获得自由"③ 的理想状态达成了内在契合。在这个"我为人人，人人为我"的大家庭中，集体责任感与个人使命感实现了完美融合，国即是家，民即是家人，互帮互助，其乐融融，一切蒸蒸日上。

对于教育，奥兹国的做法也十分新鲜另类。全国只有一所高等学府—奥兹国宫廷体育学院，从学校名称不难看出学校的培养重心：体育先于知识和技能，国民的身体素质优先于其知识技能的掌握。学生需要保证体育锻炼，只有持之以恒的训练才能锻造健康强壮的体魄，才能意气风发、生机勃勃，充满无限活力与朝气。这份朝气与升级对于奥兹国而言比抽象刻板的知识更为重要，具备这活力与朝气的年轻人方为王国努力培养的优秀公民。至于知识和技能，相比身体的训练则较为容易，学生只需服用不同药丸就能轻松"获得"各类知识，例如文学药丸、代数药丸、语法药丸、地理药丸等，不仅极大削减了苦思久坐的学习时间，加速了知识的习得过程，也让整个学习变得更加便捷，这对于现实世界里在课业压力重负之下的儿童而言，无疑是最大的福音和美好。

因此，生活在奥兹仙境中的人民是真正的身心健康之民，他们辛勤劳作、坚持锻炼以修身，他们自我约束、高度自律以怡情，身与心的交融焕发出积极向上的建设力与凝聚力，为王国的发展蓄积无限潜力。

鲍姆的奥兹国具有明显的理想社会气质。这理想完美的气质是一直深深渗透到王国的肌理之中的，从女王到臣民都散发着浓郁的理想主义气息。也

①弗兰克·鲍姆.《奥兹国的翡翠城》. 王漪译. 南昌：二十一世纪出版社，2013：28—29 页。
②弗兰克·鲍姆.《通向奥兹国的路》. 钟尉端译. 南昌：二十一世纪出版社，2013：157.
③马克思，恩格斯.《马克思恩格斯全集》（第3卷）. 北京：人民出版社，1961：84.

因为如此，只有那些诚实正直的光明磊落之人才能来到这样一个世外桃源般的仙境之国并为之所接纳。乌托邦不单是作者在追求精神乐园的产物，更是作者一次积极大胆的实验，以自己的终极价值尝试构建全人类的精神归宿。他们总是站在"全体"和"类"的角度，而不执着于"集体"或"本族"。①

奥兹仙境存在的意义与价值不可简单看作作者不满现实的发泄与倾诉，或是对于人类未来美好憧憬的固执追求，在技术横行的工业时代，奥兹国已然成了一个文化符号，这个充满爱心的"正义"之邦，复原再现着被工业文明冲刷掩盖的坚持与追寻，以及那纯净且未被染指的田园牧歌时代的理想原型。它的"虚幻"恰恰体现了一种"人性的真实"与"价值的真实"，贯穿着一种不断超越现存状态的精神，一种立足于可感现实并不断超越当下境况对真善美价值理想的追求，② 一种"相信未来可能要从根本上优于现在的信念。"③

如布洛赫曾说，乌托邦指的是"世界中普遍存在的一种精神想象：趋向（尚未到来的）更好状态的意向"。④ 人类从未停止过未来的希冀与想象，总是充满希望地望向未来，这种"尚未意识"普遍地存在于整个人类社会，甚至整个自然世界里。所以，乌托邦不是疯癫呓语，而是内化于人类精神世界之中的重要之维。

来到奥兹仙境的异邦来客们，都会经历各种磨难和考验，每次历险对于其身和心都是一次彻底的洗刷和历练，所以，到达终点—翡翠城不仅要依靠大脑与胆量，更有赖于发自内心深处的、对于自我追求的执着与虔诚。鲍姆的"奥兹国"历险系列在长达十四部的构建与刻画中打造出特色鲜明的"奥兹宗教"，荡涤着世俗的浮躁与虚伪，用翡翠城闪耀的绿光高擎希望的灯塔，不断地召唤着真诚虔敬的"信徒们"面向希望，开启朝圣。

本章主要参考文献

1. Asimov, Isaac & Jean M. Cote (ed). *Future Days：A Nineteenth - Century Vision of the Year* 2000. New York：Henry Holt & Co, 1986.

---

①潘一禾. 经典乌托邦小说的特点与乌托邦思想的流变.《浙江大学学报》（人文社会科学版）. 2007（1）：92.

②贺来. 乌托邦精神与哲学合法性辩护.《中国社会科学》. 2013（7）：42.

③拉塞尔·雅各比.《乌托邦之死：冷漠时代的政治与文化》. 姚建彬译. 北京：新星出版社，2007：2.

④陈岸瑛. 关于"乌托邦"内涵及概念演变的考证.《北京大学学报》（哲学社会科学版）. 2000（1）：127.

2. Barth, John. "The Literature of Exhaustion", *The Friday Book*: *Essays and Other Nonfiction*. New York: G. P. Putnam's Sons, 1984.

3. Bleiler, E. F. *Science Fiction*: *The Early Years*. Kent: Kent State University Press, 1990.

4. Bould, Mark & Sherryl Vint. *The Routledge Concise History of Science Fiction*. New York: Routledge, 2011.

5. Clute, John & Peter Nicholls. *The Encyclopedia of Science Fiction*. London: St. Martin's Press, 1993.

6. Cole, P. B. *Young Adult Literature in the 21st Century*. Boston: McGraw – Hill Higher Education, 2009.

7. Csicsery – Ronay, Istvan. Jr. *The Seven Beauties of Science Fiction*. Middletown: Wesleyan University Press, 2008.

8. Donelson, K. L. & Nilsen, A. P. *Literature for Today's Young Adults* (5th Edition) . New York: Addison – Wesley Educational Publishers Inc. , 1997.

9. Gates, P. S. , Susan B. Steffel, and Francis J. Molson. *Fantasy Literature for Children and Young Adults*. Lanham: the Scarecrow Press, 2003.

10. Gove, P. B. *The Imaginary Voyage in Prose Fiction*. New York: Octagon Books, 1975.

11. Grenby, M. O. *Children's Literature*. Edinburgh: Edinburgh University Press Ltd, 2008.

12. Honeyman, Susan. *Elusive Childhood*: *Impossible Representations in Modern Fiction*. Columbus: The Ohio State University Press, 2005.

13. Hunt, Peter, ed. *International Companion Encyclopedia of Children's Literature*. London: Routledge, 1996.

14. James, Edward. *Science Fiction in the Twentieth Century*. New York: Oxford University Press, 1994.

15. Kuhn, Thomas. *The Structure of Scientific Revolutions*. Chicago: University of Chicago Press, 2012.

16. Lowry, Lois. *The Giver*. New York: Dell Laurelleaf, 1993.

17. Marcus, Mordecai. "What Is an Initiation Story?" in William Coyle (ed.), *The Young Man in American Literature*: *The Initiation Theme*. New York: The Odyssey Press, 1969.

18. Martin, Philip. *A Guide to Fantasy Literature*. Milwaukee: Crickhollow Books, 2009.

19. Mendlesohn, Farah & Edward James. *A Short History of Fantasy*. Faringdon: Libri Publishing, 2012.

20. Nikolajeva, M. The Development of Children's Fantasy. In E. James & F. Mendlesohn (Ed.), *The Cambridge Companion to Fantasy Literature*. Cambridge: Cambridge University Press, 2012.

21. Sanderson, J. *A Reading Guide to The Giver*. New York: Scholastic, 2003.

22. Tolkien, J. R. R. . *On Fairy Stories. The Tolkien Reader*. New York: Ballantine, 1966.

23. Tomlinson, C. M. & Lynch - Brown, C. *Essentials of Young Adult Literature*. Boston: Pearson, 2007.

24. Wollheim, D. A. *The Universe Makers: Science Fiction Today*. New York: Harper, 1971.

25. 陈岸瑛. 关于"乌托邦"内涵及概念演变的考证. 北京大学学报（哲学社会科学版），2000（1）.

26. 杜小真. 萨特引论. 北京：商务印书馆，2009.

27. 弗兰克·鲍姆. 奥兹国的翡翠城. 王漪译. 南昌：二十一世纪出版社，2013.

28. 弗兰克·鲍姆. 通向奥兹国的路. 钟尉端译. 南昌：二十一世纪出版社，2013.

29. 弗兰克·鲍姆. 奥兹国的碎布姑娘. 吴华译. 南昌：二十一世纪出版社，2013.

30. 弗兰克·鲍姆. 奥兹国的铁皮人. 吴华译. 南昌：二十一世纪出版社，2013.

31. 弗兰克·鲍姆. 多萝西与魔法师. 俞庆译. 南昌：二十一世纪出版社，2013.

32. 弗兰克·鲍姆. 奥兹国的魔法师. 吴华译. 南昌：二十一世纪出版社，2013.

33. 弗兰克·鲍姆. 奥兹国的格琳达. 张波虹译. 南昌：二十一世纪出版社，2013.

34. 弗兰克·鲍姆. 奥兹国的稻草人. 徐新译. 南昌：二十一世纪出版社，2013.

35. 弗兰克·鲍姆. 奥兹玛公主. 徐新译. 南昌：二十一世纪出版社，2013.

36. 弗兰克·鲍姆. 奥兹国的滴答人. 沈娴译. 南昌：二十一世纪出版社，2013.

37. 弗兰克·鲍姆. 绿野仙踪. 一檩，井蛙译. 北京：现代出版社，2004.

38. 海德格尔，张月，曹元勇等译. 诗、语言、思. 郑州：黄河文艺出版社，1989.

39. 贺来. 乌托邦精神与哲学合法性辩护. 中国社会科学，2013（7）.

40. 拉塞尔·雅各比. 乌托邦之死：冷漠时代的政治与文化. 姚建彬译. 北京：新星出版社，2007.

41. 刘诺亚，曾文宜. 存在主义思想在狄金森死亡诗歌中的体现. 世界文学评论，2009（2）.

42. 马克思，恩格斯. 马克思恩格斯全集（第3卷）. 北京：人民出版社，1961.

43. 潘一禾. 经典乌托邦小说的特点与乌托邦思想的流变. 浙江大学学报（人文社会科学版），2007（1）.

44. 芮渝萍. 美国成长小说研究. 北京：中国社会科学出版社，2004.

45. 萨特著，周煦良、汤永宽译. 存在主义是一种人道主义. 上海：上海译文出版社，2005.

46. 萨特著，陈宣良译. 存在与虚无. 上海：三联书店，2009年。

47. 舒伟. 走进托尔金的"奇境"世界——从《论童话故事》解读托尔金的童话诗学. 解放军外国语学院学报，2007（6）.

48. 托马斯·莫尔. 乌托邦. 戴镏龄译. 北京：商务印书馆，1982.

49. 王泉根. "中国原创儿童文学缺乏什么" http://www.chinawriter.com.cn 2005 - 05 - 31.

50. 王泉根. 儿童文学教程. 北京：北京师范大学出版社，2009.

51. 王炎．小说的时间性和现代性．北京：外语教学与研究出版社，2008.

52. 中美联合编审委员会．简明不列颠百科全书（第9卷）．北京：中国大百科全书出版社，1985.

53. 周晓波．少年儿童文学．北京：高等教育出版社，2010.

54. 朱自强．儿童文学概论．北京：高等教育出版社，2009.

第七章　成功的感觉：美国少年历险小说

第一节　现当代美国少年历险小说概述

历险小说（adventure story）的源头最早可追溯到中世纪源于法国的骑士传奇，然而当时它一般以叙事诗的形式出现，之后陆续传入英国和德国，慢慢演变成为独特的历险小说体裁。

正如马丁·格林所说，为了开启历险小说的研究，术语的问题必须先被解决，"什么是历险？历险者意味着什么？"在马丁·格林看来，历险是一个有共性的体验，通常指遭遇危险的事，"起初是没有预料到的，之后又无法解释"，陷入危险状况的人需要"采取行动，做出决定，以应对一种远离你的日常循规蹈矩的生活"。[①]而涉及有关这样的历险经历的故事就是所谓的历险小说，其中的主人公就是历险者，往往在没有任何准备的情况下就开始历险的历程。通常在阅读这样的历险小说的同时，读者往往会与主人公产生共鸣，将自己想象成为有共同经历的人，积极应对挑战并成为最终获胜的英雄形象。传统的观点看来，历险小说的主人公一般都是男人的形象居多，因为历险有时可能意味着"超出规则的范畴和位于文明的边缘"，[②]同时男人也确实在体力方面强于女人，这也是历险过程中尤为重要的问题。历险小说也并不一定就是单一的历险故事，历险有的时候只是一个载体，会有历险与历史的结合，历险与幻想的结合，历险小说是富有变化性的文学体裁之一。

少年文学中的少年历险小说（young adult adventure story）很难明确界定。

①Green, Martin. *Seven Types of Adventure Tale*, University Park: The Pennsylvania State University Press, 1991: 1.

②Green, Martin. *Seven Types of Adventure Tale*, University Park: The Pennsylvania State University Press, 1991: 3.

"少年""历险""小说"三词均有模糊之处。首先，从"少年"看，少年历险小说目标读者的年龄界限模糊，因为历险小说经常是老少皆宜的。"小说"的模糊之处在于小说与现实之间的分界，因为有的历险小说就是根据真实事例创作的。"历险"作为文类的模糊之处在于不同文类之间的界线不明，如：历险/历史小说之间、历险/幻想小说之间，等等，这里不再赘述。因此，格兰贝认为，也许可以说，历险小说不是一个文类，它只是一种"调味剂"。①如果我们为了研究方便给历险小说下个定义，那么，按照美国少年文学专家道诺尔森和尼尔森的说法，"说到少年文学，我们指的是年龄大约在 12 至 20 岁之间的读者选择阅读的东西"，②少年历险小说指的就应该是这一年龄段的读者选择来阅读的历险小说。随着社会和时代的不断发展，少年历险小说也逐渐建立了自己的结构和特色，衍生出多种类型，聚焦于不同的主题，承担了一定的教育意义，成为少年文学中独特的文学类别。

少年历险小说之所以吸引少年读者，是因为它可以为读者提供一种心理成就感，使少年在想象中让自己变得重要。一般来说，在传统少年历险小说中，少年主人公历险之初多是软弱、依赖性强，不成熟的。在旅途中，他们会遇到困难与危险，需要独立解决问题，在这个过程中，他们成熟起来。最终赢得人们的尊重。所以，道诺尔森和尼尔森说，少年主人公经历了令人难以想象的困难，最终胜出。③

道诺尔森和尼尔森还总结了一部成功的少年历险小说应具有的特点。1. 一个少年读者可以认同的主人公；2. 一次可以让少年读者感同身受的历险经历；3. 成功的人物刻画；4. 吸引人的故事背景；5. 从第一页就可以吸引小读者的故事情节。④

一般来说，传统少年历险小说的情节依据"出走－历险－回归"这一模式。下面我们就以《狼群中的朱莉》为例，考察一下美国少年历险小说的情节模式。

首先，因为某种原因或危机，少年主人公不得不离家出走。《狼群中的朱莉》中的少女主人公是为了逃避她所不情愿的婚姻而走上阿拉斯加的冻原。然后，他/她开始独自经历各种困难和考验，他/她必须依靠自己去战胜困难

---

①Grenby, M. O. *Children's Literature*. Edinburgh：Edinburgh University Press Ltd, 2008：173.

②Cart, Michael. *From Romance to Realism*, New York：Harper Collins Publishers, 1996：13.

③Donelson, K. L. & Nilsen, A. P. *Literature for Today's Young Adults* (5th Edition), New York：Addison－Wesley Educational Publishers Inc. , 1997：137.

④Donelson, K. L. & Nilsen, A. P. *Literature for Today's Young Adults* (5th Edition), New York：Addison－Wesley Educational Publishers Inc. , 1997：136.

经受住考验。如朱莉在冻原中没有食物可吃，面临被饿死的危险。格兰贝认为，在历险小说中，主人公或天生具有或后天获得一种特殊的能力，或知识，或技能，等等，这种东西可以帮助他/她摆脱困境。① 在《狼群中的朱莉》中，朱莉从小从父亲那里学到了与狼相处、获取食物的方法。她运用这种方法成功地从狼群首领那里获得了食物得以生存。最后，小主人公或证明了自己的价值，或获得某种顿悟，或解决了一个重大问题，或发现了一个宝藏，等等，然后回到他/她所熟悉的环境中。朱莉最终认识到一个真理：人与动物要和谐相处。

在现当代美国少年历险小说中，传统的题材和情节模式被颠覆。让我们以考米尔的《第一次死亡之后》（*After the First Death*，1979）为例，看看现当代美国少年历险小说有哪些不同。在这部小说中，恐怖分子劫持了坐满孩子的校车。表面上看，作为历险故事，小说应该讲述孩子们如何成功地逃脱绑架。但是细读下来，就会发现，其题材与情节模式均明显不同于传统历险小说。传统少年历险小说在题材上一般围绕少年与自然，如《狼群中的朱莉》，或少年与社会，如《回家》（*Homecoming*，1981），或少年与自己，如《陀螺》（*Whirligig*，1998）。小说展现的是少年主人公的成长、顿悟和成功，传达的是正能量，赞扬的是真善美。而在《第一次死亡之后》中，小说主要人物之一，16 岁的米罗的任务是杀死校车司机。但当天开校车的是司机的侄女凯特。犹豫过后，他还是杀死了她。这一题材显然是对传统历险小说题材的颠覆。故事情节也非"出走 – 历险 – 回归"模式。历险的是凯特，但她并没有成功逃脱死亡。这一结尾似乎印证了评论家对考米尔的评价：这是没有救赎可能的悲观主义，它符合考米尔的特点，在儿童文学中拒绝幸福的结局。②

马丁·格林在深入研究历险小说的过程中，将历险小说划分为七种类型，这七种类型几乎囊括了历险小说范畴之内的所有小说，少年历险小说也无一例外均能在其中找到自己的掠影。

第一种类型以《鲁滨孙漂流记》（*Robinson Crusoe*，1719）为载体，定义为荒岛小说，叙事与情节都比较单一，男主人公在无人的荒岛上，最初濒临死亡，之后成功存活下来并最终建立了自己的岛上帝国。奥台尔的《蓝色海豚岛》（*Island of the Blue Dolphin*，1960）就属于少年文学作品中的荒岛求生小说，不同之处在于《蓝色海豚岛》中的主人公是个印第安女孩，并且这部小说是有历史依据的，是根据现实改变的小说，企图打破全白人和全男人的

---

①Grenby, M. O. *Children's Literature*. Edinburgh：Edinburgh University Press Ltd, 2008：183.

②Grenby, M. O. *Children's Literature*. Edinburgh：Edinburgh University Press Ltd, 2008：185.

历险小说传统。第二种类型以《三个火枪手》（*The Three Musketeers*，1844）为例，定义为历史小说，附以多彩的历史背景，企图以某个社会剪影反映社会的全貌，通常以正要开始成人生活的年轻人为主人公，着重强调人物在群体中展现的一些特殊品质，如勇气，温暖和活力等。少年历险小说中涉及历史背景的比较常见，上文提到的《蓝色海豚岛》就是以历史上的殖民侵略为背景的，同时女主人公的印第安人身份也是历史的缩影。另外少年历险小说中以群体为主人公也不少，霍布斯的《北方远处》（*Far North*，1996）讲述的就是三个文化背景不同的人共同努力而生存下来的故事，强调了协作的重要意义。第三种类型以《拓荒者》（*The Pioneers*，1823）为例，定义为边疆小说，一般基调比较忧郁淡泊，强调史诗般的尊严，美国作家多描写关于本国开拓疆土的故事。美国少年历险小说《塔科特先生》（*Mr. Tucket*，1968）系列就是以美国西部为背景的，主人公弗朗西斯同家人在前往西部的过程中被波尼人所俘获，又为单臂人所救并逐渐学得生存技能存活下来。第四种类型被称为哥特式小说，带有哥特式的典型特色，包含诅咒、预言、传奇事件等，还可能会涉及宝藏，神秘的标志等等，旨在谴责社会的不公与压迫。出版于1957年的少年历险小说《沉船》（*Shipwreck*）讲述的就是小主人公瑞尼为了弄清父亲所经历的一切而出海并经历一系列的神秘事件和危险的故事。第五种类型以《辛格顿船长》（*Captain Singleton*，1720）为例，定义为流浪汉小说，通常涉及人类的环游事件，不但是人类所谓特权阶层的标志，也是人类征服自然的体现。美国少年历险小说中出版于1967年的《黑珍珠》（*The Black Pearl*）和2000年的《流浪者》（*The Wanderer*）涉及的都是主人公征服自然的历险。第六种类型被称为海盗罗曼史，注重历史和政治色彩，通常故事为家族间或以个人为代表的家族间的争斗，之后出现伤亡再进行复仇的模式。第七种类型为惊险小说，这类小说比较现代，历险中涉及的"对手"可能不是单一的人，而是类似一个组织或一个阴谋之类的。美国少年文学作家汤普森的《一组天使》（*A Band of Angels*，1986）涉及核战争的题材，五个十几岁的年轻人根本没有意识到自己在被政府工作人员追逐着。

这七种类型的探索基本上囊括了历险小说的各种内容形式，能够从总体上对历险小说进行归纳。美国少年历险小说作为历险小说的一个研究分支，类型也是多种多样的，有关这部分内容将在后续部分深化展开。

下面我们考察一下美国少年历险小说的发展脉络。

历险小说在美国出现较早，有的甚至被定义为儿童文学，马克·吐温在十九世纪末期出版的《汤姆·索亚历险记》和《哈克贝利·芬历险记》就一

美国少年历险小说虽然涉及的体裁及内容多样，但是依据不同的划分依据，美国少年历险小说中还是有特定的类型可以把握的。

首先，根据涉及的内容，有求生型的历险小说和探险型的历险小说之分。求生型的历险小说以生存下去为历险的主要目的。伯森的《手斧男孩》中布莱恩因为飞机失事而不得不开始在丛林中的历险时，就是为了能够活下去等来救援而回到父母身边。相比之下，奥台尔的《蓝色海豚岛》和霍布斯的《野人岛》讲述的都是荒岛求生的历险故事，区别只在于《蓝色海豚岛》中的印第安女孩原本就生活在那个岛上，而《野人岛》中的安迪是被冲上了一个孤岛而已。乔治的《狼群中的朱莉》和伯森的《狗之歌》讲述的爱斯基摩少年历险求生的故事，所以在作品的展开过程中都注重他们的生活习性而分别为他们设计了狼群和狗群的伙伴。而探险型的历险小说以追求历险过程中的刺激为主要目的，当然最终达到的目的可能有所不同。莎伦的《流浪者》（*The Wanderer*，2000）讲述了13岁的索菲亚和两个表兄弟还有三个叔叔乘船横渡大西洋，在历经风暴的过程中发现自我。霍布斯的《杰基的野生西雅图》（*Jackie's Wild Seattle*，2003）中14岁的香农和弟弟科迪去野生动物中心看望叔叔，在叔叔受伤后肩负起了保证中心正常运转的任务，从而经历了成长过程中的最重要一课——成为有责任感的人。

其次，根据涉及的主人公的性别，有男主人公和女主人公之分。美国少年历险小说中的主人公大多数都是男孩，伯森《手斧男孩》系列作品的主人公布莱恩，霍布斯《野人岛》的主人公安迪，《大流浪汉》中的主人公克雷，皮斯创作的历险系列的主人公泰德等等，正如查尔斯·萨兰德所说，"大多数儿童书籍的主人公为白人男孩的这一事实已经得到证实。"[1] 但是美国少年历险小说中也有成功的女主人公的形象，奥台尔《蓝色海豚岛》中的印第安女孩卡拉娜，乔治《狼群中的朱莉》中的主人公朱莉，鲍尔《死水》中的主人公艾薇等等。

再次，根据涉及的主人公的数量，有单人主人公和群体主人公之分。单人主人公的历险更考验主人公的个人能力，除了对历险过程的描述，其他可能涉及的更多的是主人公的心理活动。伯森的《手斧男孩》系列作品中布莱恩在解决自己在丛林中生存下去的难题之余，经常会想到他的爸爸妈妈，假想他们现在的生活。奥台尔的《蓝色海豚岛》中的印第安少女依靠着自己灵巧的双手和丰富的生活经验，不断提高自己的生活质量，但是她也会不断地

①Sarland，Charles. *Critical tradition and ideological positioning*，*Understanding Children's Literature*（edited by Peter Hunt），London and New York：Routledge，2005：33.

猜想救她的人什么时候会从天而降呢。乔治的《狼群中的朱莉》既能成功地抵御严寒，又能获得足够的食物时，也会情不自禁地想起她的爸爸。而群体主人公的历险中更关注主人公个人之外的成长。M. O. 格兰贝强调，"历险只是小说其他内容的载体，号召人们更互相了解，互相关系，获得和平而不是战争，获得统一而不是分裂。"① 霍布斯的《北方远处》中，三个文化不同的人要想达到生存下去的目的，必须学会协作。同一态度在怀特的《狮子的爪子》一书中也得到强化，15 岁的本和另外两个孤儿想成功逃脱追捕者，必须加强协作。霍布斯的另一部作品《杰基的野生西雅图》中两姐弟则必须学会承担责任，才能保证野生动物中心的正常运转。

最后，根据涉及的背景，有相当多的作品考虑了历史的因素。有涉及印第安人遭受殖民迫害的《蓝色海豚岛》和《月光下的歌谣》，有涉及美国西进的《塔科特先生系列》，有涉及美国内战的《士兵的心》，有涉及第二次世界大战的《放弃》，还有涉及核战争的《一组天使》等等。

美国少年历险小说的类型的多样性造就了其百花齐放的盛况，它们都从不同角度散发着吸引人的魅力，成为美国少年历险小说的不朽之作。

美国少年历险小说之所以成为美国少年文学中独立分支，是因为其本身有着鲜明的特点。

第一，美国少年历险小说有着奇异的情境。M. O. 格兰贝曾说过，"大多数历险故事都有奇异的情境。"② 美国少年历险小说也是如此。通常这种情境的奇异性会有空间性和时间性两种表现形式。少年主人公的历险往往设置在远离主人公所生活的环境，远离他家的一个陌生的地方，一切的一切都与他之前的生活完全不同，甚至是颠覆。伯森的《手斧男孩》系列作品就将故事设置在与城市生活截然不同的森林里，槐尔特的小木屋系列将故事设置在大草原上，奥台尔的《蓝色海豚岛》的故事发生在海岛上等等。而有时为了达到奇异性的目的，时间性上的差异也会被应用在少年历险小说的情境设置当中。小说的情境通常设置在远离现今的过去或者未来的某个时间，无论是对过去的不够了解还是对未来的不够确定都帮助形成了"陌生化"的效果，历险的意味自然被无限放大。伯森的《士兵的心》带领读者回到内战时期，伯森的《塔科特先生》系列使读者重新感受西进运动，怀特的《放弃》让读者重新审视第二次世界大战。

第二，美国少年历险小说有着曲折的情节。主人公往往在完全没有准备

---

①Grenby, M. O. *Children's Literature*. Edinburgh：Edinburgh University Press Ltd, 2008：172.

②Grenby, M. O. *Children's Literature*. Edinburgh：Edinburgh University Press Ltd, 2008：183.

的情况下突然开始历险的旅程，旅程中也往往会有离奇的遭遇，完全超出主人公或者同龄少年读者的认知或者想象。无论是少年们无法用所学的知识解释或解决的问题，还是运用极致的想象也无法预料的事件或者现象都充分展现了少年历险小说情节设置的典型性。正如彼得·汉特所说，"文学……就是能够引起某种注意的言语行为或者文本活动。……这对儿童文学来讲有着基础性的重要作用。"① 曲折的情节设置恰恰发挥了这一作用。在《手斧男孩》、《狼群中的朱莉》和《蓝色海豚岛》中，主人公需要突然面对生与死的考验，这是他们在之前的生活中绝对想象不到的。怀特的作品《临终看护》中主人公本原本受雇于马岱克射杀加拿大盘羊，却在目睹马岱克错杀一名勘探工作者而又拒绝帮其隐瞒之后遭遇了身份的瞬间转化，成为了马岱克的猎杀对象。而霍布斯的《杰基的野生西雅图》中香农和科迪姐弟俩面对的任务对他们来讲是极其陌生的东西，却需要在紧急的情况下立即尝试操作完成。

第三，美国少年历险小说有着典型的人物设置。这种典型的人物特征主要体现在小说的主人公塑造上。少年历险小说为了引起小读者的共鸣，通常将主人公设置为日常生活中常见的普通类型的人物，少年读者往往很容易在作品中找到自己的影子或者是自己生活的掠影。《手斧男孩》中的布莱恩只是一个面对父母离婚而无能为力的少年，他的无力感同《狼群中的朱莉》中朱莉面对父亲时的体验相同。面对家庭中的不可抗力只能逃跑的还有《死水》中的主人公艾薇，为了使自己的想法得到认同，她只能离开家去寻找也许能理解她的姑姑。少年历险小说中另一个典型的人物设置特征体现在辅助的"帮手"上。主人公在历险的过程中通常会得到一定的帮助，如可能是帮助其解决生活中遇到的问题，也可能是对其精神和思想进行一定程度的引导。格兰贝指出，"主人公通常或天生，或者慢慢获得能够帮助他们的一种特殊财富：一项特殊的技能，一个聪明的宠物或者是一件武器。"② 这样的辅助"帮手"不但可以指实际的人物形象，如《手斧男孩》系列作品中的心理咨询师卡列伯，《杰森寻金》中的年轻作家杰克，还有《塔科特先生》中的单臂人等等，还可以涉及动物的引入，如《狼群中的朱莉》中的狼群，《狗之歌》中的狗群，还有《卡皮普历险记》中的150岁的鹦鹉等等。甚至某件物品都可以充当辅助的"帮手"，如《手斧男孩》中的手斧和《年轻人与海》中的船等等，这些都带有美国少年历险小说中人物设置的特殊色彩。

最后，美国少年历险小说有着典型的说教色彩。格兰贝强调，"孩子们的

①Peter Hunt edt. *Understanding Children's Literature*, London and New York：Routledge, 2005：3.
②Grenby, M. O. *Children's Literature*. Edinburgh：Edinburgh University Press Ltd, 2008：183.

历险小说的说教范畴从没有消退。"① 美国少年历险小说也在发挥着相当重要的教育作用。涉及历史背景的历险小说承担着强化历史的作用。《蓝色海豚岛》涉及的是印第安人遭受殖民迫害的历史事件，但是作者将殖民者设置为了俄国殖民者；《一组天使》、《放弃》和《士兵的心》都让少年读者认识到了战争的残酷；而槐尔特的小木屋系列则向少年读者展示了西部拓荒的完美画卷。同时美国少年历险小说也在情节的开展中不断地向少年读者展示人生中的道理。《狼群中的朱莉》、《蓝色海豚岛》和《手斧男孩》都向少年读者展示了独自谋生的重要性，生存的技能其实是人类所必需的；《北方远处》、《卡皮普历险记》和《狮子的爪子》中阐明了协作的重要性，群体的力量要大于个人的力量，这就是团结的意义；《顺流而下》中的那群年轻人成为了少年读者的反面教材，证明了信任感和正面的人生价值是多么的重要；另外还有《临终看护》中本成为了少年读者的榜样，面对威胁毫不退缩坚持正义，以聪明迂回的办法拯救自己。

　　为了应和少年读者的需求和其身心发展的需要，美国少年历险小说的主题设置都比较典型。美国少年历险小说要像一面镜子，能够让少年读者看清自己，审视自己，修正自己。

　　美国少年历险小说的主题之一是友谊。少年这一年龄层次的关注焦点之一就是友谊的问题，选择朋友的标准和与朋友相处的方式，甚至朋友之间发生的琐事，都在少年读者关注的范围内。以群体为主人公的少年历险小说，如《一组天使》、《放弃》和《上帝保佑野兽与孩子们》等等，都必然涉及友谊的主题。然而美国少年历险小说关注友谊的另一种方式更值得一提，那就是在强调人与人之间的友谊的同时，更注重人与动物之间的友谊，《狗之歌》中狗群对主人公的忠诚陪伴，《狼群中的朱莉》中狼群与朱莉的和睦相处，《手斧男孩》中布莱恩与熊分食浆果，与狼默契共处，还有《蓝色海豚岛》印第安女主人公卡拉那对小海獭的悉心照顾等等无不彰显了人与动物的和谐共处，友谊无处不在。

　　美国少年历险小说的另一主题在于道德伦理方面。少年读者读书的过程就是他们认识世界，提高自我的过程。美国少年历险小说在讲述故事的过程中，将人生的道理融入其中。《狗之歌》和《月光下的歌谣》强调了忠诚的重要意义，它是获得认可和取得信任的踏脚石，也是判断人性的重要标准；《北方远处》和《狮子的爪子》中协作的力量表露无遗，社会是一个整体，

---

①Grenby, M. O. *Children's Literature*. Edinburgh：Edinburgh University Press Ltd, 2008：172.

整体要发挥最大的作用，协作是必要因素之一，同时学会协作也是融入整体的唯一途径；至于《临终看护》中体现的是对与错的强烈对比，不但要时时明确什么是对什么是错，还要在任何情况下坚持自己的立场，这就是做人的准则，而如果像《顺流而下》中的那群年轻人一样，违背法律之后还坚持逃跑，那就只能在人生的道路上一再犯错。

美国少年历险小说的另一主题是成长。美国少年文学专家道诺尔森和尼尔森说，"这类故事（历险传奇\成就传奇）包含了许多文化中的三阶段成长：第一阶段，年幼而又天真无知的主人公远离家人和朋友，精神上也随之失去庇佑。第二阶段，分开的这段时间里，主人公经历精神上，心理上和身体上的有关勇气和耐力的测试，展现了高尚的品质。第三阶段，主人公与家人和朋友重逢，而他已经成长成为全新的自我。"① 成长是每个少年必须经历的，也是每部少年文学作品一定会涉及的，少年历险小说中的成长主题更加凸显，在于历险的经历，更易于表现主人公的成长。伯森的《手斧男孩》系列作品和《塔科特先生》系列作品中的主人公在经历了历险之后，都学得了一定的生存技能，心态也都发生了变化，更加坚强、坚韧，成长得更加成熟；而《蓝色海豚带》中的卡拉娜和《狼群中的朱莉》中的朱莉在历险之后也都拥有了全新的看待世界和看待事物的方法；另外还有《森林大火》中在应对突发状况时的成长，《北方远处》中学习合作的成长等等。

美国少年历险小说经历了自20世纪二三十年代的兴起，到20世纪60到80年代的发展，再到20世纪90年代和21世纪的繁荣，形成了颇具规模的发展状况。不同类型作品的出现使其百花绽放于美国少年文学的园地中，同时它的典型特征如曲折的情节，奇异的情境，典型的人物设置和说教的色彩又展现了美国少年历险小说的特殊性，使其成为独特的文学类别，之后美国少年历险小说所涉及的主题则进一步深化了美国少年历险小说的教育意义，不但带给少年读者读书的愉悦感也要同时兼顾教育性，是少年读者不可或缺的精神食粮。

第二节　走进美国少年历险小说

在本节中，笔者将选取男孩历险小说《手斧男孩》和女孩历险小说《蓝

---

① Donelson, K. L & Nilson, A. P. *Literature for Today'S Young Adults*（8th edition）, New York：Longman, 2008：144.

色海豚岛》作为研究对象，探索美国少年历险小说的一些特征。

一、《手斧男孩系列》：少年历险小说的设置特征

如前所说，历险小说的出现非常之早，其历史可以追溯至中世纪时期极其流行的骑士传奇。之后历险小说在各个国家流行以后，经过不断的变迁和演变而出现了不同的形式，涉及不同的内容，展现了不同的特征。而在首都师范大学的吴继路教授揭起少年文学的旗帜之后，历险小说的研究因为少年历险小说这一全新角度的解读而得到了丰富。随着少年历险小说研究的进一步深入，其明显的特点也越发显现出来。第一，少年历险小说有着典型的内容设置特征，大致可分为受到生死考验的求生型历险小说和追求刺激或满足好奇心的探险型历险小说。无论哪一种都包含着历险的因素，要求主人公战胜危险，克服困难而完成作者所设定的任务。第二，少年历险小说还有典型的情节设置的特征。为了应和少年历险小说的典型内容设置，少年历险小说的情节大多比较奇异。主人公往往在完全没有准备的情况下突然开始历险的旅程，旅程中也往往会有离奇的遭遇。当然，这种"离奇"主要指的是完全超出主人公或者同龄少年读者的认知或者想象。少年们既无法用所学的知识解释或解决问题，也不能运用极致的想象去预料这一事件或者现象，这充分展现了少年历险小说的情节设置的典型性。第三，少年历险小说都有着典型的情境设置特征。大多数经典历险故事的情境设置都比较奇异，以满足历险情节的展开。少年历险小说也是如此，通常这种情境的奇异性会有空间性和时间性两种表现形式。少年主人公的历险往往设置在远离主人公所生活的环境，远离他的家，是一个陌生的地方，一切的一切都与他之前的生活完全不同，甚至是颠覆。而有时为了达到奇异性的目的，时间性上的差异也会被应用在少年历险小说的情境设置当中。小说的情境通常设置在远离现今的过去或者未来的某个时间，无论是对过去的不够了解还是对未来的不够确定都帮助形成了"陌生化"的效果，历险的意味自然被无限放大。最后，少年历险小说都有着典型的人物设置特征。这种典型的人物特征主要体现在小说的主人公塑造上。少年历险小说为了引起小读者的共鸣，通常将主人公设置为日常生活中常见的普通人物，也要上学，也有朋友，也有烦恼，也有欢笑，以某些大家都可能会遇到的问题或者烦恼为契机而凑巧开始一段历险的旅程，少年读者往往很容易在作品中找到自己的影子或者是自己生活的掠影。少年历险小说中另一个典型的人物设置特征体现在辅助的"帮手"上。主人公在历险的过程中通常会有一个辅助的伙伴，可能帮助其解决生活中遇到的问题，

也可能对其精神和思想进行一定程度的引导。这样的辅助"帮手"不但可以指实际的人物形象，比方半路结识的朋友或者是之前生活中的老师等等，还可以涉及动物的引入，一直跟随主人公的小狗，或是偶然遇到的动物群等等，甚至某件物品都可以充当辅助的"帮手"，随身携带的小刀，斧头等等，这些都带有典型的少年历险小说的人物设置的特殊色彩。少年历险小说的内容设置，情节设置，情境设置和人物设置都具有极其明显的特征，使其成为独特的文学体裁之一。

《手斧男孩》首部曲出版于1987年，是美国著名的儿童文学作家盖瑞·伯森（Gary Paulson）的代表作。盖瑞·伯森有着丰富的人生经历，他从事过多种职业，捕猎人，水手，工程师等等，他还在婚后带着新婚妻子到明尼苏达的原始森林重新体验丛林生活，这都为他以后的写作提供了丰富的素材。盖瑞·伯森虽然没有接受过系统的学校教育，却博览群书，他也因此立志成为一名作家。《手斧男孩》取材于他的真实生活，正如特来里斯（Trelease）所说，"伯森写的这些历险小说，但是书中主人公的生活经历都是伯森的生活经历。"① 这本书一面世就受到了读者的热情欢迎，被誉为美国100年来最优秀的50部青少年图书之一，获得了美国纽伯瑞文学奖，甚至迷惑了美国《国家地理杂志》，他们竟然提出要对小说的主人公布莱恩进行专访。《手斧男孩》第一部让读者们爱不释手，他们都急于知道布莱恩后来怎么样了。盖瑞·伯森在大家的千呼万唤下又陆续出版了第二部《冒险河》（*The River*，1991），第三部《一个人的冬天》（*Brian's Winter*，1996），第四部《寻找鹿精灵》（*Brian's Return*，1999）和第五部《猎杀布莱恩》（*Brian's Hunt*，2003）。这些续集也同样受到了欢迎，从而形成了脍炙人口的系列作品。《手斧男孩》系列作品都以少年布莱恩为主人公，是典型的少年历险小说作品。第一部中布莱恩13岁时怀揣母亲的"秘密"独自乘飞机去往北方油田看望他的爸爸，不料中途飞行员心脏病发而使飞机降落在杳无人烟的丛林深处，布莱恩不得不面对现实，带着仅有的一把上飞机前妈妈给他的手斧开始了在丛林深处的独自生存。以这样的第一部为开始，接下来的几部都是围绕这次事件展开的后续事件。第一部中少年主人公布莱恩独自在森林里度过了夏天，他的生存经历引起了政府的注意，于是在第二部中一个心理学家被指定随行布莱恩进行生存体验以便使更多的人受益。然而意想不到的是心理学家被突袭的闪电击晕，为了挽救这个心理学家，布莱恩只好又踏上了一个人的历险之旅。另一方面，

---

①Trelease，J. *Author Profile*：*Gary Paulsen. Read All About It*！：*Great Read - Aloud Stories，Poems，and Newspaper Pieces for Preteensand Teens*，Penguin Books，·1993：461 - 462.

　　第一部中布莱恩的夏季探险显然无法满足读者的需求，于是第三部中布莱恩的冬季探险，第四部中二次探险和第五部中的猎杀探险应运而生，获得了一波又一波的好评。《手斧男孩》系列作品具有少年历险小说的明显特征，无论从哪个角度看都是一部典型的少年历险小说。

　　下面我们从这一历险系列的设置特征来分析这一系列历险小说。

　　首先，我们考察《手斧男孩》系列作品的内容设置特征。

　　美国少年文学专家道诺尔森和尼尔森在分析优秀少年文学作品的特点时谈到，"最流行的展现转变与成长的方式之一就是利用探索故事。"① 作为探索故事形式之一的少年历险小说中有两个常见的内容分支，即求生型和探险型，在《手斧男孩》系列作品中都有实际的表现。《手斧男孩》系列作品中的首部曲和第三部《一个人的冬天》都是典型的求生型的少年历险小说的作品，即其内容设置是以努力生存下来作为主要目的，在历险中求生存。这两部都是以少年布莱恩为主人公，分别讲述的是在夏季和冬季他独自一人在丛林深处历险求生的故事。首部曲中布莱恩因去北方油田看望爸爸而途中突遇空难事故，他不得不独自开启在无人知道的陌生森林里的求生历险之旅。自己搭建住处，自己生火取暖，还要自己寻找食物，以前他从未干过、现在却与他的生存息息相关的事情都需要他从头学习、操作直至熟练地开展日常生活以确保自己可以等来救援，回到父母身边。第三部《一个人的冬天》中，已经习惯夏秋季节生存方式的他，不得不面对冬天的天气变化形成的新环境。寒冷，植物消退，动物食物匮乏成为布莱恩历险中的新难题，然而这一段历险的核心问题依然是求生。探险型的历险小说一般主要以追求刺激为主要着眼点，可能涉及的生存威胁较小。但是历险中的求生和探险有时候是交织在一起的，有的时候甚至是互相转化的。《手斧男孩》系列作品的第二部《冒险河》虽然以探险为其初衷，但是随着心理学家被雷击中而昏迷不醒，为了争取时间挽救他的性命，布莱恩不得把这一次的探险瞬间转化为他一个人的求生历程，他不但要保证自己的生存，还要照顾昏迷的心理学家，肩负两个人的生存使命。而《手斧男孩》系列作品的第四部《寻找鹿精灵》和第五部《猎杀布莱恩》都是以探险为集中内容。丛林被救之后经过一段时间的都市生活，布莱恩觉得迷失了自我而决定再次回到丛林，开始了《寻找鹿精灵》的探险。这次旅程中的大部分遭遇都是在布莱恩的预料之内，对于布莱恩来说，这一切都不过是试图找回真实感的探险而已，但是其中也有威胁生命的可能，

　　①Donelson，K. L. & Nilson，A. P. *Literature for Today'S Young Adults*（8th edition），New York：Longman，2008：30.

求生的导向时刻潜伏。《猎杀布莱恩》中布莱恩已经成功地与大自然融为一体，生存必备的琐事都已经成为他习以为常的平常事件，但好友苏珊一家的遭遇将他拖入了新一轮的历险故事。看似讲述的是布莱恩为了给好友一家报仇而对熊的猎杀过程，但同时这也是布莱恩逃避熊对其追杀的求生过程。《手斧男孩》系列作品中既有求生的历险，又有探险的历险，各有侧重又互相交织，具有少年历险小说的典型性。

其次，我们再分析一下《手斧男孩》系列作品的情节设置特征。

如前彼得·汉特所说，"文学……就是能够引起某种注意的言语行为或者文本活动。……这对儿童文学来讲有着基础性的重要作用。"美国少年文学史上优秀的《手斧男孩》系列作品中所反映出来的情节设置的特征"离奇性"就恰好达到了这个目的。少年读者在日常一成不变的生活中已经渐渐对周围的事物习以为常，提不起任何的兴趣。少年历险小说中的离奇情节因其与日常生活不同的优势而引起少年读者的注意，进而产生深入阅读的兴趣。《手斧男孩》系列作品中整个故事就都是由城市里的少年想象不到的森林生活中的琐事构成的。格兰贝认为历险故事的典型情节是"大多数故事都是以某种家庭危机开始，使得主人公不得不离开家庭的庇护。"① 《手斧男孩》中主人公布莱恩面对父母离婚的现实，被偶尔得知的母亲的秘密压得透不过气，得到了去北方油田看望爸爸的契机而缓一口气。彼得·汉特还提到，"历险总是在你不认为有事发生时发生。"② 正当布莱恩还在为是否将母亲的秘密告知父亲而犹豫不决时，飞行员突发心脏病使得他不得不开始了突然到来的丛林生活。如果说之前的家庭危机还都是许多少年读者熟知的日常生活的一部分，那么丛林生活则是完全超越他们想象的。也许他们有过野营或者露营的经历，但是一个人在丛林中生活则是完全不同的体验。美国少年文学专家道诺尔森和尼尔森也提到，"对于写给小读者的模式化小说，作者首要要做的事就是想办法摆脱父母而使少年能够自己完成任务并获得好评。"③ 这也正是情节"离奇性"的表现。在家里有大人照顾，在丛林中则要自己一个人操办各个方面，这种看似自由的选择实质上远远超出了少年的想象。都市生活看来平常的吃、穿、住等基本问题在丛林中都成为全新的生存体验。为了活下去，布莱恩只能自己寻找食物，就是不知名的野果，也只能尝试吞进肚子；也许少年读者

①Grenby, M. O. *Children's Literature*. Edinburgh: Edinburgh University Press Ltd, 2008: 183.

②Peter Hunt edt. *Understanding Children's Literature*, London and New York: Routledge, 2005: 3.

③Donelson, K. L. & Nilson, A. P. *Literature for Today's Young Adults* (8th edition), New York: Longman, 2008: 21.

之前的认知里不包括龟蛋，但是在历险中它们竟然成为布莱恩的美味。电视上和动物园里熊和臭鼬的身影都不陌生，而在丛林生活中它们竟然成为布莱恩的食物竞争者，布莱恩争抢不过，只能出让。衣服再也没有了自由替换的可能，一件已经破了的衣服依然可以成为抵挡蚊虫的不二选择。冬天来临时，布莱恩甚至需要自己动手做御寒的衣物，包括雪中狩猎需要的靴子。住在野外不是新鲜事，可是连自己住的地方都要自己动手搭建就是绝对的新体验了。况且还不仅仅是搭建，防潮、通风、保暖、足以抵御野兽都是必须考虑的问题，甚至还要面临被豪猪破坏而进行二次重建的状况。历险中的少年也正是在离奇情节的经历中渐渐转变自己，变得比城市中的同龄人更加成熟。

第三，《手斧男孩》系列作品的情境设置特征也值得探讨。

格兰贝曾说过，"大多数历险故事都有奇异的情境。"[1]《手斧男孩》系列作品也是如此，它用所谓的对比性形成的疏离感紧紧扣住了少年读者的兴趣所在。如格兰贝所说，少年历险故事的"另一个模糊界限出现在小说与现实之间。"[2]《手斧男孩》系列作品将这一界限的模糊性体现得相当充分。其首部曲出版以后，不但受到了青少年读者的欢迎，甚至迷惑了美国《国家地理杂志》，以为这是真实的经历，因此要对主人公布莱恩进行采访，而实质上这只是盖瑞·伯森的虚构作品。道诺尔森和尼尔森曾指出，作者"希望提供足够的细节使其鲜活，又希望足够模糊可以使读者可以想象其发生在自己的城镇或是自己知道的地方。"[3] 盖瑞·伯森较好地平衡了鲜活性与模糊性之间的关系，《手斧男孩》系列作品成为让少年读者觉得扑面而来的奇妙历程。这个系列作品的情境的"奇异性"主要体现在与现实生活的地域性的对比上，都市的喧嚣被森林的"宁静"所取代。他"听惯了城市里的噪音，交通、人们的谈话声不绝于耳，构成了城市的喧嚣与躁动。而这里，起初很安静，或者他认为是安静的。……这里也很喧嚣，但是这些声音他以前从未听到过，而这里的色彩对他来说同样是新奇的。"[4] 正是这种布莱恩历险所在地与城市生活的完全不同使少年读者感到新奇的奇异所在。另一方面，那片森林是一个对少年读者来讲的全新的环境，以为那是布莱恩独自生存的地方。布莱恩提到的人们都只是存在于他的思想中，所谓的庞大社会关系在这里都变成了同

---

①Grenby, M. O. *Children's Literature*. Edinburgh：Edinburgh University Press Ltd, 2008：3.

②Grenby, M. O. *Children's Literature*. Edinburgh：Edinburgh University Press Ltd, 2008：172.

③Donelson, K. L. & Nilson, A. P. *Literature for Today'S Young Adults* (8th edition), New York：Longman, 2008：83.

④盖瑞·伯森.《手斧男孩》，白莲、于海生译，长春：吉林文史出版社，2006：39.

动物打交道。少年读者可能有和家里宠物交流的经验，但是在森林里动物有可能都变成了和他对等的生存竞争者。正是这种新奇的环境提供了新鲜历险经历发生的可能，也在第一时间获得少年读者的认同并产生浓厚的阅读兴趣。这样的历险小说自然更容易受到少年读者的欢迎。

最后，还应探讨《手斧男孩》系列作品的人物设置特征。

《手斧男孩》作为典型的少年历险系列作品，人物设置具有鲜明的特征。这一点无论是在主人公身上还是在次要人物身上都有体现。同样如道诺尔森和尼尔森所说，青少年的作品中"通常只有一个主人公……"①《手斧男孩》系列作品中讲述的就是少年主人公布莱恩独自在丛林的历险故事，在这个过程中他可能会遇见别的人，别的动物，但是最终的历险都是他一个人完成的。同时，少年读者会在读故事的过程中对主人公布莱恩的历险心生羡慕，会情不自禁地将自己幻化成故事的主人公，身临其境，原因就在于主人公布莱恩塑造的另外一个特点，布莱恩具有现实生活中的少年的一般特征。"参与非凡历险的主人公保有孩子气很重要的原因之一就是它能够帮助读者想象自己是历险的可能参与者。"②布莱恩还只是个孩子，感到饥饿的时候他会马上想到火鸡大餐，即使当时能用来果腹的只有浆果。同时布莱恩还在经历成长的过程，少年读者们看着布莱恩的变化就像是看到他们自己，从飞机失事的恐惧到努力想办法活下去，从开始丛林中的一无所有到融入大自然与其成为一体等等，小说的展开就像一面镜子。另外，如格兰贝所指出的"通常主人公都不孤独……"③《手斧男孩》系列作品中辅助的"帮手"的设置也具有典型性。首先，作品中的成年人物既有实在出现的，例如《寻找鹿精灵》中的心理咨询师卡列伯和探险老人比利，也有只出现在布莱恩的脑海中的，比如他的老师勃比奇，但是他们都不参与布莱恩的历险，只是在适当的时候给他以精神上的鼓励与支持。其次，布莱恩在丛林中的成功历险与他随身携带的手斧有很大的关系。它在布莱恩觉得生存无望的时候给他以信心，也能在他实际生活中给他以帮助。另外，丛林中动物的角色也不可或缺。它们一方面是历险环境中鲜活的一部分，同时也是布莱恩生存的见证者，它们提供食物和毛皮等生活必需品，同时有时它们又是大自然的代言人，就像鹿精灵一样，还可能是布莱恩的引路人。

---

①Donelson，K. & Nilson，A.. *Literature for Today'S Young Adults*（8th edition），New York：Longman，2008：83.

②Grenby，M. O. *Children's Literature*. Edinburgh：Edinburgh University Press Ltd，2008：177.

③Grenby，M. O. *Children's Literature*. Edinburgh：Edinburgh University Press Ltd，2008：183.

《手斧男孩》系列作品之所以被称为成功的少年历险小说典范，主要在于它在各个方面所展现出来的典型性，也正是这种典型性吸引了少年读者的目光，受到了读者的广泛欢迎；同时使它保有旺盛的生命力，在少年历险小说的历史上闪闪发光。

二、《蓝色海豚岛》：在历险中传承印第安文明

印第安文明是世界最古老的文明之一。杨俊明和曹卫平在共同编著的《古印第安文化知识图本》一书中提到，"印第安人是美洲最早的主人，他们在哥伦布到达美洲之前就已经生息在整个美洲大陆上。"[①] 印第安人所创造的印第安文明在世界文明史上都有非常重要的作用。近现代的各种文明都不同程度地受到了印第安文明的影响，印第安人对人类世界的贡献是有目共睹的。印第安人以玉米为主包括多种作物在内的特色农业栽培使其成为世界农业文明的摇篮之一；印第安人的音乐节奏明快，舞蹈粗犷豪放，一直是艺术创作的最佳灵感来源；印第安人的服饰色彩鲜明，样式复杂多样，做工细致精巧，现代服饰中仍然随处可见印第安特色。尤其值得一提的是，李玉君在其编著的《印第安人》一书中强调："印第安文明遗产对美洲近现代物质文明和精神文明的建设发挥了不容忽视的影响。特别是进入 20 世纪之后，土著印第安文明成为美洲文明的源泉。"[②] 高小刚也在《图腾柱下》一书中提到："不谈印第安文化，美国当代文化就缺少根基。"[③] 印第安人是美国所处的美洲大陆的原住民，他们对建国历史较短的美国的文化影响是潜在的，印第安文明已经深入到了美国社会和文化的各个方面。大到美国部分地区的建筑风格，小到美国的特色饰物，无不透露着印第安文明的痕迹。印第安文化之所以在世界文化的宝库中有如此重要的地位也要归功于它顽强的生命力。原本印第安人在自己的土地上过着与世无争，自给自足的生活，但是在欧洲殖民者到达美洲大陆之后，为了掠夺资源，印第安人被大量屠杀，印第安人所创造的文明也企图被这样抹杀掉，然而印第安文明却仍然被仅存的印第安人传承着。同时，除了大量屠杀印第安人，欧洲殖民者还企图以文化同化的方式使印第安文化消亡，他们强制推广新的语言，新的宗教信仰，甚至是新的风俗习惯，即使一部分印第安人的生活的确发生了较大的变化，但是印第安文明只是被加入了新的元素，而没有真正消失。印第安文明实质上也是在经历一次以生

---

①杨俊明，曹卫平编著．《古印第安文化知识图本》，广州：广东人民出版社，2007：2.
②李玉君编著．《印第安人》，北京：东方出版社，2008：216.
③高小刚．《图腾柱下》，北京：三联书店，1997：38.

存为目的的历险，正如《蓝色的海豚岛》中所呈现的。

美国作家斯各特·奥台尔的作品《蓝色海豚岛》讲述了一名印第安少女独自一人在海岛生存数年的求生历险故事。相比于名声大噪的同属历险型小说的《鲁滨孙漂流记》，《蓝色的海豚岛》显然不够为人们所熟知，然而作为一部专门写给青少年读者的作品，《蓝色的海豚岛》自 1960 年出版以来不但一直受到儿童读者的热烈追捧，也同样令成人爱不释手，仅在美国本土的销量就突破 600 万册，被评为"1776 年以来最伟大的十部儿童文学作品"之一。这部作品还为作者斯各特·奥台尔赢得了国际儿童文学奖的最高荣誉"国际安徒生奖"和"纽伯瑞儿童文学奖金奖"。《蓝色海豚岛》是以真实的历史事件为基础创作的，小说中的"蓝色的海豚岛"位于美国加利福尼亚州洛杉矶市的西南，在 1602 年被白人发现之前就有印第安人居住，虽然在那之后不间断地有人偶尔造访，但是岛上的印第安人一直过着与世隔绝的生活。而小说中塑造的女主人公"卡拉娜"也确有其人，她在岛上族人因殖民者的入侵而远离海豚岛之后，独自一人在岛上生活了十八年，后来被路过的商船发现。小说《蓝色海豚岛》正是以这名印第安少女为原型，在仅有的一些历史素材的基础上，由作者运用自己丰富的历史文化和地理知识，以及丰富的想象力创作而成。主人公卡拉娜一直与家人安居乐业地生活在蓝色的海豚岛上。但是俄国殖民者为了掠夺海上的资源，杀害了岛上大部分的印第安男子。为了生存下去，整个部落打算乘船去美国东部，卡拉娜一家本来也是随行的，但是为了陪伴耽误登船时间而被落下的弟弟拉莫，卡拉娜从船上跳海，返回了岛上。而在弟弟拉莫被野狗咬死之后，卡拉娜开始了独自一人在岛上的生活。她自己修建住所，制造工具，获得食物，与野狗作斗争，与自然抗争，经历了诸多磨难才得以生存下来，可是在这个历险求生的过程中，卡拉娜却一直保持了乐观的心态和善良的性格。印第安文明正是靠着这样一个女子在蓝色的海豚岛上得以传承并实现进步。

《蓝色海豚岛》讲述了一名印第安少女在物质匮乏的情况下，独自一人在海豚岛上生活了十八年的生存历险故事，而主人公卡拉娜本人在进行生存历险的过程中，也承担了传承印第安文化的责任。整个部落的人都决定乘船前往美国东部寻找新生活，那么对海豚岛这处居所的放弃意味着岛上印第安文化被拦腰截断，而卡拉娜和弟弟拉莫的"被抛弃"则带来了一丝保留的契机。弟弟拉莫被野狗咬死之后，卡拉娜独自一人在岛上生活等待大船的归来，她的生存历险时刻伴随着印第安文明的传承。

首先是印第安生活方式的传承。

印第安人在被白人发现之前很久就生活在美洲大陆上，他们依靠勤劳的双手形成了自己的生活方式，涵盖了吃、穿、用等各个方面。小说《蓝色的海豚岛》中的主人公卡拉娜的母亲很早就去世了，她与姐姐就承担了原本母亲的担子，照顾整个家庭，这使得她在后来海岛上的独自生存成为可能，并将印第安人的生活方式延续下去。

印第安人的饮食是比较多样的，结构也是比较合理的。作为世界农业文明的摇篮，印第安人的农业种植是首屈一指的。植物性食物是古印第安人食物的主要来源。在小说《蓝色海豚岛》中，卡拉娜发现弟弟拉莫没能赶上开往美国东部的大船而毅然跳船回去找他，在二人刚回到海豚岛的初期，农作物就为他们提供了一顿丰盛的餐食。在他们部落的人都登船离开之后，他们原本的住所遭到了野狗的洗劫，所以卡拉娜和拉莫费了很大的力气才找到了一些食物，勉强做了一顿晚餐。而第二天，他们又搜集了一些其他的食物，"凑上我在峡谷里采集的谷种，我们吃了一顿丰盛的晚饭。"[①] 拉莫死后，谷物在卡拉娜的独自生活中也很重要，为了以防万一，"我在岩石边上做了几个架子，……我搜集的海贝和野谷储存在那里。"（70）除了谷物，野菜也是印第安人饮食的主要组成部分。卡拉娜在岛上的生活中的一项就是采集野果和野菜，她甚至在取水的路上吸食仙人掌的汁液用以解渴和补充体力。除了植物性食物，印第安人的饮食中也包括大量的动物性食物。"从事渔猎经济为主的印第安人则以渔猎产品为主"，[②] 包括各种捕捞的鱼类、海洋生物以及各种兽类或者鸟类的肉，这主要体现地域的差别，居住在平原或者森林附近的印第安人主要猎食兽类或者禽类，而居住在海洋或者湖泊附近的印第安人则要相对多食鱼类等水产品。在《蓝色海豚岛》中，在卡拉娜独自生存的历险中，作者用大量的篇幅来描述她对水生类食物的获取。她搜集鲍鱼，并晒成干以便储存，还借助网或者鱼叉之类的工具捕鱼，甚至在拉莫死后的独自生活中，还一人完成了对大章鱼的捕杀，吃到了鲜美的章鱼肉，沿袭了印第安人的饮食传统。除了水生食物，卡拉娜还寻找海鸥蛋以充实日常的饮食。由此可见，在卡拉娜的生存历险中，印第安人的饮食习惯得到了沿袭和传承。

另外，印第安人的服饰因其鲜艳的色彩和精巧的设计而一直为人们所津津乐道，是印第安文化遗产的重要组成部分，除此之外印第安人也善用配饰。

---

①奥台尔.《蓝色的海豚岛》，上海：少年儿童出版社，1983：34. 以下小说中引文均出自本书，因此，仅在文中标注页码。

②李玉君编著.《印第安人》，北京：东方出版社，2008：39.

远离现代文明的印第安人善于因地制宜，应用自然中的资源打扮自己，他们用野兽的皮毛做衣服和鞋子，用动物的羽毛或者是骨头做成饰物。《蓝色海豚岛》中的卡拉娜独自一人在岛上度过了从青年到中年的漫长岁月，她却仍然保持乐观的心态，悉心打扮自己。她用丝兰纤维和鸬鹚皮为自己做了裙子，用海豹皮为自己做了一双凉鞋，甚至还用卵石为自己做了耳环，在小说结尾当她被路过的船只发现的时候，"戴上我的海獭披肩，穿上我的鸬鹚裙，戴上黑石头项圈和黑耳环。"（139）印第安的服饰文明没有因为岛上只剩一个人而逐渐消亡，而是由卡拉娜悉心传承并发扬光大。

还有，以渔猎经济为主的印第安人是极其善于使用工具的。他们自己制造网、鱼叉、镖枪和弓箭等捕杀鱼类，捕猎野兽，还选取合适的石头打磨成烹饪的锅具和饮食的器皿。《蓝色海豚岛》中的卡拉娜没有因为自己一个人生活而忽略生活的质量，仍然充分运用工具充实自己的生活。为了给弟弟拉莫报仇，她用弓箭制服了野狗；为了得到海象牙，她企图用弓箭和镖枪杀死一头海象；她还用镖枪猎杀了一只大章鱼给自己改善伙食；虽然舍舍鱼的味道不好闻，但她知道它燃烧后可以作最好的照明工具。从大船上跳海的时候，卡拉娜丢了自己所有的东西，包括做饭盛饭的锅具和器皿，后来她又重新做了做饭的用具，"用着两块石头烧鱼就可以把鱼汁保留下来，鱼汁很好吃，过去都浪费了。"（61）正是卡拉娜这种对印第安文明的下意识传承使她在海豚岛上的生存历险不那么艰难。

除了对印第安生活方式的传承，卡拉娜在历险中还传承了印第安民族性格。

印第安人的热情好客是自古以来人们有目共睹的，美国的传统节日感恩节正是印第安人这一品行的最佳注脚。同时印第安人又是淳朴善良的，他们坚信大地上的一切都是天神给予大家的，万物都是平等的，有轮回的，因此他们在狩猎时会遵守相应的规则，不能进行灭绝性的捕杀。另外，印第安人也是勇敢有担当的，作为群居部落中的个体，他们不会对任务的分配进行质疑，而是竭尽所能为部落贡献自己的一份力量。

《蓝色海豚岛》中的卡拉娜正是依靠着对印第安人强大的民族性格的传承而独自一人在岛上生存了下来，并生活得多姿多彩。首先，卡拉娜承袭了印第安人善良的品质。她的弟弟拉莫被野狗咬死之后，她发誓要杀光野狗为她的弟弟报仇，然而当她真有机会将奄奄一息的野狗杀死的时候，她的善良占了上风，她不但没有杀死它，反而救了它，给它喂水，甚至捕鱼给它增加营养，最后这只曾经的野狗成为了她忠实的伙伴。卡拉娜发现了受伤的海獭之后，她明明知道海獭不会留在她的身边而是会在伤好之后回到大海，可还是尽心尽力照顾它，考虑到海獭的生活习性，还特意抓活鱼给它吃，她的善良换来的是长大成家后的小海獭还能认出她并以特殊的方式在看见她的时候跟她打招呼。另外，卡拉娜承袭了印第安人勇敢的品质。尽管独自一人生活在海豚岛上，卡拉娜不但成功地生存了十几年，还一直都保持着乐观的心态，这本身就是勇气的最好证明。在生存历险的过程中，在面对有可能威胁她生存的野狗，她选择了勇敢地用武器予以回击。在捕杀章鱼的过程中，尽管她知道很危险，"因为他们的手臂有一人来长，它们可以很快地把手臂缠在你身上。它们的嘴巴很大，嘴鼻非常尖利，手臂就长在嘴鼻周围的头上。这条章鱼是我见过的最大的一条。"，（81）可是她仍然没有退缩，而是凭借自己的勇气和智慧最终杀死了章鱼。

在卡拉娜历险的过程中，她不仅传承了印第安文明，还促进了它的进化。

随着社会和历史的不断向前发展，印第安文明也不断进化，不断纳入新的因素，不断呈现出更进步的状态。《蓝色海豚岛》中的女主人公卡拉娜承载着印第安文明进行生存历险的过程中，依靠自己的智慧，不但完成了对印第安文化的传承，还在历险的过程中推进了印第安文明的进步。

印第安文明的进步首先体现在女性地位意识的改变。

在印第安部落中，通常都是由男人来完成捕鱼，打猎，建造房屋和制造工具等主要的社会支柱性工作，而女性都只是承担协助性的工作，将男人捕杀的鱼类进行清洗、解剖和晾晒以便于储存；将男人捕猎的兽类进行剥皮、取肉等工作。在男人外出渔猎时，女性在家准备餐食，晾晒粮食，缝制衣物等。正如在《蓝色海豚岛》中，当大多数卡拉斯－阿特村的男人都被阿留申人杀死之后，新头人说："诱捕飞禽、深水打鱼和打造独木舟的人差不多都牺牲了。过去妇女待在家里烧饭缝衣，不要干其他活儿，现在不得不代替男人去对付村外的各种危险。"（21）这就意味着女主人公卡拉娜所处的印第安文化中，女性的地位是比较低的，她所能做的事是受到限制的。这样一来，让卡拉娜独自一人在海豚岛上生存十几年根本就是不可能的，可是卡拉娜在传承印第安文化的过程中也根据自身的需要，依靠自己的智慧，推动了印第安文化的进步。

首先，为了自己的生存，卡拉娜自然而然地承担了一些过去由男性承担的工作。她自己建造房屋，甚至为了独自一人生活的安全，用鲸鱼的骨头做了篱笆；她自己制造工具，不单单只靠采集野果、野菜和野谷，搜集鲍鱼和贝类来获得食物，还用鱼叉叉鱼来丰富自己的日常饮食；明知道捕杀章鱼即使对一个男人来说都不是很容易，卡拉娜也尝试着去做并且成功了。而且，在制造武器的问题上，经过激烈的思想斗争，她还是决定以女性的身份完成这项工作。最初卡拉娜谨记他们部落的法律禁止妇女制造武器，只是希望找到部落中的人可能遗留下来的任何武器，但是失败了，她只能尝试着自己做。之后在应用武器的过程中，她不断担心自己可能会受到诅咒而使武器失去效力。最后当事实证明一切不过是她莫名的担心时，她就开始大展拳脚了，努力制造更有攻击力更有效率的武器而缓解自己在岛上独自生活的压力。

印第安文明的进化还体现在对外来事物态度的改变上。

印第安人的生活最初是与世隔绝的，所以他们的思想也是偏向保守和简单的，他们对外来新事物的态度是由他们的性格和生活环境决定的。他们最初在与白人的接触中热情好客，但是换来的却是白人的掠夺和屠杀，因而接下来印第安人的对外态度更倾向保守和戒备。《蓝色海豚岛》中，在卡拉娜的生存历险还没有开始之前，她的部落对来访的阿留申人提出的要求以谈判的方式达成一致，但是在阿留申人在岛期间却不允许任何人与阿留申人接触，并且时刻监视和戒备着阿留申人。

独自一人经历生存历险的卡拉娜则因为内心的孤独而改变了对外来事物的态度。为了给弟弟拉莫报仇，卡拉娜成功制服了野狗，但是却在最后有机会杀死那只领头狗的时候放弃了。关键在于那只领头狗是阿留申人留下的而不是岛上的，可卡拉娜仍然和它结成了忠诚的伙伴，并且相伴了很长时间直至那只领头狗死去。尤其能说明卡拉娜对外界事物态度的改变是再次到访的阿留申人带来的女孩。卡拉娜没有以敌对或是戒备的态度来对待那个阿留申女孩，而是和她结成了朋友。她们互相以手势交谈，互相交流自己的语言，并互相交换礼物，这段友谊也使卡拉娜孤单的生存历险不是一直那么无趣。卡拉娜以自己的包容和智慧，以开放的态度迎接外来的事物，也正是这种先进的态度从侧面证实了卡拉娜独自一人得以完成海豚岛上生存历险的潜力。

《蓝色海豚岛》这部少年小说虽然讲述的是印第安女孩卡拉娜的生存历险故事，但是在卡拉娜的历险过程中也伴随着印第安文明的一场生存历险。在岛上只剩一个人的情况下，印第安文明面临着消失的危险，但是正是靠着卡拉娜一个人，不但在求生存的过程中将印第安的生活方式传承下来，也将印第安人的民族性格表现得淋漓尽致。更为难能可贵的是，卡拉娜在乐观地进行生存历险的同时，推进了印第安文明的进步。正因为有这些优秀的印第安人民，印第安文明遗产成为了世界文化宝库中的瑰宝。

本章主要参考文献

1. Cart, Michael. *From Romance to Realism*, New York：Harper Collins Publishers，1996.

2. Cole, Pam B. *Young Adult Literature in the 21st Century*, New York：McGraw－Hill，2009.

3. Cullinan, B. E, Kunzel, B. L, Wooten, D. A. *The Continuum Encyclopedia of Young Adult Literature*. New York：The K. S. Giniger Company. 2005.

4. Donelson, K. L, Nilson, A. P. *Literature for Today's Young Adults*（8th edition）. New York：Longman. 2008.

5. Donelson, K. L. & Nilsen, A. P. *Literature for Today's Young Adults*（5th Edition），New York：Addison－Wesley Educational Publishers Inc. , 1997.

6. Ewers, Hans－Heino. *Fundamental Concepts of Children's Literature Research*. New York：Routledge. 2009.

7. Green, Martin. *Seven Types of Adventure Tale*. University Park：The Pennsylvania State University Press. 1991.

8. Grenby, M. O. *Children's Literature*. Edinburgh：Edinburgh University Press. 2008.

9. Hunt, Peter. *Understanding Children's Literature*. London and New York：Routledge. 2005.

10. Hunt, Peter, ed. *International Companion Encyclopedia of Children's Literature*. London：Routledge, 1996.

11. Reynolds, Nancy Thalia. *Mixed Heritage in Young Adult Literature*. Lanham：The Scarecrow Press. 2009.

12. Sarland, Charles. Critical tradition and ideological positioning, *Understanding Children's Literature*（edited by Peter Hunt），London and New York：Routledge, 2005.

13. Stewart, M. P, Atkinson, Yvonne. *Ethnic Literary Traditions in American Children's Literature*. New York：Palgrave Macmillan. 2009.

14. Tomlinson, C. M & Lynch－Brown, C. *Essentials of Young Adult Literature*. Boston：Pearson, 2007.

15. Trelease, J. *Read all about it*！*Great read－aloud Stories, Poems, and Newspaper Pieces for Preteens and Teens*. London：Penguin Books. 1993.

16. 奥台尔. 蓝色的海豚岛. 上海：少年儿童出版社，1983.

17. 陈兵. 英国历险小说：源流与特色. 安徽大学学报（哲学社会科学版），2006，30（6）.

18. 陈晓菊，芮渝萍.《祝福动物与孩子》中的青少年成长之旅. 宁波大学学报（人文科学版），2013.26（2）.

19. 盖瑞·伯森，白莲，于海生译. 手斧男孩（1－5）. 长春：吉林文史出版社，2006.

20. 高小刚. 图腾柱下. 北京：三联书店，1997.

21. 关合凤. 一位双性同体的绿色女士——《蓝色的海豚岛》的女性形象意义探微.

解放军外国语学院学报，2009，32（3）.

22. 亢西民. 欧洲游历冒险小说简论. 山西师大学报（社会科学版），2001，28（2）.

23. 金燕玉. 美国儿童文学的多元文化格局. 中国图书评论，2002（10）.

24. 刘景平. 论美国纽伯瑞儿童文学奖. 昆明学院学报，2014，36（4）.

25. 李玉君编著. 印第安人. 北京：东方出版社，2008.

26. 毛新耕. 主人公的成长人生 作者的生活写照——评盖瑞·伯森的纽伯瑞文学奖银奖小说. 云梦学刊，2009.30（2）.

27. 毛新耕. 孤单旅行 成长人生——《手斧男孩》主人公的成长人生. 湖南科技学院学报，2009.30（5）.

28. 祁敬伟. 孤独而浪漫、纯净而神奇的世界——国际大奖小说《蓝色的海豚岛》赏析. 语文世界（初中版），2008（6）.

29. 单建国，张颖. 20 世纪 60 年代以来的美国青少年小说概述. 广西社会科学，2012，（12）.

30. 宋瑞芝. 搜索印第安文明. 西安：太白文艺出版社，2012.

31. 王录. 欧美儿童文学的历史演变. 佳木斯大学社会科学学报，2001，19（1）.

32. 王泉根. 20 世纪下半叶中外儿童文学交流综述. 涪陵师范学院学报，2004.20（2）.

33. 王泉根.《儿童文学教程》，北京：北京师范大学出版社，2009.

34. 王小萍. 美国纽伯瑞金奖青少年文学作品研究. 石家庄：河北少儿出版社，2009.

35. 韦苇. 西方儿童文学史. 武汉：湖北少儿出版社，1994.

36. 吴继路. 少年文学论稿. 北京：首都师范大学出版社，1994.

37. 杨贵生. 美国少年小说的多元现象. 东北师大学报（哲学社会科学版），1997，167（3）.

38. 杨贵生，赵沛林. 当代美国少年文学的基本特征. 外国文学评论，1996（1）.

39. 杨建. 浪漫与现实交相生辉——解读马克·吐温的两部少年历险. 读与写杂志，2010，7（2）.

40. 杨俊明，曹卫平编著. 古印第安文化知识图本. 广州：广东人民出版社，2007.

41. 杨永秀. 我就是我所拥有的一切——浅析《手斧男孩》中主人公的成长契机. 英语广场，2013，030（6）.

42. 赵沛林. 二战前后美国少年小说的转折. 东北师大学报（哲学社会科学版），1994（6）.

43. 张岩. 寻求和谐生物园——《蓝色的海豚岛》的生态女性主义解读. 石家庄：河北师范大学，2011.

44. 张纯.《哈克贝利·费恩历险记》中影响主人公成长的人物分析. 经济研究导刊，2010，88（14）.

45. 张颖. 20 世纪美国少年文学回顾. 四川外语学院学报，2002.18（2）.

46. 张颖. 从性别模式化到主观性——管窥西方女性主义文学批评对英美儿童文学的影响. 清华大学学报（哲学社会科学版），2002，17（5）.

47. 张颖. 走向成年：当代美国少年小说的主旋律——从威伯的生与品基的死谈起. 长白学刊，2000（6）.

48. 张颖，孔丹.《哈利·波特》与新时期儿童文学的特点. 东北师大学报（哲学社会科学版），2002，199（5）.

49. 张颖，孟宪华. 从中美少年小说中成人形象看中美文化差异. 国际关系学院学报，2002（1）.

50. 张颖，杨玉洁. 从一份获奖书单看70年代初美国少年文学的几个特点. 国际关系学院学报，1998（4）.

51. 张颖，祝贺. 英语少年文学中的道德价值取向. 国际关系学院学报，2006（3）.

52. 周晓波. 少年儿童文学. 北京：高等教育出版社，2010.

53. 朱自强. 儿童文学概论. 北京：高等教育出版社，2009.

第八章　情感的成长：美国少年爱情小说

第一节　现当代美国少年爱情小说概述

美国少年爱情小说（young adult romance）同历险小说一样，属于浪漫传奇类通俗小说。小说以两个少年的爱情为中心，一般是以少女为主人公。他们相爱的故事从小说开头就开始了，一直持续到小说结束。在相爱过程中，他们经历的各种考验、阻碍和抗争构成了他们的情感成长之旅。少年爱情小说也有许多不同类型，如：同性恋爱情小说（Gay/Lesbian Romance）、吸血鬼爱情小说（Vampire Romance）、玄幻或超自然爱情小说（Fantasy/Supernatural Romance），等等。著名的美国少年爱情小说有黛丽（Maureen Daly）的《第十七个夏季》（*Seventeenth Summer*, 1942）、布鲁姆（Judy Blume）的《永远》（*Forever*, 1975）、克雷（Norma Klein）的《即使你不爱我也无所谓》（*It's O-kay If You Don't Love Me*, 1977）、加登（Nancy Garden）的同性恋小说《安妮在心间》（*Annie on My Mind*, 1982）、梅耶（Stephenie Meyer）吸血鬼爱情小说《暮城之光》（*Twilight*, 2005）、克劳斯（Annette Curtis Klause）的玄幻爱情小说《鲜血与巧克力》（*Blood and Chocolate*, 1997），等等。

一直以来，学界认为爱情小说在少年文学中的地位较低，尚未受到认可。但事实上，爱情小说较高的销量证明了其广大受众群。根据美国罗曼司作家协会（Romance Writers of America. Inc）调查表明，"71%的读者是在 16 岁甚至更早读到第一本浪漫爱情小说"。[①] 可见，爱情小说的高销量、巨大的读者群及较高的美学特色凸显其显性的审美价值和潜在的研究空间。美国少年爱情小说的发展以二战作为重要的分水岭，在二战前，美国少年爱情小说延续

[①]Cullinan Bernice E, Kunzel Bonnie L, Wooten Deborah A. *The Continuum Encyclopedia of Young Adult Literature*. The Continuum International Publishing Group Ltd. 2005：612.

传统，主要体现为纯真，幼稚，美好的爱情生活。传统少年爱情小说一般从女孩子的角度讲述：她如何遇见一个男孩，爱上他；经历了相爱过程中的风风雨雨，她或者失去他又重新赢得他；或者她对爱情有了新的体验，两人虽分手却留下美好回忆。一部好的传统少年爱情小说一般有两个特点：一是具有可使少年读者认同的真实可信的人物；二是故事的中心虽为两个年轻人的相爱，但同时也为读者提供了其他一些信息，如：人性的复杂、时代背景与历史事实、社会热点问题，等等。黛丽的《第十七个夏季》就是这样一本经典。

　　而在二战后少年爱情小说的主题则体现出多元化倾向，尤其涉及诸多敏感话题，如家庭问题、帮派斗殴、青少年犯罪、酗酒、吸毒等。概述而言，涉及"性"主题探讨的当代少年爱情小说主要有以下特点。首先，就是小说的"逆向生长"，反映其对主流文化的冲击与思考。但凡爱情小说涉及"性"这一敏感话题，都难逃被封杀的厄运，同时备受青少年所喜爱，多年之后小说终会浮出水面，这是"性"主题爱情小说命运的共性。1969年，保罗·金代尔出版的小说《我亲爱的，我的汉堡》（*My Darling, My Hamburger*, 1969）往往"被看作是第一部涉及青少年堕胎的小说"，[①] 此小说遭到封杀。同时，当代少年爱情小说中的"性"主题在文学与社会学层面上有较深厚的内涵。许多小说较多体现了美国的历史背景，于细小处反映重大历史事件，反映出当时的社会现实，发人深省。"性"主题辐射出文化对青少年性别角色与社会身份认同的影响。1982年，南希·加登创作的《安妮在心间》主要探讨少女之间的同性恋话题，美国图书馆联盟将此书列在1990—2000年间最具争议的100本图书中的第48位，但同时赞誉其为"美国少年小说中的最中之最。"作者激烈地呼吁说"焚书？我原想人们不再焚书了，只有纳粹才焚书！"。[②] 最终小说以其经久不衰的魅力赢得了广大读者，也赢得了文学史上应有的位置。1993年，弗兰克·莫斯卡（Frank Mosca）所创作的《全美男孩》也因涉及同性恋话题而遭到焚烧，但小说受到青睐已成为不争的事实。

　　其次，"性"主题同样具有教育意义。一个不可否认的事实是：大胆直白的"性"行为描写一方面的确满足了青少年由于生理原因所带来的好奇心理，

---

①Tomlinson，Carl M. & Carol Lynch - Brown. *Essentials of Young Adult Literature*. Boston：Pearson Education，Inc. 2007：8.

②Christine A. http：//www.schoollibraryjournal.com/article/CA300723.htmlJenkins，"Annie on Her Mind：Edwards Award - winner Nancy Garden's groundbreaking novel continues to make a compelling case for sexual tolerance"．School Library Journal.（2003 - 06 - 01）．（2013 - 05 - 15）

因此可以释放青少年青春期的心理压力；同时可以使青少年学会如何正确看待性，如何自我保护，衍射出青春期父母与孩子的沟通方式与效果。青春期是人类成长的一个"关键性阶段"，是人生的一个"危机阶段"，但学界关于青春期心理状况是由生理还是文化决定的问题莫衷一是，尚不能达成共识，但至少承认两者都发挥作用。文化人类学家米德在《萨摩亚人的成年——为西方文明所作的原始人类的青年心理研究》一书中认为："社会文化因素在更大的程度上决定着两性的性别角色规范，性生理特征即身体的构造绝不会是男女两性的心理和行为的全部原因"。① 这不但指出文化的重要作用，而且点明其在两性身上的不同作用。正如波伏娃所说，"青春期在两性身上具有完全不同的意义，因为它向他们预示的不是相同的未来"，② 而这种不同的未来凸显两性身份认同的不同。朱迪·布鲁姆的《永远》被视为是当代少年爱情小说中的杰出代表。

随着时间的推移，一部分少年爱情小说摘掉"通俗"的帽子，成为现当代美国少年小说文库中的经典；而另一部分则随着时代而沉浮，这就是流行于20世纪80年代的美国少年爱情小说丛书。这类丛书，如："野火"系列、"甜梦"系列、"初恋"系列，在少年图书市场上取得了巨大的成功，因此体现了文学艺术的商业化倾向。这类丛书也有其明显的特点。它们均是简装版图书；篇幅不长的小说又被分成简短的章节；小说形式具有格式化特点：开门见山的开头、重行为描写、大量使用对话、浅显易懂的视点；小说的女主人公也大同小异：她们是来自小城镇的羞怯而又缺乏经验的少女，来自幸福的家庭，父亲养家糊口，母亲则是她们学习的榜样。她们对上大学或拥有自己的事业不感兴趣，也不会参加妇女解放运动，唯一感兴趣的事是找个白马王子，提升自己在学校的地位。这类丛书无法成为少年小说中的经典也是有其原因的，因为少年教育工作者们对其持有异议。他们认为，这类丛书含蓄地暗示着多年来人们努力要摆脱的陈旧观念，如，女人要依靠男人，干得好不如嫁得好，等等，而这些观念对少女形成正确的人生观和世界观可能是有害而无利的。

美国少年爱情小说的发展大致经历了以下几个阶段。

一、少年爱情小说的崛起——20世纪四五十年代

美国少年文学诞生于20世纪30年代，而在少年文学尚未成为一门独立

---

① 转引自周晓虹.《现代社会心理学史》. 北京：中国人民大学出版社，1993：167.
② 蒙娜·德·波伏瓦.《第二性》(II). 郑克鲁译. 上海：上海译文出版社，2011.

的文学体裁前，就有了所谓的"少年小说"，这些小说"专门为少年而作，极具性别特点"往往为少女所写的小说则描写少男少女的爱情故事，讲述他们纯真甜美而又懵懂的青涩爱情。因此，传统的浪漫爱情往往以"少女作为第一人称叙事视角，描述少女遇见男孩，失去男孩，最终赢得了男孩的故事"。而在四五十年代，少年爱情小说占领了巨大的图书市场，莫瑞·黛丽于1942年发表的《第十七个夏季》则可视作是少年小说中浪漫爱情的鼻祖。卡尔和卡罗尔曾给予此小说高度评价，"这部小说虽然为成人所创作，但却受到青少年的喜爱，常常被誉为第一部少年爱情文学作品，代表了20世纪40年代流行的浪漫爱情小说"。① 此后，20世纪50年代值得一提的浪漫爱情小说则为贝弗利·克利里（Beverly Cleary）的《十五岁》（*Fifteen*，1956）和《珍与约翰》（*Jean and Johnny*，1959）。

关于少年爱情小说的本质特点的总结，存有诸多提法。美国浪漫爱情作家协会（RWA）提出爱情小说的关键因素是爱情故事与情感的满足以及乐观的结尾，此类小说诚然可涵盖其他次要情节、环境或是各类的情节因素，但是美国浪漫爱情作家协会在定义时力求抓住浪漫爱情小说的本质，强调小说的情节（中心爱情故事）和结尾（乐观的结尾）以及读者的感受（情感的满足）。美国少年爱情小说也延续了这种模式。

首先，在情节方面，既然是爱情小说，那么爱情一定是情节的中心，至少是主要情节或者是主要冲突，主人公所经历的爱情虽然并非如历险传奇那般惊心动魄，也并未经历太多的冒险与磨难，但是少男少女经历了懵懂的感情纠葛后最终走出天真，走向成熟。在《第十七个夏季》中，17岁高中毕业的安吉莉·莫罗（Angeline Morrow）与18岁的学校篮球明星杰克·杜鲁斯（Jack. Duluth）在短暂的夏季假期里滋长出青涩的爱情。当然，不可否认，传统的浪漫爱情小说的情节也不能局限于古典主义的"三一律"原则，还会有次要情节，而这些情节也要围绕爱情这根主线展开，讨论其他诸如友谊、家庭、理想、追求等问题，但尚未涉及到过于尖锐的社会问题，如宏大的历史背景，复杂的意识形态，敏感的两性少年问题，（如性爱、少女怀孕、同性恋等）。在《第十七个夏季》中，除了安吉与杰克的爱情之外，也描写了杰克与斯维德的真挚友谊，安吉与父母以及三姐妹的关系，安吉的大学梦及对知识的追求，同时，作者黛丽也试探性触碰了敏感话题，如亲吻，青少年饮酒或吸烟，仅此而已。《十五岁》与《第十七个夏季》具有异曲同工之妙，其

①Tomlinson & Lynch - Brown. *Essentials of Young Adult Literature*. Boston：Pearson Education，Inc. 2007：7.

区别在于《十五岁》则关注更多的是简（Jane）和斯坦恩（Stan）之间的若即若离的爱情关系。

其次，浪漫爱情的主人公一定是十六七岁的青少年，不仅因为他们身上体现出的青春气息，热烈的情感与无悔的希望，更关键在于其能充分反映青少年细致微妙的情感变化，罗伯特·考米尔（Robert. Cormier）曾评价说"在海滩的一个下午，他自己的孩子所能经历情感波动是成人一个月才能体会得到的"。① 这正是浪漫爱情之所以能够引起青少年兴趣的原因。而在《十五岁》中，简一直对于自己的外貌与服饰感到自卑，她羡慕满头金发、惹人喜爱、成熟的16岁女孩马尔西·斯托克（Marcy. Stokes），当她看到马尔西在男生面前抚弄金色秀发时，就感到很不舒服，而且更加羡慕后者有帅气的男朋友格里格（Greg）。

第三，一个圆满的大结局是不可或缺的，孕育着乐观与希望。在《第十七个夏季》中，安吉踏上开往芝加哥的地铁，圆其求学之梦，杰克挥手道别，到俄克拉荷马州去帮舅舅打理面包店。在《十五岁》中简得到了斯坦恩的刻名戒指（ID Bracelet）来确立他们的恋爱关系，这也可以看成是大团圆的结尾。但这里要说明"圆满"有其界定，并非是爱情的圆满，而是主人公失去童真，获得"成熟"的圆满。

第四，传统的少年爱情小说的基调应该是比较活泼轻快，并未涉及沉重的话题。少男少女爱情的聚散离合，多少会令人悲伤，甚至潜然落泪，但总不会像亚里士多德所定义的悲剧那样，一定要"伟大的主人公犯致命的错误"。《第十七个夏季》涉及的主题是爱情，当然也有走向成熟，放下童真所付出的情感的代价。安吉在与姐姐洛林谈话后躺在床上夜不能寐，她情不自禁地想"成长要是没有那么伤悲就好了，成长如此令人迷惑"。

总之，传统少年爱情小说叙述比较简单，情节冲突比较单一，题材较为简单，作家创作尽量避免尖锐的话题。作为传统少年爱情小说的代表，《第十七个夏季》无疑是当之无愧，其中凸显出现代传统的少年爱情小说的特质。在诸多传统背后，孕育着现代甚至是后现代的一些特点。一些评论家宣称"少年文学的现代阶段是以《第十七个夏季》为开端的"。② 小说无愧"鼻祖"美誉，充分展现了美国少年爱情小说在主题、情节、和象征技巧上的鲜明特

---

①Nilsen, Alleen Pace, Donelson, Kenneth L. *Literature for Today's Young Adults*, (4th Edition). New York: Harper Collins College Publishers, 1993: 142.

②Vogel, Nancy. "The Semi centennial of Seventeenth Summer: Some Questions and Answers". *The ALAN Review* 21, Spring 1994: 41.

点。作者黛丽在开篇就点明少年爱情小说的主题的重要性与严肃性。小说不仅肯定了少年爱情是一个严肃话题，同时也将整个故事置于大背景之下，即二战后期，来考察美国女性的一种生存状态。同时小说在情节上凸显出作者对主次情节的处理匠心独运。小说在以安吉与杰克的爱情为情节主线同时，辅以安吉与父母以及姐妹的关系，和安吉的大学梦及对知识的追求为次要情节。同时，作者黛丽也试探性触碰了敏感话题，如亲吻，青少年饮酒或吸烟。而在写作技巧上，作者运用了象征手法来表现主题、刻画人物。

二、少年爱情小说的低迷期——20 世纪 60 年代

20 世纪 60 年代的美国是一个风起云涌的时代，诸多事件发生。国际上发生了古巴导弹危机，越南战争失败，中美正式开始建交。国内，肯尼迪总统遇刺，马丁·路德·金遇刺，阿波罗登月计划等。由此引发国内一系列的校园运动，在 1962 年，校园中成立的"民主社会学生团体"（Students for Democratic Society，简称 SDS），他们掀起了轰轰烈烈的民主运动，民权运动，女权运动，反战运动，反文化运动，性解放运动等。身居其中的美国少年无疑是历史的直接见证者，同时在他们正值青春之时经历着人生低谷，因此诸多问题凸显出来，如少女怀孕、少年犯罪、酗酒吸毒、自杀自虐。

这些问题在少年小说中亦有所体现，最终形成"新现实主义小说"，或称为"问题小说"。道诺尔森和尼尔森曾写道，"1967 年是一个里程碑，作者和出版商的目光转到一个新方向"。此话缘于以 S. E. 辛顿（S. E. Hinton）的《局外人》（The Outsiders）为代表的一系列新现实主义小说的诞生。与传统浪漫小说中所描述的诸如宁静清晨，骄阳似火的盛夏，夜幕下的繁星等风和日丽的生活与少男少女羞赧的两颊等清澈细腻的情感大相径庭，新现实主义小说以严峻尖锐的现实问题将其取而代之。这些问题主要表现在"不幸事件，车祸，绝症，家庭问题，身体受伤，或是遭受暴力，社会压力，酗酒，吸毒"。①

随着新现实主义的异军突起，少年爱情小说的发展式微，但也不乏杰作，而其显著特点为关注尖锐的社会现实问题。1969 年，保罗·金代尔（Paul Zindel）出版的小说《我亲爱的，我的汉堡》往往"被看作是第一部涉及青少年堕胎的小说"。② 主人公莉兹（Liz）和西恩（Sean）发生了性关系而导致

---

①Banned Books Awareness：The Outsiders. World. edu. 2011 - 05 - 08.

②Carl M. Tomlinson, Carol Lynch - Brown. Essentials of Young Adult Literature. Boston：Pearson Education, Inc. 2007：8.

莉兹怀孕，两人的爱情受到家庭与世俗的阻力，最终西恩仅给莉兹300美元来堕胎，推卸了自己的责任，但却导致莉兹险些丧命，最终失去毕业机会，而作为旁观者的麦吉也从朋友的遭遇中清楚地认识到，"一个人的现在就是这个人的过去，而这个过去将永远离不开你。"

可以看出，20世纪60年代的少年爱情小说已经脱离了纯粹的白雪公主与王子从此幸福地生活的大团圆结局，而是少男少女要承担由于青春的放肆所带来的严重后果。但是也可以看到些许明朗的结局，麦吉（Maggie）通过朋友的遭遇学习到了人生的意义，最终与丹尼斯（Dennis）挥手告别。同时，社会与家庭对青少年给予深厚的期待，同时也带来压力，由此导致少年与父母的隔阂加深，少年往往不愿也不敢去交流、沟通与征询意见。在小说中，西恩通过虚构将自己犯下的错误虚构为"朋友"的窘境，以此来征询父亲的意见，而父亲的呵斥使得西恩终于在责任面前选择逃避与退缩。

三、少年爱情小说的复苏与发展期——20世纪七八十年代

在20世纪七八十年代，凸显在新现实主义小说（或称问题小说）中的社会问题在少年爱情小说亦有所彰显，如家庭问题、帮派斗殴、青少年犯罪、酗酒、吸毒等。此时的爱情小说已经超越传统的少男少女的精神之爱，作家似乎对敏感话题也拥有超乎寻常的勇气，对青少年的性爱话题直言不讳，描写"两性相吸"甚至"同性相吸"的题材初见端倪。不乏作家对性爱的描写大胆直接，此外其他敏感话题如同性恋、乱伦之爱等亦成为畅销书的主题。

70年代的少年爱情小说在杂糅了现实小说元素后，展示出多元的文化视角，浪漫的爱情必不可少，但是恋爱后的现实问题更加残酷。继1969年金代尔出版的《我亲爱的，我的汉堡》涉及性问题之后，即青少年在触碰禁果般的性问题后付出惨痛的代价——堕胎。朱迪·布鲁姆于1975年出版的《永远》再一次触碰到读者的敏感神经，此小说因为公开谈论"性"问题，被美国图书馆联盟列为最具争议的100本图书中的第七位。作者直接大胆地描写了男女主人公凯瑟琳（Katherine）和麦克（Michael）之间的性爱过程，身心感受，尤其是女孩对初涉性爱的好奇、紧张、刺激以及对偷食禁果后的担忧和积极寻求帮助的勇气。

20世纪80年代美国少年爱情小说如雨后春笋般涌现，蓬勃发展。爱情小说在敏感话题面前直面社会与人生，大胆地展示不伦之爱，突出表现在少男少女的同性恋主题，"而女同性恋主题成为少年文学体裁中的重要组成部分。

塑造身心健康的女同性恋陷入爱河成为真正突破"。^① 1982 年，南希·加登创作了《安妮在心间》，主要探讨少女之间的同性恋话题。小说讲述了两个 17 岁的纽约女孩安妮（Annie）和丽萨（Liza）相知相爱的故事。两个女孩虽然家境悬殊，理想相异，但是却在城市艺术博物馆相遇后迅速成为要好的朋友。丽萨家境殷实，就读于私立学校。身为学生会主席的她渴望考入麻省理工学院，成为建筑师。而安妮渴望通过自己的努力进入加利福尼亚大学，实现她的歌星梦。两个人因为保护一个在学校地下室里穿耳洞的同学而同时受到处分。此次的患难之交和随后的感恩节休假拉近两人距离，迎来初吻的同时，二人也意识到自己的同性恋倾向。在学校两位女教师休假出游时，二人受命照看屋子，由此二人被学校发现，虽然并未受到惩罚，但是二人从此分手。当二人考取理想大学后，丽萨重新思考同性恋问题，最终决定给一直给她寄信的安妮回信，有情人终成眷属。作者加登曾表示，小说封面的多次变换反映出人们对于同性恋群体的态度转变，她表示自己非常喜欢 1992 版的小说封皮，因为它真正反映了"两个小女孩彼此真正惺惺相惜的情感"。^② 虽然美国图书馆联盟将此书列在 1990—2000 年间最具争议的 100 本图书中的第 48 位，但同时赞誉其为美国少年小说中的最中之最。1993 年，此小说与弗兰克·莫斯卡（Frank Mosca）所创作的《全美男孩》（*All American Boys*）因涉及同性恋话题而遭到焚烧，作者激烈地呼吁说"焚书？我原想人们不再焚书了，只有纳粹才焚书！"。最终小说以其经久不衰的魅力赢得了广大读者，也赢得了文学史上应有的位置。

少年爱情小说作家的写作手法日趋娴熟，写作内容也异彩纷呈，如网络体恋爱或长途电话一诉衷肠。哈里·梅泽尔（Harry Mazer）在《城市之光》（*City Light*）中描述了网络爱情。乔治（George）与朱莉（Julie）分手后通过网络留言板寻找到罗斯玛丽（Rosemary）。

诸如此类的公开化描写不但触碰了少年读者的敏感神经，同时令父母与老师深感震惊，并为究竟是否应该让美国青少年接触到这些小说而感到大伤脑筋。小说的敏感话题是少男少女在其身心发展道路上所必须经历的情感与生活经历，是青少年从天真无知走向身心成熟的必然阶段，因此，这些话题

①Cullinan Bernice E, Kunzel Bonnie L, Wooten Deborah A. *The Continuum Encyclopedia of Young Adult Literature* . The Continuum International Publishing Group Ltd. 2005：613.

②Christine A. http://www.schoollibraryjournal.com/article/CA300723.htmlJenkins, "Annie on Her Mind：Edwards Award – winner Nancy Garden's groundbreaking novel continues to make a compelling case for sexual tolerance". School Library Journal. (2003－06－01). (2013－05－15)

不仅是小说虚构的重要题材，同时亦是少男少女所关心的话题，而书中主人公的际遇与所采取的方法与最终的结果正可以作为青少年处理问题的前车之鉴。

在 20 世纪 80 年代，一种新的爱情小说类型成为流行，即少年爱情小说系列丛书（Formula Romance）。此类书籍多以平装版发行，在书店里明确标示类别，便于读者识购，在市场上获得非常广泛的少年读者群。学者莎拉·柯尼什（Sarah Cornish）认为此类小说"具有稳定统一的叙事形式，并且会持续出版和销售"。① 出版商如此解释此类书籍热卖的原因，"青少年多年来阅读的书籍都是关于生活中不幸的一面，如离婚、婚外孕、酗酒、精神疾病以及虐待儿童，他们现在想了解同他们生活更加贴近的事情。"② 这些小说专为青少年所写，女主人公为十五六或十七岁，男主人公稍大，其目标读者为 12～16 岁左右的女孩，但也受到十一二岁孩子的青睐。而且，典型环境都是城镇或是郊区，没有大胆的性描写，语言也颇为干净。少年爱情小说系列满足了少女对于"性"的矛盾心理。她们渴望拥有光鲜刺激的爱情，另一方面，她们还没有为即将发生的"性行为"做好准备，因此很愿意约会仅仅限于拥抱，而并非涉及复杂的"性"。这种对爱情的处理方式正是对黛丽（Maureen Daly）所创作的浪漫爱情故事的复兴。

但是，也有少年读者表达不满，他们认为爱情小说要主人公一见钟情，而且要异性吸引，但是在这样的小说中男孩往往秉承着柏拉图的思想，对女孩思想的欣赏胜过对其身体的兴趣，正如 雷恩博·乔丹（Rainbow Jordan，1981）所抱怨的："这不是真实的生活状况"。因为，此类小说彰显出现实的"不在场"（Absence），"没有第三世界人民、没有残疾人、没有男同性恋和女同性恋、没有穷人、没有老年人……"③

虽然此时的少年爱情小说竭力回避了现实生活中存在的尖锐复杂的社会问题，但是，由于新现实主义小说的出现，使 20 世纪七八十年代的爱情小说系列丛书难以完全孕育在无忧无虑的土壤中，他们的爱情中夹杂着"砂砾"般的"现实主义"（gritty realism），因此他们必须要面对一些所谓"正常问题"，如绝症，奋斗以及困惑。"'死亡'与'濒临死亡'成为主要流行的亚

①Cullinan Bernice E, Kunzel Bonnie L, Wooten Deborah A. *The Continuum Encyclopedia of Young Adult Literature*. The Continuum International Publishing Group Ltd. 2005：614.

②Cart M. *From Romance to Realism：50 years of Growth and Change in Young Adult Literature*. New York：Harper Collins Publishers, 1996：99.

③Nilsen, Alleen Pace, Donelson, Kenneth L. *Literature for Today's Young Adults*, (4th Edition). Harper Collins College Publishers, 1993：164.

体裁"。① 如在吉尔·罗斯·凯文（Jill Ross Klevin）的《那是我的女孩》
（*That's My Girl*）中溜冰女孩贝姬（Becky）身患绝症，但是为了赢得奥林匹
克冠军还在艰苦训练，唯一担忧的是她的男朋友会感觉受到忽视。珍妮特·
奎恩·哈金（Janet Quin-Harkin）创作的甜梦系列（Sweet Dreams）小说中
第六部《加州女孩》（*California Girl*，1984）则讲述了游泳运动员詹尼与因足
球运动而受伤瘫痪的马克一见钟情的故事。在罗斯玛丽·弗农（Rosemary
Vernon）创作的甜梦系列小说中的《名人计划》（*Popularity Plan*）里，弗兰
妮（Frannie）的困惑在于从开始没有爱慕者，到最后不知道自己该如何选择
真正的爱情。

四、少年爱情小说的多元发展期——20世纪90年代以来

　　20世纪90年代美国社会发展纷繁复杂，社会中多元文化主义的盛行反映
在文学文本上则使得少年爱情小说也呈现多元化发展的趋势。在经历了七八
十年代"正常化"浪漫爱情小说之后，90年代以来的少年爱情小说在主题、
形式上均多元化发展。在多元化主题中，"性"话题独领风骚，有关强奸、同
性恋、异性恋、双性恋、家庭伦理等敏感主题成为作家广泛涉及与书写的对
象。此时，随着科技的进步，网络的普及和发展，小说的体裁有了日新月异
的变化。超自然小说（Paranormal）作为一种流行的浪漫爱情小说应运而生。
此类小说的源头可追溯到哥特式小说，主要融合科幻与幻想等要素，展现吸
血鬼、狼人、僵尸与人类之间的爱情故事，给人耳目一新之感。同时，历史
小说也日益成为浪漫爱情小说的主要组成部分。作家常常将浪漫爱情故事与
宏大的历史叙事相结合，展现出小说蕴含的深刻历史意义与现实意义。小说
的叙述手法日趋成熟，除运用传统叙事手法外也常常采用书信体、倒叙、插
叙、互文性典故引用等写作技法。

　　"性"主题成为少年爱情小说的中心话题之一。1997年，M. E. 克尔（M.
E. Kerr）出版小说《摆脱艾薇》（*Deliver Us from Evie*）讲述了有关少女同性
恋的故事。小说以密苏里农场十六岁少年帕尔（Parr）为叙述者，描述了他
的姐姐艾薇（Evie）离家出走，与银行家女儿相恋给家人带来的困惑和焦虑
的故事。1998年，萨拉·戴森（Sarah Dessen）在小说《像你的人》（*Someone
Like You*）中也同样描述了少女的浪漫爱情和怀孕。少女斯嘉丽（Scarlet）和
哈雷（Halley）是十分要好的朋友，在斯嘉丽男友迈克尔（Michael）死后，

---

①Cullinan Bernice E，Kunzel Bonnie L，Wooten Deborah A. *The Continuum Encyclopedia of Young Adult Literature*. The Continuum International Publishing Group Ltd. 2005：613.

马孔（Macon）对其展开热烈追求，并与其发生性关系，致使其怀孕。最后，斯嘉丽在孩子的存留问题上经过激烈的思想斗争后，终于决定将孩子生下来。

在少年爱情小说中，除了大胆描写少男少女之间的爱情甚至性经验之外，作家往往敢于大胆突破与创新，直面现实"错位"问题，即同性恋、双性恋甚至是变性人的问题。1994 年，戴恩·鲍尔（Dane Bauer）编辑出版小说集《我忧郁吗？打破沉默》（*Am I Blue? Coming out from the Silence*），其中共收录 16 篇小说，主题皆是关于青少年同性恋问题。双性恋和变性人也成为少年爱情小说作家关注的焦点。2003 年，利维坦·大卫（Levithan David）出版小说《当男孩遇上男孩》（*Boy meets Boy*），小说遵循着少年爱情小说的整体思路，男女青少年相遇、相知到相爱。故事发生在新泽西一个接受同性恋的小城里，这里接受同性恋，双性恋和变性人。故事讲述同性恋男生保罗（Paul）、乔尼（Joni）和托尼（Tony）三者之间的情感纠葛。2004 年，朱莉·皮特斯（Julie Anne Peters）出版了《她是我哥哥》（*Luna*，2004）讲述妹妹里根帮助哥哥利亚姆实现变成女孩的愿望。

此外，有关家庭暴力与父母对孩童性侵扰的主题在少年爱情小说中日益突出。杰奎琳·伍德森（Jacqueline Woodson）在 1994 年出版的小说《我本不打算告诉你这个》（*I Hadn't Meant to Tell You*）中直接触及家庭性虐待主题。小说讲述当八年级唯一的黑人女孩玛丽（Marie）欲与其同班的白人女孩丽娜（Lena）交朋友，却发现后者正在遭受着父亲对她的性侵害。此处，种族问题与家庭伦理交织在一起，使小说独具特色。同年，杰奎琳·伍德森出版小说《如果你轻轻地来》（*If You Come Softly*）同样将种族问题置于小说主题的中心，表现种族主义与精英主义之间的摩擦、碰撞和冲突。这部小说描写犹太孩子以利莎（Elisha）和美国非裔女孩耶利米（Jeremiah）之间的跨种族恋情。他们的爱情遭到学校与社会反对，而耶利米的死亡更令以利莎痛苦不已。

青少年强奸也成为少年爱情小说关注的焦点。劳里·安德森（Laurie Anderson）于 1999 年创作的小说《我不再沉默》（*Speak*）便是一部直面性侵害的问题小说、或称为创伤小说。小说主人公梅琳达（Melinda）在一次同学聚会中醉酒，遭到强奸，而在电话报警后，却因所受的巨大身心伤害难以说明报警原因，因此遭到同学的误解与排斥。此后，她甚至三缄其口，不再与人交流，只是通过弗里曼教授（Freeman）的艺术课作业画树来表现内心，最终她直面自己遭到强奸的事实、直面施害者，从而重建自我身份。小说以其深刻的伦理道德主题打动了万千读者，并获得诸多奖项与殊荣。

超自然小说的兴起为读者带来全新的阅读体验。此类小说通过大胆的想象将读者带入非凡的人兽同在的世界。小说在描写惊悚怪异的吸血鬼、狼人、僵尸之间的紧张情节外，经常穿插温馨浪漫而又感伤动人的爱情故事。《鲜血与巧克力》是安妮特·柯蒂斯·克劳斯（Annette Curtis Klause）于1997年出版的一部超自然浪漫爱情狼人小说，描述女主角薇薇安（Vivian Gandillon）爱上了一个名叫"肉"（meat-boy）的男孩。帕特克·金德尔（Patric Kindl）在2004年出版的《猫头鹰之恋》中描写变身猫头鹰的女孩第谷（Tycho）爱上已婚的科学老师林德斯特伦（Lindstrom）的故事。第谷白天是高中学生，晚上变身为猫头鹰，守候在已婚老师家的窗外，观察他的一举一动，而终于有一天，她遇见了同样的变身男孩，爱情故事围绕二人热烈地展开。而备受瞩目的小说《吸血鬼日记》（*Vampire Diary*）和《暮光之城》（*Twilight Saga*）也是吸血鬼爱情小说的经典之作。

在涉及跨国界、跨种族的少年爱情故事中，作家将故事置于重大的历史事件背景下，以此深化少年爱情小说的主题意义。伊恩·劳伦斯（Iain Lawrence）创作的小说《鬼男孩》（*Ghost Boy*）将背景置于二战之后，男女主人公哈罗德（Harold）和麦吉（Maggie）分别为患有白化病的白人男孩和吉卜赛少女。少年主人公是个白化病患儿，他苍白的皮肤与头发使他受到鄙视。他的父亲与叔叔死于二战，之后，母亲改嫁，而吝啬残酷的继父并未给他家庭的温暖，于是他离家出走，在"猎人与森林巡游马戏团"（Hunter and Green's Traveling Circus）中找到了家的温暖。他与麦吉坠入爱河，但等待他们的是更加悲惨的命运。

小说的叙事主题和内容往往与其形式构成有机整体，密不可分。有关内容与形式的关系，各理论流派与哲学家虽然对形式与内容的关系莫衷一是，但都肯定叙述形式的新颖独特、别出心裁会捕获读者阅读兴趣，这一点尤其体现在形式主义流派强调的"前景化"（foregrounding）和"陌生化"（defamiliarization）效果，即"艺术作品的目的是为了将我们的阅读视角从自动化、实践化转向艺术化模式。"① 因此，在20世纪90年代以来，少年爱情小说的叙事模式灵活多样，扣人心弦的主题与内容往往在多样的小说叙述形式中得以展现。小说经常融合多种体裁，诗歌也成为现当代少年爱情小说家可以用于展现小说主题的重要表现手法。2001年，作家桑雅·颂斯（Sonya Sones）在小说《妈妈所不知道的》（*What My Mother Doesn't Know*）中发挥其撰写诗歌特长，通过在叙述中穿插诗歌来展现主人公对周遭事物的身心反应，但部

---

①Selden Raman, Widdowson Peter, Brooker Peter. *A Reader's Guide to Contemporary Literary Theory*. Beijing: Foreign Language Teaching and Research Press. 2005：33.

分诗歌由于触碰敏感话题而导致小说本身受到争议。如诗歌"白雪滑冰团"（Ice Capades）描写女主人公的乳房贴在寒冷冰窗上的反应来反衬其复杂的内心变化。日记体也成为少年爱情小说作家经常采用的叙事方式。劳里·安德森在《我不再沉默》中运用了日记体模式的叙事框架，情节叙述具有跳跃性，以此反映梅琳达的创伤经历。互文性的象征主义手法也是小说叙事的显著特色。小说整体采用了童话故事的叙事模式，同时，引用了霍桑的《红字》和玛雅·安杰卢创作的《我知道笼中鸟为什么歌唱》（ *I Know Why the Caged Birds Sings*）中一些象征与原型。书信体形式也成为少年爱情小说的叙事模式，主要有两种模式，"以日记的形式为叙事手段和结构框架；或在传统叙事中'拼贴'一系列的信件、日记、报纸剪贴等文献资料。"[①] 少年爱情小说语言浅显，情节有趣，但其中不乏作者对社会历史事件的关注与思考，因此，对于当今沉迷于网络游戏与电视节目的青少年来说，无疑有利于培养他们的阅读兴趣，帮助并能积极引导少年正确面对和处理在青春期情感波动下的身心问题，并促使青少年树立正确的人生观与价值观。爱情经历可以说是少年步入成年途经的第一站，情感经历是青少年发展的必经阶段，无论在生理上还是心理上对青少年都有着重要的影响。少年读者对于爱情既好奇，又羞涩，同时也很无知，他们遇到问题往往会不知所措，常常由于采取极端措施而造成严重的后果，致使终身遗憾。因此，少年爱情小说在少年遇到问题时为其提供可资借鉴的资源，看到同龄人是如何应对问题，他们可以在见证中学会自我成长。爱情是少年读者最为关注的问题之一，因此以爱情为主线的少年爱情小说必然会继续存在并发展。

第二节　走进美国少年爱情小说

本节将分析两部美国少年爱情小说：黛丽的《第十七个夏季》和朱迪·布鲁姆的《永远》。前者是传统美国少年爱情小说的典范，而后者则是所谓"惊世骇俗"的当代范例。希望通过对这两部几乎截然不同的作品的分析引领读者走进美国少年爱情小说。

一、《第十七个夏季》：传统少年爱情小说的典范

莫瑞·黛丽（Maureen Daly）于 1942 年发表了《第十七个夏季》。小说一

---

① 单建国，张颖. 20 世纪 60 年代以来的美国青少年小说概述. 广西社会科学 . 2012（12）：123.

经发表就备受青睐，历经七载，历久弥新，被赞誉为美国少年爱情小说的鼻祖。作家从第一人称叙述视角出发，刻画了两名情窦初开的高中毕业生安吉莉·莫罗（Angieline Morrow）和杰克·杜鲁斯（Jack Duluth）在高中毕业后为期三个月的假期中所经历的青涩爱情，细腻深刻地捕捉了女主人公安吉在情窦初开时瞬息变化的内心世界，以及对人生的体验、认识与感悟。

小说共由"六月""七月""八月"三个部分组成，讲述了住在威斯康星州丰迪拉克地区的 17 岁少女安吉（Angie，Angieline 的昵称）在高中毕业后准备进入大学学习之前的假期生活。她原本以为这个毕业后的暑假也会一如既往般平常，帮助母亲料理家务，陪伴家人，与姐姐罗琳分享生活点滴，陪伴妹妹凯特玩耍，但却意外地认识了 18 岁的校园篮球明星杰克，由此二人双双坠入爱河。杰克的俊朗的外貌和洒脱的性格不仅深深吸引着安吉，也令其受到了安吉父母的喜爱。在 17 岁的夏季里，他们感受了爱情的美妙，在璀璨星光下荡舟湖中，在月光下偷吻，释放出青春期年轻男女内心深处的激情。他们去皮特酒吧与朋友聚会，安吉还偷偷尝了啤酒。美好时光转瞬即逝，在假期结束后，他们同样体察了分离的痛苦。虽然杰克想极力挽留安吉，并希望能与安吉结婚，但是安吉希望能够在青春的美好时光中多提高自己，最终，二人各奔前程。安吉去芝加哥读书，而杰克要回到俄克拉荷马帮助叔叔料理面包店业务，这段感情也告一段落。小说承载颇多，围绕着浪漫爱情这一主题，展现了青少年对爱情的向往与经历、对人生的体察与诉求，对父母的理解与感恩。

通观小说，不难发现，小说的确不负"鼻祖"的美誉，充分展现了美国少年爱情小说在主题、情节、和象征技巧上的鲜明特点。作者黛丽在开篇就点明爱情小说的主题的重要性与严肃性。小说不仅肯定了少年浪漫是一个严肃话题，同时也将整个故事置于大背景之下，即二战后期，来考察美国女性的一种生存状态。同时小说在情节上凸显出作者对主次情节的处理匠心独运。小说在以安吉与杰克的爱情为情节主线同时，辅以安吉与父母以及姐妹的关系，和安吉的大学梦及对知识的追求为次要情节。同时，作者黛丽也试探性触碰了敏感话题，如亲吻，青少年饮酒或吸烟。而在写作技巧上，作者运用了象征手法来表现主题、刻画人物。

在小说开篇，作家黛丽就借女主人公安吉的内心独白来强调"少年浪漫爱情"的重要性，这也为少年爱情小说中这一主题的深入发展奠定了基础。开篇，安吉这样强调少年爱情的重要性，"我不知道究竟为什么我要讲这个。也许你会认为我很傻。但是我不是，真的，因为这很重要。这不仅仅是关于我和杰克的故事——意义远非如此。这不是杂志花边故事或是清晨广播里的系列剧，表现诸如男孩的家人嘲笑他喜欢女孩子，他不好意思，等等。这也不是一个女孩在练习题的空白处写下某个男孩的名字。…… 这是我从未经历的事，是我从未知晓的事，这是你不能从别人那里了解，你必须自己发现的事。这才是重要意义的所在。这是我总会记得因为我就是不能忘记的事情"。①借此，作者试图说明少年爱情小说的文本所记录的是青少年必经的、严肃的、难忘的、对其人生有重要意义的一份弥足珍贵的经历。

作者希望无论是少男少女还是成人读者，在阅读时应摒弃先入为主的轻视态度，严肃认真地进行思考。因此，此段话可视为是美国少年爱情小说作者的宣言，体现了其独立的姿态。

同样，小说的创作背景是在二战前后，反映了以安吉的母亲为代表的美国女性形象。二战后，由于士兵复员，许多女性被迫要求放弃工作，重拾家庭主妇和母亲的角色。"20 世纪 40 年代结束的时候，成为 20 世纪其余时期特征的所有趋势突然间逆转过来了。一百多年来，第一次出现这样的情况：结婚和做母亲的年龄下降了，生育率增长了，离婚率下降了……"②

小说中，安吉的母亲成为典型。她在家相夫教子，勤勤恳恳，任劳任怨，是名副其实的"家里的天使"。尤其是她会体谅辛勤工作的一家之主——父亲，并且尽量在做饭时考虑丈夫的口味与营养的补充。这正契合战后美国政府对女性的号召。美国杂志《居家美化》（House Beautiful）提醒其女性读者："你的职责……是令他的家符合他的口味，懂得为什么他喜欢这样，忘记你自己的偏爱"。③ 但两个女儿安吉和罗琳却远赴他乡求学。这也体现出美国新时代知识女性的形象。由此可见，传统美国少年爱情小说无论是主题还是呈现出的背景都具有严肃的历史与现实意义。

美国少年爱情小说，顾名思义，凸显的还是浪漫爱情这一主题。少男少女在经历了爱情的洗礼之后，终将走出天真，走向成熟。而小说则"充分细腻地描写反映出二战前少男少女初恋"。④ 在传统的美国少年爱情小说中，爱情的进展也十分缓慢，安吉在第三次约会才与杰克接吻，这种细腻的写实描写符合真实的青涩爱情，并凸显出这种爱情的纯洁。同时，小说《第十七个

①Daly Maureen. *The Seventeenth Summer*. New York：Simon&Schuster Books for Young Readers. 1942：3.

②Judy Root Aulette. *Changing American Families*，Allyn and Bacon，2002：49 – 50.

③裔昭印. 《西方妇女史》. 北京：商务印书馆. 2009：460.

④Melissa Rabey. Book Review：New to Me – Seventeenth Summer. http：//www. yalsa. ala. org/thehub/2011/02/03/book – review – new – to – me – seventeenth – summer

夏季》吸引众多青少年读者，重要原因是作者黛丽在创作时是 20 岁左右，正值年少，因此，"在那时，《第十七夏季》…能够贴切地凸现青少年的精神"。① 小说采取安吉的第一人称叙述视角，便于少女读者产生共鸣，感受到安吉遇到杰克时候的羞涩与祈盼，与杰克亲吻时的生理及心理的忐忑不安，而又兴奋不已的复杂感情。安吉情感从幼稚无知到趋于成熟，关键的标志就是她学会考虑别人的感受。她认识到杰克的高贵品质，"（他）总是非常谨小慎微，尽量不伤害别人的情感，同时也很尽量不说假话"。② 当安吉思念杰克时，她不断地向凯特述说，即便后者不懂，正如安吉所希望的，"只要给我个机会能够想着他（杰克，笔者注），并且说出他的名字"③这都反映出青春期少女的蠢蠢欲动的内心世界。

小说的主要情节就是围绕主人公安吉与杰克的爱情展开，次要情节则涉及多方面，主要表现了安吉内心从幼稚走向成熟的过程。安吉学会考虑别人的感受、理解父母的良苦用心，对成长本身有所体察，也表现其对知识的渴望和对时间的珍视。作为一个品学兼优、乖巧听话的好女儿，安吉非常在乎父母对她的管教。她不敢喝酒，怕回家母亲从她的醉态中发现蛛丝马迹。她尽量听从母亲的严厉管教，尽管内心深处也有些许的叛逆与抗拒。她深知父母对她的关心，"在家，他们的确关注你的所思所想，但却以另外一种方式。他们关注晚餐你是否想吃猪排还是猪腿，或者裙子是想配上白领还是无领。但是他们却并不在意我脑子里究竟想些什么。"④ 同样，她时常担心父母对她与杰克感情的反对，"如果母亲知道了她的女儿刚刚高中毕业六周就谈恋爱，会与我感同身受吗，家人是不会理解这些的。"⑤这反映出父母与少年之间的隔阂。

她也感受到父母对她的关爱。母亲叹息到，"我真想这个炎热的夏天快点过去，你和罗琳就可以整理行囊去上大学。还有许多事情要做，准备你的衣服，为你的卧室买窗帘和床单……" 这时，安吉也暗想，"她有时候是有点伤心。我想是因为我们长大了——我的姐妹们和我。过去重要的事情现在看

---

①Burton D H Dwight. *The Novel for the Adolescent*. The English Journal. 1951，40：363 – 369.

②Daly Maureen. *The Seventeenth Summer*. New York：Simon&Schuster Books for Young Readers. 1942：207.

③Daly Maureen. *The Seventeenth Summer*. New York：Simon&Schuster Books for Young Readers. 1942：157.

④Daly Maureen. *The Seventeenth Summer*. New York：Simon&Schuster Books for Young Readers. 1942：101.

⑤Daly Maureen. *The Seventeenth Summer*. New York：Simon&Schuster Books for Young Readers. 1942：163.

起来不再重要。"① 此处足见安吉对成长的理解和对母亲的思考。"我突然有个想法，如果妈妈老了，这似乎很奇怪。这么多年过去了。在许许多多宁静的夏日下午，野菜、郊游、散步。孩子长大，父母老去，再自然不过，只是从未想过母亲也有老去的一天。"（174）当母亲感冒生病时，安吉感觉"非常惊恐，就如同钟表停止了"。（218）此时，她内心充满内疚，意识到母亲得病是最近默默地操劳，积劳成疾的结果。她同样感受到母亲的坚强，即使患病也不愿意给别人添负担，"她那是愈发优雅。因为她讨厌由于患病而给别人添麻烦。这也是她的一个缺点"。（234）在夏季假期结束，临行前的两天安吉与母亲共进晚餐，她看到"母亲表情沉静、快乐。束发整齐、但却鬓角斑白"（280）更认识到母亲韶华已逝，感谢母亲多年来的抚育之恩。

她认识到亲情的可贵。当安吉带着妹妹凯特出去玩时，她们看到泥泞的沟槽中有个高跟鞋。安吉备感内疚，自忖道，"我略微有种罪恶感，好像我原本知道个更好的去处——好像我是故意让凯特看了她不应该看的东西"。（89）当她的小妹妹凯特吵闹着要与她和杰克一起游泳时，她努力避开，但也心有酸楚，但安吉愿意在"凯特将来大一点的时候向她解释，我知道她不会生气的，她一定不会生气，她根本不会生气"。（176）

在她看来，成长要付出沉痛的代价。她认为，"成长是拆掉家里的墙壁，让陌生人走进来"。（205）"小的时候可以无忧无虑，在奇怪的、遗忘的儿童世界里思考，而不用去思考明天"。（203）可见，安吉对于成长的痛苦有所体察，更有所体悟，淡淡迷惘，丝丝忧伤，凄迷但也不乏希望。

同时，安吉渴望获得知识，她想了解事物的本质，想趁青春年少大好时光多多提高自己的能力。她想好好学学跳舞，想学会开车，想再多读些书。同时，她也感到困惑，不知杰克是否跟她是一样的想法。她跟杰克沟通，认为不应该浪费时间，因为她想认识事物的本质，深入地去了解和体察这个世界。她说，"杰克，似乎我不能'充分地'去做事情，当我吃东西的时候，每样东西品尝起来都很好，但是我却不能体会所有的味道。当我看待事物的时候，比如说溪湖，水浪青绿，白浪腾起，但是感觉我难以看得充分。总是有些感受我无法充分体会。甚至当我跟你在一起时，我也感觉不能充分地体会。"（244）

小说涉及的敏感话题诸多，包括青少年喝酒、吸烟和亲吻。作为优等生的安吉在与杰克的交往中感到自己难以融入杰克的朋友圈中。在皮特酒吧约

---

① Daly Maureen. *Seventeenth Summer*. New York：Simon&Schuster Books for Young Readers. 1942：173. 其他引文均出自该书，因此只在文中标注页码。

会后，安吉反思自己的格格不入。她认为"甚至没有人愿意递给我根烟，因为，他们一看我就知道，我是那种永远不会抽烟的人"。（44）因此，抽烟成为少年与众不同的标志，也成为一种时髦的沟通方式。杰克在与安吉在一起时，也会不时地抽烟。例如杰克带着安吉在湖边泛舟时，"他便若有所思地吐着烟圈，看着它弥散在空气中"。（57）当姐姐（Lorraine）的男朋友马丁·基夫（Martin Keefe）提前赴约时，安吉将其迎入屋内，他也迅速地拿出烟与火柴，熟练地点上一根。

同样涉及的敏感话题就是少年喝酒。在皮特酒吧聚会时，杰克与朋友们都在喝酒狂欢。当杰克要给安吉点啤酒时，才意识到安吉并不喝酒。杰克说，"我忘记了你不喝啤酒。我原想给你点杯啤酒"。（77）之后，安吉品尝了啤酒，这给她留下深刻印象，"在那之后我就再也没有喝过酒。那真是美妙的晚上。"（196）

描写少男少女接吻似乎需要极大的勇气。安吉与杰克仅仅在约会后的第三次便偷尝禁果——接吻。而且，黛丽将接吻前后女主人公的内心那种激动、羞涩、腼腆而又兴奋的心情刻画得淋漓尽致。由于丝毫没有心理准备，安吉不知所措，但又备感惊喜，她能感受到杰克的脸颊在贴近她的脸颊，"温暖而又柔软"，闻到了杰克"象牙香皂的味道"，感受到杰克"的双唇如此柔滑绵软，就像一颗新鲜的黑莓"①。这是传统爱情小说在题材上的大胆尝试，因此能够真实地反映女主人公的内心成熟，就如同安吉所说，"我想，我长大了"。（59）

这些敏感话题一方面体现出作者勇气可嘉，另一方面也成为小说备受争议之处，并且为后来爱情小说的创作与审美提出严肃思考。50 年代的"性"主题研究将少年爱情小说又推上风口浪尖，20 世纪 50 年代布鲁姆的《永远》是性主题描写的大胆尝试。60 年代的有关酗酒、斗殴、吸毒、少女怀孕的主题亦是屡见不鲜。随着 20 世纪七八十年代系列爱情小说的发展，虽对敏感话题有所避讳，但仍不乏优秀作品对此方面有所涉及。而 20 世纪 90 年代之后，有关性的敏感话题更是层出不穷，同性恋、异性恋、双性恋、变性人等也成为爱情小说作家关注的焦点。

《第十七个夏季》的叙述手法较为传统，但象征的使用在突出主题方面起到了关键性作用。象征贯穿小说的始终，夏季的六月、七月和八月，植物、动物和月色都成为建构小说主题不可或缺的重要组成部分。小说分别用初夏

---

①本页引文均出自 *The Seventeenth Summer*，New York：Simon & Schuster Books for Young Readers. 1942，因此仅在文中标注页码。

六月、仲夏七月和夏末八月来象征安吉与杰克爱情从青涩、走向炽烈再到分别的历程。

第一章名为《六月》，在这初夏时节，安吉偶遇杰克，二人发展成恋人关系，而这种关系则是轻轻淡淡，尚未浓烈，就如同六月间的大自然欣欣向荣。第二章《七月》开篇黛丽就强调仲夏酷热难当，"天气非常热，光秃秃的天空，骄阳高照，热浪逼人。"（137）以此来象征安吉与杰克的浓烈的浪漫激情。作者也通过周围的景物描写来突出热恋中的安吉内心深处充满的激情。"外面的世界绿意盎然、阳光明媚。甚至树枝的摇曳都与众不同"。（163）七月中安吉与杰克的感情发展越发炽烈，尤其是后者直接向安吉表达了内心的爱慕之情。第三章《八月》开篇则敲响了结束的预备铃声。作者写道，"如果是电影，也许到这里就该结束了。"（217）不言而喻，八月是收获的季节，也是充满着美好时光飞逝而过的淡淡忧伤之时。安吉认为，"虽然仅仅是八月，但到处是夏季消逝的迹象。"（244）尤其朋友们在游湖时，看到了一条白色死鱼，安吉体察到姐姐罗琳的触景生情般的忧伤。在安吉与杰克约会的晚上，月色藏于树梢下，月亮低沉，月光昏黄，失去光泽。清晨醒来，安吉发现花园中的花都已凋谢，令她惊诧不已，她问道，"怎么会这样？妈妈？怎么可能一夜之间就全部结束了？"（277）在八月，母亲生病卧床令她认识到父母含辛茹苦，假期结束奔赴前程让她经历了家人分别的忧伤和与杰克分离的内心痛苦。她对流逝的夏季时光感到忧伤，"真遗憾，夏季结束了。我就要离开了。我努力想说，我想他们。但终究一句话也没说出口"。（280）在《第十七个夏季》中，杰克与安吉的炽热的爱情诞于夏季，而又终于夏季，这朵爱情之花尚未真正怒放，但是安吉与杰克至少懂得了责任、理想、分别与珍惜。安吉的姐姐罗琳虽然最终失去马丁的音信，但是她认为这一切都是值得的，她说"无论曾经发生过什么，无论其他人怎么想，无论我能否再见到他，我都不后悔"，（231）即便是受伤害，也是为成长付出的代价。菲茨（Fitz）与玛吉（Margie）在一起时，玛吉向安吉表达对菲茨的不满，每当她想到菲茨在旋转木马上感到头晕就会觉得恶心，然而她的选择是出于无奈，因为每个女孩总得找个男朋友吧。

青年读者非常认同《第十七个夏季》中的纯美爱情，但是现代的读者对于经典却并非敝帚自珍，他们认为小说的情节进展过于缓慢，而且过于"真实"，"连小狗在几点钟，在哪里散步都描写得非常精细"。而且小说中没有直截了当的对爱情的表白，身体接触仅仅是亲吻，而没有代表热烈爱情的"性"描述，因此部分读者认为此小说缺乏真实性，难以满足他们的期待。体裁的禁忌使其对于现代读者的吸引力降低，许多读者愿意看到的是亲吻，性爱，等等。题材的禁忌可以使人看到少年文学作品还受到作家主观意识形态的严格把控。

二、《永远》：当代少年爱情小说的范例

朱迪·布鲁姆（Judy Blume，1938）是美国票选最受欢迎的少年小说家之一。因为大胆描写青少年性心理，谈论性爱、月经等禁忌议题，她的书在保守的20世纪70-80年代曾被查禁。如今，随着社会开放，不但她的书获解禁，1996年她还获得了美国图书馆协会颁发的"爱德华终身成就奖"。2004年，朱迪·布鲁姆获得"美国国家图书奖荣誉奖"，成为此奖项成立以来第一位获奖的少年作家。

1970年，布鲁姆发表了《是你吗？上帝？是我，玛格丽特》（Are You There God? It's Me, Margaret），此小说"是第一部以女性视角直面'性'主题的小说之一"。[①] 次年，她发表的《那么再来一次，也许我不会》（Then Again, Maybe I Won't）"是最早以男性视角直面'性'主题的小说之一"。而作者于1975年出版的《永远》（Forever）在拉开美国当代少年爱情小说序幕的同时再一次触碰到读者的敏感神经，"因为她大胆描写青少年性心理，谈论性爱、月经、宗教等议题，被审查官仇视。"[②] 学者指出"小说因涉及青少年的性行为而多次遭禁"，[③] 实然，《永远》在美国图书馆联盟所列出的100部"1990—2000年度最具争议的小说列表"中排名第七。对其非议的理由还包括"脏话，未禁止青少年饮酒、提倡手淫与节育、缺乏道德底线等。"[④] 虽然小说受到成人的热议，甚至诘难，但是，青少年却对小说情有独钟。美国图书馆协会在1996年为布鲁姆颁发"玛格丽特·A. 爱德华奖"时的高度评价为此小说正名，"她（布鲁姆）因真实地塑造了两个高中高年级学生马克尔和凯瑟琳的初恋从而开辟了写作新领域。作者对他们的爱情与性的描写公开，现实而又充满怜爱……"[⑤] 虽然备受争议，但历史最终给予小说公允的评价，当人们意识到布鲁姆的贡献与小说的价值时，她的书籍获得了解禁，作者本

---

①Carl M. Tomlinson. Carol Lynch - Brown. *Essentials of Young Adult Literature*. Boston：Pearson Education，2007：42.

②胡慧峰. 朱迪·布鲁姆最受争议的美国少年畅销书作家. 外国文学动态，2007（3）：17.

③单建国，张颖. 20世纪60年代以来的美国少年小说概述. 广西社会科学，2012（12）：121.

④FOREVER BY JUDY BLUME，http：//censorshipandjudyblume. weebly. com/forever. html

⑤1996 Margaret A. Edwards Award Winner［EB/OL］. http：//www. ala. org/yalsa/booklistsawards/bookawards/margaretaedwards/maeprevious/1996awardwinner92

人也获得了诸多殊荣，好评如潮。目前布鲁姆已经赢得了 90 多项奖项，并三次获得美国终身成就奖。2004 年，她获得美国国家图书基金会颁发的"美国国家图书奖荣誉奖"时，国家图书基金会的主席德勃拉·E·威利高度评价道："我们很高兴把这个奖颁给朱迪·布鲁姆，这是我们第一次把这个奖颁给为年少者写作的作家。"① 这种肯定就是一种对主流文化挑战的成功，而对其包容则体现了对其作品价值的肯定。

《永远》不同于传统爱情小说的首要特点在于小说中大胆涉及了"性"。"性"主题不仅折射出主流与非主流文化的冲突，还有深层次意义需深入剖析。《永远》中的"性"主题反映出美国 20 世纪七八十年代的激进女权主义运动对作者的影响，使其在塑造人物时有所侧重，塑造出了具有独立精神的少女形象。小说的创作时间是 1975 年，而恰逢美国女性主义运动高潮时期，因此布鲁姆深受女性主义运动的影响，反映在作品中则为她在人物塑造时突出女性在"性爱"中扮演的主动角色，强调女性的独立与主体性地位。在这部小说中，布鲁姆通过塑造不同少女，向读者揭示了当时少女对待"性"的几种不同态度以及这些态度所导致的不同结果。她塑造的西比尔（Sybil）是激进女性的代表，积极主动地寻找"性"，渴望"性"，并以此为荣。小说开篇便塑造了一个高智商优秀女孩西比尔与六个男孩有过"性爱"的经历，而后来她由于缺乏自我保护的意识和经验付出了沉重代价，未婚生子，母子分离，而其本人未能如期毕业。埃里卡（Erica）是盲目的女性代表，她欲以身体的"性"来替代精神的"爱"，对爱的理解片面简单，她说，"我们对待性有不同的见解。我把它仅看作生理的事情，而你却将它看作是一种爱情的表达"。② 在爱情里，她始终是占主导地位，坚持以性爱为目的的爱情，虽然她没有重蹈西比尔的覆辙，但也在危险的边缘游走。而凯瑟琳（Katherine）虽然不是爱情中的主动者，但却是理性与感性的综合体，她了解自己的感受，知道在爱情中双方应该扮演什么角色，因此，她才是布鲁姆笔下新时代女性的代表。

同时，女权运动使得社会变得更加开明，作为成人的作者愿意蹲下来与青少年共同讨论人生必须经历的青春期，教会他们正确地看待"性"，从而奠定了小说的"科普读物的性质"，即教会青少年如何采取正确的避孕措施，以便保护青少年的身心安全。《永远》也反映出布鲁姆对美国青年成长过程中父

①童书作家获美大奖,作品涉及性受争议［EB/OL］. http://book. qq. com/a/20040917/000024. htm. (2013 - 05 - 15)

②Judy Blume. *Forever*. New York, London, Toronto, Sydney: Simon Pulse; Reissue edition, 2007: 28.

母所扮演的"沉默角色"深感忧虑。凯瑟琳的父母都非常关注凯瑟琳与迈克尔的交往，但却对所担心的"性"问题三缄其口。作为图书管理员的母亲是一位知性女性，本可以与凯瑟琳共同探讨这一成长敏感期的感受，但却只给了她阅读资料与讲座讯息；作为药剂师的父亲，精通医学，应从理论知识与实践方法上为凯瑟琳提供指导。但他在行动与态度上却只执行了父权制的"禁止"。相反，上一辈的奶奶与爷爷却非常愿意与凯瑟琳交谈此事，积极地给她写信或请她吃饭，努力与她分享这份成长中的点滴。这种人物塑造的反差体现了作者的创作意图，她曾说，"美国的70年代是开放的一代，那时许多学校用《永远》这本书探讨性爱的安全性问题。往事不再。那么当年轻人无法获得这样的信息而又没有人愿意同他们沟通时，他们如何做出重要的决定呢？"① 因此，她愿意蹲下来与青少年共同探讨"性"，她在小说的扉页中就告诉少女"要学会对如何使用避孕套，如何保护自己的身体不受伤害，这是自我保护的底线。"因此，"性"主题也在审视美国成人与孩子之间的关系。

诚然，小说具有重要的文学价值，美国国家图书基金会成员杰西卡·哈格多恩说："我有两个女儿，我可以告诉你朱迪·布鲁姆的作品有多重要。对于孩子来说，她的作品就像任何一个作家一样富于文学性。"《永远》同时扮演着特殊的文化塑造角色，其内容反映出青少年心理发展与性别属性的社会建构过程，"性"主题在文化上折射出社会对青少年两性社会性别属性的建构不同，青少年的性别意识与社会的身份建构同时受生理与文化的双重影响，而布鲁姆在通过塑造少男少女的形象中细致描画出这一构建过程。布鲁姆在《永远》中真实地描述了青少年在青春期的心理性萌动与生理的性感受，因此一定程度上满足了青少年由于生理特点而带来的好奇心理，也完成了他们的社会身份认同，并使少年读者认识到"性"给他们带来怎样不同的人生际遇，从而了解青春期该如何度过才会使人生更充实，即安全地度过"危机阶段"。在青少年的心理成长层面上看，波伏娃和她的《第二性》为解读少男少女的心理提供客观的理论依据。《第二性》的价值与功能不能仅仅狭隘地被看作是女权主义宣言，因为《第二性》是波伏娃结合身为女性的个体经验以及其一直以来对女性状态的关注而搜集整理的资料并辅以理性思考的结晶，最终鸿篇巨制得以付梓，影响深远。她从生理，心理，社会，历史等角度出发鞭辟入里地分析女人一生的各阶段。尤其书中《成长》的章节中所涵盖的《童年》、《少女》和《性的启蒙》等内容为解读小说中少男少女对"性"的认识

---

① *FOREVER* BY JUDY BLUME，http：//censorshipandjudyblume. weebly. com/forever. html

与经历提供宝贵理论依据。因此，布鲁姆真实地描写出少男少女对"性"的态度以及真实的感受，这也是"性"主题的魅力与意义所在。虽然有评论认为布鲁姆的书并不适合儿童阅读，而且在书店里她的书籍是单独辟出角落出售，但是《纽约客》的一篇文章曾写道："她使数以百万计的年轻人相信真理可以从书本中找到，而且阅读是有趣的。"① 1982 年，已故的美国青年文学会主席唐纳德·盖洛博士在康涅狄格州对近三千五百名四至十二年级的学生进行调查后见证其深受欢迎的原因在于"她的作品和她的写作风格，使她笔下的人物的言行比其他任何少儿以及青年作家写得都真诚"。② 这种"真诚"在感染读者的同时，也通过文本向读者传递了文化塑形的过程。

首先《永远》是以第一人称玛格丽特为叙述视角来叙事，细腻而又真实地反映出少女成长期的生理反应与心理感受。少女的"性"启蒙直接影响着他们的社会性别的确认。青春期，随着月经初潮的来临，少女在身体上已经准备好步入成年人的世界。她要在未来的某个合适的年龄成为妻子，并担当母亲的角色，繁育后代则成为她的一种义务。而"性"则是前奏。波伏娃指出，"所有的精神病学家都同意少女的性欲对她来说是极其重要的：这开端在她以后的一生中都会有反响"③而女人的特点就是"女人喜欢被拥抱，被抚摸，特别是从青春期起她期望在男人的怀抱中成为肉体"④《永远》的第一句话，尤其是关键词"撂倒"（laid）成为所有家长，老师，图书馆馆员永远迈不过去的一道坎。而此句话则反映了少女的这一特点。西比尔（Sybil）智商极高，却与六个男孩子有过性行为。她的堂妹艾瑞卡（Erica）解释到这是因为西比尔的肥胖问题，"她需要感受到被爱，撂倒就满足这一点。"⑤（1）少女希望男人能对她的身体表示赞美，如果不是，那么她在以后的婚姻生活中永远就是冷淡的被动者。在迈克尔与凯瑟琳做爱时，迈克尔玩笑般地取笑凯瑟琳，说她"好的，你很丑，你真的很丑，让我感到恶心得想吐，"（92）而凯瑟琳的反应是"迈克尔，你个疯子，够了，我受不了了。"（92）

同时，波伏娃指出少女认为"破坏童真是一种侵犯，但即使她同意了，这仍然是痛苦的"。当艾瑞卡与凯瑟琳探讨"性"时候，后者认为"爱可以

①童书作家获美大奖，作品涉及性受争议 ［EB/OL］. http://book. qq. com/a/20040917/000024. htm.（2013－05－15）

②FOREVER BY JUDY BLUME, http：//censorshipandjudyblume. weebly. com/forever. html

③西蒙娜·德·波伏瓦. 《第二性》（Ⅱ）. 郑克鲁译. 上海：上海译文出版社，2011：132.

④西蒙娜·德·波伏瓦. 《第二性》（Ⅱ）. 郑克鲁译. 上海：上海译文出版社，2011：139.

⑤小说中的引文均出自 Judy Blume. Forever. New York, London, Toronto, Sydney：Simon Pulse；Reissue edition，2007，因此只在文中标注页码。

不要性，而且认为第一次的性爱没有那么美好"。在她与迈克尔第一次做爱时，也表示过："每个人都说第一次做爱对于少女来说都不好受"。（97）最后，在第一次偷尝禁果之后，她满心欢喜地思忖道"我将不再遭这第一次的罪了，我很高兴，一切都结束了"。（98）往往因为恐惧"性"，少女往往"对男性朋友表现突兀而粗蛮，却崇拜遥远的白马王子……其实她选择他正是因为从她到他不存在任何真实关系"。① 凯瑟琳的妹妹杰米（Jamie）对姐姐的男朋友迈克尔印象非常好，甚至在迈克尔亲了她的脸颊作为道别后"她仍然摸着自己的脸颊"。（38）还开玩笑地说"我真希望他（迈克尔）有个弟弟"。（39）这里，布鲁姆是用"希望"（wish）这个词的虚拟语气写成，表示说话者知道所说的话难以实现，由此可以推断杰米知道迈克尔没有弟弟，而这种不存在的幻想正"使她把爱情变成一种抽象的、纯粹主观的体验，不危及她的整体性"。② 同时，少女在青春期对怀孕是十分忌讳的，她希望男人在做爱的时候可以戴避孕套，但波伏娃指出"有许多男人也很讨厌采用避孕措施"。同样，当迈克尔与凯瑟琳第一次做爱时，凯瑟琳非常担心怀孕，要求迈克尔带上避孕套，而迈克尔虽不喜欢，但最后还是带上了。同时，凯瑟琳去诊所听讲座，并且取来避孕药片，这些都是少女想摆脱怀孕的危险的表现。

凯瑟琳还跟父母以及祖父母隐瞒了自己的性行为，这就凸显出少女保守秘密的特点。波伏娃认为"在十六岁时，一个女人已经经历过艰难的考验：青春期、月经、性欲的觉醒、最初的骚动、第一次兴奋、恐惧、厌恶、可疑的体验。她在心里藏着所有这些东西，她学会了小心保守秘密。"③ 所以，艾瑞卡在母亲面前拒绝承认自己的性行为，而凯瑟琳虽然已经不是处女，可是在艾瑞卡面前还是保守了她的秘密。同时，少女的"性"渴望是来自于长辈女性的压力，如母亲或是祖母等，"他们想象自己在一个年长女人的眼皮下，并得到她的同意，被一个男人强奸。显然，她们象征性地要求她们的母亲同意她们屈从欲望"。④ 同样，在凯瑟琳与迈克尔要进入莎伦（Sharon）和艾克（Ike）的公寓做爱时，她说，"我希望没有人会认为我们试图闯入民宅"，因为她看到一个"年老的夫人在盯着他们看"。⑤ 此时，凯瑟琳所用的动词词组

---

①西蒙娜·德·波伏瓦.《第二性》(II). 郑克鲁译. 上海：上海译文出版社, 2011, p. 132, 139；103—104.

②西蒙娜·德·波伏瓦.《第二性》(II). 郑克鲁译. 上海：上海译文出版社, 2011：4.

③西蒙娜·德·波伏瓦，《第二性》(II). 郑克鲁译. 上海：上海译文出版社, 2011：115.

④西蒙娜·德·波伏瓦.《第二性》(II). 郑克鲁译. 上海：上海译文出版社, 2011：73.

⑤Judy Blume. *Forever*. New York, London, Toronto, Sydney：Simon Pulse；Reissue edition, 2007, p. 90. 以下仅在文中标注页码。

"闯入"（break in）极具主动性，暗示着凯瑟琳在挑战年长女人的权威，并渴望获得同意。同时，她不希望迈克尔告诉他的姐姐自己来过，这同时反映出她对年长女人的恐惧。其实，凯瑟琳拒绝告诉母亲以及祖母她的性行为也是出于一种恐惧的抵抗，因为"严格的教育、担心犯罪、对母亲的负罪感、产生强大的阻力。"①

少女比转向外界目标的男孩子有更多的心理感受，但是少男经历的"性"的启蒙并非如少女那般敏感和复杂。他们在性成熟之后，希望通过自己的雄性力量来征服，而波伏娃指出关于"男性性欲的词汇从巨石词汇中得到启发，……最文明的人也说是征服、攻击、突袭、围城、保卫、失败、投降，清晰地以战争观念来模仿爱情观念。"② 小说在描写性爱过程中迈克尔的动作时，用了许多具有主动性或攻击性的词汇，如"插入"（push）、"突出"（stick out）、抓住（grab）、命名（name）。当凯瑟琳问及迈克尔怎么给阴茎起名为拉尔夫（Ralph）时，他说"这个名字是为你而取"（131），足见其潜在的征服欲望。波伏娃指出，"有时男人对于面对抱在怀里的女人感到恐惧。"③"男人认为女人是危险的，所以他要征服她。"（91）因此，在迈克尔亲吻凯瑟琳的时候说，"你是危险的"。少男少女在做爱时是男性在上面的，就如同一匹马一样。而迈克尔与凯瑟琳的姿势亦是如此。迈克尔不时地将凯瑟琳与他的母狗塔莎相比较，"你就像塔莎一样软"。还有一次，在迈克尔与凯瑟琳做爱完毕后，塔莎偎依在迈克尔身边，并受到了抚摸。这些都可以看成是迈克尔作为男性的对于"他者"的征服，以便实现如拉康所描述的确认主仆关系，巩固主人的地位。迈克尔曾经用祈使句来训导塔莎，"坐下"，而塔莎也乖顺地坐下，这种主仆的关系某种程度上影射了迈克尔与凯瑟琳的关系。

历史的沉淀析出精华，布鲁姆其人其书获得首肯，这一点在美国国家图书基金会颁发的"卓越贡献奖"的褒奖评语中得到印证，"她（笔者加）凭借毕生的写作与所有的作品丰富了美国文学传统"。④ 作为美国当代少年爱情小说的代表，《永远》的"性"主题具有多维意义。它不仅体现美国历史文化背景中的性解放运动的思潮，同时考察父母与子女在敏感成长期的矛盾，体现着社会文化对少年社会角色塑造与身份认同思想的塑造过程。这充分说

①西蒙娜·德·波伏瓦，《第二性》（Ⅱ）.郑克鲁译.上海：上海译文出版社，2011：141.
②西蒙娜·德·波伏瓦，《第二性》（Ⅱ）.郑克鲁译.上海：上海译文出版社，2011：136.
③西蒙娜·德·波伏瓦，《第二性》（Ⅱ）.郑克鲁译.上海：上海译文出版社，2011：158.
④The New York Times. National Book Foundatio, Awards："Distinguished Contribution to American Letters". Retrieved 2013 - 03 - 12. "Literary Prize for Judy Blume, Confidante to Teenagers" [EB/OL]. http://en. newikipedia. org/wiki/Judy_Blume(2013 - 06 - 24)

明了《永远》作为一部当代少年爱情小说的存在意义。

本章主要参考文献

1. Aulette，Judy Root. *Changing American Families*，Boston：Allyn and Bacon，2002.

2. Blume，Judy. *Forever*. New York，London，Toronto，Sydney：Simon Pulse；Reissue edition，2007.

3. Blume，Judy. *Forever*［EB/OL］. http：//censorshipandjudyblume. weebly. com/forever. html（2013 - 03 - 16）

4. Burton，D H Dwight. "The Novel for the Adolescent". *The English Journal*. 1951：40（7）.

5. Cart M. *From Romance to Realism*：*50 years of Growth and Change in Young Adult Literature*. New York：Harper Collins Publishers，1996.

6. Cullinan，Bernice E. Kunzel，Bonnie L. Wooten，Deborah A. *The Continuum Encyclopedia of Young Adult Literature*. New York：The Continuum International Publishing Group Ltd. 2005.

7. Daly，Maureen. *The Seventeenth Summer*. New York：Simon&Schuster Books for Young Readers. 1942.

8. Jenkins，Christine A. "Annie on Her Mind：Edwards Award - winner Nancy Garden's groundbreaking novel continues to make a compelling case for sexual tolerance". School Library Journal. http：//www. schoollibraryjournal. com/article/CA300723. html（2003 - 06 - 01）.（2013 - 05 - 15）

9. Nilsen，Alleen Pace. Donelson，Kenneth L. *Literature for Today's Young Adults*，（4th Edition）. New York：Harper Collins College Publishers，1993.

10. Rabey，Melissa. Book Review：New to Me - Seventeenth Summer. http：//www. yalsa. ala. org/thehub/2011/02/03/book - review - new - to - me - seventeenth - summer（2013 - 05 - 06）

11. Selden，Raman. Widdowson，Peter. Brooker，Peter. *A Reader's Guide to Contemporary Literary Theory*. Beijing：Foreign Language Teaching and Research Press. 2005.

12. Tomlinson，Carl M. & Lynch - Brown，Carol. *Essentials of Young Adult Literature*. Boston：Pearson Education，Inc. 2007.

13. Vogel，Nancy. "The Semi centennial of Seventeenth Summer：Some Questions and Answers". *The ALAN Review* 1994：21，Spring，.

14. 胡慧峰. 朱迪·布鲁姆最受争议的美国少年畅销书作家. 外国文学动态，2007（3）.

15. 西蒙娜·德·波伏瓦. 《第二性》（II）. 郑克鲁译. 上海：上海译文出版社，2011.

16. 单建国，张颖. 20 世纪 60 年代以来的美国青少年小说概述. 广西社会科学，2012（12）.

17. 裔昭印. 西方妇女史. 北京：商务印书馆，2009.

18. 周晓虹. 现代社会心理学史. 北京：中国人民大学出版社，1993.

19. 童书作家首获美大奖，作品涉及性受到争议. http：//enjoy. eastday. com/eastday/node7209/node7248/node7365/userobject1 ai524570. html（2013 - 05 - 15）

20. The New York Times. National Book Foundatio, Awards："Distinguished Contribution to American Letters". Retrieved. "Literary Prize for Judy Blume, Confidante to Teenagers". [2013 - 06 - 24]

21. http：//en. newikipedia. org/wiki/Judy_ Blume（2013 - 03 - 12）

22. 1996 Margaret A. Edwards Award Winner. http：//www. ala. org/yalsa/booklistsawards/bookawards/margaretaedwards/maeprevious/1996awardwinner92（2013 - 04 - 14）

23. *Banned Books Awareness*：*The Outsider*s［EB/OL］. Banned Books Awareness：The Outsiders ｜ Banned Books Awareness.（2011 - 05 - 08）［2014 - 06 - 19］

结　语

美国少年小说发展至今，已然成为一大文化产业。之所以如此，得益于以下几个因素。首先是平装本的流行。平装本标志着少年小说一种新的装帧形式的出现。从此，无论经典小说还是通俗小说都可以采用平装本形式，大大降低了成本，使更多的少年读者有能力购买；同时它还改变了少年小说的销售方式，这是第二个因素。少年读者们不仅可以在书店，而且可以在超市或图书连锁店买到自己想读的书，使少年小说的传播更为容易、广泛。第三个因素是传媒的影响，进入21世纪，影视、录像和各种电子媒介对少年读者的影响以及对出版业的冲击显得更为严重。在这种情况下，出版业要谋求发展就只能同影视节目加强合作，相辅相成，走共赢的道路。除将小说搬上银幕，这种合作还采取了另一种形式，即：紧随收视率高的影视节目推出其文字版本，如此反而促进了少年小说的发展。

在其发展过程中，美国少年小说在体现少年文学普遍性的同时也展现出其美国性。从库柏、马克·吐温、海明威、斯坦贝克、福克纳等作家的作品中，我们不难看出，美国文学从开始就注重文学的现实性、大众性和社会责任。美国少年小说也继承了这种创作理念。

现当代美国少年小说创作以现实主义为主流。它首先体现在作家的创作理念上。如果说过去作家们致力于在小说中为孩子们创造一个美好世界，那么现在，他们认为在小说中真实反映现实社会才是为年轻读者负责。现实主义的创作形式也是多数小说家的选择。前面提过，从塞林格的《麦田里的守望者》开始，美国少年小说形成了自己的主流创作倾向——现实主义。从美国少年小说获奖书目看，这个主流倾向一直未改变。

现当代美国少年小说服务于美国少年读者大众，因此，经典也好，通俗也罢，只要是少年读者喜欢的作品都可以登上美国少年小说的大雅之堂。事实上，经典作品与通俗小说共同构成了现当代美国少年小说的整体。按照黄禄善先生的分类，科幻小说（星际历险科学小说、"赛博朋克"科学小说，

附录 1 国际安徒生文学奖（Hans Christian Andersen Award）获奖书单

国际安徒生文学奖（又称"汉斯·克里斯蒂安·安徒生奖"），以童话大师安徒生的名字命名，一直被视为儿童文学领域最高的国际荣誉，常被称为"儿童文学的诺贝尔奖"。该奖项由国际儿童图书评议会（IBBY—The International Board on Books for Young People）于 1956 年创设，由丹麦女王 H. R. H. 玛格丽特二世赞助。该奖项同诺贝尔文学奖一样，获奖者一生只能获得一次，一旦获得了，就拥有了终生的荣誉，因为它所表彰的是儿童文学作家一生的文学造诣和建树。

国际安徒生文学奖获奖作品由 IBBY 提名，再经由儿童文学专家组成国际评委会选出。

该奖项每两年一次授予一名作家（始于 1956 年）和一名插图画家（始于 1966 年），表彰他们以其作品为世界儿童文学做出的持久贡献。获奖者会获得金色奖章和证书。此殊荣被视为对儿童文学作家之国际性最高肯定，获此殊荣作家的作品具有很高的文学艺术价值。最初三届颁奖大会只给近两年内出版的图书颁奖；1962 年评选标准改为：如果健在作家的作品价值非凡，且他本人为儿童文学发展做出了卓越贡献，那么这位作家的所有作品，尤其是科幻小说，都应考虑授奖。

国际安徒生奖的评奖标准可以简单概括为以下几点。一是人文关怀：关心儿童的艰难处境，帮助孩子去"发现用别的办法发现不了的东西"（林格伦语）。二是文体的多样性：安徒生大奖倾向于授给在一种以上的文体创作方面都有建树的作家。三是重视作家对儿童是否"专一"：安徒生大奖一般不授给从成人文学向儿童文学转身的作家。

设奖以来，共有 32 名作家获此殊荣，其中包括 5 位美国作家，分别为 1962 年获奖者门得特·德琼（Meindert DeJong，1906— 1991），其主要作品为《校舍上的车轮》（*The Wheel on the School*）、《六十个老爸的房子》（*The House* of Sixty Fathers），等等；1972 年获奖者斯·奥台尔（Scott O'Dell，1898—1989），其主要作品有《黑珍珠》（The Black Pearl）、《蓝色的海豚岛》（Island of the Blue Dolphins）、《国王的五分之一》（The King's Fifth）等；1978 年获奖者保拉·福克斯（Paula Fox，1923—2017），其主要作品为《一只眼睛的猫》（One-Eyed Cat）、《跳舞的奴隶》（又译《"月光号"的沉没》）（The Slave Dancer）等；1992 年获奖者弗吉尼亚·汉弥尔顿（Virginia Hamilton，1936—2002），其主要作品有《了不起的 M. C. 希金斯》（M. C. Higgins, the Great）、《但尔司·屈里尔之屋》（The House of Dies Drear）等；1998 年获奖者凯塞琳·帕特森（Katherine Paterson，1932— ），其主要作品为《上帝的宠儿（又译：我和我的双胞胎妹妹）》（Jacob Have I Loved）《通向特拉比西亚的桥》（Bridge to Terabithia）等。除上面提到的五位作家，还有两位作家分别于 1970 年和 2012 年获得了插图奖：一位是莫里斯·桑达克（Maurice Sendak，1928—2012），其代表作有：《野兽国》（Where the Wild Things Are）、《厨房之夜狂想曲》（In the Night Kitchen）、《在那遥远的地方》（Outside Over There）等。另一位是彼得·西斯（Peter Sis），其代表作有《恐龙》《消防车》等。

　　下面是国际安徒生文学奖获奖名单。

　　1956　依列娜·法吉恩（英）主要作品：《小书房》《万花筒》《老保姆的针管笭》等。

　　1958　阿斯特丽德·林格伦（瑞典）主要作品：《长袜子皮皮》《小飞人卡尔松》《米欧，米欧，我的米欧》《狮心兄弟》《淘气包埃米尔》《疯丫头马迪根》《大侦探小卡莱》等。

　　1960　埃利希·凯斯特纳（德）主要作品：《埃米尔擒贼记》《5 月 35 日》《飞翔的教室》《小不点和安东》《袖珍男孩儿和袖珍小姐》《两个小洛特》等。

　　1962　门得特·德琼（美）主要作品：《校舍上的车轮》《六十个老爸的房子》。

　　1964　勒内·吉约（法）主要作品：《丛林虎啸》。

　　1966　托夫·杨森（芬兰）主要作品：《彗星来到木民山谷》《木民爸爸在海上》等。

　　1968　詹姆斯·克吕斯（德）主要作品：《出卖笑的孩子》《龙虾礁的灯塔》等。

　　1970　贾尼·罗大里（意大利）主要作品：《假话国历险记》《天上掉下大蛋糕》《洋葱头历险记》《电话里的童话》等。

1972　斯·奥台尔（美）主要作品：《黑珍珠》《蓝色的海豚岛》《国王的五分之一》等。

1974　玛丽亚·格里珀（瑞典）主要作品：《吹玻璃工的两个孩子》《艾尔韦斯的秘密》《朱丽娅的房子》等。

1976　塞·伯德克尔（丹麦）主要作品：《西拉斯和黑马》。

1978　保拉·福克斯（美）主要作品：《一只眼睛的猫》《跳舞的奴隶》。

1980　博哈米尔·里哈（捷克斯洛伐克）主要作品：《野马雷恩》《平博士》等。

1982　莉吉亚·布咏迦.努内斯（巴西）主要作品：《走钢丝的人》《黄书包》等。

1984　克里斯蒂娜·内斯特林格（奥地利）主要作品：《黄瓜国王》《幽灵大婶罗莎.里德尔》《脑袋里的小矮人》《康拉德（从罐头里出来的孩子）》《伊尔莎出走》等。

1986　帕·赖特森（澳）主要作品：《太空 人遇险记》《威拉姆集》三部曲等。

1988　安妮·M.G.斯密特（荷兰）主要作品：《米妮小姐》《粉红色的柠檬水》等。

1990　托摩脱·篙根（挪威）主要作品：《保守秘密》《危险的旅行》《消失的一天》等。

1992　弗吉尼亚·汉弥尔顿（美）主要作品：《了不起的 M.C. 希金斯》《但尔司.屈里尔之屋》等。

1994　窗满雄（日）主要作品：《窗满雄全集》。

1996　尤里·奥莱夫（以色列）主要作品：《从另一边来的人》《鸟雀街上的孤岛》《巴勒斯坦王后莉迪娅》等。

1998　凯塞琳·帕特森（美）主要作品：《上帝的宠儿（又译：我和我的双胞胎妹妹)》《通向特拉比西亚的桥》等。

2000　玛丽亚·马萨多（巴西）主要作品：《两个声音》《爱冒险的奶奶》《尼娜·博尼塔》等。

2002　艾登·钱伯斯（英）主要作品：《礼物收取者》《破晓时分》《来自无人区的明信片》《在我坟上起舞》等。

2004　马丁·韦德尔（爱尔兰）主要作品：《睡不着吗，小熊》。

2006　玛格丽特·梅喜（新西兰）主要作品：《牧场上的狮子》。

2008　英诺森提（意）主要作品：《铁丝网上的小花》《大卫之星》《绝

地大饭店》《木偶奇遇记》等。

2010　大卫·艾蒙（英）主要作品：《史凯力：当天使堕落人间》《旷野迷踪》等。

2012　玛丽亚·特蕾莎·安德鲁埃托（阿根廷）主要作品：《帕塔戈尼亚的秘密》《睡女》《火灾》《火车》等。

2014　上桥菜穗子（日本）主要作品：《兽的演奏者》《精灵的守护者》等。

2016　曹文轩（中国）主要作品：《草房子》《青铜葵花》《山羊不吃天堂草》《根鸟》《忧郁的田园》《红葫芦》《蔷薇谷》《追随永恒》《细米》《火印》《大王书》等。

2018　角野荣子（日本）主要作品：《魔女宅急便》《裤子船长的故事》《大盗布拉布拉》等。

注：书单转引自网站 http：//www. ibby. org/254. 0. html（下载时间 2017 - 2 - 22）。

附录2 美国纽伯瑞（Newbury Award）儿童文学奖获奖书单

纽伯瑞儿童文学奖 1922 年由美国图书馆协会（American Library Association – ALA）的分支——美国图书馆儿童服务协会（Association for Library Service to Children – ALSC）创立，奖金由美国出版商弗里德里克·梅尔彻捐赠，以约翰·纽伯瑞（John Newbery）命名。约翰·纽伯瑞是英国著名出版家，因开创了现代英美儿童文学的发展道路而被誉为"儿童文学之父"，他崇尚"快乐至上"的儿童教育观念。该奖项一年颁发一次，用于奖励上一年度出版的优秀英语少儿作品。一般是金奖（Newbery Medal Award）一部，银奖（Newbery Honor Books）若干部。纽伯瑞奖是世界上第一个儿童文学奖，在美国它与"国际安徒生奖"齐名。因此，该奖项对美国和世界的儿童文学都有极大的影响。凡获纽伯瑞奖的书籍，皆被列入少年必读之书籍。其题材包罗万象，体裁也多种多样。得奖者必须是对美国儿童文学有杰出贡献者，并且是美国公民及永久居民。入选图书的潜在读者应为儿童，作品内容要适应儿童的理解力和欣赏水平。

评选标准主要围绕六个要素：主题思想、作品表现、故事情节、人物形象、环境描写和写作风格，而且以文本为重。值得一提的是，纽伯瑞奖只颁发给青少年小说（章节书）。从 1922 年至 2017 年评选出的纽伯瑞文学奖的作品总数为 408 部，其中金奖作品 96 部，银奖作品 312 部。

以下是获得纽伯瑞金奖的作品。（括号中为作者名字）

2017　*The Girl Who Drank the Moon*《喝月亮的女孩》（Kelly Barnhill）

2016　*Last Stop on Market Street*《市场街最后一站》（Matt de la Peña）

2015　*The Crossover*《跨界》（Kwame Alexander）

2014　*Flora and Ulysses：The Illuminated Adventures*《弗罗拉与松鼠侠》（Kate DiCamillo）

2013　*The One and Only Ivan*《独一无二的伊凡》（Katherine Applegate）

2012　*Dead End in Norvelt*《诺福镇的奇幻夏大》（Jack Gantos）

2011　*Moon Over Manifest*《曼尼费斯特上空的月亮》（Clare Vanderpool）

2010　*When You Reach Me*《当你到达我》（Rebecca Stead）

2009　*The Graveyard Book*《坟场之书》（Neil Gaiman）

2008　*Good Masters！Sweet Ladies！Voices from a Medieval Village*《好心的庄主！善良的夫人！——来自中世纪庄园的声音》（Laura Amy Schlitz）

2007　*The Higher Power of Lucky*《乐琦的神奇力量》（Susan Patron）

2006　*Criss Cross*《十字交锋》（Lynne Rae Perkins）

2005　*Kira–Kira*《一闪一闪亮晶晶》（Cynthia Kadohata）

2004　*The tale of Despereaux：Being the story of a Mouse，a Princess，Some Soup，and a spool of thread*《浪漫鼠德佩罗》（Kate DiCamillo）

2003　*The Cross of Lead*《铅十字架》（Avi）

2002　*Single Shard*《碎瓷片》（Linda Sue Park）

2001　*Year Down Yonder*《乡间一年》（Richard Peck）

2000　*Bud，Not Buddy*《巴德，不是巴迪》（Christopher Paul Curtis）

1999　*Holes*《洞》（Louis Sachar）

1998　*Out of the Dust*《风儿不要来》（Karen Hesse）

1997　*The View from Saturday*《星期六故事》（E. L. Konigsburg）

1996　*The Midwife's Apprentice*《产婆的学徒》（Karen Cushman）

1995　*Walk Two Moons*《走过两个月亮》（Sharon Creech）

1994　*The Giver*《记忆传授人》（Lois Lowry）

1993　*Missing May*《想念梅姨》（Cynthia Rylant）

1992　*Shiloh*《小狗石罗》（Phyllis Reynolds Naylor）

1991　*Maniac Magee*《淘气包马吉》（Jerry Spinelli）

1990　*Number the Stars*《数星星》（Lois Lowry）

1989　*Joyful Noise：Poems for Two Voices*《快乐的喧嚣：两个声音一起读的诗》（Paul Fleischman）

1988　*Lincoln：A Photobiography*《林肯：一部传记画册》（Russell Freedman）

1987　*The Whipping Boy*《真假王子》（Sid Fleischman）

1986　*Sarah，Plain and Tall*《又高又丑的萨拉》（Patricia MacLachlan）

1985　*The Hero and the Crown*《英雄和桂冠》（Robin McKinley）

1984　*Dear Mr. Henshaw*《亲爱的汉修先生》（Beverly Cleary）

1983　*Dicey's Song*《黛西之歌》（Cynthia Voigt）

1982　*A Visit to William Blake's Inn*：*Poems for Innocent and Experienced Travelers*《威廉·布莱克旅店的一次访问：写给天真和老成的旅人们的诗》（Nancy Willard）

1981　*Jacob Have I Loved*《我和我的双胞胎妹妹》（Katherine Paterson）

1980　*A Gathering of Days*：*A New England Girl's Journal*，1830 - 1832《日子的聚会：一个新英格兰女孩的日记，1830～1832》（Joan W. Blos）

1979　*The Westing Game*《威斯汀游戏》（Ellen Raskin）

1978　*Bridge to Terabithia*《通向特拉比西亚的桥》（Katherine Paterson）

1977　*Roll of Thunder*，*Hear My Cry*《黑色棉花田》（Mildred D. Taylor）

1976　*The Grey King*《灰国王》（Susan Cooper）

1975　*M. C. Higgins*，*the Great*《了不起的 M·C·希金斯》（Virginia Hamilton）

1974　*The Slave Dancer*《"月光号"的沉没》（Paula Fox）（又译《跳舞的奴隶》）

1973　*Julie of the Wolves*《狼群中的朱莉》（Jean Craighead George）

1972　*Mrs. Frisby and the Rats of NIMH*《费里斯比夫人和尼莫的老鼠》（Robert C. O'Brien）

1971　*Summer of the Swans*《天鹅之夏》（Betsy Byars）

1970　*Sounder*《猎犬雷霆》（William H. Armstrong）

1969　*The High King*《高大的国王》（Lloyd Alexander）

1968　*From the Mixed - Up Files of Mrs. Basil E. Frankweiler*《天使雕像》（E. L. Koningsburg）

1967　*Up a Road Slowly*《在路上漫步》（Irene Hunt）

1966　*I, Juan de Pareja*《我，胡安·德·朴瑞哈》（Elizabeth Borton de Trevino）

1965　*Shadow of a Bull*《公牛的阴影》（Maia Wojciechowska）

1964　*It's Like This*，*Cat*《就是这样，猫儿》（Emily Neville）

1963　*A Wrinkle in Time*《时间皱褶》（Madeleine L'Engle）

1962　*The Bronze Bow*《青铜弓箭》（Elizabeth George Speare）

1961　*Island of the Blue Dolphins*《蓝色海豚岛》（Scott O'Dell）

1960　*Onion John*《洋葱约翰》（Joseph Krumgold）

1959　*The Witch of Blackbird Pond*《黑鸟池塘的女巫》（Elizabeth George

Speare）

1958　*Rifles for Watie*《给威蒂的枪》（Harold Keith）

1957　*Miracles on Maple Hill*《枫树山的奇迹》（Virginia Sorensen）

1956　*Carry On, Mr. Bowditch*《加油，波蒂奇先生》（Jean Lee Latham）

1955　*The Wheel on the School*《校舍上的车轮》（Meindert DeJong）

1954　*And Now Miguel*《……现在来吧，米格尔》（Joseph Krumgold）

1953　*Secret of the Andes*《安第斯山脉的秘密》（Ann Nolan Clark）

1952　*Ginger Pye*《小狗金吉·派伊》（Eleanor Estes）

1951　*Amos Fortune, Free Man*《埃莫斯·福顿，自由人》　（Elizabeth Yates）

1950　*The Door in the Wall*《墙上的门》（Marguerite de Angeli）

1949　*King of the Wind*《风之王》（Marguerite Henry）

1948　*The Twenty-One Balloons*《二十一个气球》（William Pène du Bois）

1947　*Miss Hickory*《山胡桃木小姐》（Carolyn Sherwin Bailey）

1946　*Strawberry Girl*《草莓女孩》（Lois Lenski）

1945　*Rabbit Hill*《兔子坡》（Robert Lawson）

1944　*Johnny Tremain*《乔尼·特瑞美》（Esther Forbes）

1943　*Adam of the Road*《大路上的亚当》（Elizabeth Janet Gray）

1942　*The Matchlock Gun*《火枪》（Walter Edmonds）

1941　*Call It Courage*《海上小勇士》（Armstrong Sperry）

1940　*Daniel Boone*《丹尼尔·布恩》（James Daugherty）

1939　*Thimble Summer*《银顶针的夏天》（Elizabeth Enright）

1938　*The White Stag*《白牡鹿》（Kate Seredy）

1937　*Roller Skates*《滑轮冰鞋》（Ruth Sawyer）

1936　*Caddie Woodlawn Carol*《凯蒂·伍德朗》（Ryrie Brink）

1935　*Dobry*《杜伯瑞》（Monica Shannon）

1934　*Invincible Louisa: The Story of the Author of Little Women*《不可征服的路易莎：小妇人作者的故事》（Cornelia Meigs）

1933　*Young Fu of the Upper Yangtze*《扬子江上游的杨福》（Elizabeth Lewis）

1932　*Waterless Mountain*《干涸之山》（Laura Adams Armer）

1931　*The Cat Who Went to Heaven*《去了天堂的猫》　（Elizabeth Coatsworth）

1930　*Hitty, Her First Hundred Years*《木偶百年奇遇记》（Rachel Field）

1929　*The Trumpeter of Krakow*《克拉科夫的号手》（Eric P. Kelly）

1928　*Gay Neck, the Story of a Pigeon*《灰脖子，一只鸽子的故事》（Dhan Gopal Mukerji）

1927　*Smoky, the Cowhorse*《牧牛小马斯摩奇》（Will James）

1926　 *Shen of the Sea*《海神的故事》（Arthur Bowie Chrisman）

1925　*Tales from Silver Lands*《银色大地的传说》（Charles Finger）

1924　*The Dark Frigate*《黑暗护卫舰》（Charles Hawes）

1923　*The Voyages of Doctor Dolittle*《杜立德医生航海记》（Hugh Lofting）

1922　*The Story of Mankind*《人类的故事》（Hendrik Willem van Loon）

以下是获得纽伯瑞银奖的作品。

2017

Freedom Over Me：Eleven Slaves，Their Lives and Dreams Brought to Life《高于我的自由：十一个奴隶，他们的生活和梦想》（Ashley Bryan）

The Inquisitor's Tale：Or，The Three Magical Children and Their Holy Dog《检察官的故事：或，三神奇的孩子和他们神圣的狗》（Adam Gidwitz）

2016

The War that Saved My Life《救了我命的那场战争》 （Kimberly Brubaker Bradley）

Roller Girl《滑冰女孩》（Victoria Jamieson）

Echo《回声》（Pam Munoz Ryan）

2015

El Deafo《聋子》（Cece Bell）

Brown Girl Dreaming《棕皮肤女孩的梦想》（Jacqueline Woodson）

2014

One Came Home《回家》（Amy Timberlake）

Doll Bones《骨头娃娃》（Holly Black）

Paperboy《报童》（Vince Vawter）

The Year of Billy Miller《比利. 米勒之年》（Kevin Henkes）

2013

Splendors and Glooms《辉煌和幽暗》（Laura Amy Schlitz）

Bomb：The Race to Build—and Steal—the World's Most Dangerous Weapon《炸

弹：制造、偷窃世界上最危险武器的竞赛》（Steve Sheinkin）

Three Times Lucky《从天而降的幸运》（Turnage Sheila）

2012

Inside Out & Back Again《里里外外（或十岁那年）》（Thanhha Lai）

Breaking Stalin's Nose《打断斯大林的鼻子》（Eugene Yelchin）

2011

Turtle in Paradise《天堂里的海龟》（Jennifer L. Holm）

Heart of a Samurai《武士的心》（Margi Preus）

Dark Emperor and Other Poems of the Night《黑暗的帝王和夜晚的诗歌》（Joyce Sidman）

One Crazy Summer《疯狂的夏天》（Rita Williams – Garcia）

2010

Claudette Colvin：Twice Toward Justice《克劳戴特·科尔文：两次直面司法》（Phillip Hoose）

The Evolution of Calpurnia Tate《卡珀尼亚·塔特的进化》（Jacqueline Kelly）

Where the Mountain Meets the Moon《月夜仙踪》（Grace Lin）

The Mostly True Adventures of Homer P. Figg《荷蒙 P. 菲戈历险记》（Rodman Philbrick）

2009

The Underneath《真相临界点》（Kathi Appelt, illustrated by David Small）

The Surrender Tree：Poems of Cuba's Struggle for Freedom《投降树：古巴为自由而战的诗歌》（Margarita Engle）

Savvy《领悟》（Ingrid Law）

After Tupac & D Foster《突帕克和 D 浮士德之后》（Jacqueline Woodson）

2008

Elijah of Buxton《巴士敦的以利亚》（Christopher Paul Curtis）

The Wednesday Wars《星期三战争》（Gary D. Schmidt）

Feathers《羽毛》（Jacqueline Woodson）

2007

Penny from Heaven《天堂的便士》（Jennifer L. Holm）

Hattie Big Sky《海蒂的天空》（Kirby Larson）

Rules《规则》（Cynthia Lord）

2006

Whittington《惠廷顿》（Alan Armstrong, illustrated by S. D. Schindler）

Hitler Youth：Growing Up in Hitler's Shadow《青年希特勒：在希特勒的阴影下成长》（Susan Campbell Bartoletti）

Princess Academy《公主学院》（Shannon Hale）

Show Way《指引之路》（Jacqueline Woodson）

2005

Al Capone Does My Shirts《奥尔卡蓬为我裁衣》（Gennifer Choldenko）

The Voice that Challenged a Nation：Marian Anderson and the Struggle for Equal Rights《挑战国家的声音：玛丽安·安德森和平等权利的斗争》（Russell Freedman）

Lizzie Bright and the Buckminster Boy《莉齐光明和巴克敏斯特男孩》（Gary D. Schmidt）

2004

Olive's Ocean《奥莉的海洋》（Kevin Henkes）

An American Plague：The True and Terrifying Story of the Yellow Fever Epidemic of 1793《美国瘟疫：1793 年黄色流感的真实可怕故事》（Jim Murphy）

2003

The House of the Scorpion《蝎子屋》（Nancy Farmer）

Pictures of Hollis Woods《孤女梦痕》（Patricia Reilly Giff）

Hoot《鸣响》（Carl Hiaasen）

A Corner of The Universe《宇宙的一角》（Ann M. Martin）

Surviving the Applewhites《爱波怀特家庭学校生存记》（Stephanie S. Tolan）

2002

Everything on a Waffle《一切都在华夫饼中》（Polly Horvath）

Carver：A Life In Poems《卡弗：诗中的一生》（Marilyn Nelson）

2001

Hope Was Here《希望的所在》（Joan Bauer）

Because of Winn-Dixie《都是黛西惹的祸》（Kate DiCamillo）

Joey Pigza Loses Control《皮格失控了》（Jack Gantos）

The Wanderer《徘徊者》（Sharon Creech）

2000

Getting Near to Baby《屋顶上的小孩》（Audrey Couloumbis）

Our Only May Amelia《纳梭河上的女孩》（Jennifer L. Holm）

26 Fairmount Avenue《繁梦大街 26 号》（Tomie de Paola）

1999

A Long Way from Chicago《离芝加哥很远的地方》（Richard Peck）

1998

Ella Enchanted《魔法灰姑娘》（Gail Carson Levine）

Lily's Crossing《莉莉的渡口》（Patricia Reilly Giff）

Wringer《勒索者》（Jerry Spinelli）

1997

A Girl Named Disaster《女孩眼中的灾难》（Nancy Farmer）

Moorchild《妖精的小孩》（Eloise McGraw）

The Thief《小偷》（Megan Whalen Turner）

Belle Prater's Boy《一个爱的故事》（Ruth White）

1996

What Jamie Saw《吉米看到什么》（Carolyn Coman）

The Watsons Go to Birmingham：1963《沃森一家去伯明翰：1963》（Christopher Paul Curtis）

Yolonda's Genius《亚隆达的天才》（Carol Fenner）

The Great Fire《芝加哥大火》（Jim Murphy）

1995

Catherine，*Called Birdy*《被称为鸟人的凯瑟琳》（Karen Cushman）

The Ear，*the Eye and the Arm*《耳朵、眼睛和手臂》（Nancy Farmer）

1994

Crazy Lady《疯狂的女士》（Jane Leslie Conly）

Dragon's Gate《龙门》（Laurence Yep）

Eleanor Roosevelt：*A Life of Discovery*《艾琳娜罗斯福：发现的一生》（Russell Freedman）

1993

What Hearts《怎样的心灵》（Bruce Brooks）

The Dark－thirty：*Southern Tales of the Supernatural*《黑暗三十：神奇的南部故事》（Patricia McKissack）

Somewhere in the Darkness《黑暗的一角》（Walter Dean Myers）

1992

Nothing But The Truth：*a Documentary Novel*《真相至上：一部纪实小说》（Avi）

The Wright Brothers：*How They Invented the Airplane*《怀特兄弟：他们怎么发明飞机》（Russell Freedman）

1991

The True Confessions of Charlotte Doyle《一名女选手的自白》（Avi）

1990

Afternoon of the Elves《小侏怪的下午》（Janet Taylor Lisle）

Shabanu，*Daughter of the Wind*《莎芭努：风的女儿》（Suzanne Fisher Staples）

The Winter Room《冬天的房间》（Gary Paulsen）

1989

In The Beginning：*Creation Stories from Around the World*《开天辟地：世界各地的神话故事》（Virginia Hamilton）

Scorpions《蝎子》（Walter Dean Myers）

1988

After The Rain《雨后》（Norma Fox Mazer）

Hatchet《手斧男孩》（Gary Paulsen）

1987

A Fine White Dust《白色的细尘》（Cynthia Rylant）

On My Honor《以我的荣誉》（Marion Dane Bauer）

Volcano：*The Eruption and Healing of Mount St. Helens*《火山：圣海伦斯火山的爆发和熄灭》（Patricia Lauber）

1986

Commodore Perry In the Land of the Shogun《海军准将佩里在江户》（Rhoda Blumberg）

Dogsong《狗之歌》（Gary Paulsen）

1985

Like Jake and Me《爱上继父》（Mavis Jukes）

The Moves Make the Man《运动产生人类》（Bruce Brooks）

One - Eyed Cat《一只眼的猫》（Paula Fox）

1984

The Sign of the Beaver《海狸的信号》（Elizabeth George Speare）

A Solitary Blue《孤独的蓝》（Cynthia Voigt）

Sugaring Time《甜蜜时光》（Kathryn Lasky）

The Wish Giver：*Three Tales of Coven Tree*《五毛钱的愿望》（Bill Brittain）

1983

The Blue Sword《蓝色利剑》（Robin McKinley）

Doctor DeSoto《德索托医生》（William Steig）

Graven Images《雕刻的偶像》（Paul Fleischman）

Homesick：*My Own Story*《乡愁》（Jean Fritz）

Sweet Whispers，*Brother Rush*《快乐的低语者，拉西兄弟》（Virginia Hamilton）

1982

Ramona Quimby，*Age* 8《雷梦拉八岁》（Beverly Cleary）

Upon the Head of the Goat：*A Childhood in Hungary* 1939 – 1944《山羊的头部：在匈牙利的童年》（Aranka Siegal）

1981

The Fledgling《初出茅庐的人》（Jane Langton）

A Ring of Endless Light《永恒之光》（Madeleine L'Engle）

1980

The Road from Home：*The Story of an Armenian Girl*《离家的路：美国女孩的故事》（David Kherdian）

1979

The Great Gilly Hopkins《养女基里》（Katherine Paterson）

1978

Ramona and Her Father《雷梦拉和爸爸》（Beverly Cleary）

Anpao：*An American Indian Odyssey*《安帕阿：一个美国印第安人的奥德赛之旅》（Jamake Highwater）

1977

Abel's Island《小老鼠漂流记》（William Steig）

A String in the Harp《琴弦》（Nancy Bond）

1976

The Hundred Penny Box《一百便士的盒子》（Sharon Bell Mathis）

Dragonwings《龙翼》（Laurence Yep）

1975

Figgs & Phantoms《菲格斯和幽灵》（Ellen Raskin）

My Brother Sam is Dead《我的兄弟山姆死了》（James Lincoln Collier & Christopher Collier）

The Perilous Guard《危险的守护》（Elizabeth Marie Pope）

Philip Hall Likes Me, I Reckon Maybe《贝丝丫头》（Bette Greene）

1974

The Dark Is Rising《黑暗崛起》（Susan Cooper）

1973

Frog and Toad Together《青蛙和蟾蜍》（Arnold Lobel）

The Upstairs Room《楼上的房间》（Johanna Reiss）

The Witches of Worm《虫巫婆》（Zilpha Keatley）

1972

Incident At Hawk's Hill《鹰山的事故》（Allan W. Eckert）

The Planet of Junior Brown《小布朗的星球》（Virginia Hamilton）

The Tombs of Atuan《地海古墓》（Ursula K. LeGuin）

Annie and the Old One《安妮和奶奶》（Miska Miles）

The Headless Cupid《无头的丘比特》（Zilpha Keatley）

1971

Knee Knock Rise《尼瑙克山探险》（Natalie Babbitt）

Enchantress From the Stars《来自繁星的巫女》（Sylvia Louise Engdahl）

Sing Down the Moon《月光下的歌谣》（Scott O'Dell）

1970

Our Eddie《我们的爱迪》（Sulamith Ish‑Kishor）

The Many Ways of Seeing: An Introduction to the Pleasures of Art《视觉的很多方法：快乐艺术的介绍》（Janet Gaylord Moore）

Journey Outside《外出游记》（Mary Q. Steele）

1969

To Be a Slave《成为奴隶》（Julius Lester）

When Shlemiel Went to Warsaw and Other Stories《孟纳生的梦及其他故事》（Isaac Bashevis Singer）

1968

Jennifer, *Hecate*, *Macbeth*, *William McKinley*, *and Me*, *Elizabeth*《小巫婆求仙记》（E. L. Konigsburg）

The Black Pearl《黑珍珠》（Scott O'Dell）

The Fearsome Inn《恐怖旅店》（Isaac Bashevis Singer）

The Egypt Game《埃及游戏》（Zilpha Keatley）

1967

The King's Fifth《国王的五分之一》（Scott O'Dell）

Zlateh the Goat and Other Stories《山羊兹拉特及其他故事》（Isaac Bashevis Singer）

The Jazz Man《爵士男人》（Mary Hays Weik）

1966

The Black Cauldron《黑神锅传奇》（Lloyd Alexander）

The Animal Family《动物之家》（Randall Jarrell）

The Noonday Friends《正午的朋友》（Mary Stolz）

1965

Across Five Aprils《内战那四年》（Irene Hunt）

1964

Rascal：*A Memoir of a Better Era*《我昔日的拉斯卡尔》（Sterling North）

The Loner《孤独者》（Ester Wier）

1963

Thistle and Thyme：*Tales and Legends from Scotland*《蓟和麝香：苏格兰民间故事和传说》（Nic Leodhas, pseud.）

Men of Athens《雅典人》（Olivia Coolidge）

1962

Frontier Living《边境生活》（Edwin Tunis）

The Golden Goblet《金色的酒杯》（Eloise Jarvis McGraw）

Belling The Tiger《吼叫的老虎》（Mary Stolz）

1961

America Moves Forward：*A History for Peter*《推动美国前进：彼得的历史》（Gerald W. Johnson）

Old Ramon《老雷蒙》（Jack Schaefer）

The Cricket In Times Square《时代广场的蟋蟀》（George Selden, pseud.）

1960

My Side of the Mountain《山中岁月》（Jean Craighead George）

America Is Born：A History for Peter《美国诞生：彼得的历史》（Gerald W. Johnson）

The Gammage Cup《卡麦基神杯》（Carol Kendall）

1959

The Family Under the Bridge《桥下一家人》（Natalie Savage Carlson）

Along Came A Dog《来了只狗》（Meindert Dejong）

Chucaro：Wild Pony of the Pampa《潘帕草原上的小马》（Francis Kalnay）

The Perilous Road《危险的路》（William O. Steele）

1958

The Horsecatcher《捕马者》（Mari Sandoz）

Gone – Away Lake《消失的湖》（Elizabeth Enright）

The Great Wheel《车轮》（Robert Lawson）

Tom Paine，Freedom's Apostle《托马斯·潘恩，自由倡导人》（Leo Gurko）

1957

Old Yeller《老黄狗》（Fred Gipson）

The House of Sixty Fathers《六十个老爸的房子》（Meindert DeJong）

Mr. Justice Holmes《霍姆斯大法官》（Clara Ingram Judson）

The Corn Grows Ripe《谷物熟了》（Dorothy Rhoads）

Black Fox of Lorne《罗恩的黑狐狸》（Marguerite de Angeli）

1956

The Secret River《我的秘密河流》（Marjorie Kinnan Rawlings）

The Golden Name Day《金色的命名日》（Jennie Lindquist）

Men，Microscopes，and Living Things《人类，显微镜和生物》（Katherine Shippen）

1955

Courage of Sarah Noble《莎拉的勇气》（Alice Dalgliesh）

Banner In The Sky《天空中的旗帜》（James Ullman）

1954

All Alone《独自一人》（Claire Huchet Bishop）

Shadrach《小兔沙得拉》（Meindert Dejong）

Hurry Home，Candy《小糖果，快回家》（Meindert Dejong）

Theodore Roosevelt，*Fighting Patriot*《西奥多·罗斯福，战斗的爱国者》（Clara Ingram Judson）

Magic Maize《魔法玉米》（Mary & Conrad Buff）

1953

Charlotte's Web《夏洛的网》（E. B. White）

Moccasin Trail《鹿皮鞋的痕迹》（Eloise Jarvis McGraw）

Red Sails to Capri《红帆历险记》（Ann Weil）

The Bears on Hemlock Mountain《西莫罗克山上的熊》（Alice Dalgliesh）

Birthdays of Freedom，*Vol. 1*《自由的生日》（Genevieve Foster）

1952

Americans Before Columbus《哥伦布之前的美国人》（Elizabeth Baity）

Minn of the Mississippi《密西西比河边的明里达州》（Holling C. Holling）

The Defender《防御者》（Nicholas Kalashnikoff）

The Light at Tern Rock《有光的房子》（Julia Sauer）

The Apple and the Arrow《苹果和剑》（Mary & Conrad Buff）

1951

Better Known as Johnny Appleseed《大家都知道的约翰苹果籽》（Mabel Leigh Hunt）

Gandhi，*Fighter Without a Sword*《甘地，非暴力抵抗的英雄》（Jeanette Eaton）

Abraham Lincoln，*Friend of the People*《亚布拉罕·林肯，人民的朋友》（Clara Ingram Judson）

The Story of Appleby Capple《艾珀芭·卡蓬的故事》（Anne Parrish）

1950

Tree of Freedom《自由树》（Rebecca Caudill）

The Blue Cat of Castle Town《城堡镇的蓝猫》（Catherine Coblentz）

Kildee House《卡迪的房子》（Rutherford Montgomery）

George Washington《乔治·华盛顿》（Genevieve Foster）

Song of The Pines：*A Story of Norwegian Lumbering in Wisconsin*《松树的歌：威斯康星州挪威伐木工人的故事》（Walter & Marion Havighurst）

1949

Seabird《海鸟》（Holling C. Holling）

Daughter of the Mountains《山的女儿》（Louise Rankin）

My Father's Dragon《爸爸的小龙》（Ruth S. Gannett）

Story of the Negro《黑人的故事》（Arna Bontemps）

1948

Pancakes – Paris《煎饼巴黎》（Claire Huchet Bishop）

Li Lun, Lad of Courage《李伦，勇敢的少年》（Carolyn Treffinger）

The Quaint and Curious Quest of Johnny Longfoot《长腿约翰的好奇探索》（Catherine Besterman）

The Cow – Tail Switch, and Other West African Stories《牛尾巴交换和其他西非故事》（Harold Courlander）

Misty of Chincoteague《钦科蒂格岛的雾》（Marguerite Henry）

1947

Wonderful Year《美好年华》（Nancy Barnes）

Big Tree《大树》（Mary & Conrad Buff）

The Heavenly Tenants《天国的居住者》（William Maxwell）

The Avion My Uncle Flew《叔叔飞行的战机》（Cyrus Fisher, pseud.）

The Hidden Treasure of Glaston《格拉斯顿隐藏的财宝》（Eleanor Jewett）

1946

Justin Morgan Had a Horse《贾斯丁·摩根有匹马》（Marguerite Henry）

The Moved – Outers《离家历险记》（Florence Crannell Means）

Bhimsa, the Dancing Bear《跳舞的小熊》（Christine Weston）

New Found World《新发现的世界》（Katherine Shippen）

1945

The Hundred Dresses《一百条裙子》（Eleanor Estes）

The Silver Pencil《银色的笔》（Alice Dalgliesh）

Abraham Lincoln's World《亚布拉罕·林肯的世界》（Genevieve Foster）

Lone Journey: The Life of Roger Williams《孤独的旅行：罗杰·威廉姆斯的生活》（Jeanette Eaton）

1944

These Happy Golden Years《快乐的金色年代》（Laura Ingalls Wilder）

Fog Magic《神奇的雾》（Julia L. Sauer）

Rufus M.《卢夫斯先生》（Eleanor Estes）

Mountain Born《山中生活》（Elizabeth Yates）

1943

The Middle Moffat《中间的摩法多》（Eleanor Estes）

Have You Seen Tom Thumb?《你看到大拇指汤姆吗?》（Mabel Leigh Hunt）

1942

Little Town on the Prairie《大草原上的小城镇》（Laura Ingalls Wilder）

George Washington's World《乔治·华盛顿的世界》（Genevieve Foster）

Indian Captive：*The Story of Mary Jemison*《印第安俘虏：玛丽·杰米森的故事》（Lois Lenski）

Down Ryton Water《一个爱国者的故事》（Eva Roe Gaggin）

1941

Blue Willow《蓝色的柳树》（Doris Gates）

Young Mac of Fort Vancouver《温哥华堡的年轻麦克》（Mary Jane Carr）

The Long Winter《漫长的冬天》（Laura Ingalls Wilder）

Nansen《南森》（Anna Gertrude）

1940

The Singing Tree《会唱歌的树》（Kate Seredy）

Runner of the Mountain Tops：*The Life of Louis Agassiz*《兔儿山的跑步者：路易斯·阿格西的生活》（Mabel Robinson）

By the Shores of Silver Lake《银湖岸边》（Laura Ingalls Wilder）

Boy with a Pack《带着行李的男孩》（Stephen W. Meader）

1939

Nino《尼诺》（Valenti Angelo）

Mr. Popper's Penguins《波普先生的企鹅》（Richard & Florence Atwater）

Hello the Boat!《您好，帆船》（Phyllis Crawford）

Leader By Destiny：*George Washington*，*Man and Patriot*《天生领导者：乔治·华盛顿，男人和爱国者》（Jeanette Eaton）

Penn 佩恩（Elizabeth Janet）

1938

Pecos Bill《佩科斯·比尔》（James Cloyd Bowman）

Bright Island《布莱特岛》（Mabel Robinson）

On the Banks of Plum Creek《在梅溪旁》（Laura Ingalls Wilder）

1937

Phebe Fairchild：*Her Book*《帕赫贝尔仙童的书》（Lois Lenski）

Whistler's Van《惠斯勒大卡车》（Idwal Jones）

The Golden Basket《金色的篮球》（Ludwig Bemelmans）

Winterbound《受限的户外运动》（Margery Bianco）

The Codfish Musket《鳕步枪》（Agnes Hewes）

Audubon《奥特朋》（Constance Rourke）

1936

Honk，the Moose《汉克这头鹿》（Phil Stong）

The Good Master《好师傅》（Kate Seredy）

Young Walter Scott《年轻的沃特·斯考特》（Elizabeth Janet Gray）

All Sail Set：A Romance of the Flying Cloud《航行的开始：飞云的罗曼史》（Armstrong Sperry）

1935

Pageant of Chinese History《中国历史的盛会》（Elizabeth Seeger）

Davy Crockett《大卫·克罗》（Constance Rourke）

Day On Skates：The Story of a Dutch Picnic《溜冰的日子：荷兰野餐的故事》（Hilda Von Stockum）

1934

The Forgotten Daughter《被遗忘的女儿》（Caroline Snedeker）

Swords of Steel《钢剑》（Elsie Singmaster）

ABC Bunny《小兔 ABC》（Wanda Gág）

Winged Girl of Knossos《克诺索斯的会飞女孩》（Erik Berry，pseud.）

New Land《新大陆》（Sarah Schmidt）

Big Tree of Bunlahy：Stories of My Own Countryside《布兰大树：我家乡的故事》（Padraic Colum）

Glory of the Seas《海洋的光荣》（Agnes Hewes）

Apprentice of Florence《佛罗伦萨的学徒》（Ann Kyle）

1933

Swift Rivers《湍急的河流》（Cornelia Meigs）

The Railroad To Freedom：A Story of the Civil War《通向自由的铁路：一个内战的故事》（Hildegarde Swift）

Children of the Soil：A Story of Scandinavia《大地之子：斯堪的那维亚的故事》（Nora Burglon）

1932

The Fairy Circus《仙女马戏团》（Dorothy P. Lathrop）

Calico Bush《卡利柯灌木丛》（Rachel Field）

Boy of the South Seas《南海的孩子》（Eunice Tietjens）

Out of the Flame《没有硝烟》（Eloise Lownsbery）

Jane's Island《简妮的岛》（Marjorie Allee）

Truce of the Wolf and Other Tales of Old Italy《狼的休战和古意大利童话》（Mary Gould Davis）

1931

Floating Island《漂流岛》（Anne Parrish）

The Dark Star of Itza：The Story of A Pagan Princess《伊扎的黑光：异教徒公主的故事》（Alida Malkus）

Queer Person《奇怪的人》（Ralph Hubbard）

Mountains are Free《自由的山》（Julie Davis Adams）

Spice and the Devil's Cave《香料和魔鬼的洞》（Agnes Hewes）

Meggy MacIntosh《梅格麦金塔电脑》（Elizabeth Janet Gray）

Garram the Hunter：A Boy of the Hill Tribes《猎者格让姆：希尔部落的男孩》（Herbert Best）

Ood–Le–Uk the Wanderer《流浪者》（Alice Lide & Margaret Johansen）

1930

A Daughter of the Seine：The Life of Madame Roland《塞纳河的女儿：罗兰夫人的生活》（Jeanette Eaton）

Pran of Albania《阿尔巴利亚的蓬武里》（Elizabeth Miller）

Jumping–Off Place《出发点》（Marion Hurd McNeely）

The Tangle–Coated Horse and Other Tales《穿着外套的马和其他童话》（Ella Young）

Vaino《一个男孩的新芬兰》（Julia Davis Adams）

Little Blacknose《小黑鼻》（Hildegarde Swift）

1929

Pigtail of Ah Lee Ben Loo《阿里本罗的猪尾》《John Bennett》

Millions of Cats《100 万只猫》（Wanda Gág）

The Boy Who Was《就是这个男孩》（Grace Hallock）

Clearing Weather《变晴朗的天气》（Cornelia Meigs）

Runaway Papoose《逃奔的婴儿》（Grace Moon）

Tod of the Fens《沼泽的狐狸》（Elinor Whitney）

1928

The Wonder Smith and His Son《史密斯和他的儿子》（Ella Young）

Downright Dencey《率直的黛丝》（Caroline Snedeker）

1926

The Voyagers：Being Legends and Romances of Atlantic Discovery《发现大西洋的传奇和浪漫史》（Padraic Colum）

1925

The Dream Coach《梦想教练》（Anne Parrish）

Nicholas：A Manhattan Christmas Story《圣尼古拉：曼哈顿圣诞节的故事》（Annie Carroll Moore）

1922

The Great Quest《海上冒险王》（Charles Hawes）

Cedric the Forester《林务员塞德里克》（Bernard Marshall）

The Old Tobacco Shop：A True Account of What Befell a Little Boy in Search of Adventure《老烟店：一个小男孩历险的真正叙述》（William Bowen）

The Golden Fleece and The Heroes Who Lived Before Achilles《金色的羊毛和阿喀琉斯之前的英雄》（Padraic Colum）

The Windy Hill《风之丘》（Cornelia Meigs）

注：书单转自网站 http：//blog. sina. com. cn/s/blog_ 69ebb98d0102wrpi. html，书单收集者对某些小说译名作了修改并对缺失的信息做了一点补充。

附录 3　美国国家图书奖

（National Book Award）

——少儿文学奖

美国国家图书奖是由美国出版商协会、美国书商协会和图书制造商协会于 1950 年 3 月 1 日联合设立的，只颁给美国公民。美国国家图书奖与普利策文学奖（Pulitzer Prize for Literature）被视为美国最重要的两个文学奖项，它是美国文学界最重要的奖项，也是出版界的盛典。评奖由美国国家图书基金会主办，每年举办一次，主要目的在于扩大美国文学影响力，加强美国文学作品的文化价值。

美国国家图书奖在 1979 年曾一度代之以美国图书奖。1964 年后，全国图书奖非小说奖进一步划分为文艺、历史与传记、科学、哲学与宗教类最佳作品奖。1965 年增加了翻译作品奖。1969 年又增设了儿童文学奖。1972 年开始颁发当代事务、当代思想、当前热点等最佳作品奖。1980 年曾进一步区分小说的精装本及平装本最佳作品奖。同时为了鼓励新人增设了处女作小说奖。从 1984 年奖项骤然减少。到目前为止，美国国家图书奖基本固定为：小说（Fiction），非小说（Nonfiction），诗歌（Poetry），青少年文学（Young People's Literature）四类作品。每类作品由一个小组负责评选，每个小组由五人组成，其中包括一位主席，由国家图书基金会选出。国家图书奖评委会通常由作家组成——为了作家而设立的奖项由作家来决定。从 2013 年才开始邀请作家之外的人士参加评委会。评选工作就由这些评委会承担，选出获奖作品。基金会要对评选过程保密。每类作品将选取最佳的五本（Finalists）入围最后的决赛选拔。而每种类型中，最终的获奖者将得到 1 万美元的奖金和一尊铜像，其他 16 位获得提名者也将各获得 1000 美元的奖金和一枚奖章。

"可读性"是美国国家图书奖评奖的一个很重要的标准。另外，对于一些评委，特别是大学学者而言，作品能否进入教学，也是他们评判一部作品是否获奖的标准之一。但是国家图书奖对于小说是否描写美国生活没有硬性要求。

美国国家图书奖为未成年人文学设置过两个奖项：儿童文学奖和青少年文学奖。从 1996 年开始设立青少年文学奖，每年获奖作品一部。在 1969 年至 1983 年间，设立有儿童文学（children's literature）或儿童图书（children's books）奖。1969 年至 1980 年间，这类作品每年一部获奖。1981 年至 1983 年，儿童文学奖获奖作品被细分为几种：儿童小说（children's fiction），这一类中又分精装本（HARDCOVER）和平装本（PAPERBACK）；儿童绘本（children's picture books），也同样分精装本和平装本两种；非小说类（non - fiction）。

下面是国家图书奖儿童文学获奖书单和青少年文学获奖书单。

2017

Young People's Literature

Robin Benway，*Far from the Tree*《远离树木》

2016

Young People's Literature

John Lewis，Andrew Aydin & Nate Powell（Artist），*March：Book Three*《三月》

2015

Young People's Literature

Neal Shusterman，*Challenger Deep*《挑战者深渊》

2014

Young People's Literature

Jacqueline Woodson，*Brown Girl Dreaming*《棕皮肤女孩的梦想》

2013

Young People's Literature

Cynthia Kadohata，*The Thing About Luck*《关于运气的事》

2012

Young People's Literature

William Alexander，*Goblin Secrets*《妖精的秘密》

2011

Young People's Literature

Thanhha Lai，*Inside Out & Back Again*《十岁那年》

2010

Young People's Literature

Kathryn Erskine, *Mockingbird*《知更鸟》

2009

Young People's Literature

Phillip Hoose, *Claudette Colvin*：*Twice Toward Justice*《两次向正义》

2008

Young People's Literature

Judy Blundell, *What I Saw and How I Lied*《我所看到的和我的谎言》

2007

Young People's Literature

Sherman Alexie, *The Absolutely True Diary of a Part – Time Indian*《一个印第安少年的超真实日记》

2006

Young People's Literature

M. T. Anderson, *The Astonishing Life of Octavian Nothing*, *Traitor to the Nation*, *Vol. 1*：*The Pox Party*《屋大维的惊人生活，民族的叛徒，卷 1，痘疹晚会》

2005

Young People's Literature

Jeanne Birdsall, *The Penderwicks*《夏天的故事》

2004

Young People's Literature

Pete Hautman, *Godless*《无神》

2003

Young People's Literature

Polly Horvath, *The Canning Season*《装罐的季节》

2002

Young People's Literature

Nancy Farmer, *The House of the Scorpion*《蝎子屋》

2001

Young People's Literature

Virginia Euwer Wolff, *True Believer*《真正的信徒》

2000

Young People's Literature

Gloria Whelan, *Homeless Bird*《无家可归的小鸟》

1999

Young People's Literature

Kimberly Willis Holt, *When Zachary Beaver Came to Town*《当扎卡瑞·比弗来到镇上》

1998

Young People's Literature

Louis Sachar, *Holes*《洞》（又译《寻宝小子》）

1997

Young People's Literature

Han Nolan, *Dancing on the Edge*《边缘之舞》

1996

Young People's Literature

Victor Martinez, *Parrot In the Oven*：*Mi Vida*《烤箱里的鹦鹉》

1983

Children's Fiction（HARDCOVER）

Jean Fritz , *Homesick*：*My Own Story*《思乡》

Children's Fiction（PAPERBACK）

Paula Fox, *A Place Apart*《一个与众不同的地方》

Joyce Carol Thomas, *Marked by Fire*《以火为标志》

Children's Picture Books（HARDCOVER）

Barbara Cooney, *Miss Rumphius*《花婆婆》

William Steig, *Doctor De Soto*《老鼠牙医——地嗖头》

Children's Picture Books（PAPERBACK）

Mary Ann Hoberman；Betty Fraser, illu, *A House is a House for Me*《房子对于我就是房子》

1982

Children's books, Fiction（HARDCOVER）

Lloyd Alexander, *Westmark*《卡波特（三部曲）》

Children's Books, Fiction（PAPERBACK）

Ouida Sebestyen, *Words by Heart*《话由真心》

Children's Books, Nonfiction

Susan Bonners, *A Penguin Year*《企鹅年》

Children's Books, Picture Books（HARDCOVER）

Maurice Sendak, *Outside Over There*《在那边》

Children's Books, Picture Books（PAPERBACK）

Peter Spier, *Noah's Ark*,《挪亚方舟》

1981

Children's Books, Fiction（HARDCOVER）

Betsy Byars, *The Night Swimmers*《夜泳者》

Children's Books, Fiction（PAPERBACK）

Beverly Cleary, *Ramona and Her Mother*《雷蒙娜和妈妈》

Children's Books, Nonfiction（HARDCOVER）

Alison Cragin Herzig & Jane Lawrence Mali, *Oh, Boy! Babies*《哦，男孩！宝贝儿》

1980

Children's Books,（HARDCOVER）

Joan W. Blos, *A Gathering of Days*：*A New England Girl's Journal*《一天的聚会：一个新英格兰女孩的日记》

1979

Children's Literature

Katherine Paterson, *The Great Gilly Hopkins*《养女基里》

1978

Children's Literature

Judith Kohl & Herbert Kohl, *The View From the Oak*《来自橡树的景色》

1977

Children's Literature

Katherine Paterson, *The Master Puppeteer*《木偶师傅》

1976

Children's Literature

Walter D. Edmonds, *Bert Breen's Barn*《伯特·布林的谷仓》

1975

Children's Books

Virginia Hamilton, *M. C. Higgins the Great*《了不起的 M. C. 希金斯》

1974

Children's Books

Eleanor Cameron, *The Court of the Stone Children*《石头儿童法庭》

1973

Children's Books

Ursula K. LeGuin, *The Farthest Shore*《遥远的海岸》

1972

Children's Books

Donald Barthelme, *The Slightly Irregular Fire Engine or The Hithering Thithering Djinn*《稍不规则的消防车或抖动圈养神灵》

1971

Children's Books

Lloyd Alexander, *The Marvelous Misadventures of Sebastian*《塞巴斯蒂安的奇妙遭遇》

1970

Children's Books

Isaac Bashevis Singer, *A Day of Pleasure: Stories of a Boy Growing up in Warsaw*《快乐的一天：一个在华沙长大的男孩的故事》

1969

Children's Literature

Meindert DeJong, *Journey from Peppermint Street*《薄荷街之旅》

注：本书单转自网站 http：//libguides. tcu. edu/c. php？g = 282442&p = 1882174（retrieved2017 – 11 – 27）。中文书名为本书作者参考其他书单以及网络自译。由于一些作品没有文本阅读，所以书名只能直译。有不当之处还望谅解。

后 记

　　《现当代美国少年小说类型研究》一书是在国家社科项目"现当代美国少年小说类型研究"（11BWW048）结项成果基础上作了些许修改而成。它是对课题组成员在五、六年间对美国少年小说研究成果的一个具体呈现，因此是一个集体成果。

　　本书执笔人具体分工如下：

　　张　颖：绪论、第一、二、三章、结语以及附录；

　　祝　贺：第四章的第一节和第二节（一）；

　　嵇让平：第五章；

　　聂爱萍：第四章第二节（二）、第六章；

　　宋薇薇：第七章；

　　崔　丹：第八章；

　　最后，由张颖统稿完成。

　　在本书的研究中，我的一些研究生也贡献了他们的观点。他们是冯昕、王海燕和李盛。在此一并谢过。

　　在研究过程中，我们几次召开项目研讨会，东北师大文学院刘建军、赵沛林、侯颖三位教授以及外语学院李增、刘国清、周桂君三位教授都提出了宝贵的意见。在此向他们表示诚挚的感谢。

　　我对英美少儿文学的研究始于参加1993年杨贵生教授教育部社科八五规划项目"20世纪英美少年文学研究"。在二十几年的研究中，我结识了中国许多从事中外儿童文学研究的专家学者，如蒋风老师、浦漫汀老师、韦苇老师、张美妮老师、王泉根老师、朱自强老师、舒伟老师、王小萍老师，等等，并且获益匪浅，因此也要向他们表示衷心的感谢。

　　在这二十九年里，我也一直关注国内对英美儿童文学的研究。我欣喜地发现又有一些学者加入到英美儿童文学研究的队伍中。就在完成结项成果后，我从中国知网上又发现了六篇与美国少儿文学相关的论文，发表时间为2015

年至 2017 年，列表如下：

作者	篇名	刊物	发表时间
杨春	21 世纪美国青少年小说与青少年认知发展	中国青年社会科学	2015 - 07 - 10
张媛	后"9·11"时代美国儿童文学建构趋向——以 2001 至 2014 年间纽伯瑞奖获奖小说为衡量坐标	西安外国语大学学报	2016 - 09 - 06
齐童巍	美国非裔青少年的生存之道：《我死去兄弟的自传》	昆明学院学报	2016 - 08 - 30
刘景平	在爱中成长：凯特·迪卡米洛作品主题分析——以纽伯瑞获奖作品《傻狗温迪克》为例	戏剧之家	2016 - 07 - 23
厉育纲	从马瑟博士到苏斯博士——美国儿童文学之价值观变迁研究	北京青年研究	2016 - 10 - 10
康建云	英美儿童文学电影改编中的审美置换	电影文学	2017 - 05 - 05

但即使如此，我们还是可以看出，这一领域的研究相比较而言还是薄弱的。2016 年和 2017 年国家社科项目中又有两项英美儿童文学的研究项目获批，但这两项都是研究英国儿童文学的。一项是天津理工大学舒伟老师 2016 年获批的"维多利亚时期英国儿童和青少年文学叙事研究"，另一项是 2017 年江苏师范大学张生珍老师获批的"英国儿童文学中的国族意识与伦理教诲研究"。可见国内学术界对美国儿童文学的研究更为薄弱。

我们的著作也只是对现当代美国少年小说类型的一个初步探索，因此不足之处在所难免，也会有许多待深入的地方。在此，我们恳请各位专家学者不吝赐教，使我们的研究在未来更加完美。我们也希望以此书抛砖引玉，吸引更多学者加入到美国少儿文学研究中来，使我国美国少儿文学研究更上一层楼。这是我们项目的结束，也是我们进一步研究的开始。我们会坚持不懈地努力！

张 颖

2018 年 1 月 15 日